ADAGIO POUR UNE OMBRE

MARION ZIMMER BRADLEY

ADAGIO POUR UNE OMBRE

Roman

Pygmalion
Gérard Watelet
Paris

Titre original : THE INHERITOR
traduit de l'américain par Hubert Tezenas

Cette histoire est totalement imaginaire. Toute ressemblance avec des personnages ou des événements ayant réellement existé serait par conséquent purement fortuite ou relèverait de la plus grande coïncidence.

Publication réalisée avec le concours de Gérard Villers

ISBN 2-85704-459-3

A Gavin Arthur,
en souvenir affectueux.

Prologue

UNE fine pellicule cotonneuse flottait dans les rues, un nuage énorme trônait au sommet de Twin Peaks, et la tour de la télévision, géant de métal dominant les collines de San Francisco, rappelait Orion émergeant des brumes. Par lambeaux, le brouillard s'était infiltré jusque dans le jardin – petit carré de gazon bordé de plantes vertes et grises, hérissées çà et là de piquants. Un citronnier, sombre et feuillu où voisinaient fleurs blanches et fruits, était adossé au mur du garage dans lequel s'insinuaient par la fenêtre ouverte, ses douces et entêtantes senteurs.

Dans le petit bâtiment aux murs lambrissés baptisé atelier, une femme, agenouillée près de l'âtre devant son tour de potier, leva les yeux et crispa les mâchoires pour refouler son angoisse. Bien que les dernières semaines eussent mis ses nerfs à rude épreuve, elle refusait de baisser les bras, aimant par-dessus tout sa maison, son jardin, son métier.

Autour d'elle, tout rappelait le décor de ces vieux films anglais où les becs de gaz semblent avoir toutes les peines du monde à percer l'inévitable « fog ». Il ne manquait en somme que Sherlock Holmes debout devant le foyer dans une pose méditative. Mais ici aussi, à San Francisco, le brouillard qui s'infiltrait partout faisait partie de la vie : il recouvrait la ville chaque soir, et s'engouffrait sous le Golden Gate avant de se replier vers le large au milieu de la matinée.

La femme reporta son attention sur l'objet qui prenait forme, une coupe très évasée, évoquant une *kylix* grecque. Elle le vernirait d'émail bleu de cobalt, se dit-elle, avec une touche de rouge sombre pour accentuer l'effet de moire.

Le tour se mouvait avec un ronronnement étouffé, presque lancinant.

Dans la cheminée, les flammes se rétractaient en sifflant, comme pour fuir, elles aussi, la mince écharpe de brume. Délaissant son travail un instant, la femme se leva pour raviver le feu. Elle y jeta des brindilles gorgées de résine et des branches sèches de genévrier, glanées sur les collines de Berkeley, et les regarda s'embraser avec un joyeux crépitement, tout en approchant de la flamme ses mains pour les réchauffer. Puis elle alla fermer la fenêtre. Le brouillard n'était beau que quand il restait à sa place : dehors.

Revenant à son ouvrage, elle entreprit avec une infinie tendresse de façonner, du bout des doigts, le bord de la coupe.

Le feu donnant de nouveaux signes de faiblesse, elle eut alors l'impression que le brouillard humide qui restait dans la pièce était une entité hostile, stagnant dans un coin pour l'épier...

Elle me hait. Elle ne veut pas de moi.

Balivernes ! A ce train-là, elle ressemblerait bientôt à sa sœur, qui voyait des fantômes partout et jurait recevoir des messages de l'au-delà. Bien sûr, certaines rumeurs circulaient, et les précédents occupants de la maison avaient indubitablement joué de malchance : un suicide, puis une mort subite, avaient tout naturellement contribué à lui conférer une réputation de maison hantée...

Et pourtant, l'ancienne propriétaire, qui avait vécu en paix dans ces murs jusqu'à quatre-vingt-quatre ans avant de s'éteindre devant son piano, était la personne la plus douce, la plus aimable qui se pût imaginer. Si son âme avait choisi de s'attarder en ces lieux (mais elle n'accordait bien sûr pas le moindre crédit à ce genre de sornettes), cette dernière ne pouvait lui témoigner que de la bienveillance. Résolument, la femme tourna donc le dos aux ombres vacillantes et ranima une nouvelle fois le feu. Si le fantôme de la vieille dame errait dans la maison, il se trouvait, se dit-elle pour se rassurer, dans l'élégant salon de musique où l'aïeule avait trouvé la mort et non ici. Mort non violente, l'enquête policière l'avait bien précisé. La frêle créature, prise d'un malaise cardiaque, était tombée devant son piano, au milieu de sa collection de clavecins, instruments qui n'avaient laissé derrière eux que d'harmonieux échos.

Dans le jardin cependant la pénombre s'étendait partout. C'était l'heure du thé. Sans doute les Britanniques avaient-ils inventé ce rituel pour bannir les démons des ténèbres naissantes. Décidant, plus volontiers ce soir que jamais, de les imiter, elle alluma toutes les lampes de l'atelier, sortit et traversa le jardin obscur empruntant rapidement l'allée pavée qui menait à la cuisine. Un chat blanc, perché sur un mur, se léchait les pattes. Malgré tous ses efforts pour l'amadouer, elle n'était jamais parvenue à l'approcher.

Dans la cuisine, réconfortée par le parfum familier de ses plantes en pots et par la douce lumière réfléchie par le cuivre d'une ancienne batterie de casseroles, elle mit de l'eau à chauffer dans la bouilloire. Pas question de me laisser déloger de l'atelier par le brouillard, pensa-t-elle, et encore moins par excès d'imagination morbide. Jamais je ne me suis sentie aussi inspirée depuis des semaines. La glaise atteint un état de malléabilité parfaite. Délaissant maintenant mon ouvrage, je risquerais de perdre à jamais mon élan créateur.

Regagnant l'atelier avec sa bouilloire fumante, elle la déposa sur le sol, près de son appareil, tendit les mains vers son ouvrage... et s'arrêta net, pétrifiée d'effroi. La gracieuse *kylix* n'était plus qu'une masse informe et gluante, aussi poisseuse qu'un tas de chair morte.

La dernière fois que s'était produit pareil incident, elle s'était persuadée – en dépit de la porte et des fenêtres closes – que c'était le chat blanc qui avait commis le méfait après s'être introduit dans l'atelier. Mais aujourd'hui, comment aurait-il pu se glisser dans la pièce ?

C'est alors qu'elle le vit. Il gisait, inerte, sur le plateau du tour. Son sang se mêlait à la glaise, ses pattes frémissaient encore. Elle eut un haut-le-corps. Comment était-il entré ? Et surtout, qui l'avait mis dans cet état ? Son tortionnaire était-il embusqué dans le jardin ? Elle s'agenouilla pour examiner de plus près le corps de l'animal, mais à l'instant même où elle tendait la main vers lui, il s'estompa, ne laissant à sa place qu'un vague amas de boue et de glaise. Personne n'était entré, personne n'avait tué le chat ; et pourtant, quelque chose – l'entité maléfique qui hantait la maison – venait d'anéantir ce qu'elle avait créé de mieux cette année. Des larmes de colère embuèrent ses yeux.

Le feu était presque éteint cette fois, mais elle ne se sentit pas le cœur de le raviver. Elle était vaincue. Se relevant brusquement, elle renversa la bouilloire, dont le contenu brûlant aspergea sa cheville et le pied du tour. Elle poussa un cri de douleur et de désespoir.

– Tu as gagné ! hurla-t-elle. Je pars ! Mais pourquoi ? Pourquoi me chasser ainsi ?

Sanglotant, elle s'élança dehors et claqua la porte de l'atelier derrière elle. Elle ne devait jamais plus y revenir.

I

– C'EST superbe, déclara Leslie Barnes en se détournant à regret du panorama qui s'offrait à son regard.

Les premiers feux du crépuscule hivernal scintillaient en contrebas ; dans le lointain, le brillant chapelet de lumières du Golden Gate Bridge triomphait de la brume ; par temps clair, la baie tout entière devait être visible.

Ne fût-ce que pour cette vue sublime, peut-être valait-il la peine d'entreprendre quelques travaux afin de réaménager la petite pièce de l'entresol, juste à côté du garage. Non, se dit Leslie. De tels travaux lui demanderaient un temps et une énergie qu'elle se devait de consacrer d'abord à son métier.

– C'est la plus jolie maison que j'aie visitée jusqu'ici, concéda-t-elle. Mais comme je l'ai expliqué au directeur de votre agence lors de notre entretien, j'ai absolument besoin d'une pièce supplémentaire pour installer mon cabinet.

– Votre cabinet ? Seriez-vous avocate, mademoiselle ?

– Non, je suis psychologue.

– La petite pièce qui donne sur le garage...

– Je suis désolée, répondit Leslie, se demandant aussitôt pourquoi elle éprouvait le besoin de s'excuser. Mais ma sœur étudie au conservatoire, et nous avons aussi besoin de place pour un piano et une harpe.

Le négociateur eut un geste de regret.

– C'est dommage, dit-il. Cette maison sera vendue très vite. Trois autres clients doivent la visiter. Aussi m'est-il impossible de vous garantir qu'elle sera encore sur le marché lundi.

– Tant pis ! mais elle est vraiment trop petite, répéta Leslie jetant un dernier coup d'œil sur la vue.

– Réfléchissez, insista l'homme, qui avait saisi au vol son regard. Parmi les acheteurs potentiels de cette maison, il y a notamment un couple avec trois enfants ; ils ont l'intention d'installer leurs deux filles dans la pièce dont je viens de vous parler, et leur fils dans la chambre sous les combles. Rien ne vous empêcherait de recevoir vos patients à l'entresol. Quant au piano, il tiendrait largement dans le séjour.

L'homme venait de parler d'un ton légèrement condescendant, comme s'il s'adressait à une écervelée laissant échapper une belle occasion. Mais en voyant Leslie secouer la tête négativement, il ajouta plus sèchement :

– Je crois, mademoiselle, que vous commettez une erreur. D'ailleurs, nous n'avons rien d'autre à vous proposer pour le moment, si ce n'est cette maison de Geary.

– Elle ne peut me convenir. Elle n'a pas de garage. En outre, comment imaginer vivre dans un quartier où ni ma sœur ni moi n'oserions mettre le nez dehors une fois la nuit tombée ?

– Comme vous voudrez. Je vous téléphonerai si quelque chose d'autre se présente. Je crains pourtant qu'en dessous d'un demi-million de dollars, vous ne trouviez rien de plus spacieux.

Méditant cette dernière phrase, Leslie regagna sa voiture. Après tout, n'avait-elle pas le droit d'être exigeante ? Elle était en quête d'un véritable foyer, où elle vivrait peut-être jusqu'à la fin de ses jours, et elle ne pourrait en tout cas s'offrir le luxe d'un autre déménagement avant longtemps.

Et puis, quoi qu'en pensât Joel, elle n'était pas encore sûre d'être faite pour le mariage...

En s'installant au volant, elle sentit ses pensées glisser sur une pente bien connue. Si seulement Joel pouvait comprendre qu'elle tenait à sa profession autant que lui à sa carrière d'avocat, qu'il ne s'agissait pas pour elle d'un simple passe-temps destiné à lui permettre d'attendre l'homme de sa vie ! Agacée, elle démarra.

Elle conseillait toujours à ses clients de ne prendre aucun engagement important vis-à-vis d'un proche avec l'espoir de le transformer. Il lui fallait donc, quant à elle, se résigner à accepter Joel tel qu'il était, en se pliant à sa conception du mariage. Sinon mieux valait le quitter tout de suite. Il ne changerait pas ; ou bien, s'il changeait, ce serait pour des raisons indépendantes de sa volonté à elle.

Elle devait donc acheter sa maison dans une perspective à long terme et il fallait que ce fût à San Francisco. Avec Emily au conservatoire, il n'était plus question de continuer à vivre de l'autre côté de la baie. Les longs trajets quotidiens coûtaient cher et faisaient perdre à sa sœur un temps précieux, sans parler de l'énergie dont elle avait tant besoin pour répéter. Sans doute suis-je trop exigeante, se dit-elle en engageant sa voiture sur la bretelle d'accès au pont ; le piano pourrait effectivement tenir dans le séjour. Ce serait d'ailleurs d'autant moins gênant que je passerais le plus clair de mon temps à l'entresol avec mes patients. Avec quelques menus travaux, la pièce voisine du garage pourrait être transformée en cabinet ; au pire, je pourrais toujours chercher un bureau à louer dans les environs. Dans un cas comme dans l'autre, elle serait toujours mieux installée que dans leur actuel logement, plus exigu que jamais depuis qu'Emily l'avait rejointe avec son piano. Quant à la harpe, elle attendrait encore au garde-meuble.

Pouvait-elle vraiment espérer, avec le petit pécule hérité de sa grand-mère harpiste, s'offrir quelque chose de plus spacieux que ce ravissant cottage niché à flanc de coteau sur Russian Hill ? La part d'héritage d'Emily était de plus d'ores et déjà entièrement allouée au financement de ses études, et elle-même devrait sans doute lui venir en aide avant qu'elles ne s'achèvent. Dans ce contexte, suivre les conseils de ses confrères serait sage : au lieu de fixer ses tarifs en fonction des moyens de ses patients, il fallait au contraire mettre la barre le plus haut possible. L'assistance psychologique étant une prestation de luxe, répétaient-ils, le prestige d'un thérapeute augmente en proportion directe du montant de ses honoraires. Ils n'avaient pas tort. Après tout, quels résultats tangibles avait-elle obtenu à Sacramento, à distiller au compte-gouttes des conseils d'orientation nécessairement assujettis au cadre rigide du système scolaire ?

Ce n'était en effet pas très réjouissant mais Emily méritait une chance véritable et, pour elle, elle s'était volontairement astreinte à ces ternes activités. Quant à la tonitruante affaire qui l'avait poussée à quitter ce monde de l'enseignement, elle avait eu au moins le mérite de précipiter les choses. Leur mère, songea-t-elle avec une pointe d'amertume, avait même accueilli son départ avec un certain soulagement, ne lui pardonnant pas, en revanche, d'entraîner sa sœur dans son sillage.

Un énorme semi-remorque se rabattit au ras de sa portière au moment précis où le souvenir des odieuses manchettes du *National Enquirer* faisait malencontreusement de nouveau irruption dans ses pensées. Elle laissa échapper un juron.

« UNE PSY EXTRALUCIDE RETROUVE LE CORPS DE LA LYCÉENNE DISPARUE ! »

« LE TUEUR AUX NATTES DÉMASQUÉ PAR UN MEDIUM ! »

Simple hasard ! N'importe qui, de temps à autre, peut être l'objet d'une vision extrasensorielle. Leslie crispa les mains sur son volant. Le trafic était très dense. Elle avait espéré pouvoir traverser le pont avant le début de l'heure de pointe, mais sans doute y avait-il eu quelque accrochage un peu plus loin. Elle se concentra sur l'arrière de la voiture qui la précédait afin de refouler l'image du cadavre sanguinolent de Juanita Garcia, à demi-immergé dans un canal près d'une sortie d'égout. L'assassin, qui avait violé, torturé et tué quatre autres jeunes filles, avait soigneusement tressé ses longs cheveux noirs en nattes compliquées.

Leslie avait voulu bannir de sa mémoire ce souvenir. Elle avait changé de vie, et évoluait désormais dans un autre monde. Joachim Mendoza, « le tueur aux nattes », attendait son tour dans le couloir des condamnés à mort. Opposée par principe à la peine capitale, elle n'aurait pas levé le petit doigt pour lui venir en aide : c'est elle qui avait « vu » le corps de Juanita Garcia et permis à la police de le découvrir.

Que la presse locale se fût appesantie en long et en large sur ses visions ne prêtait guère à conséquence. Les manchettes n'avaient d'ailleurs duré que quelques jours, et l'on avait vite oublié les gros titres d'une feuille à scandale comme l'*Enquirer*.

En quittant Sacramento, elle avait tourné la page. Dès qu'elle serait installée à San Francisco, tout rentrerait dans l'ordre. Mais encore fallait-il trouver une maison pour l'accueillir, alors que cinq visites demeuraient pour l'instant sans résultat.

La maison idéale n'existant pas, il fallait nécessairement se résigner à certains compromis. Elle en était en tout cas persuadée quand elle quitta l'autoroute, et entra dans Berkeley pour rejoindre la minuscule maisonnette qu'elle avait louée à son arrivée sur la côte. Or, son bail expirait le premier mai.

Mais l'heure n'était plus à ce genre de réflexions. Dans quelques minutes, elle devait recevoir une nouvelle patiente, dont elle récapitula mentalement le dossier. Eileen Granston, quatorze ans : comportement instable, colères soudaines, bris d'objets divers suivis de véhémentes dénégations, conflits incessants au collège. Un foyer en pleine décomposition : une mère remariée vivant au Texas. Fille unique, confiée à la garde de son père, Eileen avait donc d'excellentes raisons de se révolter.

Eileen Granston n'était pas une jeune fille très avenante, Leslie le constata au premier coup d'œil. Ses cheveux châtains étaient ternes et raides, ses yeux d'un bleu délavé semblaient tapis derrière d'épaisses lunettes à monture de plastique. Elle se tenait affalée sur son siège, comme si sa colonne vertébrale, constituée d'un matériau de mauvaise qualité, avait toutes les peines à supporter le poids de son corps. D'ordinaire, les adolescents déversaient un flot d'imprécations destinées au monde entier. Or, en près d'une heure, Leslie parvint tout juste à lui arracher quelques mots du bout des lèvres.

De guerre lasse, elle demanda enfin :

– Il t'arrive tout de même de te mettre très en colère contre ton père, n'est-ce pas, Eileen ?

– Quand il perd les pédales, répondit l'adolescente d'un ton lugubre. Je le soupçonne de me jeter lui-même à la figure de vieilles assiettes pour m'accuser ensuite.

Leslie eut un sourire rassurant.

– Pourquoi crois-tu qu'il ferait une chose pareille ?

– Parce qu'il me déteste. Moi, je l'adore, c'est mon père, mais il ne veut pas qu'on l'aime. Déjà, il n'aimait pas ma...

Eileen s'interrompit pour émettre un petit reniflement.

– Le type que ma mère s'est mise à voir, ajouta-t-elle, c'était juste un prétexte : si papa l'avait vraiment aimée, elle ne serait jamais partie.

Les mots avaient jailli d'une traite ; mais aussitôt, comme effrayée par ce qu'elle venait de dire, la jeune fille se renferma dans un silence buté.

Leslie réfléchit un court instant. Cette révélation masquait-elle un cas d'inceste père-fille ? M. Granston, incapable d'admettre consciemment sa culpabilité, avait-il pris l'initiative de placer sa fille dans une situation propre à lui faire révéler tôt ou tard leur secret et à les en délivrer tous deux ? Non, l'hypothèse était peu probable. M. Granston semblait avoir des reproches très concrets à faire à sa fille.

– Pourquoi vis-tu avec ton père, Eileen ? s'enquit-elle d'un ton bienveillant.

– Je ne veux pas voir le type avec qui ma mère s'est remariée. D'ailleurs, qu'irais-je faire au Texas ? Tous mes amis sont ici. Enfin des amis, si on peut dire ! Ils passent leur temps à raconter des histoires sur mon compte.

Un déclic se produisit dans l'esprit de Leslie.

– Quel genre d'histoires, Eileen ?

– La même chose que mon père, dit-elle, le regard obstinément baissé. Eux non plus ne m'aiment pas. Ils m'accusent de casser leurs affaires. C'est faux ! Je le ferais pourtant sûrement si je pouvais, vu qu'ils me détestent et que je leur rends bien ! Mais pouvez-vous m'expliquer comment j'aurais pu casser les cordes de ce fichu violon alors que je me trouvais à l'autre bout de la salle ? C'est vrai que j'aurais voulu être premier violon, et que ce prof minable en a préféré une autre... Il n'a aucune oreille, et joue plus faux qu'une casserole. Qu'est-ce qu'il peut comprendre à la musique ? De toute façon, j'ai envie de laisser tomber le violon et de plaquer l'orchestre. Mais mon père ne veut pas et prétend que je suis trop jeune pour décider. Il dit que je le regretterai et qu'il sera trop tard alors. Du coup, il m'oblige à répéter matin et soir. A mon avis, ça le rassure : il doit avoir peur que je fasse des bêtises ailleurs, que je voie des gens, et que je finisse par me retrouver enceinte ou un truc dans ce goût-là !

La complainte cette fois devenait aussi classique que le problème. Pour la première fois, Eileen tenait le langage de la plupart des adolescents dans son cas.

– Crois-tu vraiment que ce soit ce qui inquiète ton père ?

Elle haussa les épaules, baissa la tête, et Leslie sentit que cette question venait trop tôt. Elle jeta un bref coup d'œil à la pendule à coucou autrichienne parfaitement démodée fixée au mur. Le carillon sonnerait dans quelques minutes, marquant la fin de l'entretien. Elle posa donc une dernière question :

– Eileen, peux-tu me parler de ces assiettes que ton père t'accuse d'avoir cassées ?

– Que voulez-vous que je vous dise ? Tout ce que je sais, c'est qu'elles ont atterri sur le plancher, en mille morceaux. Papa en a lancé une vers moi, et il a prétendu ensuite que je l'avais jetée moi-même ! s'indigna-t-elle, haussant le ton pour la première fois. Ce n'est pas vrai ! Si vous voulez tout savoir, ce n'était pas un accident ! Je suis sûre qu'il me visait !

– Pourquoi aurait-il fait une chose pareille ?

– Parce qu'il ne peut plus me supporter ! Il veut me forcer à partir chez ma mère, au Texas ! Il me déteste !

Leslie laissait toujours une boîte de mouchoirs en papier discrètement posée sur une tablette derrière le fauteuil de ses patients. Eileen n'ayant pleuré à aucun moment, il n'avait pas été nécessaire de la lui indiquer. Tout à coup, cette boîte quitta la tablette et vola vers elle à grande vitesse. Leslie se pencha pour l'esquiver et jeta à l'adolescente un regard stupéfait. Qui eût cru que la boîte pouvait se trouver à sa portée ? D'ailleurs, la petite lui avait paru tout à fait inoffensive et dénuée d'agressivité !

– Eileen !

– Voilà ! Je parie que vous allez m'accuser, vous aussi ! s'emporta l'adolescente, se levant d'un bond.

Au même instant, le cendrier d'étain posé sur le bureau de Leslie se souleva à son tour, et, après avoir paru hésiter une fraction de seconde, fondit soudain sur Eileen. Sa tranche acérée la frappa à l'arcade sourcilière, et le sang se mit à couler. La jeune fille s'affaissa dans son fauteuil en se couvrant le visage des deux mains.

– Vous aussi, vous me détestez ! sanglota-t-elle. Regardez, je saigne ! Pourquoi faut-il que tout le monde me déteste ?

Recroquevillée dans le fauteuil, elle passa la main sur son visage, et considéra ses doigts poisseux avec horreur. Alors, dans un silence oppressant, le coucou autrichien se mit à chanter à cinq reprises.

– Je t'assure que je sais que ce n'est pas toi, répéta une nouvelle fois Leslie, tendant à l'adolescente un verre de jus d'orange. Je ne comprends pas ce qui s'est passé. Bois, et cesse de t'inquiéter. Nous reparlerons de tout cela la prochaine fois. Si tu as le moindre problème d'ici là, tu n'as qu'à me téléphoner. D'accord ? (Elle reprit le verre de ses mains.) Ecoute, j'entends ton père qui vient te chercher.

Eileen pleurnichait toujours.

– Il va... il ne me croira jamais ! Il me déteste ! Il va trouver le moyen de tout mettre sur mon dos.

– Ne lui parle de rien, conseilla Leslie en lui fourrant un mouchoir en papier dans la main.

Après une vague hésitation, celle-ci le porta à son arcade sourcilière barrée par un pansement adhésif.

– Et s'il veut savoir comment je me suis fait ça ? demanda-t-elle d'une voix presque implorante.

– Libre à toi de lui dire la vérité, mais uniquement si tu le désires. La décision t'appartient.

– Il ne me croira pas !

– Alors raconte-lui que tu as trébuché et que tu t'es blessée en te cognant au coin de mon bureau.

Tout en parlant, Leslie commençait à se demander si elle ne venait pas, avec sa patiente, d'être victime d'une hallucination, doute qui lui remit en mémoire ceux qui l'avaient saisie juste après la vision du cadavre de Juanita Garcia immergé dans le canal. Ayant posé une main sur l'épaule d'Eileen, elle la raccompagna vers la sortie. La voiture de son père attendait dans la rue. Eileen enfila son blouson en hâte, dévala les marches du perron et la portière de la voiture se referma bruyamment sur elle.

Leslie regagna son cabinet à pas lents. A l'extrême limite, Eileen avait pu saisir à son insu la boîte de mouchoirs pour la lancer dans sa direction. Mais le cendrier ? Il était évident qu'il se trouvait hors de sa portée quand il avait pris son envol...

Elle ramassa l'objet sur le sol. Sa tranche était maculée de sang tiède et gluant. Saisie d'une étrange nausée, elle faillit le lâcher et se força à le déposer sur son bureau.

Le cauchemar va-t-il recommencer ? Et moi qui croyais avoir laissé tout cela loin derrière, à Sacramento...

Une phrase sur la parapsychologie lue à l'université de Duke lui revint en mémoire. Elle avait été écrite par un célèbre psychologue : « Dans tout autre domaine, des preuves dix fois moindres auraient suffi à me convaincre ; dans ce domaine particulier, des preuves dix fois plus consistantes ne sauraient le faire, parce que je sais que ces choses sont impossibles. »

Confrontée à l'évidence, Leslie ne savait plus que penser. Elle s'assit à son bureau et se força à rédiger un compte-rendu de son entretien, auquel elle adjoignit son témoignage visuel. Puis elle rangea le dossier « Eileen Granston », et réfléchit à nouveau à ce qu'elle venait de voir – ou croyait avoir vu.

Se souvenant qu'un psychologue réputé avait signé une étude sur les esprits frappeurs, qu'il désignait sous le nom de *poltergeists,* elle se promit d'aller l'emprunter dès le lendemain à la bibliothèque universitaire de Berkeley. Si sa patiente était sous l'influence d'un poltergeist, le moins qu'elle pût faire était de se renseigner sur le sujet. Pour l'instant, cependant, elle ne désirait rien autant qu'une bonne tasse de thé, et le réconfort d'un bain chaud dans une débauche de bulles parfumées, pour tâcher d'oublier tout ce qui venait de se passer, au moins jusqu'au lendemain matin.

Pourtant, apercevant le voyant rouge de son répondeur téléphonique clignoter, elle se résigna à rembobiner la cassette pour l'écouter. Un autre client peut-être ou un message d'Emily l'avertissant qu'elle rentrerait tard, ou bien celui de son agent immobilier pour lui proposer une autre visite ?

En fait, c'était Joel :

« J'ai passé tout l'après-midi au stade avec Bobby, disait-il. Du coup, me voici condamné à faire des heures supplémentaires au bureau. Téléphone-moi pour que nous allions grignoter quelque chose ensemble quand j'aurai fini, d'accord ? Je t'aime. Bisous ! »

Leslie sourit. Ce message lui ressemblait tellement. Bobby était un enfant pauvre du ghetto noir auquel Joel consacrait beaucoup de temps. Que penserait-il d'Eileen et de son esprit frappeur ? Mais elle ne pouvait lui en parler. Ce qui se disait dans son cabinet était aussi confidentiel que les aveux recueillis dans la pénombre ouatée d'un confessionnal. D'ailleurs, quel secours un avocat pouvait-il en l'occurrence lui apporter ? Personne n'avait encore jamais réussi à traîner un poltergeist devant les tribunaux !

Elle composa son numéro. Joel répondit, au bout de deux sonneries, d'un ton professionnel :

– Cabinet Manchester, Ames, Carmody et Beckenham. J'écoute.

– Joel ? C'est moi.

– Leslie ! murmura-t-il, d'une voix douce. Je commençais à croire que tu n'appellerais plus. Es-tu prête ? Je passe te prendre quand tu veux.

– Quels sont tes projets ?

– Passe une jolie robe, ma belle : je t'emmène au Claremont fêter la fin de l'affaire Hanrahan. Le tribunal a jugé la plainte non recevable.

– C'est merveilleux, chéri !

Leslie savait que Joel avait consacré beaucoup d'énergie à ce dossier, en dépit d'honoraires relativement modestes. Il s'agissait pour lui d'un succès important mais elle eut néanmoins une brève hésitation.

– Joel, reprit-elle... Ne pourrions-nous pas remettre cette célébration à plus tard ? Je sors d'une journée éprouvante, et celle de demain s'annonce plus rude encore. Je ne voudrais pas me coucher tard.

– D'accord, chérie. Eh bien, allons si tu veux prendre quelque chose dans ce petit restaurant grec de College Avenue que tu aimes tant. Mais si tu te sens trop fatiguée, je peux aussi aller acheter un plat chez un traiteur et te l'apporter.

Joel, à cet égard, était formidable et ne rechignait jamais à modifier pour elle ses projets au dernier moment.

– Mais non, chéri, allons chez le Grec, ce sera très bien, répondit-elle, et je te promets que nous fêterons dignement ta victoire un autre soir.

– Je passe te prendre dans vingt minutes. Ça te va ?

– C'est parfait.

De nouveau pleine d'entrain, elle monta l'escalier quatre à quatre, se débarrassa de sa veste et de son chemisier, choisit un corsage rouge framboise qui rehaussait l'éclat de son teint et passa en hâte un coup de brosse sur ses courtes boucles brunes.

Si elle avait cru au destin, elle aurait été bien tentée de penser que c'était pour rencontrer Joel Beckenham qu'elle avait quitté Sacramento. Il était tellement différent de son frère Nick !

Il n'y avait eu d'ailleurs jamais rien de sérieux entre elle et lui. Nick était vaguement fiancé à l'une de ses anciennes camarades de classe qui terminait ses études à Chicago. Tout au plus étaient-ils sortis quatre ou cinq fois ensemble, s'étaient-ils embrassés deux ou trois fois sur la joue et avaient-ils fêté, en tout bien tout honneur, sa promotion au grade d'inspecteur. Dire qu'il l'avait interrogée sur les adolescentes disparues eût été excessif. Et pourtant, deux d'entre elles fréquentaient le lycée où elle exerçait ses fonctions, et il se pouvait fort bien qu'elle eût été la dernière personne à avoir vu Juanita Garcia en vie. Elle l'avait en effet reçue dans son bureau la veille du jour où ses parents avaient signalé sa disparition. Or, personne ne l'avait depuis revue vivante.

– A l'exception bien sûr du meurtrier, avait-elle fait

remarquer à Nick à l'époque, s'informant si elle figurait sur la liste des suspects.

– Ne sois pas grotesque, Leslie ! avait-il répondu avec un rire forcé. Simplement, nous avons déjà trois cadavres sur les bras, et l'assassin court toujours. Toutes ces filles avaient le même âge, les cheveux longs et noirs...

C'est alors, à cet instant précis, qu'elle avait eu sa vision, aussi nette que le reflet de son propre visage dans un miroir.

– Juanita flotte sur... un canal, près d'une bouche d'égout, s'était-elle entendu prononcer d'une voix frémissante. Elle ne bouge pas. Ses cheveux sont tressés. Il lui a fait des nattes...

– Comment peux-tu le savoir ? Nous n'avons justement pas divulgué ce détail pour éviter qu'une bande de cinglés en tout genre nous abreuve de faux aveux. Mais entre nous, nous n'appelons plus l'assassin que le « tueur aux nattes », car il tresse les cheveux de ses victimes après les avoir violées et tuées.

– Je la vois, avait répété Leslie dans un souffle. Elle est dans ce canal, près d'un égout, non loin d'un moulin à vent... Elle porte son blouson de cuir noir.

Séance tenante, Nick l'avait entraînée, toutes sirènes hurlantes, dans sa voiture de police noire et blanche. Mais, sur place, elle avait refusé de reconnaître le corps de Juanita, ne l'ayant que trop identifiée dans son effrayante vision. La veille encore, dans son bureau, la jeune fille était physiquement bien présente avec ses longs cheveux noirs cascadant librement jusqu'aux hanches. Et maintenant ils étaient prisonniers d'un inextricable réseau de tresses. Le pire était que Leslie avait aussi vu les mains du tueur, et son visage. Le visage de Joachim Mendoza, avec son bec-de-lièvre portant la marque du scalpel, la cicatrice en forme de croissant qui scindait en deux sa fine moustache, ses sourcils en accent circonflexe... Elle l'avait revu ensuite après son arrestation, après que l'on eut découvert des tresses de cheveux et des sous-vêtements féminins souillés dans sa chambre, son visage continuant épisodiquement à la hanter dans ses cauchemars. Sa description précise du tueur avait laissé si pantois l'assistant de Nick qu'il se refusait à croire qu'elle n'avait jamais rencontré Mendoza auparavant. Sans doute d'ailleurs la soupçonnait-il encore à ce jour d'être impliquée d'une façon ou d'une autre dans l'affaire, ne fût-ce qu'en tant que témoin oculaire.

Nick, en revanche, n'avait pas un instant cessé de la soutenir et de la réconforter. Mais l'*Enquirer* avait continué de la harceler, lui offrant même un billet d'avion pour Chicago afin qu'elle contribue à l'élucidation d'un autre crime sexuel. Elle avait également reçu une foule d'appels anonymes, jusqu'au jour où elle s'était résignée à couper les ponts. Et bien sûr, il y avait eu la mère de Juanita Garcia, qui l'avait odieusement prise à parti au cours de l'enterrement.

– Pourquoi n'avez-vous pas eu cette vision alors qu'elle était dans votre bureau, bien vivante ? Pourquoi ne pas l'avoir avertie avant qu'elle ne croise le chemin de ce monstre ? Parce qu'il fallait qu'elle meure pour que votre nom soit imprimé dans les journaux !

Effondrée, Leslie avait répondu la stricte vérité : qu'elle aurait donné dix ans de sa vie pour voir à temps l'horrible menace qui pesait sur sa fille, pour empêcher Juanita de tomber aux mains d'un immonde maniaque. Elle l'aurait bien évidemment avertie, suppliée d'être prudente. Mais aucune vision n'avait troublé son entretien avec elle, qui, en récidiviste impénitente de l'école buissonnière, était restée debout, maussade, butée, méprisante, manifestement sous l'effet de la marijuana. Comment d'ailleurs sa mère pouvait-elle être si sûre qu'elle aurait, le cas échéant, écouté ses conseils, Juanita n'ayant jamais prêté la moindre attention aux paroles des enseignants ?

Revenant au présent immédiat, Leslie s'aperçut alors qu'elle ne contemplait pas son visage dans le miroir, mais celui de la jeune fille assassinée, flottant entre deux eaux.

La sonnerie du téléphone interrompit sa vision, et elle courut décrocher l'appareil tandis que s'élevaient dans la maison les premiers accords d'un prélude de Bach : Emily était rentrée et commençait à répéter.

– Allô ?

La voix qui lui répondit était pâteuse, comme brouillée, et elle ne parvint pas à comprendre son interlocuteur. Comme il n'était pas rare qu'une personne en plein désarroi psychologique eût de la difficulté à s'exprimer, elle lui demanda, en s'excusant, de bien vouloir répéter.

– Alison... fit la voix, où est Alison ?...

– Désolée, mais vous devez faire erreur.

Un grommellement indistinct, une espèce de protestation confuse, se fit entendre, puis on raccrocha. Leslie à son tour reposa l'appareil. Mauvais numéro, ou appel anonyme ? On lui avait appris que ce type d'erreur n'était jamais fortuite et que lorsqu'on composait un numéro à la place d'un autre, c'était toujours à dessein, même si l'intéressé refusait de se l'avouer. Elle n'était pas tout à fait certaine d'adhérer à cette théorie, la vérité n'était sans doute pas aussi tranchée. L'index pouvait glisser, le regard confondre deux numéros sur une page d'annuaire.

Regagnant sa coiffeuse, Leslie s'appliquait à fixer à ses oreilles des boucles ornées de perles lorsque Emily grimpa quatre à quatre l'escalier et apparut sur le seuil de sa chambre, ses cheveux acajou réunis en une stricte queue de cheval. A dix-sept ans, sa révolte adolescente se manifestait par un goût prononcé de la rigueur plutôt que par celui de la fantaisie, son cou de cygne, souple et délicat, et son port de tête majestueux la faisant paraître encore plus grande qu'elle n'était.

– Est-ce maman qui vient d'appeler ?

– Non, chérie, c'était une erreur.

– Et cette maison alors ? s'enquit Emily avec curiosité. As-tu signé ?

Leslie secoua la tête.

– Non. Trop petite. Jamais nous n'aurions pu y faire tenir mon cabinet et ton piano.

– Dommage..., soupira la jeune fille. Tu sors ?

– Oui, Joel et moi allons dîner en ville. Tu trouveras de quoi te faire un hamburger au frigo.

Une moue dégoûtée rappela à Leslie que sa sœur s'adonnait pour l'instant à la mode végétarienne.

– J'ai mangé une salade en chemin. Un yaourt me suffira amplement. Au fait, l'accordeur est-il venu ?

– Non, je n'ai pas eu le temps de l'appeler. Est-ce si urgent ? demanda-t-elle en descendant l'escalier.

Elle attrapa son manteau dans l'entrée et jeta au passage un coup d'œil à l'intérieur du petit salon carré où sa sœur venait de s'engouffrer. Emily faisait courir ses doigts sur les touches de son piano en esquissant une grimace.

– Tu n'entends pas ? lâcha-t-elle, implorante. Il sonne complètement faux. Sois gentille, Leslie, appelle-le demain matin, le plus tôt possible. Tu n'oublieras pas ?

– Ne peux-tu pas l'appeler toi-même ? répliqua Leslie avec une pointe d'agacement. Ecoute, c'est toi qui ne peux plus supporter le son de ce piano, et puis je reçois un patient très tôt. De plus, il faut que je trouve maintenant une autre agence immobilière, car le négociateur actuel n'a apparemment plus rien à me proposer.

Emily, égrenant quelques arpèges, inclina la tête sur le côté d'un air rêveur.

– Leslie, je voulais te demander... Y a-t-il d'authentiques détraqués parmi ta clientèle ? Je sais, tu n'as pas le droit de me parler d'eux, s'empressa-t-elle d'ajouter avec une mimique d'impatience. Simplement, quand le téléphone a sonné il y a cinq minutes, j'ai eu la chair de poule. Figure-toi que tout à l'heure, j'ai reçu un appel vraiment sinistre. La... personne qui se trouvait au bout du fil n'a pas dit un mot. On entendait juste une sorte de souffle ... une respiration.

– Qu'y a-t-il d'inquiétant à cela ? remarqua Leslie. Nous respirons tous vingt-quatre heures sur vingt-quatre.

– Oui, mais cette personne le faisait intentionnellement... Ce que je veux dire c'est que, à mon avis, ce n'était pas un de ces obsédés sexuels qui prennent leur pied en haletant au téléphone. Non, c'était différent. On aurait dit...

Emily marqua un temps d'hésitation avant de poursuivre.

– Je ne sais pas comment te le décrire, mais cet appel m'a fait froid dans le dos. Il avait quelque chose de... menaçant. J'ai rarement senti d'aussi mauvaises vibrations ! N'est-ce pas la même personne qui vient de rappeler ?

Leslie écarta d'emblée l'hypothèse de sa sœur.

– Mais non. Aucun de mes patients ne souffre de troubles graves. Cette personne a-t-elle prononcé mon nom ?

– Non, elle n'a pas dit un mot, Leslie ! C'était affreux. Cette voix ne paraissait même pas humaine ! On aurait dit... qu'elle venait d'ailleurs, des profondeurs du purgatoire.

L'image rendait assez bien l'impression que Leslie elle-même avait éprouvée en répondant au téléphone. Or, s'il y avait une chose à laquelle elle n'avait aucune envie de penser en ce moment, c'était bien à l'au-delà. Non seulement le souvenir de Juanita Garcia était revenu la harceler, mais elle venait de voir un cendrier décoller de son bureau et atteindre en plein front l'une de ses patientes. C'est de rationnel dont elle avait besoin ce soir, non du contraire.

Sourcils froncés, Emily se pencha sur le clavier.

– J'aurais mieux fait de jouer du violon. Ou peut-être de bifurquer vers le métier d'accordeur. J'ai une bonne oreille, et c'est une spécialité qui rapporte des fortunes. Le conservatoire coûte tellement cher ! Ah, si je pouvais gagner un peu d'argent, tu aurais la vie plus facile, et...

– Notre situation n'est pas si difficile, crois-moi. Sois patiente. Quand j'étais à l'université, je ne disposais que de cinq dollars par semaine, et il m'est arrivé bien des fois de rentrer à pied – sept kilomètres – pour économiser le prix du bus, ce qui me permettait d'acheter du dentifrice et du savon. A ce propos, j'aimerais beaucoup que tu t'en achètes un au lieu de passer ton temps à utiliser le mien !

ADAGIO POUR UNE OMBRE

Un bruit de pas sur le perron mit fin à leur conversation.

– C'est Joel. A tout à l'heure, chérie. Je rentrerai sûrement avant minuit.

– A moins que ton prince charmant ne t'enlève pour la nuit !

Leslie secoua la tête énergiquement.

– Non, j'ai un rendez-vous très tôt demain matin.

– Prends tout de même tes clés. Je risque de rentrer tard, moi aussi : ce soir, je garde la petite Simmons – une vraie peste ! Mes oreilles vont être mises à rude épreuve. Je crois que je préfère encore jouer sur un piano désaccordé !

Leslie vérifia que ses clés étaient dans son sac à main et ouvrit la porte.

– N'oublie pas de tout verrouiller en sortant ! lança-t-elle avant de disparaître.

II

Le dîner fut exquis : après une délicieuse salade de tomates fraîches, ils dégustèrent des beignets au poulet, truffés de raisins secs, le tout savamment épicé à la cannelle et à la cardamome. D'humeur exubérante, Joel avait commandé une bouteille d'un grand vin pour accompagner le récit du dénouement heureux de son affaire.

– Si je me souviens bien, l'interrompit un instant Leslie, ton client était accusé d'attentat à la pudeur. Cette histoire a-t-elle été montée de toutes pièces pour lui faire du tort ?

– Même pas. Cette plainte était vraiment grotesque. Tu te rappelles de ce concert de rock, l'année dernière ? Ah, non, c'est vrai, tu étais encore à Sacramento. Quoi qu'il en soit, tu sais ce qui se passe en de telles occasions : les jeunes en profitent pour aller un peu plus loin que le flirt, voire même pour faire l'amour à l'abri des couvertures qu'ils apportent. Toujours est-il que mon client assistait au spectacle. Or, il est homosexuel. A force de voir ces gosses se lutiner autour d'eux, lui et l'ami qui partage sa vie depuis neuf ans – ils tiennent ensemble une librairie sur Castro Street – ont eux aussi été saisis d'un petit accès de romantisme. Bref, ils se sont pris par la main. Par la main, Leslie ! Et cela a suffi pour qu'une vieille dame – que faisait-elle là d'ailleurs ? – porte plainte et qu'un flic tout juste sorti de sa cambrousse les embarque illico pour attentat à la pudeur !

Il souleva son verre et but une gorgée, s'étranglant à demi sous l'effet de l'indignation.

– Joel ! Ils ont dû tout de même aller un peu plus loin pour être arrêtés !

– C'est ce que je me suis dit dans un premier temps. Mais la vieille dame en question a été jusqu'à prendre en photo leur attitude « scandaleuse ». J'ai vu le cliché. Ron Hanrahan, mon client, tient son ami Joe par la main, et Joe a la tête appuyée sur son épaule. Voilà, c'est tout. Quelle débauche ! Je t'affirme, Leslie, que je n'éprouve pas de sympathie spéciale pour les homosexuels qui traînent dans les bars, n'ayant personnellement jamais compris comment un homme pouvait avoir envie d'un autre alors que le monde regorge de filles superbes. Mais de là à les arrêter, surtout lorsque l'on sait ce qui se passait autour d'eux, c'est vraiment stupide.

– C'est en effet assez incompréhensible. Qui a pu... ?

– D'après la vieille dame et le flic, leur attitude était choquante pour les adolescents qui les entouraient. Or, les adolescents en question étaient eux-mêmes trop affairés pour remarquer quoi que ce soit. En fin de compte, nous avons donc réussi à obtenir le retrait pur et simple de la plainte, mais je suis désolé pour Ron. Son nom a été abondamment cité dans la presse. Quant aux parents de Joe, ils ne savaient pas que leur fils était homosexuel.

– C'est tout de même moins grave que s'ils s'étaient retrouvés en prison.

– C'est vrai. Mais ces vieilles dames qui passent leur temps à porter plainte pour un oui ou pour un non sont plus nuisibles que les gens qu'elles guettent, jugent, voire persécutent. Mais parlons de toi. Tu sembles épuisée, Leslie. Dure journée ?

– Très.

Quelle serait sa réaction, pensa-t-elle, s'il connaissait l'épisode du poltergeist ? Mais c'était impossible. Lui pouvait parler à volonté de son métier, elle était tenue au silence. Cela finirait même par poser problème s'ils devaient vivre ensemble.

– Je n'ai pas avancé d'un pouce dans mes recherches immobilières, enchaîna-t-elle donc en soupirant. La maison que j'ai visitée aujourd'hui était charmante, mais trop petite pour Emily et moi.

– Tu connais mon opinion sur la question. Ne serait-il pas plus simple de chercher une maison pour nous deux plutôt que pour toi seule ?

– Crois-tu que nous soyons prêts à vivre ensemble ? dit-elle, se reprochant déjà d'avoir abordé le sujet.

– Nous ferions sans doute mieux d'attendre, mais si cela peut te rendre heureuse, je suis prêt à t'épouser tout de suite.

Leslie se raidit.

– Il est trop tôt, tu le sais. Nous sommes tombés d'accord pour attendre la fin des études d'Emily, et surtout la création de ton propre cabinet. D'ici là, ma clientèle aura aussi...

– Ta clientèle ? Voyons, Leslie, reviens sur terre ! Si tu t'es mis en tête de trouver une maison, n'est-ce pas au fond pour me mettre au pied du mur en me faisant comprendre que tu te débrouilleras sans moi si je tarde à me décider ? Est-ce que je me trompe ?

Joel avait parlé avec une assurance si tranquille que, l'espace d'un instant, Leslie se demanda s'il n'avait pas percé à jour ses motivations profondes. Mais elle n'en répliqua pas moins aussitôt :

– Comment oses-tu dire une chose pareille ?

– Ecoute, j'ai réfléchi. Peut-être devrions-nous nous marier, bâtir dès à présent quelque chose ensemble plutôt que continuer à nous escrimer chacun de notre côté. Nous

nous aimons. Pourquoi ne pas, dès à présent, nous organiser rationnellement ?

– Ce n'est pas mon avis, répondit-elle le plus calmement possible afin d'éviter de jeter de l'huile sur le feu. Mieux vaut nous en tenir à notre situation actuelle. Tu as besoin de conforter ta carrière sans être gêné par les contraintes d'un foyer, moi de même. De plus, je souhaite voir ma sœur diplômée.

– Tu persistes donc à vouloir acheter une maison ?

– Oui. Y vois-tu un inconvénient ?

– Oui. Je crains de ne pas avoir ma place dans ta nouvelle vie.

– Chéri, sois raisonnable, murmura-t-elle en lui prenant la main. De la même façon que tu as ta carrière, j'ai la mienne, et...

– Tu te mets à parler comme ces pétroleuses du MLF ! Ta maison, ta carrière ! Tu agis sans te soucier un instant de mon opinion. Moi, moi, moi, tu n'as que ce mot à la bouche !

L'injustice criante de cette tirade laissa Leslie interdite.

– Mais enfin ! Tu as toujours été le premier à dire qu'il était trop tôt pour songer à nous marier et maintenant...

– Oui, j'ai changé d'avis.

– Pas moi ! Joel, j'ai l'impression que nous ne sommes pas du tout sur la même longueur d'onde. Ecoute, nous sommes fatigués l'un et l'autre et devrions remettre à plus tard cette conversation. Sois gentil. Partons vite et raccompagne-moi.

– Ah ! non, ce serait trop facile ! Ecoute, Leslie, tu pousses le bouchon un peu trop loin. Chaque fois qu'un problème se pose, tu refuses la discussion. Se dérober dans ce domaine n'a jamais rien résolu.

– Je ne me dérobe en rien, fit-elle, prise de court, mais je refuse de me prêter à ce genre de querelle qui semble te ravir.

– Déformation professionnelle, Leslie. On ne peut devenir avocat si l'on cède du terrain chaque fois qu'on se trouve confronté à une légère divergence d'opinions.

– Eh bien, moi, je ne supporte pas d'avoir l'impression de me trouver devant un tribunal chaque fois que nous avons ce que tu appelles une « légère divergence d'opinions » ! Or, en l'occurrence, il ne s'agit pas d'une simple divergence, Joel, mais d'un désaccord fondamental. Tu espères me faire changer d'avis sans envisager une seconde d'écouter mes arguments. Et comme je refuse...

– Loin de moi l'idée de te harceler, mon amour. Mais essaie d'imaginer les choses d'un point de vue rationnel. Que feras-tu de ta maison une fois que nous serons mariés ?

– Rien ne m'empêchera de la louer, de la revendre ou de laisser Emily l'occuper quelque temps. Nous pourrions aussi nous y installer, toi et moi, en attendant d'en trouver une plus grande. L'immobilier est le meilleur des placements – c'est toi-même qui me l'as dit ! Qu'est-ce qui te choque dans l'idée que je puisse réaliser un bon investissement ?

Les yeux fixés sur son assiette, Joel repoussa son verre. Ses mains étaient longues, élégantes et à la fois musclées, surtout tellement expertes... Leslie refoula les images qui menaçaient de lui faire perdre le fil de ses pensées.

– Admettons, finit-il par murmurer. Peut-être, au fond, suis-je plus traditionaliste que je ne le pensais. Il est vrai que je réprouve totalement le partenariat informel en vogue de deux personnes indépendantes faisant un bout de chemin ensemble en attendant de trouver mieux. Cela dit, je ne vois aucun inconvénient à ce que tu acquières d'abord l'expérience d'un métier, à ce que tu essaies, selon la formule consacrée, de te trouver toi-même. Je n'ai d'ailleurs jamais eu le sentiment que tu étais perdue, et suis tout prêt, si tu le veux, à m'engager vis-à-vis de toi pour la vie. Mais j'attends de toi une même et confiante adhésion.

C'était, en la matière, le plus long et le plus solennel discours que Leslie eût jamais entendu Joel proférer, et elle ne put s'empêcher d'apprécier la fermeté avec laquelle il prenait position sur un sujet qui lui tenait à cœur. Malheureusement, il correspondait assez peu à sa propre vision de la vie et du mariage.

– Joel, je suis heureuse que tu aies eu l'honnêteté de me parler si franchement, dit-elle d'un ton neutre, dangereusement proche de celui qu'elle employait avec ses patients. A mon tour d'être aussi claire et sincère envers toi. Nous n'attendons pas les mêmes choses de l'existence. Je désire garder mon indépendance, exercer une vie professionnelle en marge d'un foyer, exactement comme tu le souhaites pour ta carrière. Je ne veux pas disparaître derrière Mme Joel Beckenham. Crois-tu d'ailleurs sérieusement que je puisse envisager de vivre en me contentant de gérer l'argent que tu gagneras ?

– Je l'espérais. J'ai besoin d'une femme qui me soutienne dans ma carrière – bref, d'une épouse traditionnelle dans un cadre traditionnel.

– Pour ma part, je ne puis me résoudre à un mariage politique, Joel, surtout s'il s'agit de ta politique. Comment as-tu pu croire que je pourrais voter pour un programme aussi conservateur ?

– C'est la seule voie rationnelle à suivre, et j'espérais que tu aurais le bon sens de l'admettre. Selon moi, un couple se doit de marcher dans la même direction.

– Dans ta direction, précisa-t-elle encore avec douceur. Que fais-tu de mon propre métier ?

– Ecoute, Leslie, tu ne veux tout de même pas que je me réjouisse de te voir perdre ton temps avec des ratés ou déséquilibrés ? riposta-t-il, sarcastique. J'espérais que ton métier te permettrait de te rendre compte à quel point le monde qui nous entoure est malade, et surtout de comprendre que tu as tout à gagner en devenant ma femme. Mais je vois qu'il faut tout remettre à plat. Eh bien, marions-nous, Leslie. Marions-nous cet été, si tu veux, au mois d'août par exemple, et achetons une maison ensemble. Mais nous pouvons aussi en faire construire une si tu préfères. Tu continueras à travailler pendant un an ou deux jusqu'à ce qu'Emily vole de ses propres ailes.

– C'est là une offre très généreuse, répliqua Leslie en se levant cette fois, le visage fermé, mais j'ai besoin de temps pour digérer tout ce que tu viens de me dire. Je commence d'ailleurs sérieusement à croire que nous sommes en train de nous fourvoyer. Le type de mariage que tu me proposes ne me rendra jamais heureuse. Ramène-moi chez moi, veux-tu ? Et puis non, reste, je vais prendre un taxi !

Joel agita sa carte de crédit en direction du serveur et se leva pour la rattraper.

– Leslie !... Il n'est pas question que tu me quittes de cette manière ! Je t'en prie, reviens t'asseoir. Pourquoi ne pas envisager les choses rationnellement ?

Maîtrisant sa colère, la jeune femme se laissa reconduire vers la table.

– Tu n'as que le mot rationnel à la bouche, Joel. Ne t'es-tu jamais aperçu que la vie n'est pas uniquement affaire de logique ?

Il se rassit et lui offrit à boire.

– Je pensais que tu avais eu ta dose d'irrationnel à Sacramento. Je croyais même que c'était la raison de ton départ. Prends un peu de ce vin, Leslie. Tu es sur les nerfs, et je n'ai pas l'intention de te perdre à cause d'une simple divergence d'opinions.

– C'est beaucoup plus grave que cela, protesta-t-elle, portant à contrecœur le verre à ses lèvres. Nous sommes à des années-lumière l'un de l'autre, Joel. Nous aurions dû nous en apercevoir plus tôt. Peut-être est-ce ma faute si nous n'en avons pas parlé plus tôt. Quoi qu'il en soit, il faut bien reconnaître que toi et moi avons des aspirations très différentes.

Le regard étincelant à la lueur des chandelles, Joel se pencha par-dessus la table et lui saisit le poignet.

– C'est toi que je veux, Leslie, murmura-t-il d'une voix sourde, et toi aussi, tu me veux. Nous nous connaissons depuis assez longtemps pour savoir que c'est la seule chose qui compte.

Leslie sentit une insidieuse chaleur se répandre en elle, des images d'un bonheur partagé envahir son esprit... Après l'explosion d'hystérie de Sacramento, après sa photo et son nom placardés à la une du *National Enquirer,* après tout ce bruit, cette fureur, la tranquille logique de Joel s'imposait à elle comme une bénédiction.

– Il n'y a pas que cela dans la vie, Joel, se risqua-t-elle à dire d'une voix moins assurée.

– Chérie, un homme et une femme heureux dans les bras l'un de l'autre peuvent s'entendre sur tout le reste.

– Joel, tu es impossible. Avoue que tu n'as pas écouté un mot de tout ce que je viens de dire ! Pourquoi refuses-tu de comprendre que même si j'acceptais de t'épouser maintenant – ce qui n'est pas le cas –, nous serions condamnés à l'échec ? Maintenant que je connais ta conception du mariage...

– C'est la conception de toute personne sensée – homme ou femme. Jette-toi à l'eau, Leslie, tu ne le regretteras pas. Marions-nous ! Je te donne ma tête à couper que dès que nous vivrons ensemble, tu ne voudras plus entendre parler d'autre chose !

– Eh bien moi, tu vois, Joel, je ne suis pas prête à miser ma tête. C'est assez pour ce soir, je rentre. Laisse-moi partir si tu ne veux pas que je fasse un scandale.

Le serveur apporta l'addition, et Joel signa son reçu sans rien vérifier.

– Un dernier mot, Leslie. Il faut que nous mettions les choses au point. Tu ne peux pas continuer à fuir la réalité.

– Tu te répètes, mon cher, remarqua-t-elle, glaciale.

– Oui, et j'ai l'intention de continuer. Je suis un homme têtu, je sais ce que je veux, et tu te rangeras à mon avis tôt ou tard. Prends avec moi un dernier verre.

– Je n'ai plus soif, Joel, murmura-t-elle excédée, repoussant le goulot de la bouteille.

Se contentant d'en rire, il n'insista pas, mais poursuivit son plaidoyer, faisant courir ses doigts sur la main de la jeune femme.

– N'as-tu jamais pensé que je pourrais savoir mieux que toi ce que tu veux ? Nous palabrons, nous tournons en rond. Viens plutôt chez moi, et nous résoudrons ce problème de la meilleure façon qui soit.

Il approcha son visage de sa joue et elle sentit son souffle chaud la caresser. Malgré la colère, ses belles résolutions se mirent à fondre comme neige au soleil.

Si je le suis maintenant, il me fera accepter n'importe quoi. Elle vit alors leurs corps nus enlacés, en une vision si précise qu'elle l'ébranla tout entière. Où trouver le courage de renoncer à tout cela ? Quelles que fussent ses exigences, le plaisir qu'il savait lui donner n'en valait-il pas la peine ?

Un ultime sursaut la fit se ressaisir. Elle voulut se lever, mais il resserra son étreinte sur son poignet, refusant de la laisser partir. Comme il tenait de sa main libre son verre de vin, soudain celui-ci échappa à ses doigts, s'éleva au-dessus de la table et se déversa en entier sur son visage. Toussant, crachant, lâchant la main de Leslie pour saisir sa serviette et s'essuyer les yeux, Joel explosa :

– Tu es folle, gronda-t-il épongeant son col et sa cravate dégoulinants de vin... Qu'est-ce qui t'a pris ? Si tu n'as plus d'autres arguments à m'opposer, c'est navrant...

La jeune femme cependant s'était levée précipitamment, hébétée, incapable de la moindre réaction, en proie à la plus grande consternation...

Le verre était dans sa main, pas dans la mienne. Hors de ma portée. Mais cela, il ne le croira jamais. Peut-être, après tout, ai-je réussi à l'attraper pour le lui jeter à la figure...

Elle se mit à trembler, revoyant du même coup son cendrier hors d'atteinte de sa jeune patiente volant à travers son cabinet vers son visage. Un serveur s'affairait autour d'eux, aidant Joel à se nettoyer.

– Quel accident stupide ! bredouilla-t-elle, toujours aussi

troublée. Je suis navrée. Je ne l'ai vraiment pas fait exprès. Ta cravate est-elle au moins récupérable ?

– C'est sans importance.

Il la prit par le bras et l'entraîna vers la voiture. Cette fois le charme était rompu et ils le savaient tous les deux.

– Je te ramène chez toi, dit-il. Ma pauvre, tu es à bout. Ton métier, tous ces cinglés, et aussi cette maison que tu veux absolument trouver... Ne te fais aucun souci pour ma cravate, essaya-t-il de plaisanter. C'est un cadeau de ma tante, et je l'ai toujours trouvée affreuse. Merci de m'en avoir débarrassé. Quant à ma chemise, un bon bain dans de l'eau salée et il n'y paraîtra plus.

Un frisson glacé courut dans le dos de Leslie. Elle revoyait le verre glisser entre les doigts de Joel, sa main à elle trop éloignée pour l'avoir seulement effleuré, le cendrier voler...

– Ramène-moi chez moi, je t'en prie. Je... je crois que je couve quelque chose.

Sans un mot, Joel l'aida à prendre place dans sa voiture et démarra.

Le lendemain matin à sept heures, quand retentit dans sa chambre la sonnerie du réveil, Leslie enfouit la tête sous ses draps en grognant. Elle avait entendu le coucou de son cabinet sonner toutes les heures, et les yeux lui piquaient comme si elle ne les avait pas fermés de la nuit. Tenue malgré tout de se lever rapidement, elle prit une douche chaude qui effaça un peu sa fatigue, passa une jupe et un chandail, et descendit préparer le café.

D'habitude, elle se contentait d'une tasse, mais ce matin-là, elle s'en resservit une deuxième, puis une troisième qu'elle s'apprêtait à avaler quand le téléphone sonna. Elle décrocha l'appareil fixé au mur, et l'irritation la gagna aussitôt en entendant la sonnerie intermittente caractéristique indiquant que sa ligne était occupée ou en dérangement. Elle raccrocha alors, puis décrocha à nouveau, et obtint cette fois une tonalité apparemment normale. Pour s'assurer du bon fonctionnement de la ligne, elle composa donc le numéro du répondeur de la météorologie, qui annonça un temps humide pour la journée, voire pluvieux avec averses et giboulées. Dehors régnait un épais brouillard, probablement plus dense encore à San Francisco, et elle pesta en elle-même sur cet insupportable climat qu'il fallait endurer les trois quarts de l'année.

Revenant achever son café, elle se mit en quête d'un morceau de pain pour le faire griller, mais ne trouva qu'une miche aussi noire que compacte, composée sans doute d'une variété invraisemblable de céréales organiques. Emily s'était encore chargée des courses ! Justement, cette dernière faisait son apparition dans la cuisine en bâillant et Leslie brandit à son adresse la tranche que venait d'éjecter le grille-pain.

– Ah ! où est le bon pain d'antan, ma petite sœur ?

– Pourquoi ? Celui-là ne te va pas ? Il est pourtant très bon et uniquement composé à base de graisses non saturées.

– Ah bon, très bien ! Et ce beurre ? Sommes-nous fauchées au point de ne plus pouvoir nous en offrir du vrai ?

– Ecoute, je viens de lire une étude sur les graisses saturées, et j'ai pensé qu'il valait mieux les éviter. Tu ne l'aimes pas ?

Exaspérée, Leslie haussa les épaules. De toute façon, rien ne pouvait lui paraître bon ce matin, et engager une discussion sur les vertus des produits allégés n'était vraiment pas de circonstance.

– Qui a appelé tout à l'heure ? s'enquit Emily, la bouche pleine.

– Personne. Je n'ai eu droit qu'à une sonnerie.

Debout devant l'évier, Emily se livrait maintenant à une minutieuse sélection d'un cocktail de pilules vitaminées.

– Personne ? Nous ferions peut-être bien de faire vérifier ce téléphone. La même chose s'est produite plusieurs fois hier soir. Cela vaut mieux que le taré de l'autre fois, me diras-tu. Au fait, as-tu passé une bonne soirée ? demanda-t-elle avant d'avaler d'un coup plusieurs pilules.

– Pas exactement. Nous avons eu une sérieuse prise de bec Joel et moi, grommela Leslie jetant à la poubelle le reste de sa tartine.

Mais Emily n'écoutait plus ; passée dans l'entrée, elle fourrageait dans son sac à dos pour vérifier ses livres et ses cahiers.

– J'ai cours d'histoire de la musique à neuf heures. Notre prof continue à déblatérer contre le romantisme. A l'entendre, Mahler est une sorte de fléau de l'humanité ! Ce type croit dur comme fer que la musique est morte avant Beethoven. Il nous a donné trois cours complets sur Alessandro Scarlatti avant de daigner nous parler de Domenico, tu te rends compte ! Ensuite, il nous a forcés à étudier un par un les grotesques opéras de Bononcini. D'après lui, si Bononcini a été éclipsé par Haendel, c'est uniquement pour des raisons politiques. Le roi George III, ou Dieu sait qui, était un grand ami de Haendel, et, selon lui, c'est l'unique raison pour laquelle on ne joue jamais Bononcini au Metropolitan. Il dit aussi que si la musique des romantiques est ce qu'elle est, c'est parce qu'ils avaient tous la syphilis ou la tuberculose. Est-ce vrai, Leslie ?

– Quoi donc ?

– Que les compositeurs romantiques du XIXe siècle ont tous souffert de ces horribles maladies ?

– Il est vrai que la tuberculose faisait des ravages à l'époque. De là à généraliser...

Revenant dans la cuisine, Emily se servit un grand verre de jus d'orange.

– A ton avis, quelqu'un de malade compose-t-il forcément une musique malsaine, ou morbide ? Evidemment, il y a le cas de Charles Manson. N'était-il pas musicien ? Et pourtant, regarde ce qu'il a fait à Sharon Tate.

– Je ne conteste pas ta théorie, Emily, mais elle n'engage que toi. Sers-moi plutôt aussi un verre de jus d'orange.

– Ce n'est pas ma théorie, c'est celle du Dr Whittington ! Comment un givré pareil a-t-il pu devenir professeur de musique au conservatoire ?

Comme Emily se penchait sur la table en tenant la carafe pour remplir le verre de Leslie, son propre verre bascula dans l'évier avec fracas. Leslie poussa un cri et se saisit du sien.

– Ah, la barbe ! s'écria Emily, déposant brutalement la carafe sur la table pour aller repêcher les morceaux de verre brisé dans l'évier, où, comme il fallait s'y attendre, elle s'entailla un doigt. Leslie courut chercher un pansement adhésif dans la salle de bains, le plaça sur le doigt de sa sœur qui, ayant jeté un coup d'œil à sa montre, poussa un juron et sortit au pas de course, criant qu'elle allait manquer son bus.

Restée seule, Leslie, ayant achevé de nettoyer l'évier en prenant garde de ne pas se couper à son tour, eut beau essayer de se convaincre qu'elle avait vu le coude de sa sœur heurter son verre, elle ne put maîtriser le tremblement de ses mains.

Retrouvant néanmoins peu à peu son calme, elle finit son café, puis appela son service de télésecrétariat pour annuler tous ses rendez-vous du jour.

Si elle était victime d'un poltergeist, mieux valait s'abstenir de recevoir des patients. En fait, elle savait très peu de chose sur ce type de phénomène, si ce n'est que les poltergeists se manifestaient le plus souvent chez des jeunes filles hystériques, en général à l'approche de leurs règles. Tel n'était pas son cas...

Mais peut-être était-elle en train de le devenir en raison d'une rancœur inconsciente accumulée vis-à-vis de Joel ? Son subconscient cherchait-il à lui faire admettre qu'elle devait lui céder, renoncer à son métier et à son indépendance ?

Non, c'était absurde. Si tel était son désir profond, pourquoi aurait-elle repoussé l'offre de son ami ? Plus vraisemblablement, son inconscient s'insurgeait au contraire contre la possibilité de victoire de Joel.

Le téléphone sonna de nouveau, et elle lâcha un mot grossier retentissant qui lui fit du bien.

– Allô, fit la voix de l'agent immobilier au bout du fil, Docteur Barnes ? Je crois avoir déniché la maison de vos rêves. Elle est mise en vente aujourd'hui même et correspond, je crois, précisément à ce que vous cherchez. Elle est située tout près de Haight Street, dans un quartier agréable et tranquille. Que diriez-vous de la visiter tout de suite ?

En un éclair, Leslie se dit que si elle n'avait pas annulé tous ses rendez-vous, elle n'aurait pris connaissance de cet appel qu'à midi en consultant son répondeur et qu'il aurait été alors peut-être trop tard.

– Entendu. Je serai là à onze heures.

En chemin, le brouillard se dissipa peu à peu, et céda la place à l'une de ces journées radieuses, hélas trop rares, qui permettent à San Francisco de se faire pardonner ses trois cents et quelques jours par an de brume et d'obscurité. Leslie s'engagea sur « Golden Bridge », admirant les bleus respectifs de la mer et du ciel qui se confondaient. Contrairement à ses prévisions, la circulation était fluide, et elle parvint dans le quartier du Haight près d'une trentaine de minutes avant l'heure de son rendez-vous.

Hippies et toxicomanes avaient été remplacés, à la fin des années soixante, par des malfrats et des petits revendeurs de drogue et, après avoir connu une décadence complète, le quartier entrait à présent dans une nouvelle phase, pompeusement baptisée « site rénové » : les vieilles demeures victoriennes à l'abandon, clinquantes et prétentieuses, s'achetaient bon marché ; une fois retapées et repeintes, elles accueillaient des familles aisées.

Leslie dépassa une boutique de fournitures artistiques qui proposait en vitrine un assortiment de toiles, de chevalets et de pinceaux, puis longea plusieurs librairies qui étaient en train d'ouvrir, leurs étals garnis de livres d'occasion surmontés d'étiquettes « 3 livres pour 1 dollar » ou « tout à 50 cents ».

Se garant en douceur à proximité de l'un d'eux, elle profita de ses quelques minutes d'avance, pour jeter un coup d'œil distrait sur plusieurs étalages où voisinaient pêle-mêle des ouvrages sur le Triangle des Bermudes, les ovnis, la parapsychologie, la magie, la réincarnation, l'occultisme et toutes sortes de traités paraissant plus ou moins sérieux. Deux ouvrages, à proximité l'un de l'autre, retinrent son attention : *Ces Incroyables Poltergeists*, un livre au format de poche d'un auteur inconnu et *Sur la Piste du Poltergeist*, signé Nandor Fodor, renommé pour ses travaux en psychologie, et ne méritant certes pas d'être classé parmi les farfelus ou les assoiffés de sensationnalisme.

Leslie entra dans la boutique, acheta les deux livres et ressortit en hâte. Elle regagna sa voiture, et parcourut la première page du chapitre intitulé « Le Poltergeist de Baltimore ». Fodor expliquait très sérieusement que des boules de sapin de Noël ayant explosé par deux fois l'année précédente sans raison valable chez l'un de ses patients, il en avait déduit que ce dernier ressentait une aversion profonde à l'égard de cette fête... Et le psychanalyste de poursuivre que Noël représentant certainement pour lui un anniversaire symbolique, le poltergeist avait en quelque sorte permis à l'enfant de se libérer d'un traumatisme de naissance. C'était peut-être exact, mais sans aucun rapport avec le cas d'Eileen, ni avec le sien propre. Le père d'Eileen n'avait de cesse d'inciter sa fille à exercer sa créativité musicale (peut-être même insistait-il trop sur ce point), alors que cette dernière n'aspirait finalement qu'à devenir une adolescente comme les autres. Quant à elle-même, elle ne se sentait en rien frustrée : elle exerçait un métier qu'elle aimait, gagnait assez d'argent pour vivre et avait, outre Joel, une sœur cadette lui permettant de donner libre cours à ses instincts maternels.

Fodor, bien sûr, aurait probablement, à son égard, établi son diagnostic en utilisant la vieille argumentation freudienne : désir phallique, besoin féminin de soumission sexuelle, rejet de son propre statut de femme..., bref le répertoire psychanalytique habituel d'élucubrations démodées. Nul doute qu'avec de telles théories il l'eût incitée en fait à se faire violence, à refouler ses aspirations conscientes et à épouser Joel sans tarder, à seule fin de museler son inconscient prétendument déchaîné... Eh bien, c'était hors de question. Elle fourra rageusement le livre dans son sac, démarra en trombe et mit le cap sur le carrefour où l'agent immobilier lui avait fixé rendez-vous.

Y étant presque parvenue, Leslie emprunta une petite rue qui grimpait en lacets le long d'un parc qu'elle ne connaissait pas, avant de se perdre au cœur d'un labyrinthe de venelles transversales, d'impasses et de courettes. Le véhicule du négociateur était garé devant une petite maison brune à la toiture de tuiles en bois. Deux baies vitrées symétriques encadraient une entrée légèrement en retrait. Il agita le bras en reconnaissant Leslie, qui s'arrêta à son tour, sortit de sa voiture et le rejoignit.

Bien que la maison eût sans doute été construite avant le grand tremblement de terre, la porte, les marches du perron et les moulures décoratives semblaient avoir été repeintes la veille. Au-dessus de l'entrée, un œil-de-bœuf laissait pénétrer la lumière du jour à l'intérieur d'un vestibule spacieux et tout blanc dans lequel ils pénétrèrent l'un après l'autre. Deux imposantes portes donnaient accès à droite et à gauche à deux pièces en enfilade, séparées par des portes vitrées. Leslie visita d'abord celles situées à droite et visualisa sur-le-champ l'emplacement du piano d'Emily où pouvait également voisiner sa harpe, toujours au garde-meuble. Une végétation foisonnante se déployait derrière la fenêtre du fond. Passant ensuite dans les pièces se trouvant de l'autre côté de l'entrée, elle découvrit une enfilade identique, couvrant quasiment toute la profondeur du bâtiment.

– Ces deux pièces ont été insonorisées du temps de miss Margrave, déclara l'agent. J'ai tout de suite pensé à votre cabinet.

Un lustre multicolore était suspendu au plafond de la première pièce, qui était aussi la plus grande. La double porte vitrée donnait, elle, sur un espace plus petit, éclairé dans le fond par une large fenêtre. Le papier peint, avec ses rayures blanc et or, semblait trop neuf pour être d'origine, sa stricte élégance appartenant néanmoins à une autre époque.

– Vous aurez une jolie vue d'ici, commenta l'homme en la précédant de quelques pas.

Leslie s'approcha de la fenêtre et contempla la ville qui s'étirait sous le bleu du ciel jusqu'à la silhouette majestueuse du Golden Gate se profilant de toute sa hauteur au-dessus des eaux. Une telle vue, à partir de cette silencieuse oasis de paix, ne pourrait être que bienfaisante pour ses patients. La nature et la ville, le ciel et la mer confondus semblaient ici en parfaite osmose.

Leslie s'efforça néanmoins de museler son enthousiasme, ne voulant pas que sa réaction lui coutât quelques milliers de dollars de plus, alors que le prix de vente risquait déjà d'être suffisamment salé.

– Par beau temps, fit-elle remarquer, la lumière doit être aveuglante. Je serai obligée de mettre de gros rideaux. Il est plus que probable aussi qu'une demi-douzaine de gratte-ciel boucheront la vue dans les dix années à venir. Mais voyons la cuisine. Si je dois installer mon cabinet ici, et ma sœur de l'autre côté de l'entrée, il nous faudra, par la force des choses, nous y tenir beaucoup.

Cette dernière, dans le plus pur style victorien, était immense. Récemment réaménagée, elle disposait d'un éclairage chaleureux, d'un four moderne et d'un réfrigérateur encastré. Outre un vaste coin repas, elle était largement assez grande pour accueillir un lave-vaisselle, une machine à laver et un sèche-linge.

La porte arrière enfin donnait sur un jardin de bonne taille. Bien que laissé à l'abandon et au bord de l'invasion végétale, il dégageait, malgré l'humidité ambiante, un agréable bouquet de senteurs. Un citronnier était adossé contre le mur du garage, ses branches chargées de fleurs blanches et de fruits répandant un parfum entêtant et une ombre bienfaisante.

« Ce malheureux jardin est livré à lui-même. Il n'attendait que moi. » Leslie eut soudain l'impression nette d'avoir trouvé la maison qu'elle cherchait depuis toujours. C'est alors qu'un chat blanc sauta du haut du mur et disparut derrière une touffe de ricins.

– Le chat est-il inclus dans le prix de vente ?

– Quel chat ? Je n'ai rien vu. Il doit appartenir à un voisin.

L'animal semblait pourtant être chez lui, pensa Leslie, et j'ai toujours rêvé d'avoir un chat. Cette maison est idéale... à ceci près qu'elle doit coûter quatre fois la somme dont je dispose.

– Il y a aussi un garage, réaménagé en studio, poursuivit le négociateur sentant sa cliente mordre à l'hameçon, avec en plus une entrée autonome et un cabinet de toilette. Vous pourriez y installer votre bureau ; ces derniers temps, je crois qu'il servait surtout d'atelier de sculpture. Allons le voir, voulez-vous.

A peine entrée, Leslie sentit son enthousiasme se tempérer brutalement. En dépit des trois fenêtres percées dans le mur de l'ancien garage, la pièce était sombre et sinistre, privée de la lumière du jardin par une épaisse vigne vierge qui dégageait une odeur écœurante. Son compagnon eut d'ailleurs lui aussi un froncement de sourcils réprobateur sitôt la lumière allumée. Un tour de potier, surmonté d'un reste de glaise humide, trônait en son plein centre ; une tasse à thé brisée, d'où suintait encore un liquide décoloré, gisait par terre. Leslie réprima un frisson. Froid et humide, l'endroit était dépourvu de tout charme, l'éclairage au néon conférant à l'ensemble l'aspect glacial d'un local abandonné, une petite cheminée, pleine à ras bord de cendres et de poussière, augmentant encore cette désagréable impression.

Leslie se força à penser qu'une bonne couche de peinture et quelques meubles métamorphoseraient les lieux, surtout si dehors on élaguait la vigne vierge qui empêchait la lumière du jour d'entrer. Puis elle jeta rapidement un coup d'œil au cabinet de toilette, relativement propre mais qui dégageait une odeur très désagréable provenant sans doute d'une obstruction dans les conduits d'évacuation.

– Nous nous engageons naturellement à tout nettoyer, s'empressa de promettre le négociateur comme ils regagnaient la maison proprement dite pour visiter l'étage. Regardez : l'escalier est en bois massif, et la rampe vernie est de toute beauté. Le miroir mural au-dessus du palier est également superbe.

Cette maison est à moi. Enfin, j'ai trouvé ce que je cherchais. Allez-vous-en, laissez-moi seule... chuchota une voix en elle. S'efforçant de ne plus l'entendre, Leslie inspecta alors consciencieusement tous les placards du couloir, puis une salle de bains, une petite pièce pouvant faire office de chambre d'hôte – bien que l'agent préférât parler de chambre de service –, ainsi qu'une chambre plus spacieuse qui disposait de la même vue que la pièce du rez-de-chaussée où elle envisageait d'installer son cabinet, avec salle de bains privative carrelée de porcelaine bleue.

De l'autre côté du couloir se trouvait une autre chambre, tout aussi grande, dont la fenêtre ouverte laissait passer un parfum qui montait du jardin et rappelait le jasmin. Leslie le huma un instant avant de s'apercevoir que l'odeur était la même que celle qui lui avait paru si écœurante dans l'ancien garage.

– Je me demande comment cette fenêtre a pu se rouvrir, s'étonna l'agent. Sans doute un gamin a-t-il réussi à grimper jusqu'ici.

Après en avoir refermé les battants, il examina le système de fermeture à crémone.

– Ce n'est pas la première fois que nous la retrouvons

ouverte, expliqua-t-il en relevant la tête, constatation qui amena Leslie à lui poser quelques questions.

– Le quartier n'est pas dangereux au moins ? Ni infesté par des bandes de jeunes ou de voyous ?

– Absolument pas. Sans doute s'agit-il simplement de gosses qui se sont amusés à jouer les Tarzan. C'est curieux, mais cette fenêtre refuse de rester fermée. Il faudra peut-être changer la crémone ou poser un loquet. Tranquillisez-vous d'ailleurs. Vous avez remarqué qu'il y a des barreaux à toutes les fenêtres du rez-de-chaussée, même dans le garage. Ils ont été posés à l'époque où le quartier était un repaire de drogués. Ah, quel calme, quel silence ! On a vraiment du mal à se croire en pleine ville.

C'était tout à fait vrai, à tel point que l'on percevait distinctement le bourdonnement des abeilles dans le jardin. Leslie l'apprécia d'autant plus que là où elle habitait, le vacarme de la circulation l'importunait vingt-quatre heures sur vingt-quatre. Ici, au contraire, le trafic s'entendait à peine. Cet avantage indiscutable acheva de la décider. Elle demanda le prix d'achat, résolue à investir jusqu'à son dernier dollar.

Le coût total de l'acquisition la laissa pantoise. La maison valait quelques milliers de dollars de moins que celle qu'elle avait tant hésité à acheter sur Russian Hill. Or, celle-ci était deux fois plus vaste et disposait d'un vrai jardin ! Certes, le quartier était moins coté, sa réputation n'ayant cessé de se dégrader pendant plusieurs années, mais de là à expliquer la différence...

– Dois-je comprendre, insista-t-elle incrédule, que la maison est rongée par des termites ou sur le point de s'écrouler ? Faut-il prévoir d'importants travaux pour la rendre sûre et confortable ?

– Mais non. Un rapport d'architecte est annexé au dossier. Vous pourrez le consulter à l'agence. Je vous assure que rien ne vous empêche d'emménager dès demain.

– Où est le piège alors ?

– Mais il n'y a pas de piège, Dr Barnes. Les propriétaires actuels sont simplement pressés de vendre. Pour ne rien vous cacher, cette maison a fait l'objet d'une promesse de vente à trois reprises l'an dernier, mais chaque fois, la transaction a été annulée. La vieille dame qui habitait ici est morte soudainement, sans héritier direct, après y avoir vécu cinquante ans. La maison est donc revenue à des cousins éloignés du Nebraska ou du Dakota du Sud. Ils l'ont mise en vente, mais une série de regrettables coïncidences les a forcés à en baisser le prix. Pour commencer, un couple âgé s'est porté acquéreur, mais le jour même où le dépôt de garantie venait à échéance, l'homme est décédé subitement, retirant à sa veuve toute envie de s'installer seule dans une grande maison. Une famille leur a succédé, mais avant la signature définitive des actes, la mère, c'est à peine croyable, s'est suicidée... Très ébranlé, son mari alors a fait une croix sur les sommes déjà versées et a renoncé à l'achat.

– Et que s'est-il passé la dernière fois ?

– Eh bien, la dernière candidate a elle aussi changé d'avis après avoir passé un mois ici. Un beau jour, elle a tout bonnement disparu avec armes et bagages, sans prévenir personne ni essayer de récupérer son acompte. Le matériel de sculpteur que vous avez vu dans l'atelier lui appartient. Bref, ces trois transactions avortées ont permis aux propriétaires de réaliser des bénéfices inespérés. Voilà pourquoi ils veulent maintenant en finir rapidement à un prix plus que raisonnable !

Leslie hésita un instant. Ce qu'elle venait d'entendre était effectivement curieux. A l'évidence, l'ambiance particulière de certains lieux pouvait bel et bien avoir un effet néfaste sur des personnes particulièrement sensibles.

– L'ancienne propriétaire est morte dans la maison, dites-vous ?

L'agent hésita avant de hocher la tête à contrecœur.

– A-t-elle été sauvagement assassinée, ou quelque chose dans ce genre ? Dites-moi tout, cela m'évitera d'imaginer le pire.

– Mais non, rassurez-vous, il ne s'est rien passé de tel. Elle a dû tout simplement tomber de son tabouret de piano et on l'a trouvée morte quelques jours après. La police, bien sûr, a mené une enquête et a conclu à un accident. Vous savez, il est toujours regrettable de laisser vivre seule une dame très âgée, c'est tout.

Rien d'étonnant en somme, en conclut rapidement Leslie, à ce que les lointains propriétaires de cette maison aient fini par penser qu'elle portait malheur ! Un décès inexpliqué, une mort subite, un suicide et une disparition..., la liste était un peu longue. Cette pensée la fit sourire. Les circonstances au moins allaient faire son bonheur. Il fallait signer vite avant que les vendeurs ne recouvrent leurs esprits.

– J'achète, annonça-t-elle, à condition bien sûr que le rapport de l'architecte soit favorable. Si c'est le cas, comme vous le dites, je suis prête à signer la promesse d'achat aujourd'hui même.

De retour au rez-de-chaussée, Leslie repassa dans la pièce qu'elle avait d'ores et déjà baptisée salon de musique et se demanda si c'était là que la vieille dame avait été foudroyée devant son piano. N'était-ce pas là d'ailleurs la mort rêvée pour un musicien ? pensa-t-elle, croyant entendre tout à coup l'écho imperceptible d'une musique assourdie. Puis elle songea à tout ce qui s'était passé à Sacramento, où s'était indubitablement révélé son don de clairvoyance. Or, ce qu'elle éprouvait à présent était à l'opposé de la terrifiante vision qu'elle avait eue de Juanita Garcia, flottant sur le canal nauséabond. Tout ici, au contraire, semblait protégé par une bienveillante présence.

Regardant alors le négociateur remplir un formulaire d'accord, elle se dit néanmoins qu'il serait préférable qu'Emily ne sache pas que la vieille dame était morte dans la pièce même où elle installerait son piano.

III

– POUR être vendue à ce prix-là, cette maison a forcément un vice caché, décréta Emily, toujours sceptique malgré le récit de la série noire à l'origine des trois ventes avortées. A moins qu'il ne s'agisse d'une machination criminelle habilement orchestrée... Imagine que ces gens du Nebraska la mettent en vente, puis se débrouillent pour provoquer morts ou suicides ou simplement l'abandon précipité des acquéreurs afin de garder l'acompte et de pouvoir en négocier la vente indéfiniment. Il y a une fortune à gagner avec ce truc-là.

– Tu as manqué ta vocation, chérie, répondit Leslie tout sourire. Tu aurais dû écrire des romans policiers. Eh bien moi, tu vois, j'ai, au contraire, sauté sur l'aubaine. Il ne fallait pas la laisser passer. Ces gens-là s'étaient mis en tête que la maison était hantée et ne pensaient qu'à s'en débarrasser avant que le bruit ne se répande.

Emily répliqua qu'il fallait vraiment n'être jamais sorti de sa cambrousse pour croire aux fantômes et prit un pot de yaourt dans le réfrigérateur. Le téléphone sonna. Elle fit volte-face pour y répondre, mais Leslie fut plus rapide.

– Allô ?

– Allô... Leslie Barnes ? demanda une voix inconnue.

– C'est moi-même, acquiesça Leslie, se rendant compte qu'elle retenait son souffle.

– Je suis le lieutenant Passevoy, de la brigade criminelle de Santa Barbara. Nous ne nous connaissons pas, mais le sergent Beckenham, de la police de Sacramento, a eu l'amabilité de me transmettre vos coordonnées. Nous sommes confrontés à un cas de disparition extrêmement troublant. Il s'agit d'une petite fille. Accepteriez-vous de venir en avion jusqu'ici pour essayer de la localiser ? Nous savons de quelle façon vous avez retrouvé l'une des victimes du tueur aux nattes, à Sacramento...

Leslie sentit la panique lui nouer l'estomac. Le cauchemar recommençait. Elle maudit Nick d'avoir osé donner son numéro, et surtout l'*Enquirer*, principal responsable d'une notoriété dont elle se serait bien passée.

– Je suis navrée, répondit-elle d'une voix sourde, mais c'est impossible. Je ne peux rien faire pour vous. Je vous en prie, il faut que vous compreniez que...

– Ecoutez, docteur, insista la voix, grave et chaleureuse à la fois. Je comprends vos sentiments et puis vous promettre que tout se déroulera sans aucune publicité. Mais une petite fille de sept ans qui attendait sa mère dans sa voiture a, semble-t-il, été enlevée...

Une nouvelle sensation d'angoisse l'enserra comme un étau. Elle ne voulait pas savoir et pourtant, malgré elle, l'image d'une petite fille à frange brune s'imposait à elle. Il lui manquait deux dents de devant. Phyllis...

– J'ai sa mère en face de moi, reprit le policier. Pourriez-vous lui dire quelques mots ? Elle est prête à payer votre billet d'avion ainsi que tous vos frais de séjour...

– Ce n'est pas une question d'argent. Simplement, je... je ne peux pas m'absenter. Je dois m'occuper d'abord de mes patients.

Une voix nouvelle résonna tout à coup dans son écouteur – une voix de femme, désespérée, balbutiante.

– Docteur Barnes, je vous en supplie, écoutez-moi ! Qu'est devenue ma petite Phyllis ? Je l'ai laissée dans la voiture le temps d'acheter son gâteau d'anniversaire dans une pâtisserie, et à mon retour, elle n'était plus là ! Pour l'amour du ciel, venez ! Je suis prête à vous offrir mille dollars...

– Madame, ce n'est pas une question d'argent ! répéta-t-elle.

– Oh, excusez-moi, je ne voulais surtout pas vous offenser ! Mais... Phyllis est si fragile, si vulnérable, et il y a tant de maniaques en liberté...

Envahie à son tour par l'onde d'affolement contagieuse de son interlocutrice, Leslie se sentit fléchir. Pour l'endiguer, elle prit la parole, sans savoir ce qu'elle allait dire et les mots jaillirent d'eux-mêmes de sa bouche.

– Votre fille n'est pas morte, s'entendit-elle répondre. Elle se porte bien. Elle est avec un homme. En ce moment même, elle mange un gâteau d'anniversaire. Elle l'appelle... papa. C'est son père. Elle va bien, très bien. Il lui a fait cadeau d'une paire de souliers vernis rouges...

Un petit cri s'éleva à l'autre bout de la ligne.

– Elle me les a tellement réclamés ! Mais je craignais qu'ils ne soient pas assez confortables. Son père, dites-vous ? Je ne comprends pas... Il a refusé le droit de garde ! Jamais il ne l'aurait enlevée !

– C'est pourtant ce qu'il a fait, répondit Leslie, soudain effleurée par la vision d'une immense étendue de sable et de cactus. Il l'a emmenée dans un autre Etat.

– Il vit à Phoenix, murmura la femme.

– Phoenix... oui. C'est là qu'elle se trouve.

– Je prendrai l'avion dès ce soir ! s'écria la femme. Comment pourrais-je vous remercier, docteur ?

Sentant une extrême faiblesse la saisir, Leslie se laissa tomber sur le siège le plus proche, l'écouteur toujours rivé à son oreille.

– En ne soufflant mot à personne de ce que je viens dc vous dire, murmura-t-elle. Promettez-le moi. Je ne veux ni argent ni cadeau, mais ne dites jamais rien à personne...

La perspective de revivre le calvaire enduré à Sacramento lui était insupportable. Elle allait aussitôt appeler Nick pour lui interdire, le supplier de ne plus jamais lui envoyer qui que ce fût.

Le lieutenant Passevoy reprit l'appareil.

– Nous allons vérifier l'information sur-le-champ, docteur Barnes. Puis-je vous rappeler un peu plus tard ?

– Surtout pas ! s'exclama-t-elle, et elle raccrocha brutalement.

Le visage enfoui dans ses mains, elle resta quelques secondes prostrée. Emily, qui ne l'avait pas quittée des yeux, murmura :

– Leslie ? As-tu vraiment *vu* quelque chose ?

– Oui, une enfant disparue... Ah, j'aurais mieux fait de me taire ! Mais cette femme qui m'a offert de l'argent avait si peur... Je n'ai pas pu m'en empêcher, je ne pouvais pas la laisser comme ça. Mon Dieu, si jamais on la retrouve morte, je n'aurai plus qu'à disparaître ! Et pourtant, je suis certaine que...

– Tu ne veux pas dire que tu lui as raconté la première chose qui te passait par la tête uniquement pour la rassurer ? fit Emily horrifiée.

– Mais non, pas du tout. J'ai eu l'intime conviction de dire la vérité au moment où j'ai parlé. Je l'aurais juré sous serment devant un tribunal. Mais tout de suite après, ma vision s'est brouillée.

– Puisque tu « vois » réellement, déclara Emily en lui tapotant affectueusement l'épaule, mieux vaut que tes visions soient positives. Dis-toi au contraire que tu as de la chance.

– De la chance ! s'écria Leslie se voilant la face de plus belle.

– Leslie, je vais te préparer une tisane. Que dirais-tu d'une tasse de valériane ? C'est un très bon calmant, on l'utilise depuis des siècles.

– Non, merci. Je vais en tout cas appeler Nick pour lui

dire que je ne lui adresserai plus jamais la parole s'il recommence, ne serait-ce qu'une seule fois !

– Il reste du vin dans le placard. En veux-tu un verre ? Tu es toute pâle.

– Non, je t'assure. Je me sens déjà mieux.

– Comme tu veux. Revenons donc à cette maison.

Leslie s'empressa de saisir la perche.

– J'ai laissé un acompte substantiel. Quant au reste, je suis en mesure d'en payer la moitié comptant, ce qui nous permettra de payer des traites moins lourdes. Il y a deux grandes pièces doubles au rez-de-chaussée. Tu pourras largement installer ton piano et ta harpe dans l'une d'elles – l'ancienne propriétaire était musicienne comme toi. L'autre est insonorisée, je compte y installer mon cabinet.

– Ne vaudrait-il pas mieux que je la prenne ? Comme ça je pourrais répéter pendant tes rendez-vous.

– Non, j'ai déjà fait tous mes plans. Elle me convient parfaitement surtout à cause de la vue. De toute façon, puisqu'elle est insonorisée, rien ne t'empêchera de répéter de ton côté pendant que je recevrai mes patients.

– Pourquoi l'ancienne propriétaire a-t-elle justement fait insonoriser cette pièce-là ?

– Peut-être, comme certains mélomanes, aimait-elle écouter la musique très fort. Ou bien ne supportait-elle aucun bruit ? Comment savoir ?

– C'est tout de même bizarre, insista Emily, sceptique, d'aller insonoriser une pièce sans raison apparente.

– Tu vas finir par me faire croire, rétorqua Leslie retrouvant peu à peu son sang-froid, que tu appartiens à la catégorie de gens qui pensent que tous ceux qui tirent leurs rideaux le soir ont quelque chose à cacher. Tiens, j'ai faim subitement. Veux-tu une côtelette avec moi ? poursuivit-elle en ouvrant le réfrigérateur.

– Non, je préfère un sandwich au fromage. Comment peux-tu avaler la chair d'un animal mort ?

– Cela vaut mieux que s'il était vivant, taquina Leslie, peu encline cependant à relancer une sempiternelle polémique. Pour notre maison, si tu veux en savoir plus, il y a trois chambres à l'étage : deux grandes et une plus petite. Tu n'auras qu'à choisir la tienne. Que dirais-tu d'aller la visiter ce soir ? Nous pourrions être rentrées vers dix heures.

– J'aimerais bien, mais c'est impossible : j'accompagne la chorale de l'école dimanche, il faut que je répète d'arrache-pied. Ne pourrais-tu plutôt passer me prendre vendredi au conservatoire à la fin des cours ?

– Entendu, répondit-elle. Mais il faudra que je sois rentrée à cinq heures, j'ai un rendez-vous.

Comme elle achevait la description de leur future maison tout en faisant griller sa côtelette, le téléphone sonna à nouveau. Emily alla décrocher et appela presque aussitôt sa sœur.

– C'est ce policier de Santa Barbara, annonça-t-elle.

– Dis-lui que je suis occupée, répondit Leslie, sans bouger.

Emily s'exécuta, resta quelques instants silencieuse, puis se retourna vers sa sœur en lui faisant de grands signes.

– Leslie, il faut que tu viennes, c'est formidable ! Ils ont retrouvé la petite fille exactement là où tu l'avais dit !

Leslie exhala un soupir, rejoignit sa sœur et lui prit le téléphone des mains.

– Je tenais à vous remercier, Docteur Barnes, glissa à son oreille la voix du lieutenant Passevoy. Grâce à vous, nous avons retrouvé la petite Phyllis Chapman. La police de Phoenix l'a bel et bien découverte en train de déguster un gâteau d'anniversaire avec son père. Celui-ci a raconté qu'il avait pris l'avion dans l'idée de demander à son ex-femme l'autorisation de la prendre quelques jours pour son anniversaire. Mais en cours de route, cet imbécile a décidé de s'amuser à lui faire une petite blague, et il a embarqué sa fille sous prétexte de « faire une surprise à maman ». Il jure avoir eu l'intention de lui téléphoner dans la matinée, sans penser un instant qu'elle s'inquiéterait au point d'appeler la police. Nous n'apprécions évidemment guère ce genre de plaisanterie. Toujours est-il que l'enfant va bien. Elle a parlé à sa mère au téléphone, et son père a promis de la renvoyer par le premier vol en partance pour Santa Barbara. Nous avons dû nous contenter de lui passer un petit savon en lui demandant de bien vouloir s'abstenir de récidiver.

La communication terminée, Leslie revint s'asseoir dans la cuisine et y resta un long moment plongée dans ses pensées. Le cauchemar qui l'avait chassée de Sacramento recommençait. Si l'irruption de phénomènes paranormaux réussissait à traumatiser à ce point une femme comme elle, adulte et équilibrée, quel effet dévastateur pouvait-elle avoir sur une enfant aussi désemparée qu'Eileen Granston par exemple ?

Voulant soudain rejeter un œil sur le livre de Fodor, elle passa dans son cabinet mais ne l'y trouva pas. L'avait-elle donc laissé dans le séjour ? Pénétrant dans la pièce, elle interrompit sa sœur installée à son piano, lui demandant si par hasard elle ne l'avait pas vu.

– Peut-être l'as-tu pris ? ajouta-t-elle. Il s'appelle *Sur la Piste du Poltergeist.*

Emily la regarda sans comprendre. En dehors de ses lectures scolaires, elle ne lisait jamais rien, persuadée que c'était une perte de temps, préférant de loin se consacrer à son piano, ou éventuellement à ses cours de danse.

– Que voudrais-tu que j'en fasse ? J'en ignorais jusqu'à l'existence.

Voyant qu'il était inutile d'insister, Leslie se retira, dépitée, alla fouiller de nouveau sans succès dans son sac à main, essayant de se persuader qu'après tout lire un livre sur les poltergeists était en ce moment la dernière chose à faire. C'est alors que la sonnerie du téléphone rompit encore le silence.

– Ici, Leslie Barnes, répondit-elle presque aussitôt.

– Alison ? C'est toi, Alison ?

– Il n'y a pas d'Alison ici, fit Leslie sèchement et elle raccrocha. Mais l'inconnu rappela immédiatement. Leslie, sourcils froncés, prit la communication, mais laissa cette fois, les « allô » répétés sans réponse, devinant un souffle imperceptible au bout du fil.

– Si vous ne raccrochez pas sur-le-champ, menaça-t-elle enfin, je vais faire mettre la ligne sur écoute !

– Tu me le paieras, salope ! murmura une voix indistincte.

Il y eut un bref déclic, et la tonalité lancinante des lignes occupées résonna à son oreille. Dans le salon, le piano s'était tu.

– Qui était-ce, Leslie ? demanda Emily. Un appel pour moi ?

– Non. C'était encore notre sympathique correspondant anonyme.

– Tu devrais le signaler à la police, suggéra sa sœur avant de reprendre ses exercices.

Se disant qu'elle allait le faire, Leslie regagna son bureau et entreprit de passer au crible tous ses tiroirs et ses dossiers, classa et reclassa systématiquement tous les rayons de sa bibliothèque pour voir si le livre ne pouvait pas s'y être malencontreusement glissé.

En vain. L'ouvrage de Fodor resta introuvable.

Ayant passé une très mauvaise nuit, elle se leva de bonne heure le lendemain matin, bien décidée à poursuivre ses recherches, mais quand Emily la rejoignit pour le petit déjeuner, *Sur la Piste du Poltergeist* n'avait toujours pas refait surface. Une chose était sûre : il n'était ni dans son bureau, ni dans le salon, ni dans sa voiture qu'elle avait de nouveau fouillée.

– Je meurs d'impatience de voir cette maison, déclara sa sœur, versant une cuillerée de germes de blé dans son yaourt. Si tu me la montrais aujourd'hui après tout ? Je m'arrangerai.

– A quelle heure termines-tu ?

– J'ai une leçon de piano avec le Pr Agrowsky. Je peux me rendre libre à une heure et demie. Peux-tu passer me prendre au conservatoire, ou préfères-tu que je te retrouve sur place ?

– Je passerai te prendre. Mets donc une tartine dans le grille-pain, fit Leslie en branchant la cafetière électrique. Oh ! C'est incroyable ! Où donc as-tu trouvé ce livre ?

– Pardon ?

Emily, debout devant l'évier, se retourna. Sur la table, un livre de poche à la couverture graisseuse était posé en travers du napperon de Leslie. Sur un fond sombre criblé de points lumineux qui évoquait vaguement *Rencontres du Troisième Type,* le titre s'étalait en lettres criardes : *Ces Incroyables Poltergeists.* Obnubilée par le livre de Fodor, Leslie avait presque oublié qu'elle avait acheté celui-ci en même temps.

– Merci, ma petite Emily, mais c'est plutôt l'autre que je cherchais.

– Comment, merci ? Je n'ai jamais vu ce bouquin et ce n'est pas moi qui aurais mis un truc pareil sur la table !

– Enfin c'est invraisemblable. Comment alors a-t-il atterri ici ? s'exclama-t-elle, soulevant le volume entre son pouce et son index.

– Je n'en ai pas la moindre idée. Qu'est-ce que c'est que ce machin ? *Ces Incroyables Poltergeists*... Un chef-d'œuvre, sûrement !

– Ecoute, garde tes plaisanteries pour toi. Je ne suis pas vraiment d'humeur ce matin...

– Mais qu'est-ce qui te prend ? Ne me parle pas sur ce ton ! Ton histoire ne m'amuse pas du tout non plus.

– Emily, si c'est toi qui as posé ce livre ici dans l'idée de me jouer un tour...

– Je te répète que ce n'est pas moi ! Et puis arrête de prendre ce ton agressif.

– Mais nom d'un chien, ce n'est pas moi qui ai mis ce livre sur la table ! Si ce n'est pas toi, qui est-ce ?

Excédée, Emily lâcha brusquement son pot de yaourt, qui s'écrasa sur le carrelage.

– Oh, zut à la fin ! Si ce n'est personne, c'est sûrement un de tes fichus « poltergeists » ! Voilà ce qui arrive quand on croit dur comme fer à de telles idioties !

La jeune fille sortit en courant de la cuisine, fit claquer derrière elle la porte du couloir puis, quelques secondes plus tard, celle de la salle de bains qui ébranla les cloisons. Désemparée, Leslie ramassa le pot de yaourt, nettoya le sol et se rassit pour boire une autre tasse de café, non sans avoir d'abord écarté du coude le livre responsable de l'esclandre. Se mettait-elle à divaguer ? Après une hésitation, elle effleura la couverture du bout des doigts, le prit en main, fit tourner les pages. Le livre était bien réel, Emily l'avait vu comme elle.

Sa sœur, d'ailleurs, reparut bientôt, vêtue de pied en cap et prête à partir pour l'école. Visiblement mal à l'aise, elle revint vers l'évier, souleva sa tasse encore à demi pleine et avala une gorgée tiède de tisane.

– Excuse-moi, Leslie, finit-elle par marmonner. Je me suis stupidement énervée.

– Mais non, ce n'est rien. J'aurais dû me rappeler plus tôt que tu as horreur de mentir.

– C'est pourtant bien ce que j'aurais dû faire, admettre que j'avais déposé ce livre sur la table. Cela aurait au moins évité que tu te mettes dans tous tes états.

– N'en parlons plus. Néanmoins, le mystère reste entier. Qui est le coupable ? Un mauvais génie, un fantôme ?

– Pourquoi se mettre martel en tête ? Ce bouquin a peut-être tout simplement très envie d'être lu.

– Je n'ai jamais encore entendu dire que les livres pouvaient être sujets à ce genre d'envie, essaya de plaisanter Leslie. En tout cas, ils ne peuvent changer de place sans l'intervention d'une force extérieure.

– « La Force » soit avec nous ! commenta Emily souriante, quoique, en toute logique, un livre sur les poltergeists doit pouvoir se déplacer sans intervention extérieure.

Elle jeta un coup d'œil à sa montre.

– Oh, la, la ! Il faut que je file. Je suis terriblement en retard. Tu passes toujours me prendre à une heure et demie au conservatoire ?

Leslie acquiesça. Restée seule, elle se resservit du café qu'elle but lentement, le regard rivé sur la couverture du livre. Peut-être y avait-il une somnambule dans la famille et cette somnambule était elle-même, l'esprit encombré de cendriers volants et de verres baladeurs. « Ce bouquin a peut-être tout simplement très envie d'être lu », avait dit sa sœur. Avec une serviette en papier, elle essuya la couverture et l'observa d'un œil morose avant de se décider à feuilleter les pages écornées et jaunies :

« Le poltergeist est généralement le fruit d'une vive émotion née dans un contexte de tension chronique ; en général, il se manifeste chez des jeunes filles à l'approche de leurs règles, mais ce n'est pas toujours le cas. Il peut également apparaître, quoique plus rarement, chez un adolescent perturbé ou une femme enceinte. L'éveil des pulsions sexuelles, combiné à l'exacerbation des conflits familiaux, engendre une force qui s'exprime par des bruits sourds, des martèlements, la chute ou le déplacement sans raison apparente d'objets divers, notamment en porcelaine. Les manifestations de cette force rappellent très souvent les actes d'un enfant turbulent. Le sujet, généralement impatient d'accéder au statut d'adulte, rejette en bloc ses conflits d'enfance, et provoque ainsi un conflit violent entre son désir inconscient de garder un comportement enfantin et sa volonté consciente d'entrer dans l'âge adulte.

Ces phénomènes sont généralement transitoires et de courte durée. Cependant, si leur apparition suscite un drame familial, il se peut que la jeune fille concernée décide inconsciemment d'exploiter ce drame pour maintenir l'attention ou le traitement spécial qu'aucun autre moyen ne lui a permis d'obtenir. (Si les premiers poltergeists décrits ont été observés chez des femmes de chambre et autres bonnes d'enfants hystériques, c'est sans doute parce que leur statut social était fort bas et leurs besoins affectifs négligés.)

Il se peut toutefois que le poltergeist se manifeste sous une forme plus inquiétante, telle que le déplacement d'objets lourds – meubles, par exemple : si les assiettes qui volent produisent un fracas gratifiant, elles peuvent aussi blesser ; certains poltergeists ont même provoqué des incendies. Cette sorte de phénomène doit être surveillée de très près, à la différence des manifestations mineures qui ne méritent qu'un intérêt mesuré, sans dramatisation excessive.

Il arrive que le sujet touché par un poltergeist trouve une telle compensation affective dans l'attention qui entoure ces étranges phénomènes qu'après leur disparition, il décide de recourir à la manipulation, brisant en secret des objets divers (certains sujets agissent même ainsi en état de dissociation somnambulique), voire allumant des incendies. Il s'agit là de cas relativement préoccupants, bien qu'ils soient davantage du ressort du psychologue que du parapsychologue. Un poltergeist, volontaire ou non, ne doit jamais être ignoré ni pris à la légère ; il va sans dire qu'il ne faut ni punir, ni humilier, ni tourner en dérision l'enfant qui en est la source ; il est tout aussi vain de l'accuser de feindre puisque, qu'il s'agisse d'hystérie, de somnambulisme ou de l'expression d'un véritable don psychique, l'enfant n'en a point le contrôle. Les actes d'un poltergeist ne sont jamais le fruit d'une méchanceté consciente.

Il existe également une autre forme de poltergeist, expression d'une force métaphysique en état de tension aiguë. Il se manifeste non chez des adolescents hystériques ou perturbés, mais plutôt chez des adultes relativement équilibrés. On pourrait dire en l'occurrence que l'Invisible interpelle l'individu concerné, mais ce phénomène n'entre pas, à strictement parler, dans le propos du présent ouvrage.

Pour de plus amples informations sur le sujet, nous renvoyons le lecteur à Carrington et Fodor (cités plus haut), ainsi qu'à la monographie de Margrave et Anstey parue dans le numéro d'automne 1983 de la *Revue des Phénomènes Inattendus* et rééditée par Silkie Press, San Francisco, sous le titre *L'Histoire Naturelle du Poltergeist.* »

Très troublée, Leslie reposa le livre sur la table. Apparemment, elle avait bien agi en cherchant à tranquilliser sa patiente Eileen Granston plutôt que de monter le phénomène en épingle.

On pourrait dire que l'Invisible interpelle l'individu concerné... Mais l'auteur s'empressait d'ajouter que ce n'était pas son propos. « L'Invisible » (comme elle haïssait ce jargon herméticque) pouvait bien l'interpeller tant qu'il voudrait, se dit-elle. Elle n'était pas près de répondre à ses sollicitations.

Elle se remémora une autre phrase : « ... c'est sans doute parce que leur statut social était fort bas et leurs besoins affectifs négligés »... Dans son esprit surgit alors l'image de Joel. Elle ne s'en était jamais rendu compte, mais Joel considérait à l'évidence les femmes comme des créatures de statut inférieur, et supposait par conséquent qu'elle renoncerait tout naturellement à son métier pour servir sa carrière d'avocat. Vu sous cet angle, il devenait concevable qu'elle ait pu lui jeter son verre de vin à la figure dans une sorte d'état second, proche de la dissociation somnambulique. Sa raison cependant continuait à s'insurger catégoriquement contre l'idée que son esprit seul, sans intervention d'aucune force physique, ait pu déplacer le verre.

Mais à quoi bon ressasser tout cela indéfiniment ? Pour l'instant, rien ne lui interdisait en tout cas de suivre les suggestions de l'auteur pour tenter de résoudre le problème d'Eileen Granston.

IV

De sinistres nuages noirs planaient au-dessus de la ville et une myriade de moutons blancs dansaient sur les eaux de la baie. Au large, l'océan devait être déchaîné. Ayant franchi Golden Gate au volant de sa voiture, Leslie ne tarda pas à arriver devant l'entrée du conservatoire où elle s'arrêta un instant en double file. Emily, qui la guettait, vint en courant dans sa direction et s'engouffra dans l'habitacle au moment même où les premières gouttes d'une averse s'écrasaient contre le pare-brise. C'est alors que se déchaîna une véritable bourrasque qui obligea Leslie à aller se garer le long du trottoir, les essuie-glaces s'avérant impuissants dans la tourmente.

– Il n'y a plus qu'à attendre que ça passe, dit-elle, suivant du regard les piétons qui couraient en tous sens en quête d'un abri.

– Heureusement que tu es venue ! s'exclama Emily. J'aurais été belle ce soir pour le récital et n'ose imaginer dans quel état auraient été mes cheveux.

– Tu n'as pas à repasser par la maison ?

– Non, je laisse toujours ma robe noire et mes escarpins

dans un placard au conservatoire. Cela dit, il va falloir que je m'achète un collant neuf : mon dernier vient de filer. Si tu savais l'ambiance qui régnait à l'école ce matin ! Ils sont en train de changer toutes les serrures. Quelqu'un s'est introduit cette nuit dans l'auditorium, a détérioré plusieurs instruments et détruit un violoncelle !

– C'est invraisemblable ! Un maniaque sûrement ? Aller saccager un tel lieu est pour le moins inhabituel !

La pluie donnant des signes d'apaisement, elle démarra.

– A-t-on une idée de l'identité du coupable ?

– Pas la moindre. Et je crois, poursuivit-elle d'un ton hésitant, qu'il est inutile pour l'instant de te demander de venir faire un tour sur place pour essayer de démasquer cette ordure. Je me trompe ?

Leslie eut un geste d'impatience. Ainsi Emily elle-même était prête à admettre l'intrusion de l'irrationnel dans sa vie...

Sentant sa maladresse, Emily s'empressa de battre en retraite.

– Excuse-moi. Je... Je crois comprendre ce que tu ressens. Mais je connais très bien la fille à qui appartenait ce violoncelle, et si tu avais vu dans quel état elle était ce matin... Heureusement il était assuré, mais elle y tenait beaucoup. Il était à son père autrefois. Si je tenais le vandale qui a fait ça, je crois que je serais capable de l'étriper !

– Punir ne sert à rien. Connaître les véritables motivations d'un acte est beaucoup plus important. Il ne s'agit pas d'empêcher un tel individu de recommencer, mais aussi et surtout de l'empêcher de vouloir recommencer.

– Eh bien moi, je ferais surtout en sorte qu'il ne le puisse jamais ! riposta Emily, indignée. Un monstre pareil doit être neutralisé par tous les moyens !

– Je sais. La plupart des gens pensent comme toi. C'est pourquoi nous vivons dans une société de violence. Je suis persuadée quant à moi que châtier brutalement les criminels ne fait que renforcer leur détermination à ne pas changer d'attitude, estimant qu'il est préférable dans un monde violent d'infliger la violence plutôt que de la subir.

– Mais alors, toi qui es médium, ou quelque chose d'approchant, ne peux-tu chercher à comprendre pourquoi ce genre de types en viennent à commettre de telles absurdités ? Je repense aussi à cet assassin de Sacramento... Guérir un tel maniaque est sûrement impossible, mais en découvrant ses motivations, peut-être pourrait-on faire en sorte d'éviter que d'autres en viennent à l'imiter en tuant à leur tour ?

– On a déjà essayé de le faire. Mais dans notre société, la prévention criminelle n'a pas beaucoup d'adeptes. On préfère de loin punir d'abord.

La voiture progressait lentement, prise au piège d'un embouteillage provoqué par la pluie. Emily alluma la radio et hésita entre deux stations diffusant de la musique classique. Elles l'écoutèrent en silence un long moment avant de parvenir enfin sur la route qui menait à leur nouvelle maison. Lors de sa récente visite, le soleil inondait de lumière ses baies vitrées, mais aujourd'hui, la pluie qui ruisselait le long des vitres et tombait des gouttières conférait aux lieux un tout autre aspect, triste et solitaire. Leslie stoppa à proximité du perron.

– Nous voilà arrivées, déclara-t-elle d'un ton neutre.

– Au moins, remarqua Emily, nous allons savoir tout de suite si la toiture est en bon état.

– Touchons du bois !

Le vestibule était sombre et humide. Leslie chercha à tâtons l'interrupteur et l'actionna sans succès. Soit l'ampoule avait grillé, soit le disjoncteur était coupé. La vente devant être effective dans quelques jours, l'eau, l'électricité et le gaz seraient rétablis d'ici là. Pour ce qui était du téléphone, elle aurait besoin de plusieurs postes, dont un pour son cabinet et un autre pour la cuisine. Devait-elle également faire poser une prise pour Emily ? S'apprêtant à le lui demander, Leslie se retourna et constata que sa sœur n'était plus là. Elle la retrouva dans la double pièce qu'elle avait mentalement baptisée salon de musique lors de sa première visite.

– J'ai tout de suite pensé à installer le piano et la harpe ici, Emily. Tu auras toute la pièce pour toi. Veux-tu que j'y fasse installer le téléphone ? Mais peut-être préfères-tu ne pas être dérangée pendant que tu joues ?...

Emily lui faisant signe de se taire, tête inclinée sur le côté, elle tendit l'oreille et, l'espace d'un instant, elle eut elle aussi l'impression d'entendre le son étouffé, presque inaudible, d'un piano ou peut-être d'un clavecin, sur lequel on jouait un prélude de Bach. Pâle comme un linge, Emily s'était laissée tomber sur une banquette encastrée dans l'embrasure de la baie vitrée, la nuque contre le carreau dégoulinant de pluie.

– Je ne sais pas ce qui m'a pris, mais je me suis soudain sentie mal. Ça m'apprendra à sauter le petit déjeuner.

– Tu as pris un petit déjeuner. Je t'ai vue.

– Je ne l'ai pas fini. J'aurais dû m'arrêter pour acheter un croissant en route, mais j'étais en retard pour ma leçon de piano, et je connais le prof. Il pique une crise à chaque fois qu'on le fait attendre trente secondes.

– Ça va mieux ?

– Oui. Mais j'ai une migraine terrible.

– J'ai de l'aspirine dans mon sac.

– Ah non ! Ce qu'il me faut, c'est quelque chose à me mettre sous la dent. Tu n'as rien à grignoter, je suppose, toi qui es en permanence au régime !

– Eh bien si, figure-toi. J'ai justement des pastilles de menthe. J'en suce souvent quand je conduis.

Sortant de sa poche un sac, elle le tendit à sa sœur qui engloutit aussitôt plusieurs pastilles dans sa bouche.

– Le sucre n'est pas l'idéal, grommela-t-elle, mais enfin, ça vaut toujours mieux qu'un médicament. Je mangerai quelque chose de plus consistant tout à l'heure. Terminons maintenant la visite, ajouta-t-elle en se levant. J'adore cette pièce, mais es-tu bien sûre de ne pas la vouloir pour toi ? C'est sûrement la plus belle de la maison.

– Il y a exactement son pendant de l'autre côté du vestibule. Et puis elle est insonorisée, je te l'ai dit. J'y installerai mon cabinet.

– Ah oui, c'est vrai. Allons y jeter un coup d'œil.

Elles traversèrent la maison. Une fraction de seconde, Leslie crut encore entendre une mélodie étouffée. Un mauvais tour de son imagination, sans doute ; les murs restaient imprégnés de la présence musicale de l'ancienne propriétaire. Il était cependant bien étrange qu'Emily ait ressenti ce malaise à l'endroit exact où la vieille dame était morte devant son piano... Ayant pénétré dans la nouvelle pièce, sa sœur marcha droit sur la baie vitrée et contempla la pluie battante.

– Ah bon ! Ça repart de plus belle.

– Oui, c'est bien dommage qu'il ne fasse pas beau. D'ici, la vue est superbe. On voit toute la baie, jusqu'au Golden Gate. La colline où nous nous trouvons est plus haute qu'il n'y paraît.

– La montée à pied depuis l'arrêt du tram me fera le plus grand bien. Mon prof dit toujours qu'un pianiste doit entretenir une condition physique d'athlète. J'envisage d'ailleurs de reprendre la danse.

Elle traversa le couloir pour regagner le salon de musique.

– Décidément, j'adore cet endroit. Tu dis que l'ancienne propriétaire était musicienne ? Voilà pourquoi il est si calme, si chaleureux. N'as-tu jamais remarqué que les musiciens, avec l'âge, deviennent d'une sérénité angélique ?

– Tu crois que tu te sentiras bien ici ?

– J'en suis sûre, affirma Emily promenant un regard ravi sur son nouveau domaine. Je mettrai le piano ici, la harpe là. J'aimerais aussi avoir un clavecin, mais ils coûtent tellement cher ! Cela dit, il paraît qu'on en trouve à arranger à des prix relativement accessibles. Je me lancerai peut-être un jour dans l'aventure, qui sait ? En tout cas, je ne veux dans cette pièce aucun siège : quelques gros coussins çà et là sur le sol suffiront amplement.

Leslie jugea l'idée saugrenue, mais s'abstint de tout commentaire.

– Je vois déjà mon palais, reprit sa sœur, exaltée : le piano, la harpe, les coussins... Ah, et maman m'a dit qu'elle me donnerait ce vieux paravent japonais que papa a rapporté de Tokyo à la fin de la guerre. Nous pourrions aller le chercher à Sacramento en voiture un de ces jours, il tiendra sans peine sur la galerie. Tu me montres la cuisine ?

Leslie l'y conduisit.

– Elle est formidable... et ultra-moderne ! Etant donné l'ancienneté de la maison, je m'attendais plutôt à trouver une plomberie antédiluvienne dans un état lamentable.

– L'un des infortunés acheteurs de la maison l'a entièrement refaite avant de déguerpir.

– Cette histoire est vraiment incroyable, fit Emily tout en ouvrant la porte arrière de la cuisine. Oh, Leslie, fantastique ! Un vrai jardin !

Une puissante odeur d'herbes mouillées s'insinua dans la pièce. Fermant un instant les yeux, Emily la huma avec délice.

– Voyons... Il y a du romarin, de la menthe, de la sauge... Oh, de la menthe poivrée ! On l'utilise en tisane, elle guérit presque tout, notamment les maux d'estomac. Regarde ! Je vois aussi du basilic, du thym, de la camomille, poursuivit-elle, restant sur le seuil pour ne pas se mouiller. Ma parole, cette vieille dame adorait les herbes ! Merveilleux ! Nous allons pouvoir planter de la ciboulette et de l'ail frais. Sur quoi donne cette porte, là-bas au fond ?

– A l'origine, c'était le garage. Il a été transformé ensuite en studio, mais je crois qu'il faisait surtout office d'atelier.

Emily jeta un coup d'œil au ciel, se couvrit la tête de son chandail et s'élança dehors. La pluie faiblissait, et l'humidité accumulée dans le jardin imprégnait l'air de senteurs à la fois âcres et sucrées. Leslie suivit sa sœur. Un court instant, tandis qu'elle cherchait dans sa poche la clé du garage, elle revécut sa première visite, respira l'odeur déjà connue, cernée tout à coup par une exhalaison nauséabonde.

– Leslie ? Que fais-tu, s'impatienta Emily. Passe-moi la clé.

Elle la saisit, ouvrit la porte et pénétra dans le garage, Leslie se gardant d'entrer.

– Berk ! Il y a un animal mort là-dedans ! Ou c'est un problème de plomberie...

– Je ne sens rien, dit Leslie, risquant un œil à l'intérieur.

Le ménage avait été fait. Même le petit cabinet de toilette semblait propre. Emily tira néanmoins la chasse d'eau, puis revint arpenter la pièce en reniflant.

– Le chat blanc que j'ai aperçu tout à l'heure a dû faire ses besoins quelque part. Il n'y a rien de pire que les crottes de chat, c'est connu. Pouah ! quelle infection ! Il va falloir faire quelque chose, Leslie.

Elle rejoignit sa sœur sous le crachin.

– Moi aussi, remarqua Leslie fermant la porte, j'ai vu ce chat blanc lors de ma première visite. Allons visiter l'étage, si tu veux, suggéra-t-elle en précédant sa sœur dans la cuisine. Puisque tu n'auras pas de vue au rez-de-chaussée, tu pourrais peut-être prendre la chambre qui donne sur la baie.

Elles montèrent l'escalier et entrèrent dans la chambre en question.

– Avec cette pluie et ce brouillard, on ne voit rien du tout. Garde-la si tu l'aimes. J'adore la vue sur le jardin, avec toutes ces odeurs d'herbes. Comme ma future chambre doit être juste au-dessus du salon de musique, on pourra dire ainsi que nous avons chacune la moitié de la maison.

Elles allèrent la voir.

– Respire-moi ça ! s'enthousiasma à nouveau Emily. Avec cette fenêtre ouverte, j'aurai l'impression d'avoir le jardin dans ma chambre.

Perplexe, Leslie regarda les battants ouverts.

– La fenêtre ferme mal. Le type de l'agence s'était pourtant engagé à la faire réparer, grommela-t-elle en s'avançant pour la fermer. Si c'est encore un coup de ces fichus gamins qui s'amusent à l'escalader, m'a-t-il dit...

– Mais non ! l'interrompit Emily. Il n'y a pas une trace de boue. D'ailleurs, il faudrait être vraiment acrobate pour le faire. En plus, le treillage ne semble pas très solide. Il faudrait me payer cher pour m'y risquer. Il n'y a qu'à faire poser un loquet, c'est tout.

– Ainsi, tu es sûre de vouloir prendre cette chambre, Emily ? L'autre dispose d'une salle de bains privative.

– Quelle importance, puisqu'il y en a deux à l'étage. L'une sera pour moi seule de toute façon, rétorqua Emily, suivant son aînée dans l'escalier. Dis donc, le jour où nous achèterons la télévision, nous pourrons l'installer dans la petite chambre.

– Tu tiens vraiment à l'avoir ?

– Ce n'est pas que j'y tienne, mais quand on me parle de quelque chose que tout le monde connaît sauf moi, j'ai l'impression de vivre sur une autre planète. C'était déjà le cas au lycée, où l'on ne parlait que de rock. Mon ignorance était assimilée à du snobisme. Si nous allions manger un sandwich ? J'ai l'estomac dans les talons et puis il faut aussi que je trouve absolument un collant.

Avant de remonter en voiture, Leslie contourna la maison par le jardin et jeta un coup d'œil à la fenêtre de la chambre choisie par Emily. Vue d'en bas, elle paraissait inaccessible, même pour un enfant souple comme un chat. La gouttière en était trop éloignée et semblait à peine capable de supporter le poids du chat blanc, qui justement se faufilait dans une plate-bande. Rassurée, elle emmena Emily dans un restaurant-salon de thé où elle trouva rapidement son bonheur, un sandwich à l'avocat, agrémenté d'un assortiment d'ingrédients naturels qu'elle engloutit voracement, avant de se laisser tenter par une imposante part de tarte aux noix qui subit le même sort. Leslie de son côté commanda une soupe à l'oignon assortie d'une salade de légumes crus, parmi lesquels rondelles d'oignons et de carottes firent également les délices de sa sœur.

– Tu devrais en manger davantage, conseilla-t-elle à Leslie, tout en picorant. C'est excellent pour la santé.

– Je reçois une patiente tout à l'heure. Imagine ce qu'elle penserait si mon haleine empestait l'oignon !

– Elle survivrait. Pourquoi faire tant d'histoires à propos d'une odeur naturelle !

– Je te ferai remarquer que tu sembles toi aussi allergique à certaines. Tout à l'heure, dans le garage...

– Mais ça n'a rien à voir ! pouffa la jeune fille. C'était une odeur épouvantable. L'oignon, lui, au contraire a une odeur forte mais saine.

Se refusant à poursuivre un débat sur ce qui était naturel ou non, Leslie se leva et tendit de l'argent à sa cadette.

– Va plutôt acheter ton collant, et prends-m'en aussi un. Rejoignons-nous ensuite.

Dehors, le ciel était encore menaçant, mais il ne pleuvait plus. Comme elle se trouvait tout près de la librairie où elle avait acheté ses deux livres sur les poltergeists, Leslie décida d'y faire un bond. Beaucoup de monde – en majorité des jeunes – se pressait à l'intérieur de la boutique et scrutait les rayons, la plupart ayant sans doute voulu se protéger un moment de la pluie. Une jeune femme en jupe indienne, dont les longs cheveux couvraient les reins, était en train de feuilleter un livre sur les plantes médicinales, tandis qu'une petite fille, installée dans un sac kangourou, mâchonnait consciencieusement une carotte crue.

– Est-ce un bon livre ? s'enquit Leslie, songeant à Emily. Je cherche justement un livre de ce genre pour ma sœur.

La jeune femme hocha la tête en souriant.

– Excellent. Je connais bien son auteur, elle vient souvent ici. A la naissance de ma fille Timmie, elle m'a recommandé une sorte de tisane qui favorise la lactation. Timmie, s'il te plaît, tiens-toi tranquille, dit-elle à l'enfant qui s'amusait à lui tirer les cheveux. Vous êtes aussi du quartier ?

– Oui. Enfin je viens d'acheter une maison à quelques pas d'ici, répondit Leslie, prenant un autre exemplaire du livre en rayon. Je suis déjà passée l'autre jour mais c'est une dame grande, aux yeux bleus, qui tenait le magasin.

– Oui, c'était Claire Moffatt. Mais elle ne vient que le lundi et le vendredi.

– J'aurais voulu lui demander conseil.

– Frodo pourra vous renseigner aussi bien, déclara la mère de Timmie, désignant un jeune homme debout en train de remplir une fiche derrière le comptoir.

Grand et maigre, ce dernier portait une sorte de tunique sans col, ornée de broderies multicolores. Un anneau d'or pendait au lobe de son oreille gauche et ses cheveux, très longs, étaient rassemblés en une interminable queue de cheval. *Frodo*... Quel nom singulier ! A cet instant, il leva la tête et fit un signe à la jeune femme qui renseignait Leslie.

– Salut, Rainbow ! Comment va la petite ? Il paraît qu'elle a été malade.

– Oh, ce n'était rien. Un petit ennui digestif, c'est tout. Elle doit être allergique à la purée de haricots. Depuis un jour ou deux, je lui donne uniquement du jus de pomme, de la gelée et du thé très léger. Du coup, elle se porte comme un charme. J'ai même découvert qu'elle adore la camomille, et lui en mets un peu le soir dans son biberon.

Emily, songea Leslie, approuverait certainement un tel régime alimentaire.

– Dis-donc, j'espère qu'on te verra à la fête de Beltane, lança encore Frodo. Je compte bien y planter ma tente pour tirer les tarots. A propos, devine qui a refait surface l'autre jour ?

– Comment veux-tu que je sache ? Dis-moi.

– Simon ! Il est passé ici lundi.

– Simon Anstey ? demanda Rainbow, ne masquant pas sa répulsion. Qu'est-ce qui l'amène de nouveau à San Francisco ?

– A mon avis, il a dû subir une nouvelle opération. Sa

main était bandée. A moins qu'il ne donne des cours quelque part.

– Ton ami Colin n'a pas dû apprécier.

– Heureusement, il n'était pas là. Sûr qu'il l'aurait jeté dehors !

– Tu crois ? Il perd pourtant rarement son sang-froid.

– Oh, ça dépend ! Si tu l'avais vu le jour où Simon lui a sorti une tirade sur le caractère étriqué, raciste et moralisateur de ceux qui font une distinction entre magie blanche et magie noire, tu changerais d'avis.

– Ah oui, c'est vrai, j'en ai entendu parler. Colin, je crois, lui a rétorqué qu'il ne voulait entendre parler en aucun cas de magie noire quel que soit le nom dont on l'affuble. Il a eu parfaitement raison et je partage entièrement son avis.

– Tu n'es pas la seule ! Qui ne l'est pas d'ailleurs, à part Anstey et quelques autres ? En tout cas, le bougre n'a pas mis d'eau dans son vin : lundi encore, il a traité Colin de vieil escroc moraliste...

– Voilà qui a dû plaire à Claire...

– Tu parles ! « Simon, vous êtes un satané imbécile ! », lui a-t-elle balancé à la figure en appuyant fortement sur le mot satané. Moi je regrette que Colin n'ait pas été là pour le flanquer à la porte. Ce type fait du tort à toute la communauté. La seule idée que ce fumier puisse être assimilé à des gens comme toi et moi, ou bien à Earthlight, à Claire, à Colin, aux Carmody ou à Alison Margrave...

– Alison et lui étaient très proches, remarqua Rainbow. Rien qu'à cause de cela, j'ai du mal à croire que Simon soit entièrement mauvais.

Alison Margrave ?

Leslie avait dû mal entendre. Toujours est-il qu'au même moment Frodo parut la remarquer, tenant dans sa main le livre sur les plantes.

– Excusez-moi, madame, dit-il. Je vous ai fait attendre.

Se sentant classée d'emblée dans la catégorie des amortis, elle renonça à lui dire qu'elle venait d'acheter la maison d'une certaine miss Margrave et à lui demander s'il s'agissait de la même personne.

– Ce sera sept dollars cinquante, madame. Désirez-vous autre chose ?

– Non, merci.

Si la libraire avait été présente, sans doute l'eût-elle interrogée sur les poltergeists. Mais les poltergeists entraient peut-être pour le dénommé Frodo dans sa définition de la magie noire ? Elle régla donc son achat, glissa un sourire d'adieu à Rainbow, et s'éclipsa avec l'impression étrange d'avoir d'un seul coup vieilli de vingt ans ou, plus exactement, de se trouver projetée en avant dans le temps.

Emily, ses emplettes terminées, l'attendait comme convenu devant le magasin. Elle donna à Leslie ses collants et monta en voiture. Devant la porte du conservatoire, elle hésita un instant avant d'ouvrir la portière.

– Tu rentres directement à Berkeley ?

– Non, répondit son aînée. Je vais acheter un mètre, et retourner à la maison pour mesurer les fenêtres. Si nos rideaux et nos voilages ne font pas l'affaire, il faudra en commander d'autres. Viens m'y retrouver après ton cours si tu veux. Je repartirai à quatre heures dernier délai, car Eileen Granston vient à cinq heures.

– Tête de linotte, et mon récital de ce soir ? Ne t'occupe pas de moi, je rentrerai sans doute tard.

Leslie détestait jouer les anxieuses, et Emily était presque adulte. N'empêche qu'elle se sentirait tout de même rassurée quand elles habiteraient toutes deux de ce côté de la baie. Savoir sa sœur effectuant seule ce long trajet de retour, surtout la nuit, lui était très désagréable. Lui faisant de la main un petit signe d'adieu, elle repartit sous un crachin morne et glacé. Arrivée devant sa maison, elle constata, agacée, qu'un camion de livraison bloquait son accès. *Sa* maison !... Comme elle était devenue possessive ! S'étant garée le long du trottoir opposé, elle coupa le contact, sortit et se dirigea vers l'entrée au moment précis où un homme, venant de l'arrière de la maison, la croisait dans l'allée – un homme de stature élevée, aux épaules larges et aux cheveux grisonnants. Leslie, au premier abord, le prit pour son agent immobilier et elle s'apprêta à faire demi-tour pour le rattraper. Mais elle sentit presque aussitôt qu'elle avait affaire à un inconnu. Elle n'aurait certes pas oublié ce profil en lame de couteau, ces traits aquilins, ces épais sourcils gris et l'angle curieux dessiné sur son corps par son bras en écharpe. De plus, une interminable cicatrice lui barrait tout un côté du visage et l'un de ses yeux était masqué par un bandeau. Que faisait-il chez elle ? Il sortait du jardin, c'était certain. Leslie hésita ; l'inconnu était vigoureux, imposant, et quelque chose de menaçant se dégageait de sa personne. Etant parvenue à se rassurer en songeant qu'il devait s'agir de quelque inspecteur de la compagnie de l'électricité ou du gaz, elle se retourna mais l'homme avait déjà pris place dans une longue voiture grise parquée dans le virage. Avant de s'insérer dans le flot de la circulation au coin de la rue, il tourna la tête dans sa direction et darda sur elle son œil unique, l'affrontant du regard l'espace d'une seconde. Puis la voiture disparut, au grand soulagement de Leslie. Faisant alors le tour de la maison, elle remarqua dans l'herbe des traces de pas toutes fraîches et, levant les yeux vers la chambre d'Emily, vit que la fenêtre était de nouveau grande ouverte.

Pourtant le treillage, couvert de rosiers grimpants, était intact. Aucun adulte n'avait donc pu monter par là, si léger fût-il, même avec l'aide du tuyau de la gouttière. Et l'homme qu'elle venait de surprendre mesurait plus d'un mètre quatre-vingts, sans compter qu'il portait un bras en écharpe. Mal à l'aise, elle tourna doucement la clé dans la serrure de la porte de la cuisine, entra et grimpa sans tarder à l'étage. Son pouls s'accéléra. Malgré les portes verrouillées, il y avait des traces de pas humides sur la moquette, et une vague odeur de brûlé – une odeur d'encens, peut-être – flottait dans l'air. Vivement, elle referma la fenêtre d'Emily et une force mystérieuse la poussa sur-le-champ à dévaler l'escalier, à traverser le jardin et à se précipiter vers le garage. Elle ouvrit la porte et entra. Tout était sombre, et la puanteur ambiante l'atteignit comme une gifle. Soudain, le temps d'un battement de cils, elle vit distinctement l'inconnu qui s'était engouffré dans sa voiture grise, avec son œil bandé et son profil d'aigle. Il se tenait au centre de la pièce, les bras étendus comme s'il se livrait à quelque mystérieuse incantation.

– Qui êtes-vous ? s'écria Leslie d'une voix étranglée. Et comment êtes-vous entré ici ?

Mais l'apparition s'évanouit avant même qu'elle eût achevé sa phrase. Dans le fond du garage, deux carreaux avaient été brisés. Apparemment, pourtant, ils n'avaient pas été cassés pour permettre une intrusion par effraction – ils étaient de trop petite taille et trop haut placés pour être accessibles de l'extérieur – non il semblait plutôt que quelqu'un, en proie à une rage aveugle, avait, de l'intérieur, provoqué leur éclatement.

Profondément choquée par cette apparition insolite, Leslie ne pensa plus dès lors qu'à déguerpir séance tenante.

Elle reviendrait plus tard mesurer les fenêtres. Il s'agissait aussi de téléphoner sans tarder à l'agent pour lui signaler qu'un inconnu disposait des clés de la maison et exiger que toutes les serrures soient impérativement changées avant son emménagement.

V

EILEEN Granston arriva avec dix bonnes minutes de retard au rendez-vous. La tête rentrée dans les épaules – son cou disparaissait entièrement sous un gros col roulé –, elle s'affala dans le fauteuil réservé aux patients, et renifla d'un air sombre.

– Tu as un bon rhume ? demanda Leslie.

– Faut croire, bougonna l'adolescente en reniflant de plus belle.

– Tu as des mouchoirs en papier juste derrière toi.

Eileen en prit un sans mot dire et se moucha. Silence ; nouveau reniflement, et re-silence. D'ordinaire, Leslie laissait ses clients, et notamment les adolescents, choisir eux-mêmes le thème qu'ils souhaitaient aborder, mais cette fois, de guerre lasse, elle finit par prendre l'initiative.

– Un objet s'est-il à nouveau brisé près de toi ?

– Oui, admit Eileen du bout des lèvres. L'autre soir, j'ai cassé la moitié d'un service en faïence. Furieux, mon père a décidé d'en retenir le prix sur mon argent de poche. Du coup, je n'ai eu droit qu'à trois misérables dollars pour ma semaine. Quand je lui ai fait remarquer que ça ne paierait même pas mon casse-croûte de midi, il m'a répondu que je n'avais qu'à me préparer des sandwiches à la maison. Pour me venger, ajouta-t-elle, le regard brillant, j'ai téléphoné trois fois de suite à ma mère le lendemain. Papa a fini par empoigner l'appareil et il lui a promis en hurlant de lui envoyer la note. Comme je voulais lui reparler, il a alors carrément raccroché !

Le père d'Eileen, songea Leslie, se laisse complètement manipuler, et les punitions qu'il lui donne arrivent toujours trop tard.

– Tu lui en as beaucoup voulu ?

– Evidemment ! J'ai quand même le droit d'appeler ma mère. Zut, il n'est pas sur la paille ! Et puis c'est pas fini ! Je vous donne en mille ce qu'il m'a dit aussi ce jour-là. Comme je voulais rajouter du beurre à mon sandwich, le beurrier est tombé de son étagère et la femme de ménage m'a ordonné de ramasser les débris. Je lui ai répondu alors que mon père la payait pour ça et je l'ai plaquée dans sa cuisine. Entendant ça, mon père, à nouveau, a piqué une crise terrible, en criant que je m'occuperais à sa place du ménage si jamais elle rendait son tablier. Là, il dépasse les bornes ! On n'a pas le droit d'obliger les enfants à travailler !

– Je ne suis pas sûre que la loi interdise aux enfants d'aider leurs parents aux travaux ménagers, répondit Leslie avec diplomatie. Mieux vaut en tout cas éviter si possible d'en arriver là, surtout en ce qui te concerne. Mais dis-moi, as-tu renversé ce pot de beurre volontairement ?

– Absolument pas, contrairement à ce qu'a prétendu la vieille sorcière. Elle a même dit qu'elle m'avait vu le faire tomber ! Elle a menti ! J'étais beaucoup trop loin. Exactement comme la dernière fois, ici... Vous vous rappelez ?

– Bien sûr, je me rappelle, opina Leslie.

Les traits de l'adolescente se contractèrent.

– Mais qu'est-ce qui m'arrive ? Personne ne veut me croire ! C'est pareil pour les assiettes... Si j'avais fait exprès de les casser, ce n'aurait pas été les assiettes de maman, je les adore ! Elle les a eues en cadeau quand j'étais toute petite. Elles sont superbes, avec de jolis motifs roses à la chinoise, ajouta-t-elle se mettant à pleurer. Jamais j'y aurais touché ! Ce n'est pas ma faute, elles se sont mises à glisser dans l'évier les unes après les autres...

Essuyant ses larmes, elle s'interrompit, attrapa une poignée de mouchoirs et se moucha à plusieurs reprises.

– Je me demande pourquoi je vous raconte tout ça, bredouilla-t-elle. Je suis sûre que vous ne me croyez pas non plus !

– Tu te trompes, Eileen, je te crois. Simplement, une partie de toi-même a peut-être souhaité un instant les voir se briser. Elles te rappelaient trop sa présence et tu lui en veux beaucoup d'être partie, n'est-ce pas ?

Eileen hocha la tête en baissant les yeux.

– Oui... Quelquefois, je me dis même que si elle revenait maintenant, je... je lui cracherais à la figure et je lui crierais : « Va-t'en, je n'ai plus besoin de toi ! » Mais à d'autres moments...

– Tu vois, une partie de toi-même, la plus raisonnable, la plus adulte, ne souhaitait pas s'en prendre au service de ta maman. Mais l'autre, celle proche de ton enfance, pensait sans doute le contraire. L'adulte que tu seras bientôt comprend ce que l'enfant que tu es encore ne peut pardonner. Mais pourquoi ne casses-tu pas plutôt les affaires de ton père, quand tu es en colère contre lui ?

– Mais je ne fais rien du tout ! Vous ne me croyez pas ?

– Si. Je n'ai pas dit que tu avais toi-même jeté ces assiettes.

– Je ne les ai pas jetées ! J'étais morte de peur, je suis restée plantée là, à crier, à prier pour que ça s'arrête, mais ça n'a servi à rien, les assiettes continuaient à valser...

– Je sais que tu n'as rien touché. Mais une partie de toi-même désirait qu'elles se cassent. Exactement comme pour le cendrier. J'ai tout vu, je sais bien que tu ne l'as pas touché, mais quelque chose en toi l'a mis en mouvement.

– Peut-être, soupira Eileen. C'est vrai que c'était un peu comme si je me voyais les casser à distance. Qu'est-ce qui m'arrive, docteur ? D'où ça vient ?

– Les plus grands chercheurs n'ont pas encore réussi à donner une explication satisfaisante sur ce phénomène, mais peut-être pourrons-nous ensemble découvrir pourquoi tu en es victime. Ce genre de chose est beaucoup plus fréquent qu'on ne croit, surtout chez les filles de ton âge. Cela s'appelle un poltergeist.

– Comme le film ? Est-ce que... Vous croyez que je peux être poursuivie par un fantôme ? Qu'est-ce que je vais devenir ! Si notre maison est hantée, papa et moi, on peut être pris au piège ? Ce film m'a fait une peur bleue !

– Mais non, rassure-toi. Les auteurs du film ont évoqué sous ce titre toutes sortes de thèmes paranormaux. Un poltergeist, c'est quelque chose de très précis : le mot signifie « esprit frappeur ». Les fantômes n'ont rien à voir là-dedans. Il s'agit d'une force d'origine humaine.

– Vous croyez donc vraiment que ça existe ? demanda Eileen, au bord des larmes. Je commence à me demander si je ne suis pas en train de devenir folle, ou si le monde n'est pas ligué contre moi. Vous pensez que... ?

Elle s'interrompit.

– Continue, Eileen.

– .... que ça arrive aussi à des gens normaux ?

– Mais oui. Tout le monde peut avoir un problème existentiel provisoire qui semble impossible à résoudre. C'est le cas notamment de personnes se trouvant dans une impasse affective. C'est un peu ton cas, Eileen : tu en veux beaucoup à ta maman de t'avoir abandonnée, et aussi à ton père, mais tu ne peux te passer ni de l'un ni de l'autre parce que tu es encore très jeune et que tu as besoin des deux. Dans de telles circonstances, certains individus développent un poltergeist pour se défouler de leur frustration.

– Ça veut dire que je provoque ce truc moi-même ? Mais je ne demande qu'une chose, c'est que ça s'arrête ! Evidemment, j'ai peut-être voulu leur faire peur, leur rendre la monnaie de leur pièce, mais...

Leslie garda le silence afin de l'encourager à poursuivre.

– C'est comme pour l'orchestre, reprit Eileen. Je repense à cette histoire de cordes de violon... J'étais tellement furax, surtout contre le prof ! Et il était déjà trop tard pour laisser tomber le cours, sous peine de récolter un zéro pointé pour le semestre. Bref, quand ces maudites cordes ont cassé, j'ai été bien contente, surtout qu'ils ont tous été obligés d'admettre que ça ne pouvait pas être moi ! (Un soudain effroi se peignit sur ses traits.) Le problème, c'est que ce truc m'arrive aussi quand je ne suis pas en colère ! Comment faire pour l'arrêter ?

– Revenons d'abord à ce que tu as ressenti au moment précis où la chose s'est produite. A mon sens, tu te trouvais dans une situation d'impasse affective classique, c'est-à-dire dans une situation où n'importe quelle initiative de ta part ne pouvait avoir que des résultats négatifs. Tu as dû te dire : quoi que je fasse, quelqu'un m'en voudra, et si je ne fais rien, c'est moi qui me reprocherai de les laisser m'accuser de leurs problèmes. Tu as senti alors que tu ne pouvais plus supporter leurs reproches...

– Normal ! La dernière fois que tout le monde s'est mis en colère contre moi, maman est partie. Et mon père a été furieux de se retrouver coincé avec moi, alors qu'il aurait sûrement préféré que je parte avec elle...

Leslie laissa Eileen ressasser une nouvelle fois ses problèmes. En son for intérieur, elle ne pouvait blâmer sa mère d'avoir voulu reprendre sa liberté, ni son père qui, après s'être totalement investi pendant des années dans son métier, s'était soudain retrouvé seul responsable d'une enfant difficile et sevrée d'affection. Sans doute auraient-ils pu trouver une alternative moins destructrice, mais dans une société où la famille est la structure ultime, il est quasi inévitable que la mère s'en aille pour refaire sa vie, que le père reste prisonnier de son travail, et que leur enfant paie les pots cassés.

– J'adore mon père, mais lui, c'est sûr, préférerait de loin que je parte vivre au Texas avec maman.

– Qu'est-ce qui te fait croire ça, Eileen ?

– Il passe son temps à hurler après moi ! Vous me direz qu'il est bien obligé de me supporter, qu'il le veuille ou non. C'est lui qui paye l'école, les cours de violon et tout le reste. Pour lui non plus, c'est vrai, ça doit pas être facile tous les jours.

Cet éclair de lucidité ne put que réjouir Leslie, même s'il risquait d'être bientôt étouffé par un nouvel accès d'auto-attendrissement. Eileen allait peut-être tout de même prendre conscience que son père, qu'il l'aimât ou non, s'acquittait de ses devoirs paternels, alors que sa mère, qui affirmait l'aimer, l'avait bel et bien abandonnée. Sans doute venait-elle d'effleurer la vérité, ce qui n'était pas négligeable. En la raccompagnant vers la sortie, Leslie lui fit une suggestion.

– La prochaine fois que se produira un phénomène de ce genre, tente de le contrôler. Essaie de diriger cette force, de faire en sorte qu'elle se plie à ta volonté. Elle vient de toi, ne l'oublie pas. Plutôt que de la laisser te submerger, tu dois pouvoir être capable de la dominer.

Eileen hocha la tête d'un air sceptique.

– A mardi, lâcha-t-elle en franchissant le seuil.

Refermant la porte, Leslie pensa que l'impasse à laquelle elle avait abouti avec Joel était une sorte de métaphore de celle qu'elle rencontrait dans son métier. Ne puis-je donc rien faire d'autre pour mes patients que de les écouter parler ? Ayant achevé sa dernière consultation, elle gagna la cuisine pour se préparer un dîner sur le pouce. Assise devant la table, elle mangea du bout des lèvres des œufs brouillés aux tomates et poursuivit ses méditations sur l'inanité de ses efforts. Comment avait-elle pu choisir une profession aussi vaine ?

La sonnerie du téléphone interrompit le cours de ses pensées. Elle décrocha : personne. Faux numéro ? Elle raccrocha, mais la sonnerie se fit entendre presque aussitôt ; cette fois, elle perçut au bout de la ligne un souffle rauque, à peine humain. Elle reposa violemment l'appareil qui sonna une fois encore longuement avant de cesser brusquement. Le silence retomba.

Mais lorsque le manège recommença à minuit moins le quart, Emily n'étant pas rentrée, elle ne put se résoudre à faire la sourde oreille et prit la communication.

– Je te l'ai déjà dit, tu me le paieras, salope ! siffla une voix pâteuse juste avant de raccrocher.

Leslie resta pétrifiée, l'écouteur toujours en main. Que lui voulait ce détraqué ? Dans l'impossibilité de continuer à lire, elle alla dans la cuisine se faire chauffer de l'eau pour du thé.

La sonnerie retentit de nouveau juste avant minuit. Mais cette fois, Leslie reconnut avec soulagement la voix d'Emily au bout du fil.

– C'est moi, Leslie. Le concert a duré plus longtemps que prévu. Je ne voulais pas que tu t'inquiètes. Je suis à la station de tram du Centre Civique, et serai là d'ici une demi-heure.

– D'accord, chérie. Merci de m'avoir prévenue.

Leslie monta se coucher et épuisée sombra malgré elle, bientôt dans un demi-sommeil, tout en guettant le retour de sa sœur.

Des pas dans l'escalier la tirèrent de sa torpeur.

– Emily ?

N'obtenant pas de réponse, les sens soudain en état d'alerte, elle se leva et courut à la porte entrouverte de sa chambre. Il n'y avait personne dans l'escalier. Le bruit de pas qu'elle avait entendu provenait-il de l'extérieur, ou son esprit fatigué était-il le jouet d'une peur irraisonnée ? Comme elle s'apprêtait à regagner son lit, jetant un œil dans le couloir, elle aperçut le panier à linge, renversé sur le palier, quelques vêtements s'étant échappés sur les marches.

Que se passait-il à nouveau ? Elle n'avait pu le renverser elle-même en montant se coucher ! Quelqu'un s'était donc introduit dans la maison, et se tenait maintenant tapi dans la salle de bains, ou dans la chambre d'Emily ? Elle inspecta la cage d'escalier et la porte du placard du couloir, ramassa les quelques vêtements épars et les descendit à la buanderie. Au rez-de-chaussée, elle vérifia chaque issue. Tout était bien fermé à clé.

Que fallait-il en déduire ? Le panier ne s'était pas renversé tout seul... A tout hasard, sans trop savoir si elle devait se moquer d'elle-même, elle prit dans la cuisine un rouleau à pâtisserie rapporté de Sacramento et remonta les marches sur la pointe des pieds, résolue à fouiller chaque pièce.

Personne dans la cage d'escalier, personne non plus dans le couloir. Seule sa respiration se faisait entendre. Elle entrouvrit la porte de la salle de bains, passa la tête à l'intérieur et pressa l'interrupteur. Tout était en place, à l'exception de la serviette en boule d'Emily, gisant sur le carrelage. Refermant la porte, elle se dirigea vers la chambre de sa sœur.

Là, tout semblait également normal. Au même moment cependant elle retint son souffle. Quelqu'un gravissait lentement les marches de l'escalier. Ses doigts se crispèrent sur le rouleau.

– Emily ? appela-t-elle.

N'obtenant aucune réponse, elle serra à s'en faire mal ses doigts sur son arme improvisée, n'en pouvant plus d'entendre le silence se prolonger et, morte de peur, revint dans le couloir : il n'y avait personne, mais le panier qu'elle avait redressé était de nouveau renversé, et la serviette d'Emily s'étalait en travers des marches...

Le cœur battant à tout rompre, elle discerna alors un nouveau bruit de pas approcher. Etait-ce dans la maison, ou dehors ? En entendant soudain grincer la poignée de la porte, elle se mordit la lèvre pour ne pas crier, certaine maintenant qu'elle allait être définitivement fixée.

– Emily... ? parvint-elle à articuler d'une voix étranglée, figée littéralement sur le palier.

– Eh bien oui, c'est moi. Qui veux-tu que ce soit ? Le Prince Charmant ? répondit sa sœur, refermant soigneusement derrière elle la porte à clé. Mais qu'est-ce que tu fiches là ? Ne me dis pas que tu m'attendais !

Avant même de se retourner, la jeune fille se débarrassa de ses escarpins et les jeta sur la moquette, en poussant un grand ouf !

– Oh la, la, j'ai les pieds en compote. Jouer dans ces conditions est une honteuse brimade, une discrimination sexiste pure et simple. Les garçons se mettraient en grève sur-le-champ si on leur infligeait une telle contrainte !

– Organise un mouvement de résistance, suggéra Leslie, descendant lentement les marches, son rouleau à pâtisserie à la main.

Emily ouvrit de grands yeux effarés.

– Mais ça ne va pas ? Qu'est-ce qui se passe ?

– Rien. J'ai cru entendre un bruit de pas anormal dans la maison. Instinctivement, j'ai saisi ce rouleau dans la cuisine. Je vais le remettre à sa place.

– Tu as l'air à bout de nerfs, Leslie, poursuivit sa sœur, lui emboîtant le pas. Cela ne te ressemble pas. Tu devrais prendre de la valériane. C'est le meilleur calmant naturel qui soit. J'en ai une capsule dans mon sac.

– Mais non, c'est inutile. Je me sens déjà mieux.

– Prends au moins de la camomille. Il n'y a rien de tel. Je vais te la préparer.

Emily mit la bouilloire à chauffer, sortit deux bols et disposa un sachet dans chacun d'eux. Deux minutes plus tard l'eau étant chaude, elle versa son contenu fumant.

– Tu vas voir, ça va nous faire du bien. Moi aussi je suis crevée. Alors ? dis-moi maintenant ce qui s'est passé ?

Leslie s'exécuta. Elle conta l'épisode du panier renversé et des bruits de pas.

– Il y a peut-être eu un infime tremblement de terre. Ça arrive souvent, suggéra Emily en bâillant, tout en allant rincer son bol dans l'évier. Nous sommes à San Francisco. Il se peut aussi que le panier ait été placé en léger déséquilibre en haut d'une marche, c'est tout. Eh bien, tu te sens mieux ?

Leslie hocha la tête et se leva à son tour, pour passer à l'eau son bol. C'est alors que la sonnerie impérieuse du téléphone déchira le silence...

– Qu'est-ce que ça peut être à cette heure-ci ? Je n'aime pas ça. C'est peut-être maman ! s'exclama Emily allant, au pas de course, décrocher. Allô... ? Allô... ? Répondez, enfin ! Qui est à l'appareil ?

Elle ne fut pas longue à couper.

– Encore ce dingue. Ecoute, Leslie, ça ne peut pas durer. Il faut changer de numéro et nous faire inscrire sur la liste rouge. L'ordure ! J'ai eu peur qu'il soit arrivé quelque chose à maman !

– Ce serait l'idéal de ne plus figurer sur l'annuaire, approuva Leslie. Malheureusement, c'est complètement impossible. Comment veux-tu que de nouveaux clients puissent me joindre ? Je vais signaler le problème à la compagnie, mais je crains qu'ils ne puissent pas faire grand-chose. D'ailleurs, nous ne recevons ni menaces précises ni chapelets d'obscénités, ajouta-t-elle, souhaitant surtout ne pas effrayer davantage sa sœur. Que veux-tu, c'est un malade. Il se lassera bientôt de nous importuner. Il est tard. Allons nous coucher.

Emily éteignit la lumière et suivit sa sœur dans l'escalier. Comme elles arrivaient à mi-hauteur, la sonnette de la porte d'entrée les fit sursauter.

Leslie dévala les marches et se pencha pour regarder par le judas de la porte, rejointe aussitôt par Emily.

– Qui est-ce ? souffla-t-elle.

– Je ne vois rien.

– Mais enfin, il faut bien que quelqu'un ait sonné ! chuchota Emily, essayant à son tour d'apercevoir quelque chose. Ne me dis pas que tes satanés poltergeists sonnent maintenant aussi aux portes...

– Non. A mon avis, ce sont des gamins du quartier qui s'amusent à nous effrayer, rétorqua Leslie, s'écartant de la porte et remontant l'escalier.

Visiblement ébranlée, Emily la suivit.

– Tu es sûre, Leslie ? Et s'il y avait vraiment quelqu'un ? Tu sais ce qui se passe parfois : on sonne, on sort voir, et... un assassin ou un violeur vous saute dessus !

– Nous n'avons pas ouvert la porte, chérie, nous ne risquons donc rien. Il ne faut simplement jamais ouvrir dans ces cas-là, si l'on ne sait pas à qui l'on a affaire. Rassure-toi. Je suis sûre que c'est une blague stupide.

– Tu es drôle ! Comment veux-tu que je ne m'inquiète pas ? Je rentre, je te retrouve pâle comme un linge avec un rouleau à pâtisserie à la main, le téléphone sonne et personne ne répond, puis c'est la sonnette de l'entrée... Quelqu'un cherche à nous nuire. C'est sûr !

Comme s'il voulait répondre, le téléphone sonna de nouveau. Emily lâcha un juron, saisit l'appareil et raccrocha presque aussitôt, l'air résigné.

– Encore lui, soupira-t-elle, tremblante. Laissons décroché, sinon nous n'arriverons pas à dormir.

Leslie acquiesça, embrassa sa sœur et regagna sa chambre.

Elle avait enfin réussi à s'endormir quand la sonnerie de la seconde ligne à usage professionnel de son cabinet la réveilla en sursaut. Elle attendit quelques instants et la sonnerie, de fait, cessa, pour reprendre après un bref silence. Une fois de plus, elle se posa la même question : et si c'était un cas grave, un appel au secours de l'un de ses malades ? Elle se leva donc et descendit l'escalier nue, espérant que l'appel ne réveillerait pas sa sœur. Mais, comme elle ouvrait la porte de son bureau, l'appareil se tut. Dans le noir, elle composa alors le numéro familier de son service de télésecrétariat.

– Allô ? Ici le Docteur Barnes. Serait-ce vous qui venez de me transmettre un appel ?

– Absolument pas, docteur, répondit une voix à peine aimable. Nous n'avons reçu aucun appel pour vous depuis hier soir.

Reposant l'écouteur, Leslie leva les yeux sur son coucou autrichien. Il indiquait quatre heures et demie du matin. Sachant qu'elle avait peu de chances de réussir à retrouver le sommeil, elle regagna sa chambre sur la pointe des pieds, enfila un peignoir et ses chaussons, puis redescendit s'installer dans le fauteuil le plus confortable de son bureau, essayant de se plonger dans la lecture d'une revue de psychologie particulièrement aride, souhaitant surtout que le jour vienne bientôt la délivrer de son angoisse.

VI

LESLIE signa le chèque et le tendit à l'agent immobilier ; celui-ci en vérifia le montant, le rangea dans une chemise, se leva et lui serra la main.

– Je crois pouvoir dire que vous venez de réaliser une excellente opération. Le transfert du titre de propriété ne sera qu'une formalité. Légalement, vous disposez de trois jours pour revenir sur votre décision. Mais rien ne s'oppose à ce que vous emménagiez dans les plus brefs délais. Passez-moi simplement un petit coup de fil vers la fin de la semaine. Si, comme c'est probable, ne se pose aucun problème au niveau juridique, je vous donnerai alors un feu vert définitif.

Leslie hocha la tête. Plus vite elle déménagerait, mieux ce serait. Les trois dernières nuits, ponctuées de continuels coups de téléphone et de sonneries à la porte, avaient été un véritable enfer. Sur l'insistance d'Emily, elle avait donc fini par prévenir la police qui lui avait conseillé d'essayer de maintenir les communications le plus longtemps possible afin de faciliter la localisation des appels. Or, c'était bien facile à dire, mais comment faire si personne ne se manifestait jamais au bout du fil ? Quant aux sonneries intempestives à la porte, il n'y avait aucune solution, sinon prendre sur le fait le mauvais plaisant, ce qui était évidemment exclu.

Restait à se documenter en désespoir de cause, sur les poltergeists et autres phénomènes du même type, ce qui occasionna plusieurs visites à la bibliothèque publique de Berkeley, et à celle de l'université. Mais ses recherches relatives aux travaux de Nandor Fodor et de J.B. Rhine ne lui fournirent aucune indication concrète susceptible de mettre en échec aussi bien le poltergeist d'Eileen Granston que le sien. Le pire était qu'il fallait continuer à répondre au téléphone car une fois sur trois au moins, il s'agissait d'un appel professionnel.

Rentrée chez elle, Leslie reçut, cet après-midi-là, la jeune Eileen qu'elle trouva pour une fois souriante et relativement détendue. Elle avait, paraît-il, réussi à attirer, à la patinoire, l'attention d'un garçon jouissant d'un indéniable prestige au sein de l'orchestre du lycée et ne se fit nullement prier pour le raconter.

– Scotty joue de la contrebasse. Il n'est pas meilleur musicien que moi, mais son père est entraîneur de l'équipe de basket du lycée. Toutes les filles sont folles de lui. Vous pensez donc qu'elles avaient les yeux rivés sur nous ! J'ai cru qu'elles allaient s'évanouir quand il m'a invitée une deuxième fois à patiner !

Du coup, et c'était une première, elle n'avait constaté aucune autre intrusion du poltergeist dans sa vie. Apparemment, Scotty était un remède infaillible, beaucoup plus efficace en tout cas que tous les conseils prodigués par Leslie.

Peut-être, dans le fond, aurait-elle intérêt elle aussi à épouser Joel, pensa-t-elle à la fin de sa consultation, tout en raccompagnant la jeune fille.

– Tu sais que je déménage à San Francisco prochainement, la prévint-elle avant de la quitter. Cela ne sera-t-il pas trop compliqué de venir me voir là-bas ?

– Non, aucun problème. Papa m'a dit que je pouvais traverser la baie en tram, puis prendre le bus de Haight Street jusqu'à votre nouvelle adresse.

– C'est vrai, mon nouveau quartier est très bien desservi. J'ai de plus commandé de nouvelles cartes de visite, avec au dos un plan. Je t'en donnerai une à la prochaine séance.

Comme l'adolescente s'éclipsait en dévalant les marches du perron, le téléphone sonna. Elle rentra et alla décrocher, cherchant à se convaincre que ce serait cette fois un appel ordinaire.

Mais seul le silence lui répondit. Un silence à couper au couteau... Elle raccrocha au moment où Emily rentrait à son tour.

– Encore un mauvais contact ou l'humidité, plaisanta-t-elle crânement. Espérons que le système électrique fonctionnera mieux à San Francisco et que nous n'aurons plus ce genre d'inconvénient. Leslie... Devine un peu ce qui m'arrive !

– Je donne ma langue au chat.

– Dans trois jours, je passe une audition qui pourra peut-être me permettre de participer à un concert avec l'orchestre symphonique de San Francisco. Je dois jouer le second concerto pour piano de Rachmaninov. Le vieux Whittington est furieux. Sans doute aurait-il trouvé plus normal qu'ils choisissent un concerto de Mozart, ou mieux de Scarlatti. Peu m'importe, j'adore la musique romantique, et j'ai tout de suite couru m'acheter la partition. J'espère que tu aimes Rachmaninov, parce que tu risques de m'entendre jouer ce concerto du matin au soir. Dire que je n'ai que trois jours devant moi pour m'exercer ! Je ne l'ai jamais travaillé.

– Y a-t-il beaucoup de candidats ?

– Huit ou dix, je crois. On dit que l'un des membres du jury ne sera autre que Simon Anstey, tu sais, ce pianiste si brillant qui a perdu plusieurs doigts dans un accident. Le bruit court aussi qu'il est absolument misogyne. La concurrence va être rude, dit-elle tout excitée en pénétrant dans le séjour.

Leslie l'y suivit.

– J'ai tout réglé ce matin. Nous pouvons prendre possession de notre nouvelle maison ce week-end. J'ai donné mon préavis au propriétaire pour la fin du mois, mais que dirais-tu de déménager dès la semaine prochaine ?

Emily leva distraitement les yeux de sa partition.

– Pardon ? Ah oui, pourquoi pas ? Mais je t'en supplie, ma petite sœur chérie, surtout ne fais pas enlever le piano avant mon audition, d'accord ?

Sentant Emily immergée dans un monde magique qui l'éloignait de toute réalité quotidienne, Leslie se garda bien de le lui faire quitter. La vie pour elle n'était pas si rose : le harcèlement téléphonique dont elles étaient l'objet, le stress des auditions, l'impitoyable concurrence entre pianistes, les préjugés de nombre de jurys à l'égard des femmes, tout cela n'était pas très facile à assumer. Attendrie, elle la regarda s'installer sur son tabouret, commencer à égrener les premières mesures de son adagio, quand le téléphone l'arracha à sa contemplation.

– C'est pour moi ? demanda Emily sans s'interrompre.

– Non, répondit Leslie presque instantanément. C'est notre cher poltergeist, une fois de plus !

– Oh, encore celui-là ! Vraiment, il ne m'amuse plus.

– Moi non plus, murmura Leslie, essayant de s'imprégner elle aussi des accords mélodieux de la musique qui s'élevait de plus belle dans le salon.

A six autres reprises, le téléphone sonna encore et Leslie, de guerre lasse, finit par laisser l'appareil décroché. Puis elle entreprit de trier et de mettre ses dossiers dans des boîtes en carton, avant de se rendre dans la cuisine pour commencer à emballer casseroles et batterie de cuisine. La sonnette de l'entrée l'interrompit par trois fois, et par trois fois elle courut jusqu'à la porte scruter le perron désert, balayé par la pluie.

La quatrième fois, le coup de sonnette la surprit un tournevis à la main, en train de dévisser la tablette à épices fixée au mur de la cuisine. Elle revint donc dans l'entrée, en profita pour dévisser le boîtier de la sonnette, en arracha un fil et écrivit au marqueur « PRIERE DE FRAPPER, SONNETTE HORS D'USAGE » sur un morceau de carton qu'elle colla sur l'extérieur de la porte avec un adhésif.

Elle n'avait pas plutôt fini que l'exaspérant téléphone se manifesta derechef, bien qu'elle fût certaine de l'avoir laissé décroché. Aussi décrocha-t-elle avec rage pour reposer aussitôt l'appareil en désespoir de cause. Rachmaninov, dans la pièce à côté, dispensait toujours ses rassurants accords. Aussi se força-t-elle à sortir calmement bols et assiettes, beurre et pain complet, et entreprit-elle d'éplucher une laitue. Ce soir, elle emballerait le reste de la vaisselle et achèterait assez d'assiettes et de gobelets en carton pour tenir jusqu'au déménagement.

Comme il fallait s'y attendre, le téléphone ne la laissa pas longtemps tranquille. Mais cette fois, elle résolut de ne pas répondre et laissa sonner. Au bout d'un interminable moment cependant, voyant qu'il ne donnait pas le moindre signe de lassitude, elle finit par aller soulever le combiné.

– Mais fichez-moi la paix à la fin ! hurla-t-elle dans l'appareil. Quand cesserez-vous ce manège ? Que me voulez-vous ? Je vais...

Un grand rire, puis une voix familière l'interrompirent.

– Eh bien, ma chérie, ta nouvelle façon de répondre est tout à fait originale et délicieuse ! Quelle mouche te pique donc ? Explique-moi.

Leslie exhala aussitôt un interminable soupir.

– Oh, Joël, c'est toi ! Mon Dieu, je te demande pardon, mais si tu savais... Un détraqué m'appelle toutes les cinq minutes depuis une heure, et je n'en peux plus.

– Mon pauvre amour, tu sembles effectivement à bout. Ce genre de harcèlement est bien sûr très désagréable, mais fréquent. Ton métier d'ailleurs doit t'inciter à ne pas y attacher d'importance. Ces désaxés se lassent vite, tu verras. Tu sais, tu me manques affreusement depuis l'autre soir. Notre brouille est stupide. Ai-je une chance de me faire pardonner en t'invitant à dîner ce soir ?

– Te faire pardonner ? Je crois que nous avons des torts partagés, s'entendit-elle répondre, encore confuse au souvenir du lamentable épisode du verre de vin. Mais dîner ce soir ne va pas être facile... J'ai déjà préparé quelque chose pour Emily qui répète, et... il me reste encore une foule de choses à emballer.

– Pardon ?

– Oui, j'ai oublié de te dire : nous déménageons dans huit jours.

Il y eut un bref silence au bout de la ligne.

– Tu déménages ? fit-il, tout surpris. Et où pars-tu donc sans rien m'avoir dit, petite cachottière ?

– J'aurais dû te prévenir, c'est vrai, mais tout s'est fait tellement vite, reconnut-elle du bout des lèvres, se disant en elle-même qu'après tout c'était peut-être là une occasion unique de rompre avec lui, et de liquider le passé en prenant un nouveau départ dans sa nouvelle maison.

– Cela prouve en tout cas que j'occupe une bien faible place dans tes pensées, répliqua-t-il visiblement chagrin.

– Qu'est-ce que tu vas chercher ? La vérité est que je voulais changer et que je suis têtue comme une mule, tu le sais. Cela dit, je suis contente que tu aies appelé.

– Où t'installes-tu ?

– A San Francisco. J'ai acheté une maison dans le Haight.

– Ainsi, tu as fini par le faire, soupira Joel d'un ton empreint de réprobation. Très bien ! Etant donné la crise actuelle, je suppose qu'il s'agit d'un excellent investissement. Tu avais sûrement raison, Leslie : il serait absurde de vouloir précipiter les choses.

Connaissant Joel, il était illusoire d'exiger davantage en matière de capitulation. Etant donné les circonstances, il était même étonnant qu'il consente à reculer ainsi. Vouloir précipiter les choses – dans un sens comme dans l'autre serait par conséquent absurde. Rayer Joel de son existence, en prenant pour prétexte une simple querelle, serait tout aussi excessif surtout venant de sa part, elle qui conseillait toujours à ses clients de ne prendre aucune décision irréversible en état de crise.

– Chéri, reprit-elle donc doucement, je te proposerais bien de venir partager une salade et un sandwich au fromage avec nous, mais as-tu vraiment envie d'entendre Emily répéter son Rachmaninov toute la soirée ?

– Ne pourrions-nous pas expédier ta petite sœur au cinéma ?

– Joel, elle n'a plus quinze ans ! En outre, elle passe lundi une audition très importante qui peut lui ouvrir les portes de l'orchestre symphonique de San Francisco. Tu comprendras qu'elle ne veuille pas quitter son piano d'ici là.

– Je suis sûr qu'elle réussira. Cette gosse est bourrée de talent. Cela dit, il est évident qu'écouter du Rachmaninov toute la soirée ne m'emballe pas précisément... Au fait, tu sais que tu me dois toujours mon dîner de célébration... Si ce n'est pas possible ce soir, que dirais-tu de demain ?

– Entendu, s'empressa-t-elle d'accepter.

– Parfait. Maintenant, dis-moi tout de même deux mots de cette maison.

Ils bavardèrent pendant plusieurs minutes avant de reconfirmer leur rendez-vous.

– A demain soir, donc, conclut Joel. Et n'oublie pas de te faire belle. Nous dînerons au Claremont. Je t'aime, Leslie...

– Moi aussi, s'entendit-elle murmurer avant de raccrocher.

Les choses finalement n'étaient pas aussi noires qu'elle le pensait. Bientôt elle quitterait enfin cette infernale bicoque, ces sonneries folles du téléphone et à l'entrée, ces paniers à linge qui se renversaient tout seuls, les cendriers volant dans son bureau. Elle aurait surtout un nouveau numéro d'appel et serait ainsi débarrassée de cet insupportable maniaque.

Ses préparatifs culinaires terminés, elle appela Emily qui vint la rejoindre.

– Merci, ma sœur adorée, lança-t-elle gaiement. J'ai honte, j'aurais dû t'aider !

– Je te dispense provisoirement de toute activité ménagère, enchaîna Leslie adoptant le ton enjoué d'Emily. Ton audition passe avant tout.

– Le téléphone a sonné sans arrêt, évidemment ?

– Oui, j'ai eu droit à une demi-douzaine d'appels du fou, et l'ai laissé un temps décroché. Ensuite, Joel a appelé.

– Ah, bon ? Je croyais que c'était fini entre vous. C'est reparti pour un tour ?

– Il a fait amende honorable, éluda Leslie, dont le regard venait de tomber sur le poignet de sa sœur, marbré de plusieurs taches sombres. Qu'est-ce qui est arrivé à ton bras ?

Emily tira nerveusement la manche de son chandail.

– Rien. Le vieil Agrowsky m'a légèrement tordu le poignet.

– Eh bien ! s'exclama-t-elle. C'est pratique courante au conservatoire ?

– Pas spécialement. Il ne l'a pas fait exprès. Il trouvait ma position mauvaise, et m'a saisi le poignet un peu trop violemment. C'est tout.

– Tout de même, il n'y a pas été de main morte, c'est le cas de le dire ! Mais ça te regarde. Méfie-toi à l'avenir !

– Ne t'inquiète pas pour moi. Mais tu sais, n'entre pas chez Agrowsky qui veut, reprit Emily. Je fais partie des heureux élus, et en accepte les inconvénients. Je ne vais pas faire de vagues pour si peu.

Leslie songea que le terme d'« heureux élu » était assez curieux en l'occurrence, la manière du professeur de piano n'étant sûrement pas recommandée dans le programme ! Mais elle se retint de le dire : Boris Agrowsky, elle le savait, était un musicien mondialement connu.

– Agrowsky a formé, entre autres, Simon Anstey, tu te rends compte, poursuivit Emily. Et il m'a promis que si je fais bonne figure, il me fera inscrire au Séminaire des Virtuoses qu'Anstey justement doit diriger cet été.

– N'est-ce pas un peu tard pour toi ? S'agissant d'une chance aussi importante, on aurait dû vous laisser le temps de vous préparer. Plusieurs semaines, voire plusieurs mois...

– Mais c'est le cas. L'audition avec l'orchestre symphonique n'a lieu qu'en septembre. C'est pourquoi on doit d'abord jouer devant un jury de faculté pour être éventuellement sélectionné. C'est ce qu'Agrowsky, ce vieux sadique, m'a annoncé ce matin. Au fait, Leslie, je dois te dire aussi que si j'arrive à entrer au Séminaire de Simon Anstey, il en coûtera trois cents dollars supplémentaires.

– C'est ton argent. Si tu as vraiment envie d'y participer, je t'avancerai la somme. Mais dis-moi, ce Simon Anstey, il me semble avoir déjà entendu son nom quelque part.

– Forcément ! Il est très célèbre. A seize ans à peine, il avait déjà raflé les plus grands prix, et s'est produit aux quatre coins du monde. Toute gosse, j'avais déjà plusieurs disques de lui. Plus tard, il a joué aussi dans deux ou trois films – style jeune premier gominé, avec une gueule superbe et en même temps beaucoup de classe. Mais il avait alors, je crois, dépassé la trentaine. Ensuite, il a eu un terrible accident et son nom a été cité dans tous les journaux. Il a eu plusieurs doigts coupés, et son visage s'est pratiquement ouvert en deux. Il n'a jamais rejoué depuis et enseigne maintenant le piano dans le monde entier dans le cadre de son Séminaire des Virtuoses. Je crois aussi qu'il dirige parfois des orchestres. Bref, Agrowsky m'a promis de me soutenir si je réussissais lundi. Je ne sais pas si je dois m'en réjouir, ajouta-t-elle en pouffant. Il paraît qu'Anstey est une véritable terreur, et qu'Agrowsky à côté de lui passe pour un agneau.

– Il est infirme en fait ?

– Oui. Il a perdu deux ou trois doigts, et peut-être aussi un œil. Mais ses séminaires affichent toujours complet.

Leslie, certaine de l'avoir déjà vu, resta muette et pensive.

– Joel viendra-t-il ce soir ? poursuivit Emily volubile.

– C'était son intention, mais je l'en ai dissuadé en disant que tu répétais. J'ai d'ailleurs moi-même tant à faire ici pour préparer le déménagement.

– Il ne faut pas oublier de téléphoner à maman pour la prévenir. Au fait, puisque nous avons maintenant une chambre supplémentaire, on pourrait peut-être lui proposer de venir vivre avec nous. Je me fais tellement de bile pour elle depuis qu'elle est seule à Sacramento ! Elle peut à tout moment tomber, ou se casser quelque chose. Je me sens un peu coupable de l'avoir abandonnée. Si seulement il y avait eu de bons profs de musique sur place !

– Personne n'attendait de toi que tu restes là-bas, ma chérie. Pas même maman.

Cela, Emily avait besoin de l'entendre. En réalité, même du vivant de leur père, Leslie savait que sa mère aurait préféré qu'elles se marient toutes les deux et restent tranquillement dans la région. Elle ne s'était pas donné tant de peine pour les élever, lui avait-elle dit un jour, pour les voir disparaître dans la nature. Pauvres parents ! Ils n'avaient jamais compris qu'elle-même pût aspirer à autre chose qu'à une carrière d'enseignante et qu'Emily s'emballe pour le ballet et la musique. Ils avaient offert à leur fille des cours de danse et de piano, uniquement parce que cela se faisait. Emily y avait définitivement pris goût et elle était partie pour l'université.

Leur départ plus tard avait été un crève-cœur pour eux, et leur mère continuait en secret à y voir la cause de l'accident cardiaque qui lui avait ravi son mari.

– Allons, concentre-toi sur ton audition, Emily, poursuivit-elle. Maman est très bien là où elle est, et personne ne parviendrait à la persuader de quitter ses amis pour venir s'installer ici. Elle mène à Sacramento la vie qu'elle a toujours aimé et elle sait qu'il en va de même pour nous ici.

Emily sortit une orange du réfrigérateur et la tendit à sa sœur.

– Tu as raison. Prends donc ta dose quotidienne de vitamine C et de potassium. Nous en avons besoin toutes les deux.

Leslie accepta en riant et Emily, son fruit dévoré, déclara à sa sœur qu'elle retournait à ses chères gammes.

Comme elle quittait la cuisine, le téléphone sonna.

– Ne bouge pas Leslie, je réponds. Va te faire voir, espèce de salaud ! s'écria-t-elle presque instantanément, en raccrochant, outrée. Ah quel tordu ! S'il veut des jurons, on va lui en servir.

– Toujours lui ?

– Je n'ai pas compris exactement ce qu'il disait, mais je peux te dire en tout cas, que ce n'était pas joli, joli...

– Nous en serons bientôt débarrassées, heureusement. J'ai décidé de nous faire inscrire sur la liste rouge. Je ne donnerai mon numéro qu'à mes clients.

– Ne penses-tu pas, à la réflexion, qu'il puisse s'agir d'un de tes anciens patients qui t'en voudrait personnellement ?

– Tout est possible, mais il se peut aussi que ce soit simplement un cinglé téléphonant au hasard, qui a repéré que c'était toujours une voix féminine qui répondait à notre numéro.

A peine avait-elle terminé de parler que la sonnette de l'entrée retentit à son tour. Emily courut à la porte et ouvrit.

– Personne ! annonça-t-elle en la refermant. C'est toujours mieux que les Témoins de Jéhovah, me diras-tu ! Qu'est-ce que tu as, Leslie ? On commence à y être habituées.

– Emily, balbutia-t-elle d'une voix blanche. J'avais débranché cette maudite sonnette ! Je ne comprends plus rien... Mon Dieu, mais qu'est-ce qui se passe ?

Se levant d'un bond, elle se précipita vers l'entrée et montra à sa sœur le fil qui pendait du boîtier de la sonnette.

– Regarde ! Tu vois bien que je l'ai débranchée !

Plus ébranlée qu'elle ne voulait le paraître, Emily voulut la rassurer.

– Leslie, tu ne l'as sans doute pas vraiment débranchée puisque nous venons de l'entendre toutes les deux. Le fil que tu as coupé n'était pas le bon voilà tout, et elle marche encore.

Pour appuyer ses dires, elle entrouvrit la porte et pressa le bouton sans succès.

– Alors ? s'écria Leslie triomphante. Tu vois !

Ne voulant pas s'avouer vaincue, Emily refit une tentative, une fois, deux fois, mais en vain. Elle tripota alors le fil débranché.

– Tu n'as dû la débrancher que partiellement, ce qui provoque un mauvais contact. On devrait appeler un électricien avant de s'électrocuter. Il n'y a vraiment pas de quoi s'affoler, sœurette.

– Tu en as de bonnes ! Tu es complètement inconsciente.

– Si c'est pour perdre les pédales comme toi, alors oui, je le suis. Je me refuse en tout cas à avaler toutes ces histoires de poltergeists et de pouvoirs psychiques ! Tu te prends pour Uri Geller ? Si tu veux mon avis, tu fréquentes trop de gens déboussolés, et ça commence à te monter à la tête !

Saisissant alors d'un geste sec le fil qui pendait, elle tira si fort qu'il lui resta dans les mains.

– Comme ça au moins on sera tranquille ! s'exclama-t-elle en refermant la porte.

Puis, d'un pas décidé, elle regagna son piano dans le salon.

Leslie resta sans voix. D'instinct, Emily adoptait la seule attitude possible. Se demandant comment elle avait pu en venir à soutenir la thèse absurde d'une intrusion chez elle d'esprits frappeurs et autres forces paranormales, elle verrouilla la porte à double tour et alla rejoindre sa sœur dans le salon.

– Emily, pardonne-moi. J'ai vraiment perdu mon sang-froid.

– Tu es tout excusée. Entre ce déménagement et tes histoires avec Joel, rien d'étonnant à ce que tu sois dans cet état. Mais maintenant que tu as fait la paix avec lui, tout va s'arranger, tu verras.

Leslie ouvrit la bouche pour répliquer, mais la referma aussitôt. Emily recommençait à jouer, et déjà la mélodie de Rachmaninov insufflait dans la pièce son harmonie bienfaisante. Sa sœur, évidemment, ne pouvait pas comprendre et, dans le fond, c'était peut-être mieux ainsi.

A la réflexion d'ailleurs, elle n'avait peut-être pas tout à fait tort. Eileen Granston, depuis qu'elle s'était trouvé un chevalier servant, ne parlait plus de son poltergeist, et confirmait ainsi les affirmations de Fodor prétendant qu'on trouvait souvent à la source de ce phénomène une pulsion sexuelle frustrée. Evidemment, en bon freudien, il voyait un peu partout des pulsions de ce genre mais, dans ce cas précis, il avait sans doute raison.

« Aurais-je moi aussi tout simplement besoin d'un homme ? », se dit-elle en rangeant la cuisine avant de descendre à la cave chercher des cartons.

Toujours est-il qu'occupée toute la soirée à emballer ses affaires elle oublia le téléphone et la sonnette, qui ne se manifestèrent plus, ni l'un ni l'autre, cette nuit-là.

Reposée et détendue, elle passa le lendemain une série de coups de fil qu'elle avait à donner, puis alla chercher ses nouvelles cartes de visite et s'occupa de trouver un nouveau service de télésecrétariat. A la fin de la journée, elle avait aussi pris date avec une entreprise de déménagement pour le début de la semaine suivante, ainsi qu'avec un spécialiste dans le transport des pianos – même si l'instrument ne devait être enlevé qu'après l'audition d'Emily. Le soir venu, elle eut à peine le temps, bercée par les notes de Rachmaninov qui ne cessaient de s'égrener dans la maison, de prendre une douche, de se laver les cheveux et de se faire un brushing.

Fin prête, elle enfila l'une de ses robes préférées et descendit dire bonsoir à sa sœur qui, à sa vue, émit un bref sifflement d'admiration avant de se replonger dans sa partition.

On frappa à la porte d'entrée. C'était Joel qui, lui aussi, complimenta aussitôt Leslie pour sa beauté.

– Tu es resplendissante dans cette robe rouge et or et ta sœur joue divinement, on l'entend de dehors. Mais peut-être es-tu un peu lassée d'entendre toujours le même morceau ?

– Non, pas du tout, c'est tellement beau ! Certains de mes patients pouvant être gênés, elle s'abstient pourtant de répéter pendant mes consultations. Mais ce ne sera plus nécessaire dans notre nouvelle maison. Elle dispose d'une pièce insonorisée, où je vais installer mon cabinet. Ainsi pourra-t-elle jouer dorénavant quand bon lui semblera. D'après ce que je sais, la propriétaire défunte était d'ailleurs elle aussi une musicienne, assez connue je crois.

– Comment s'appelait-elle ?

– Je doute que son nom te dise quoi que ce soit. Plutôt qu'une professionnelle, c'était une mélomane éclairée. Figure-toi qu'elle était aussi psychologue de son état. C'est étrange comme coïncidence, tu ne trouves pas ?

Sur le point de sortir, Leslie prévint sa sœur de leur départ. Elles échangèrent un rapide signe de la main et la porte se referma sur le couple.

– On dit toujours que la vérité dépasse la fiction, reprit Joel en lui ouvrant la portière de sa voiture. Comment s'appelait-elle ?

– Margrave... Alison Margrave.

Joel haussa les sourcils.

– On a également raison de dire que le monde est petit. Bien plus petit qu'on ne le pense... Figure-toi que Dick Carmody, l'un des fondateurs de notre cabinet, était son avocat ; c'était une vieille dame, mais elle avait bon pied bon œil. Les Carmody et elle étaient membres d'une sorte d'église ou secte bizarroïde dont je serais bien incapable de te donner les motivations, si ce n'est que l'argent, contrairement à l'ordinaire, n'y entre pas en ligne de compte, le spiritisme étant, a priori, sa principale raison d'être. Quoi qu'il en soit, j'ai beaucoup entendu parler de cette Alison Margrave au moment où elle a révoqué son testament – qui désignait une sorte de fils adoptif, ou spirituel, comme son légataire universel. D'un seul coup, elle a préféré léguer sa maison à des cousins éloignés du Wyoming ou d'ailleurs. Des gens qu'elle n'avait jamais vus ! Un peu plus tard, alors qu'elle devait frôler les quatre-vingt-dix ans, elle est morte, dit-on, très brusquement. La police a fait une enquête, elle a longuement interrogé le fils adoptif en question. Mais il s'est avéré que ce type venait d'avoir un terrible accident, et qu'il était cloué sur un lit d'hôpital au moment du décès de miss Margrave. Lui, si ma mémoire est bonne, est un pianiste célèbre. Ayant perdu un œil, et plusieurs doigts d'une main, me semble-t-il, je me souviens très bien avoir pensé alors que c'étaient là les pires infirmités pour un musicien.

– Décidément, fit Leslie, troublée, c'est la soirée des coïncidences. Cet homme ne s'appellerait-il pas Simon Anstey ?

– Si, il me semble bien que c'était ce nom-là. La maison était fermée à double tour quand on a retrouvé le corps de cette dame et, si j'ai bien compris, ils n'étaient que deux ou trois – dont ce type – à en détenir les clés. Ne me dis pas que c'est cette maison que tu viens d'acheter ?

– C'est elle ! C'est vraiment incroyable...

Comme ils s'engageaient dans l'allée menant au Claremont brillamment éclairé, la conversation s'interrompit d'elle-même, et Joel, s'étant doucement rangé devant l'entrée, abandonna son volant au voiturier. Dès lors, la soirée se passa comme dans un rêve : repas succulent, danses langoureuses, étreintes de plus en plus pressantes de leurs deux corps. Ils finirent la nuit chez lui, et pas une fois l'épineux sujet du mariage ne fut abordé.

Au petit matin, cependant, s'éveillant dans les bras de son amant, Leslie se surprit à tendre l'oreille dans le noir et à se demander, non sans une certaine honte, si elle n'avait pas en partie consenti à le suivre pour fuir une maison qui la terrorisait, pour tenter d'échapper à ce qui était en train de lui arriver, quelque chose d'odieux qu'elle ne pouvait ni comprendre, ni expliquer.

VII

Les déménageurs vinrent établir leur devis le samedi matin ; en milieu de journée, pendant qu'une quantité sans cesse croissante d'objets domestiques disparaissait dans des cartons, Leslie constata, non sans y puiser un grand réconfort, que le chaos ambiant était tel que son poltergeist de service, s'il venait à se déchaîner, ne retiendrait l'attention de personne.

Elle vida les tiroirs de son bureau et invita Emily à faire de même, mais sans grand succès.

– Laisse-moi répéter, Leslie, murmura-t-elle d'un ton absent, sans quitter son clavier du regard. Je m'en occuperai lundi soir après mon audition, d'accord ? Jusque-là, je t'en prie, laisse-moi tranquille.

Mais, sentant que sa sœur ne bougeait pas d'un pouce, Emily se résigna à lever la tête.

– Qu'y a-t-il encore, Leslie ?

– Rien, ne t'occupe pas de moi, je t'écoute, c'est tout.

– Tu me gênes. N'as-tu rien de mieux à faire ? Il faut que je travaille.

Sa sœur lui ayant décoché un regard peu amène, Leslie se

détourna, non sans regret, pour continuer à faire ses paquets. Elle était occupée à transporter une caisse de livres, quand le téléphone sonna. Elle décrocha distraitement l'appareil et réagit à peine en croyant identifier une voix féminine vaguement familière.

– Leslie ? Ici Margot !

– Margot ? Oh... Où es-tu ?

– A Sacramento, bien sûr ! Nick et moi avons décidé que tu serais la première à savoir. Nous nous marions en juin. Oui, j'ai enfin décroché cette maudite maîtrise ! Bien sûr, Nick veut Joel pour témoin, et j'aimerais beaucoup que tu sois le mien. Ce ne sera pas une cérémonie guindée – nous avons tous deux horreur de ça –, mais une petite fête intime et décontractée entre amis.

– C'est magnifique, Margot, félicitations ! Alors tu te sens prête à affronter la dure vie de femme de flic ?

– Il faudra bien que je m'y habitue, roucoula Margot avec candeur, Nick fait le métier qu'il a toujours voulu faire. Et toi, Leslie, que deviens-tu ? Ton nouveau statut de profession libérale te plaît toujours ?

– Plus que jamais. Je me sens mille fois mieux que dans l'enseignement ! Au fait, je viens de m'acheter une maison à San Francisco.

– Formidable ! Mais dis donc, c'est pas une ville trop dangereuse ? On dit qu'il est plus sûr d'habiter de l'autre côté de la baie.

Eludant la question, Leslie se contenta de répondre qu'elle avait eu le coup de foudre pour une maison, et qu'habiter à San Francisco même allait épargner à Emily un trajet quotidien qui n'était pas toujours très rassurant.

– C'est vrai. J'oubliais qu'elle est maintenant au conservatoire. Au fait, j'ai croisé ta mère à la bibliothèque il y a quelques jours.

– Comment allait-elle ?

– Bien, apparemment.

Elles échangèrent ensuite pendant quelques instants des nouvelles d'amis communs, puis Margot annonça :

– Je te passe Nick. Il meurt d'envie de te dire un mot.

– Salut, ma belle ! fit aussitôt la chaleureuse voix de baryton du policier. Je suppose que Margot t'a annoncé la grande nouvelle ?

– Oui. Je suis ravie, Nick. Toutes mes félicitations à toi aussi.

– Merci. J'ai hâte de nous voir tous réunis. A propos, Leslie, Chuck Passevoy, mon copain de la police de Santa Barbara, m'a appris que tu avais retrouvé la petite Phyllis Chapman. Chapeau ! Je sais bien que l'affaire tenait plus de la comédie que de la tragédie, mais tout de même tu es douée !

Leslie tressaillit. Elle avait presque oublié l'affaire mais puisqu'il la lui rappelait, autant lui dire ce qu'elle pensait.

– Justement, Nick, soupira-t-elle, je voulais t'en parler. Comment as-tu pu me faire un coup pareil, toi qui sais à quel point j'ai horreur de ce genre d'histoire ?

– Leslie... L'idée d'avoir affaire à un sadique avait mis Chuck dans tous ses états. Les disparitions de fillettes sont la hantise de tous les flics, tu le sais. De toute façon, la mère de la petite Phyllis avait vu ta photo dans l'*Enquirer* et elle te connaissait de réputation.

Sentant la colère l'envahir, Leslie explosa :

– Ecoute-moi bien Nick, et que les choses soient claires : je ne veux plus, tu m'entends, être mêlée à ce genre d'histoire. Arrange-toi comme tu voudras, mais ne me refais plus jamais un coup pareil. Plus jamais !

– Leslie, tu demandes l'impossible. Ce serait un crime de ne pas exploiter un don comme le tien. Oui, je répète, un crime...

– Ecoute, je refuse de te suivre sur ce terrain. Ne compte donc plus sur moi, un point c'est tout.

– N'as-tu jamais pensé que tes dons pouvaient sauver des vies humaines ?

– En quoi ont-ils changé le sort de Juanita Garcia, dis-le moi ?

– Peut-être était-il écrit là-haut que son heure avait sonné. Mais imagine que cette ordure de Mendoza s'en soit pris ensuite à ta sœur Emily ou à quelque autre innocente ? Rappelle-toi ce que tu as fait pour la petite Chapman !

– Justement ! La petite Chapman n'a été en danger à aucun moment. Son père l'aurait ramenée dans les quarante-huit heures.

– Tu oublies, entre-temps, le désespoir de sa mère. Mais écoute, je ne veux pas davantage parler avec toi de ces choses graves au téléphone. Nous aurons l'occasion d'en reparler de vive voix. Parle-moi plutôt pour l'instant de ta maison.

Le sujet délicat fut rapidement éludé, et la communication prit fin. Elle raccrocha nerveusement et se remit aussitôt à la tâche pour éviter de penser. Qu'avaient-ils donc tous à lui reparler sans cesse de ce qu'elle voulait à tout prix bannir de sa mémoire ?

Sur ce, Joel arriva au volant de son break pour transférer, comme il l'avait proposé, un premier lot de caisses de livres, de dossiers importants et d'ustensiles de cuisine de première nécessité. Pendant tout le trajet, ils parlèrent des projets de Margot et de Nick et, en apercevant sa nouvelle demeure, Leslie dut reconnaître qu'elle préférait de loin y revenir accompagnée. Le souvenir de l'inconnu dans le garage la poursuivait encore. Et pourtant, c'était bien évident, personne n'y était entré. Sous le choc des récents événements, elle avait été victime d'une simple hallucination. Elle s'était composé une image mentale de cet homme, qu'elle avait ensuite projetée sous forme de vision, d'abord en croyant le reconnaître à travers la silhouette d'un employé du gaz ou de l'électricité venu relever le compteur, puis en se le représentant au milieu du garage.

Tout était silencieux. En entrant dans la maison, les bras noués autour d'une caisse de livres, Joel promena son regard sur le vaste vestibule et émit un sifflement admiratif.

– Eh bien dis donc ! Tu as dû payer cette merveille une fortune !

– Non. Détrompe-toi. Les propriétaires voulaient s'en débarrasser au plus vite et n'en ont demandé qu'un prix très raisonnable.

Elle lui en donna les raisons avec force détails, non sans y adjoindre la théorie du complot imaginée par Emily. Joel s'esclaffa de bon cœur.

– Ce qui est certain, c'est que la naïveté de ces gens t'a permis de réaliser une superbe affaire.

– A dire vrai, je suis tout simplement tombée amoureuse de cette maison et je l'aurais, je crois, achetée à n'importe quel prix. Viens, je t'offre le tour du propriétaire. Tu n'as qu'à déposer cette caisse à côté de l'évier.

Elle traversa la cuisine, ouvrit la porte donnant sur le jardin et sortit. Le pâle soleil de l'après-midi brillait avec timidité, et de gros nuages montaient à l'horizon. Il pleuvrait sans doute dans la soirée. Le parfum mêlé des plantes était aigre-doux et le citronnier adossé au mur embaumait particulièrement. Dans son dos, elle entendit un filet d'eau couler dans la cuisine.

– L'eau n'a même pas été coupée, tu entends ? lança Joel.

– Oui. Bonne nouvelle ! Viens voir le jardin.

Il apparut sur le seuil.

– Formidable... L'ancienne propriétaire n'a pas lésiné sur le nombre et la variété des plantations. Un hibiscus, des fuchsias zébrés, des plantes aromatiques, un citronnier... Elle devait adorer le jardinage. Tiens, ajouta-t-il en s'agenouillant devant un parterre, voyons un peu ce que nous avons ici : camomille, sauge, menthe, consoude, digitale, verveine, lobélie, thym, toutes les essences sont présentes, sans compter celles que je ne connais pas.

– Emily a été également très impressionnée. Elle adore la nature.

– Et là ? C'est un garage ?

– C'en était un au départ. Mais il a été transformé en studio ou plutôt en atelier de poterie. Le tour s'y trouvait encore lors de ma première visite.

– Tu devrais le réutiliser pour garer ta voiture. Au train où vont les choses, dans cinq ans on ne pourra même plus stationner devant chez toi.

– Je pourrai la laisser le soir dans l'allée. Etant donné la clémence du climat, elle peut coucher dehors.

– Les vols de voitures ne cessent d'augmenter. A ta place, j'utiliserais ce garage fermé.

– C'est un détail, lâcha Leslie en haussant les épaules, je verrai bien. En tout cas, à mon avis, cette pièce est beaucoup trop sombre pour un atelier d'artiste. Mais elle a une cheminée et un cabinet de toilette. Tu ne penses pas qu'un petit studio indépendant représenterait un bon investissement ? Viens, je vais te le montrer.

Elle ouvrit la porte, et aussitôt Joel eut un mouvement de recul.

– Ça empeste là-dedans. Il y a sûrement une bestiole crevée quelque part. Pourvu que le coin ne soit pas infesté de rats.

– Je ne pense pas. Il est vrai pourtant qu'Emily et moi avions déjà remarqué cette odeur. Elle est toujours là.

Un coup d'œil circulaire suffit cependant à la rassurer : tout paraissait en ordre.

– S'il y avait un problème, l'architecte l'aurait sûrement mentionné, reprit-elle. Avec le temps et un bon désinfectant, elle va bien disparaître.

Méfiant, Joel entreprit de faire le tour de la pièce, jeta au passage un coup d'œil au cabinet de toilette.

– Ces cartons sont à toi ?

– Non. Je vais téléphoner à l'agence pour qu'elle les enlève. Sinon je les mettrai à la décharge. Je n'ai même pas regardé ce qu'ils contenaient.

– Apparemment du matériel d'artiste, répondit Joel après

avoir soulevé le rabat d'un carton. Des tubes de peinture, des pinceaux, de la glaise... Tiens, qu'est-ce que c'est que ça ? Un cierge et des bâtonnets d'encens. C'est à croire que l'ancienne occupante était membre de la Conscience de Krishna ! Ce qui est curieux, vu ce que coûte ce genre de matériel, c'est qu'on l'ait abandonné ici.

Leslie, soudain, éprouva un irrépressible élan de reconnaissance pour son compagnon. Elle s'approcha de lui et effleura sa joue d'un baiser léger. Surpris, Joel tourna la tête.

– Pourquoi cette subite manifestation de tendresse, belle dame ?

– Chéri, j'étais en train de penser à quel point tu as bien fait de me rappeler, et moi, au milieu de tous ces coups de fil anonymes, de persister à répondre. Tu aurais très bien pu ne pas me joindre.

Il se leva et l'enlaça, lui glissant affectueusement à l'oreille :

– Tu me connais mal. J'aurais insisté. On ne se débarrasse pas si facilement de moi. Et maintenant, si tu me montrais la maison ? Je veux tout voir !

Retraversant le petit jardinet, ils repassèrent par la cuisine, et entrèrent dans la double pièce choisie par Leslie pour son cabinet. Joel hocha la tête d'un air approbateur. Elle le prit par le bras pour lui montrer la vue : le ciel, la mer, et le Golden Gate qui commençait à se fondre dans une brume légère qui s'insinuait par vagues, la base de ses deux grands pylônes déjà noyée sous un immense voile d'ombres, d'où émergeaient encore les lignes gracieuses du tablier et des câbles.

– C'est magnifique, dit-il, s'arrachant à sa contemplation. C'est peut-être un peu dommage de réserver un tel panorama à tes seuls clients. La pièce ferait une salle à manger idéale.

La question étant réglée pour elle, Leslie ne voulut pas le contredire ouvertement et l'entraîna de l'autre côté du couloir.

– Viens voir, dit-elle, il y a exactement la même en vis-à-vis. Emily pourra répéter à son aise, ici. Les deux pièces sont identiques. Moi j'ai la vue fabuleuse sur la baie, et elle, celle très calme et reposante du jardin. Elle aura toute la place qu'il lui faut pour son piano et la harpe de notre grand-mère.

– Emily a vraiment de la chance d'avoir une sœur comme toi. Tu aurais pu faire de cette pièce un salon et l'installer avec son piano dans le garage ? Elle y aurait été encore plus tranquille pour jouer.

– Tu n'y penses pas ! D'ailleurs, la pièce est trop humide pour un piano... Sans compter l'éclairage qui est sinistre.

– Tu pourrais y faire mettre le chauffage. Pourquoi lui réserver la plus belle pièce ? Tu fais déjà beaucoup pour elle en lui finançant ses études. Tu vas la pourrir, ta petite sœur.

– Ce n'est pas moi qui paie ses mensualités, c'est elle et elle seule, avec sa part d'héritage qui m'a également permis d'acheter cette maison. Il faut bien qu'elle vienne vivre ici avec moi pour poursuivre ses études. Cela dit, tu as raison. Elle n'est pas à plaindre et tant mieux ! Elle va avoir en plus un bus qui passe tout à côté d'ici et qui la déposera juste devant le conservatoire. Je suis...

– Tu n'as rien entendu ? l'interrompit-il soudain.

– Non. Ici, je n'entends que le silence à peine troublé par la circulation.

– Il m'a bien semblé pourtant entendre quelque chose. Mais j'ai peut-être rêvé. En tout cas, il y a un courant d'air, c'est sûr. Tu ne sens pas ? Tu n'as pas laissé une fenêtre ouverte par hasard ? (Il inspecta la baie vitrée, puis la fenêtre plus petite.) Non, tout est bien fermé. Tiens ! il y a des barreaux à toutes les fenêtres du rez-de-chaussée. Etant donné la recrudescence des cambriolages, c'est une bonne précaution... (Il se retourna en fronçant de nouveau les sourcils.) Il y a un courant d'air quelque part, cela ne fait aucun doute. Pourtant, la porte d'entrée est fermée.

Joel se tenait à l'endroit précis où Emily s'était sentie mal lors de sa première visite. C'est absurde, songea Leslie en se hâtant de chasser cette pensée. Emily, ce jour-là, avait sauté son petit déjeuner. Joel pourtant avait raison. Une brise infime circulait dans la pièce et s'atténuait si l'on faisait un pas de côté.

– Ces vieilles maisons sont très souvent mal isolées. Allons jeter un coup d'œil à l'étage.

Gravissant l'escalier, ils sentirent sur le visage le même courant d'air.

– Je suis sûr qu'il y a une fenêtre ouverte quelque part. Ça doit venir d'ici, dit-il, franchissant le seuil de la chambre destinée à Emily.

– Eh bien voilà ! Inutile d'aller chercher plus loin.

Leslie regarda d'un air perplexe la fenêtre une nouvelle fois béante.

– On m'a signalé que des gamins du quartier s'amusaient peut-être à grimper ici, expliqua-t-elle, mais je vois mal comment ils arriveraient à monter.

Joel se pencha au-dessus de l'appui de la fenêtre.

– Les gosses grimpent partout. Si tu savais les histoires que me raconte Bobby, tes cheveux se dresseraient sur ta tête. Ce qui est sûr, c'est qu'il leur faut une échelle. Normalement on devrait facilement repérer les traces de pas au pied du mur, mais avec toute cette boue et ces mauvaises herbes, ce n'est pas évident. En cas de besoin, n'hésite pas à appeler les flics pour prendre ces garnements sur le fait.

– Peut-être que les murs jouent un peu, ce qui expliquerait que la fenêtre s'ouvre toute seule, suggéra-t-elle sans trop y croire. Ces modèles anciens à double battant ne ferment pas toujours très bien.

Joel examina la crémone, tourna la poignée à plusieurs reprises, puis referma la fenêtre.

– Effectivement, le mécanisme a un peu de jeu, finit-il par reconnaître. C'est peut-être l'explication. Dis-moi, ce sera ta chambre ?

– Non. Emily est tombée amoureuse de la vue sur le jardin. Comme ça, elle aura toute une partie de la maison à elle. Viens, je vais te montrer la mienne.

Leslie le précéda dans le couloir et entra dans sa future chambre, là où le papier peint désuet se mariait si harmonieusement aux antiques moulures.

– Elle a beaucoup de charme, s'enthousiasma Joel en l'attirant vers la fenêtre et n'a, à mon avis, qu'un seul défaut.

– Lequel, chéri ?

Il l'enlaça.

– Cette chambre aurait dû être la nôtre.

– Y a-t-il une raison pour qu'elle ne le devienne pas ? Sans doute pas tout de suite, Joel, mais un jour...

Elle vit son front se plisser. Il garda un moment le silence puis déclara :

– Aucune raison... si ce n'est mon côté vieux jeu. J'ai toujours pensé que c'était à l'homme d'offrir un foyer à sa femme. Mais je suppose que nous trouverons un compromis. Mon petit doigt me dit qu'il le faudra bien.

Connaissant Joel, il avait fait un très grand pas et elle ne pouvait, pour l'instant, espérer mieux. Aussi ne se déroba-t-elle pas à son étreinte, pas plus qu'au long, très long baiser qui s'ensuivit.

– J'ai cru apercevoir quelques outils au rez-de-chaussée, dit-il en s'écartant doucement d'elle. Laisse-moi jeter un dernier coup d'œil sur la crémone de la chambre d'Emily. Je vais essayer de la bricoler de l'intérieur.

A cet instant, le téléphone sonna. Leslie ne put réprimer un léger frisson, tout en se disant qu'elle était stupide puisqu'elle se trouvait à son nouveau domicile et qu'il ne pouvait s'agir de son persécuteur. Sans hésiter davantage, elle se dirigea donc vers l'appareil ultra-moderne de couleur crème fixé au mur et décrocha.

– Allô ?

– Alison ? demanda une voix inconnue. Alison, c'est toi ?

Alison... Encore ! Tout à coup, son esprit fit tilt.

ADAGIO POUR UNE OMBRE

– Si vous cherchez à joindre Alison Margrave, fit-elle sèchement, c'est un peu tard. Elle est morte l'année dernière. Désormais, cette maison m'appartient.

L'inconnu ayant aussitôt coupé, Leslie, interdite, raccrocha à son tour.

La veille du jour où elle avait visité pour la première fois cette maison – la maison d'Alison Margrave – un correspondant anonyme l'avait déjà interpellée en utilisant ce prénom. Il ne pouvait donc s'agir d'une coïncidence. Quelqu'un la poursuivait sciemment. Mais qui ? Et pourquoi ?

Ce n'est pas la maison qui est hantée, se dit-elle paniquée, c'est moi !

VIII

ATTABLÉE devant son petit déjeuner, Leslie leva les yeux à l'entrée d'Emily. Sa jupe et son pull noirs accentuaient encore l'extrême pâleur de son teint, son visage semblant sorti tout droit d'un album de photos en noir et blanc. Après avoir posé la bouilloire sur le feu avec des gestes d'automate, elle se concocta, sérieuse comme un pape, une tisane à l'arôme quelque peu insolite.

– C'est de la valériane, avertit-elle, esquissant un léger sourire. J'ai les nerfs en compote.

Elle but une gorgée et fit la grimace.

– Trop en compote pour supporter en plus ce goût infect. Puis-je me servir une tasse de ton café ?

– Bien sûr, chérie.

S'abstenant de tout commentaire, elle ajouta seulement :

– Veux-tu que je te dépose ? J'ai annulé tous mes rendez-vous jusqu'à mercredi à cause du déménagement.

– Je ne suis pas une mauviette, et peux me débrouiller toute seule.

– Tu vas avoir besoin de toute ton énergie pour ton audition. Je voulais donc simplement t'éviter un interminable trajet en bus aujourd'hui à l'heure de pointe en plus !

– Tu crois ? Bon ? Si ça ne t'ennuie pas trop de m'emmener, je veux bien.

– Aucun problème. A quelle heure dois-tu être là-bas ?

– A neuf heures et demie pour assister au tirage au sort qui déterminera l'ordre de passage. Cela dit, il se peut que je ne joue pas avant midi.

– Bien sûr. Pour moi, en tout cas, c'est parfait. Je n'ai rien de spécial à faire si ce n'est d'achever les préparatifs.

Emily eut un pauvre sourire de gratitude.

– Je suis la seule à me présenter en première année, confia-t-elle, se détendant. Les autres sont tous des anciens – il y a même des diplômés. Mais Agrowsky a tenu à ce que je joue. Bien sûr, je n'ai pas l'ombre d'une chance d'être sélectionnée pour l'audition de septembre, mais, si je m'en tire bien, il se peut que je sois admise au Séminaire des Virtuoses.

– Tu devrais te mettre un peu de rouge à lèvres, et un léger fond de teint, se risqua à suggérer Leslie.

Mais que n'avait-elle dit là !

– Je veux être jugée sur la qualité de mon jeu, pas sur ma mine... ou sur mes fesses ! explosa Emily, toutes griffes dehors.

– Bon, bon, calme-toi ! Je te disais simplement ça pour que les autres ne se rendent pas compte que tu es morte de peur, c'est tout. Regarde-toi dans une glace. Tu es livide. Tâche au moins d'avoir l'air normal.

– Bon ! Si ça peut te faire plaisir, je vais me bichonner un peu. Tu es contente ?

Hochant la tête affectueusement, Leslie lui adressa un grand sourire apaisant.

– Va vite ! lui dit-elle. Je range la cuisine pendant ce temps.

Quand elles prirent place dans la voiture, Emily ressemblait déjà davantage à elle-même. Mais elle était fébrile et ne cessa tout au long du trajet de sortir et de ressortir sa partition de son sac pour en revoir une dernière fois certains passages.

– Pourvu que je passe dans les premiers, ou alors carrément la dernière et que je n'écope pas de l'adagio... Si je tombe dessus, je me lève et je pars en courant !

– Ce serait malin ! Dans ce cas, tu restes assise sagement devant le piano, et tu l'exécutes de ton mieux. Je suis sûre que tout se passera bien.

– On voit que tu n'es pas à ma place ! Comment savoir à l'avance si les choses se passeront bien ? grommela Emily. Oh ! la la... Je vais avoir mal au cœur, Leslie, arrête-toi, je t'en prie.

– C'est impossible au milieu du pont. Ouvre la vitre, tu vas voir, ça va aller mieux.

Emily s'exécuta et la fin du trajet se passa sans encombre. Ayant appris en arrivant que l'audition était publique, Leslie décida de rester pour soutenir sa sœur.

La salle d'audition était froide et nue. Une longue table et quatre chaises avaient été disposées devant l'estrade.

– C'est là que vont s'installer les jurés, chuchota Emily en entrant. Regarde, voilà Agrowsky qui arrive.

Un homme trapu, aux épaules voûtées, au crâne entièrement chauve gagnait en effet sa place. Il n'avait pas l'air commode au premier abord, mais en le regardant un peu mieux on s'apercevait aussitôt qu'un regard brillant de malice adoucissait notablement sa sévérité apparente. Le petit signe de tête qu'il fit à l'attention d'Emily fut en tout cas empreint d'un encouragement sans équivoque.

Comme les spectateurs, en majorité des étudiants, arrivaient maintenant les uns après les autres, une silhouette de haute taille apparut sur le seuil d'une porte dans le fond de la salle, entrée qui fut saluée aussitôt par un murmure dans l'assistance. Songeant qu'il devait s'agir du célèbre virtuose mentionné par sa sœur, Leslie se redressa pour mieux le voir et sursauta en le reconnaissant. Un bandeau sur l'œil, le bras en écharpe, le visage balafré, ce profil acéré : le doute était impossible. Elle avait déjà vu cet homme, elle l'avait vu sortir de son jardin et s'engouffrer dans une puissante voiture grise, pour le retrouver peu après, debout, les bras étendus devant lui, au centre du garage transformé en studio. Simon Anstey – c'était lui sans conteste – marqua une pause, et, comme s'il avait senti la stupeur de Leslie cramponnée à son siège, darda sur elle son œil bleu unique et flamboyant.

Ayant marqué un bref temps d'arrêt, il esquissa un salut vague à son intention, puis reprit sa marche pour aller prendre place à la table des jurés où se trouvait une dernière chaise vacante. Un homme alors monta sur l'estrade.

– Bonjour à tous, annonça-t-il. Les candidats sont priés de s'avancer pour retirer un numéro d'ordre dans la corbeille.

– Souhaite-moi bonne chance, souffla Emily en se levant, avant de revenir trente secondes plus tard, un morceau de papier déplié dans la main.

– Je passe en cinquième. C'est la catastrophe.

– Mais non ! Prends-le comme un défi supplémentaire à relever.

– Candidat numéro un ! lança l'appariteur. Veuillez vous présenter devant le jury et prendre place.

Une femme massive d'une trentaine d'années, vêtue d'une jupe et d'un pull blancs moulants, s'avança d'un pas décidé, presque martial, vers l'estrade.

– Joan Paddington, annonça-t-elle.

– Madame Paddington, vous avez tiré au sort l'adagio. Nous vous écoutons.

– Quel boudin..., murmura Emily entre ses dents.

La concurrente attaqua sa partition et bientôt on n'entendit plus un bruit dans la salle.

– Boudin peut-être, mais il s'avère que le boudin joue comme un ange, confia en catimini Leslie à sa sœur qui réduisait consciencieusement en confettis le mouchoir en papier qu'elle serrait entre ses doigts.

L'audition se poursuivit. A l'appel du candidat numéro cinq, Emily se leva, s'humecta les lèvres et, s'efforçant de dissimuler son trac, s'avança vers l'estrade.

– Emily Barnes.

L'homme au visage balafré, Simon Anstey, prit la parole.

– Miss Barnes, veuillez interpréter le premier mouvement.

Emily fourra le mouchoir dans sa poche, s'essuya les paumes sous prétexte de lisser sa jupe et alla prendre place devant le piano. Sur-le-champ résonnèrent les huit puissants accords d'ouverture du concerto, entendus par Leslie des centaines de fois. Puis, choisissant une interprétation ouvertement romantique, Emily attaqua le premier thème mélodique. Sous ses doigts agiles, la musique du maître russe jaillissait pure et émouvante, mais sans une ombre de mièvrerie ou de sentimentalisme.

Agrowsky a fait des prodiges, songea Leslie, tout en se reconnaissant incapable d'estimer à l'avance les critères du jury. D'ailleurs tous les candidats sans exception avaient été jusqu'ici brillants, Emily étant de loin la plus jeune. Le dos très droit, la tête juchée en délicat équilibre sur ses épaules, elle paraissait à la fois légère et fragile, vulnérable, mais en totale harmonie avec le morceau qu'elle jouait.

Quand elle eut terminé, le Pr Anstey prit à nouveau la parole :

– Nous vous remercions, miss Barnes. Candidat suivant, s'il vous plaît.

Un jeune homme râblé, vêtu d'un jean, se présenta devant l'estrade.

– David Lenney, annonça-t-il d'une voix étouffée.

Au même moment, Emily rejoignit sa place et se laissa tomber sur son siège.

– Mon Dieu, c'était nul, je le sais !

– Mais non, pas du tout ! Tu t'en es magnifiquement tirée. Veux-tu que nous sortions un peu ?

– Non, je préfère rester pour écouter les autres. Ouf ! Je me sens tout de même mieux maintenant.

Elles restèrent donc jusqu'à la fin et se levèrent avec tout le monde quand le Pr Agrowsky annonça que les candidats étaient priés de revenir à seize heures pour connaître les résultats.

Une fois dans la rue, Leslie proposa d'aller déjeuner quelque part.

– Je serais incapable d'avaler quoi que ce soit.

– Bon ! Eh bien, dans ce cas, allons acheter des coussins pour ton salon de musique. Nous irons les déposer à la maison, et en profiterons pour commencer à réfléchir à la disposition des meubles.

Mais comme Leslie s'y attendait un peu, à peine se furent-elles éloignées du conservatoire qu'Emily décréta qu'un sandwich à l'avocat lui ferait après tout le plus grand bien. Elles se mirent donc en quête de l'en-cas, et Emily se montra dès lors intarissable sur ses concurrents.

– Jo Paddington est une élève d'Agrowsky, elle aussi. Si elle était moins moche, elle serait fantastique. Mais quel affreux tas ! Jamais ils ne la prendront. Dave Lenney, lui, a les meilleures chances. C'est le chouchou du Pr Milhauser et joue déjà avec le Philharmonique en répétition. Dis donc, tu as remarqué la voix d'Anstey ? Quelle voix de basse ! Son regard me terrifie. On dirait qu'il va vous transpercer ! Franchement, parler de « mauvais œil » en ce qui le concerne semble tout à fait convenir. Tu ne trouves pas ?

– C'est lui qui dirige ce Séminaire des Virtuoses ?

– Oui ! Vraiment, à la réflexion, je n'ai plus très envie d'y participer. Ce type me glace littéralement !

Leslie, l'attention totalement captivée par l'audition de sa sœur, avait volontiers mis entre parenthèses ses propres interrogations. Elles resurgirent brutalement. Pour quelle raison avait-elle vu Anstey devant chez elle et, surtout, quel était le sens de sa vision de lui dans le garage ? S'il était déjà difficile d'admettre qu'un être frappé de mort violente pût laisser en ce monde une sorte de trace visuelle capable de se matérialiser à nouveau sous forme d'apparition, que fallait-il penser d'un vivant usant apparemment d'un tel pouvoir ?

Elle avait été victime d'une hallucination, c'était certain. Mais il n'était pas moins possible que les récents propos de Joel avaient pu également justifier d'une certaine façon la venue de Simon Anstey chez elle : ayant bien connu Alison Margrave, il pouvait avoir eu envie de revoir la maison de sa protectrice dont il possédait, ou avait possédé les clés. Heureusement, les serrures allaient être changées, et Anstey ne risquerait plus de venir l'importuner !

La fourgonnette du serrurier était justement là, garée devant la maison, quand les deux sœurs arrivèrent. Leslie, peu après, récupéra deux jeux de clés tout neufs. A l'étage, elle trouva la fenêtre de la chambre d'Emily de nouveau ouverte, et s'empressa donc de la refermer à l'aide du loquet qui venait d'être posé.

– As-tu téléphoné au garde-meuble au sujet de la harpe ? s'enquit Emily, venue la rejoindre.

– Oui. Elle sera livrée mercredi. Veux-tu la vieille commode dans ta chambre ?

– Non, je la vois plutôt dans le salon, j'ai seulement besoin d'un meuble pour ranger mes partitions... A propos, je me demande s'il y a des lobélies dans le jardin. Il paraît qu'elles ont un effet calmant.

– Je n'en sais rien, mais fais attention à ce que tu cueilles.

Tandis qu'elle essayait la nouvelle clé du garage, Emily demanda :

– Ce chat blanc qui vient de passer, est-il livré en prime avec la maison ?

– Je l'ignore. Mais à en juger par le nombre de fois où je l'ai entrevu, il se considère ici chez lui.

– Tiens, il a filé à nouveau. Nous pourrions peut-être lui préparer une boîte de thon.

– Ecoute, il doit bien y avoir un voisin qui le nourrit.

– Peut-être, mais ce voisin ne mérite pas de le garder : il

est famélique. C'est sûrement un chat abandonné. On devrait infliger aux coupables la peine de mort !

– Si on t'écoutait, ma pauvre chérie, il n'y aurait pas assez de bourreaux sur terre !

La clé tournant normalement dans la serrure, Leslie ouvrit la porte. Emily accourut.

– L'odeur est toujours là ! s'exclama-t-elle dans son dos. Le chat s'est soulagé là-dedans, c'est certain. Ouvrons la fenêtre...

Une bonne couche de peinture gaie, des rideaux jaunes, le vieux fauteuil à bascule rapporté de Sacramento, son antique machine à coudre, la malle à vêtements de sa mère, la planche à repasser, voilà qui transformerait la pièce, songea Leslie faisant mentalement la liste des objets qui manquaient. Un cri d'Emily l'arracha à son inventaire.

– Nom d'un chien, il est quatre heures moins le quart ! Il faut absolument que tu m'emmènes tout de suite, Leslie !

Fermant la maison rapidement, elles s'élancèrent vers la voiture. Heureusement, à leur arrivée, la porte de la salle d'audition était encore close, et ce n'est que plusieurs minutes après que Simon Anstey en personne vint ouvrir. Apercevant Emily, il la dévisagea longuement.

– Miss Barnes, je vous ai écoutée ce matin avec plaisir. En dépit de votre jeune âge, je serai heureux de vous accueillir dans mon Séminaire.

– Merci..., balbutia Emily, toute troublée. Merci mille fois, professeur...

Comme Anstey portait maintenant un regard insistant sur sa sœur, Emily se crut obligée de la présenter :

– Ma sœur, le Dr Barnes.

Leslie leva la tête et réussit à soutenir sans ciller l'œil inquisiteur du borgne. Conséquence involontaire de son infirmité, ou muflerie délibérée ? Une colère sourde l'envahit. Cet homme, après avoir déjà fait intrusion dans sa propriété, dépassait les bornes.

– Je crois que nous nous sommes déjà rencontrés, professeur Anstey, lança-t-elle d'une voix glaciale.

– C'est exact, répondit l'homme avec un morne sourire. Seriez-vous médecin, docteur Barnes ?

– Je suis psychologue. Bien que n'ayant pas eu l'honneur de connaître feu miss Margrave, j'ai entendu dire qu'elle exerçait la même profession.

– Psychologue, c'est donc bien ça, marmonna, sibyllin, le professeur. Alison Margrave vous a donc bien choisie, c'est évident, et à vous voir ici, je présume que vous êtes aussi peut-être musicienne. Alison était la meilleure spécialiste contemporaine du clavecin, même si elle était plus connue pour ses écrits théoriques que pour sa carrière d'interprète, hélas ! trop brève, son dernier concert remontant à 1953. A tort, elle prétendait n'être pas douée d'un tempérament scénique, ce que je contestais tout à fait. Ses transcriptions de certains manuscrits de Bach et de Scarlatti font autorité désormais, et je me considère moi-même comme l'un de ses disciples. J'étais un familier de sa maison.

– Navrée de vous décevoir, mais je suis fort peu experte dans le domaine musical. Emily est la seule vraie musicienne de la famille.

– Je n'en doute pas et suis sûr qu'Alison se réjouit d'accueillir sous son toit votre talentueuse cadette.

Cela dit, Simon Anstey s'inclina légèrement et quitta les deux sœurs pour ouvrir toutes grandes les portes de la salle d'audition. Jury, élèves et parents prirent place et l'annonce des résultats commença.

– M. Lenney, Mme Paddington et miss Hadley, déclara Boris Agrowsky, après un bref conciliabule avec ses confrères, ont été retenus pour l'audition du 15 août, qui rassemblera les meilleurs élèves de différentes écoles. Par ailleurs, miss Barnes, M. Kalapergos et M. Stainer sont admis au Séminaire des Virtuoses du Pr Anstey. Merci à tous. Si les candidats veulent bien s'avancer vers la scène pour retirer leurs notes et les appréciations du jury...

Cœur battant, Emily se leva et revint peu après avec une série de feuillets manuscrits, qu'elle parcourut d'un air ahuri tout en quittant la salle.

– Agrowsky trouve que je dois encore travailler mon legato. Ce n'est pas nouveau, il me répète la même chose depuis des mois ! Par contre, Leslie, écoute ça : Anstey considère que mon interprétation de Rachmaninov a été « émouvante et dénuée de toute sensiblerie » !

Certes, il n'a pas tort et je pense comme lui, se dit Leslie, songeuse, en montant en voiture, se gardant bien toutefois de demander à sa sœur le contenu intégral de ses appréciations.

IX

LORS de sa dernière nuit à Berkeley, Leslie put à peine fermer l'œil : le téléphone sonna sans arrêt, au point qu'elle finit par débrancher les deux postes. Vers cinq heures, ayant renoncé à dormir, elle se leva, vida le réfrigérateur et emballa les derniers objets qu'elle devait emporter en voiture.

Puis, le jour à peine levé, elle réveilla Emily, lui confia un double des clés de leur nouvelle maison en lui demandant d'attendre l'arrivée des déménageurs qui devaient enlever son piano.

A midi, elles étaient dans la place, le déménagement achevé. La totalité de leurs biens s'entassait entre les murs de la villa en un impressionnant capharnaüm de caisses et de cartons. Les lits avaient été remontés, et Leslie parvint en un temps record à rendre sa chambre présentable, à ranger ses vêtements et à transporter ses dossiers dans la pièce insonorisée. Elle se rendit ensuite dans le salon de musique où Emily, apparemment insensible au désordre ambiant, n'avait d'yeux que pour la vieille harpe de sa grand-mère, haute d'un bon mètre quatre-vingt qu'on venait de livrer.

Quelques cordes manquant à l'appel, sa sœur les avait déjà remplacées, et se mettait en devoir d'accorder l'instrument.

– Tu devrais aussi apprendre à accorder ton piano toi-même, tu ne crois pas Emily ? l'interpella-t-elle.

– Oui, tu as raison, ce serait bien utile. J'ai horreur d'attendre l'accordeur et d'être obligée parfois de rester une journée entière sans répéter.

– Comment la harpe a-t-elle vécu son séjour au garde-meuble ?

– A première vue, pas trop mal, diagnostiqua Emily en caressant son cadre doré. Elle a un son magnifique et je regrette presque aujourd'hui de n'avoir pas opté pour cet instrument. Lui au moins, je peux l'accorder et le réparer moi-même.

S'étant assise, elle fit courir ses doigts sur les cordes.

– Malheureusement, les morceaux écrits pour la harpe sont rares. A moins de se spécialiser dans le folklore irlandais ou quelque chose de ce genre...

Elle commença à jouer, et Leslie, l'ayant écoutée un moment, reprit, rêveuse :

– Je me souviens avoir entendu grand-mère interpréter ce morceau. Qu'est-ce donc ?

– *La Danse Sacrée et Profane,* de Debussy.

– Ah oui ! J'aime beaucoup. Dis donc, tout cela est très joli, mais ce n'est pas Debussy qui va terminer le déménagement à notre place.

– J'aurais aussi aimé avoir un clavecin, enchaîna Emily, comme si elle n'avait pas entendu sa sœur. Il y a ici toute la place qu'il faut. On peut d'ailleurs en trouver maintenant à monter soi-même pour quelques milliers de dollars à peine. Au fait, j'aimerais savoir ce que sont devenus les siens.

– De quoi parles-tu ?

– Des clavecins d'Alison Margrave, l'ancienne propriétaire. C'était bien sa maison, non ? J'ai lu un article sur elle au conservatoire. Elle en avait neuf. Où ont-ils pu passer ?

– Elle les avait sûrement ici, fit Leslie, assaillie soudain par le souvenir de l'écho musical étouffé qu'elle avait un jour cru entendre dans cette même pièce. Puis, comme si elle préférait changer de sujet, elle déclara tout de go : N'as-tu pas faim, Emily ? Moi, si ! Nous n'avons rien pris depuis le petit déjeuner.

– La cuisine est installée ?

– Le gaz et l'électricité fonctionnent. Cela dit, je n'ai encore quasiment rien déballé. Mieux vaut peut-être aller acheter des sandwiches. De quoi as-tu envie ?

– Je reprendrais bien un sandwich à l'avocat et à l'œuf comme l'autre jour. Si tu veux, j'y fais un saut. Et toi, qu'est-ce que tu veux ?

– Une salade garnie mais, par pitié, sans choux de Bruxelles ! Je sais que tu en raffoles et qu'ils sont censés être très bons pour la santé mais je ne les supporte vraiment pas !

– J'en demanderai quelques-uns, mais à part, pour moi, promit Emily en enfilant ses sandales.

Restée seule, Leslie se dirigea vers la cuisine et entreprit de déballer la vaisselle et de la ranger dans les placards. Comme elle sortait le grille-pain, elle s'aperçut qu'elle avait oublié de demander à sa sœur d'acheter du lait, et inscrivit aussitôt sur un bout de papier une liste d'emplettes alimentaires à effectuer d'urgence. C'est alors qu'un léger bruit lui fit lever la tête. Elle crut d'abord qu'Emily était de retour, mais comme c'était impossible, elle pensa que le bruit venait probablement de l'extérieur, ou que c'était la radio d'un voisin.

Elle termina donc sa liste, regagna son cabinet et entreprit de ranger les dossiers de ses patients dans une armoire métallique fermant à clé. Le contenu du carton étiqueté « bureau » vidé en l'espace de dix minutes, sa table ressemblait maintenant à ce qu'elle était dans son ancienne maison de Berkeley. Satisfaite du résultat, elle fixa son calendrier mural, posa son carnet de rendez-vous à sa place habituelle et brancha son téléphone ultra-moderne, dont la couleur crème s'harmonisait parfaitement à la sobre élégance de la pièce. Seul son vieux bureau rayé d'entailles paraissait peut-être légèrement incongru dans le décor, et elle se promit, à la première occasion, de s'en offrir un tout neuf. Portant pour la énième fois son regard sur la vue, elle alla alors à la fenêtre et s'absorba dans la contemplation du panorama dont elle était décidément tombée amoureuse. L'océan scintillait, le ciel était d'un bleu intense, balayé par quelques nuages effilés ; la nature entière semblait lui souhaiter bienvenue. Dopée par ce décor qui l'enchantait, Leslie s'attaqua à une caisse posée par terre au milieu des livres et l'ouvrit. Elle contenait un assortiment de collants, de justaucorps et d'affaires de toilette appartenant à Emily. Ces effets n'ayant rien à faire dans son cabinet, Leslie décida de les transporter sur-le-champ à l'étage.

Arrivée sur le palier, elle trouva la porte de la chambre de sa sœur béante, ce qui ne l'étonna nullement ayant déjà apporté elle-même, peu auparavant, des cartons de vêtements à ranger dans la penderie. Mais à l'instant où elle déposait sa caisse par terre, une ombre bougeant dans son champ de vision, elle leva la tête et vit le chat blanc s'échapper lestement et sans bruit entre les battants ouverts de la fenêtre, pour disparaître le long de la gouttière. L'énigme est résolue, se dit-elle. Voilà pourquoi cette fenêtre s'ouvre sans cesse. Notre ami le chat est le responsable. Il doit depuis longtemps être habitué à grimper sur le treillage, et, à force de presser son museau contre la crémone, il a appris à l'ouvrir de l'extérieur. Il n'y a qu'à tirer le nouveau loquet pour l'en empêcher.

La sonnette de l'entrée, mille fois moins agressive que celle de Berkeley, tintant à la porte, elle courut au rez-de-chaussée. C'était Emily, chargée d'un gros sac de courses, qui lui suggéra aussitôt d'aller pique-niquer dans le jardin.

Comme elles étaient assises sur le muret occupées à dévorer leurs victuailles, Leslie, tout à coup, vit le chat se glisser en silence derrière le mur du garage. Elle courut à la cuisine, y prit une boîte de thon en conserve et en versa le contenu dans une soucoupe.

– Il faut le nourrir, dit-elle à Emily en revenant dans le jardin. Cette maison est manifestement son territoire. Je viens de le surprendre dans ta chambre.

Emily lui jeta un coup d'œil distrait entre deux bouchées de choux de Bruxelles.

– En tout cas, finit-elle par marmonner, il n'a pas pu entrer par la fenêtre ; j'avais fermé le verrou.

– J'en doute, ma toute belle. La fenêtre était grande ouverte, et c'est par là qu'il est reparti.

– Tu as dû l'ouvrir toi-même machinalement pour aérer, fit Emily en haussant les épaules. A moins qu'un déménageur ne s'en soit chargé, trouvant que la pièce sentait trop le renfermé. En parlant de renfermé, as-tu fait mettre quelque chose dans le garage, enfin... l'atelier ou le studio, je ne sais plus comment tu l'appelles.

– Baptisons-le atelier de couture, si tu veux. J'y ai fait déposer la machine à coudre et la malle à vêtements de maman. Mais ce qui est sûr, c'est qu'une bonne couche de peinture est indispensable. Nous nous y mettrons dès que possible.

– C'est une idée, fit Emily sans enthousiasme. Mais si nous voulons pouvoir travailler là-dedans demain, on a intérêt à aérer tout de suite.

Elle se leva, alla à la porte du garage et l'ouvrit.

– Beurk ! Ça ne s'arrange pas ! On dirait que ce chat a encore laissé un souvenir...

– Laisse la porte grande ouverte : nous n'allons pas cesser d'aller et venir toute la journée.

Explorant le fond du jardin, Leslie découvrit, derrière un buisson, un cabanon délabré, fermé par un cadenas qui s'ouvrit facilement à l'aide d'une petite clé pendue au trousseau que lui avait remis l'agence. A l'intérieur, entre autres outils de jardinage, se trouvaient une vieille tondeuse à gazon mécanique apparemment en état de marche, un râteau, un déplantoir et un tuyau d'arrosage relié à un tourniquet.

– Regarde les trésors qu'on nous a laissés ! lança-t-elle joyeusement à sa sœur.

– Formidable ! Je vais tout de suite arroser les plantes, s'exclama Emily qui l'avait rejointe. Elles en ont grand besoin. Il y a aussi un de ces boulots de désherbage à faire !

Vissant énergiquement l'embout du tuyau, elle alla le fixer à un robinet installé contre le mur du garage.

– Ferme la porte, cria Leslie. Sinon, tu vas éclabousser la moitié de la pièce. Elle est déjà assez humide comme cela !

Comme elle allait s'exécuter, Emily fit un bond en arrière et poussa un cri suivi d'un rire nerveux.

Leslie accourut.

– C'est idiot ! Figure-toi que j'ai cru voir quelqu'un à l'intérieur ! Ce devait être la malle de maman. Mais quelle idée, aussi, de l'avoir mise debout !

S'arrêtant sur le pas de la porte, Leslie regarda à son tour la malle recouverte d'un tissu délavé, s'efforçant de chasser le souvenir précis de la silhouette de Simon Anstey (ou du moins son double astral), entrevue au centre de la même pièce. Perplexe, elle se retourna et aperçut le récipient qu'elle avait préparé pour le chat intact sur la marche de la cuisine. Trop sauvage pour s'en approcher tant qu'elles seraient dans les parages, sans doute n'avait-il pas osé profiter de l'aubaine.

A cet instant, une voix féminine s'éleva, venant du portail extérieur. Intriguée, Leslie contourna la maison, et reconnut la jeune femme qu'elle avait rencontrée à la librairie, portant sa petite fille dans son sac kangourou. Derrière elle, Frodo, l'un des vendeurs auquel elle avait également parlé ce jour-là, serrait dans ses bras un gros pot de terre cuite.

S'avançant à leur rencontre, Leslie les invita à entrer.

– Alors, ça y est ? Vous emménagez ?

– Emily, notre première visite ! Je te présente Frodo, Rainbow et sa petite fille Timmie. Vous habitez dans le quartier ?

– Frodo habite sur Haight Street, répondit la jeune femme, et moi juste au coin de rue, sur Buena Vista. M'étant rappelé que vous aviez acheté la maison de miss Margrave, nous sommes passés à tout hasard vous rendre une petite visite.

Leslie cilla, ne se souvenant nullement avoir fait part de son acquisition. Mais l'autre poursuivait déjà :

– Vous m'avez également dit que votre sœur aimait les plantes. Comme j'étais en train de rempoter des aloès, l'idée m'est venue de lui en apporter un plant. C'est un fameux cicatrisant pour les blessures légères.

Frodo tendit le pot à Emily. La plante grasse à l'aspect insolite avait des allures de cactus sans épines et semblait avoir toutes les peines du monde à se tenir droite.

– C'est trop gentil ! s'exclama Emily, prenant le pot avec autant d'égards que s'il s'agissait d'une superbe orchidée. J'avais justement très envie de planter un aloès, mais ne savais pas où en trouver ! Puisque, comme moi, vous aimez sûrement la nature, venez donc voir le jardin. Il est derrière la maison.

Rainbow déposa Timmie dans l'allée, puis hésita :

– Il n'y a pas de plantes toxiques ?

– Non, pas à ma connaissance. En revanche, elle risque d'être aspergée par le tourniquet d'arrosage.

– Vu la chaleur et sa tenue, ça n'a pas d'importance. Elle n'a sur elle qu'un bermuda de coton. Et puis j'ai des vêtements de rechange, ne vous inquiétez pas, je pourrai la changer si elle se mouille.

Ils passèrent derrière la maison et Emily déposa l'aloès sur la marche de la cuisine.

– Vaut-il mieux le laisser dans son pot ou le mettre en pleine terre ?

– A votre place, conseilla Frodo, je le laisserais en pot

pour le moment, mais il faudra le transplanter plus tard. Ce qu'il lui faut surtout, c'est du soleil.

– Ne faites pas attention aux mauvaises herbes, enchaîna Emily. Il y a un boulot monstre à faire, mais nous aurons un paradis après. Regardez, il y a plein de plantes que je n'ai pas réussi à identifier, mais Leslie m'a acheté un livre formidable.

– Je sais, intervint Rainbow, un grand sourire aux lèvres. Je me trouvais à la librairie quand elle l'a acheté.

– Le chat ! s'écria Timmie, se précipitant à quatre pattes vers un buisson.

– Attention aux ricins ! Les graines peuvent être nocives, même vénéneuses, prévint aussitôt Leslie.

– Oui, vous avez raison, on ne sait jamais, acquiesça Rainbow, s'empressant de prendre sa fille dans ses bras. Je les avais oubliés. Alison les taillait très régulièrement, mais ils repoussent à toute allure. Allez, va sur l'herbe si tu veux, Timmie, mais pas ailleurs, fit-elle reposant sa fille à terre.

– Le chat ! Veux le chat ! pleurnicha la gamine, n'abandonnant pas son idée.

Rainbow se mit à inspecter les alentours.

– Vous avez un chat ? Où est-il ?

– Il y en a un qui traîne souvent dans les parages et qui, je crois, entre même parfois dans la maison. Je lui ai mis du thon dans une soucoupe tout à l'heure, mais il n'a rien touché.

– Claire, vous savez la propriétaire de la librairie, m'a dit un jour qu'elle avait donné à Alison un chaton blanc il y a plusieurs années. C'est peut-être lui. Alison et elle étaient très liées, et Claire a des chats magnifiques. Miss Margrave cependant en avait déjà plusieurs et je pensais que la SPA après sa mort était venue les chercher tous. Mais il se peut que l'un d'eux soit encore ici.

– Vous connaissiez miss Margrave ? s'enquit Emily.

– C'est beaucoup dire, répondit Rainbow. Il lui arrivait de venir à la librairie de temps à autre. C'était une dame âgée mais très alerte et elle venait surtout pour Claire. La nouvelle de sa mort nous a évidemment tous bouleversés. Pensez, elle semblait si solide, si pleine d'énergie ! C'est pourquoi il y a eu enquête. La police a interrogé toutes ses connaissances. Ainsi, c'est vous qu'elle a choisi pour lui succéder, n'est-ce pas ?

Leslie secoua la tête.

– Non, je n'avais jamais vu miss Margrave.

– Peu importe, fit Frodo, du moment qu'elle vous a choisie. Vous êtes médecin, Docteur Barnes ?

– Psychologue, corrigea Leslie.

– Raison de plus. Alison, elle aussi, était psychologue et parapsychologue. On venait la consulter de très loin. Dans son domaine, c'était une vraie célébrité.

– Je la croyais musicienne, s'étonna Leslie. Spécialiste du clavecin, c'est bien cela, Emily ?

– C'est vrai aussi, opina Rainbow, mais je crois qu'elle s'y était essentiellement consacrée dans sa jeunesse. Naturellement, il lui arrivait encore d'en jouer : je me souviens d'un jour, notamment, où elle l'a fait pour Claire et moi. Elle en possédait une quantité. L'un d'eux surtout était superbe, entièrement laqué noir, avec des motifs dorés et des incrustations de nacre.

– C'est drôle. Je me demandais justement tout à l'heure ce qu'ils avaient pu devenir, remarqua Emily.

– Elle a dû les confier à un ami musicien, reprit Rainbow d'un ton évasif. Mais ce n'est qu'une supposition. Comme je vous l'ai dit, je la connaissais très peu.

– Je rêve d'en fabriquer un, soupira Emily.

– Alison apprécierait sûrement que vous jouiez de cet instrument chez elle, fit Frodo. Elle m'a dit un jour qu'elle ne laisserait jamais s'installer dans sa maison quelqu'un qui ne lui conviendrait pas. Le résultat est probant : une musicienne succède à une autre. Il faudra raconter ça à Claire, Rainbow.

– Frodo a raison, renchérit celle-ci en souriant à Leslie. Alison, j'en suis convaincue, vous attendait.

– Je crois vraiment que vous vous faites des idées, lâcha Leslie avec un rire embarrassé.

– Pas du tout. Pour une raison ou pour une autre, reprit Rainbow, un œil sur Timmie qui pataugeait allègrement dans la boue près du tourniquet, tous ceux qui ont voulu s'installer ici après sa mort ont dû partir et laisser finalement place à vous deux – une psychologue et une musicienne. L'une des propriétaires éphémères qui ont habité ici m'a dit un jour que la maison était hantée. Or, Alison n'aurait pas fait de mal à une mouche. Simplement, cette maison n'était pas faite pour elle. C'était une artiste plasticienne, qui n'a jamais réussi à travailler ici et qu'Alison a finalement forcée à déguerpir.

Ces histoires à dormir debout commençant à l'agacer prodigieusement, Leslie ne se priva pas de l'exprimer sèchement :

– Je suis au courant de tout cela. Cette femme était une névrosée typique. L'agent immobilier n'a pas mâché ses mots.

– Sans aucun doute ! opina Rainbow, sans se départir de son calme. C'est bien pour cette raison qu'Alison n'a pas voulu la garder chez elle. Mais peu importe, finalement. Ce qui compte, c'est que cette maison soit désormais habitée comme elle le souhaitait. Je suis sûre que vous serez heureuses ici. Mais j'y pense, Emily, j'ai chez moi quelques pousses de dictame de Crète, une plante assez difficile à trouver. Te feraient-elles plaisir ?

Et la conversation roula à nouveau sur les plantes. Le sujet épuisé, Emily invita les visiteurs à découvrir son salon de musique, ce qui permit à sa sœur de s'éclipser pour ranger son bureau tout en continuant, par la porte entrebâillée, à écouter leurs appréciations respectives. S'étant absorbée dans ses classements, elle se rendit soudain compte qu'aucun éclat de voix ne lui parvenait plus. Seul le son mélodieux de la harpe semblait emplir le salon. Rejoignant Emily, elle constata qu'en effet les visiteurs étaient partis.

– Ils n'ont pas voulu te déranger pour te dire au revoir, déclara Emily. Je les trouve adorables. Et toi ?

– Moi aussi.

– Ils m'ont invitée ce soir à un concert, c'est très gentil.

– Où ça ?

– A un concert en plein air, dans le parc de Stern Grove. Frodo joue de la flûte classique. Il connaît un tas de gens au conservatoire. Rainbow et lui doivent passer me prendre à sept heures. Ça ne te dérange pas, au moins ? C'est vrai que j'aurais dû peut-être t'en parler avant d'accepter.

– Je me débrouillerai, les caisses attendront un peu, voilà tout, fit Leslie. Vas-y ma chérie, et amuse-toi bien. Rainbow veut-elle que je garde Timmie ?

– Non, elle l'emmène. Elle l'installera pour dormir sur la pelouse. Son père la garde parfois, mais il se trouve qu'il joue justement ce soir – il est deuxième violon.

– Très bien. Te voilà en excellente compagnie.

– Ça ne t'ennuie vraiment pas de passer seule ici ta première soirée ? Sinon, dis-le moi.

– N'aie pas de souci. J'ai tant à faire, tu sais. Je vais finir de ranger mon cabinet. En revanche, si tu peux te charger de quelques courses avant de sortir, ça m'arrangerait. Je te prépare une liste.

Le crépuscule tombait plus tôt de ce côté de la baie et, ce soir-là, le brouillard, plus épais qu'à l'accoutumée, s'insinua sous le Golden Gate, déroulant sur la mer et les collines une écharpe opaque. Le ciel ne tarda pas à disparaître complètement, et quelques gouttes de pluie humectèrent le jardin. Ramassant l'assiette de thon toujours intacte, Leslie appela plusieurs fois le chat blanc, mais sans succès. Si elle n'obtenait aucun résultat avec lui, d'ici un à deux jours elle essayerait de faire venir la SPA.

Emily étant partie avec ses nouveaux amis, elle emporta un bol de soupe et un paquet de pommes chips dans son cabinet, où elle s'enferma pour la soirée. Nul coup de téléphone ne vint rompre le silence ambiant, ce qui, après l'enfer de ces dernières semaines, paraissait miraculeux. Elle s'offrit même un moment dans le salon de musique pour se délasser et s'essaya pendant quelques instants à jouer le premier mouvement de la *Sonate au Clair de Lune*. Au moment où elle refermait le piano, elle crut entendre l'écho tardif d'un minuscule chapelet de notes provenant d'un clavecin, et songea aussitôt à miss Margrave. L'ancienne propriétaire était-elle vraiment heureuse d'accueillir sous son toit deux femmes qui partageaient ses passions ? Même si elle refusait de prêter foi aux assertions de Rainbow, l'idée de son invisible et bienfaisante présence n'en demeurait pas moins douce et réconfortante.

Haussant les épaules, Leslie regagna son cabinet et se carra confortablement dans un fauteuil. Demain, ce havre de paix serait violé par ses patients et leurs problèmes. Mais jusque-là, il n'appartenait qu'à elle-même. Savourant quelques minutes encore ce calme si apaisant, elle se décida enfin à monter à l'étage. Comme le coucou sonnait dix heures, les pas d'Emily résonnèrent dans l'escalier. Leslie déposa la pile de chemisiers qu'elle s'apprêtait à ranger dans sa commode et rejoignit sa sœur sur le palier.

– Alors, ce concert, c'était réussi ?

– Merveilleux. Ils ont joué du Mozart et une symphonie de Haydn divinement. Ensuite, on a été chez Frodo, qui a joué de la flûte traversière. Tu ne devineras jamais qui était là. Le Pr Anstey !

– Chez Frodo ?

– Mais non, idiote, au concert ! pouffa Emily. Il paraît qu'il va diriger plusieurs orchestres cette saison. Ce type doit être une terreur à la baguette ! Anstey-Mauvais-Œil, voilà comment on devrait l'appeler !

– Emily ! Il n'est pas responsable de son infirmité !

– Peut-être, mais il incarne pour moi l'image que je me fais du mauvais œil.

Leslie renifla à plusieurs reprises, vrillant sur sa sœur un regard soupçonneux.

– Dis donc Emily, n'aurais-tu pas... fumé par hasard ?

– De l'herbe, tu veux dire ? Non ! Enfin j'en ai juste pris une bouffée... sans l'avaler bien sûr, pour ne pas faire bégueule. Du calme, Leslie ! Je suis assez grande pour savoir ce qu'il faut faire et, de toute façon, j'ai horreur de ce genre de truc.

– Je l'espère ! Tu ferais bien en tout cas de prendre une douche avant de te coucher. Tu empestes à trois mètres.

– Ecoute, Leslie, ça s'est passé dans le parc ! Ce que tu sens, c'est les beedies de Frodo, mais oui tu sais, ces petites cigarettes indiennes très marrantes à l'eucalyptus. C'est tout à fait inoffensif. La preuve, il en fume pour soigner son asthme.

Comme elle se dirigeait vers la porte de sa chambre, elle s'arrêta.

– Mais... attends un peu... Moi aussi, je sens quelque chose de bizarre. C'est pas possible, on fait du feu quelque part !

– Non. Les détecteurs de fumée l'auraient signalé, répondit Leslie, se hâtant tout de même de descendre pour aller voir dans la cuisine.

Tout semblait normal, sans odeur ni trace de fumée nulle part. Mais en remontant l'escalier, elle sentit effectivement une vague odeur de brûlé et crut même voir des volutes bleutées se dissoudre dans l'air.

– On dirait de l'encens, fit Emily. D'où cela peut-il venir ?

Les deux sœurs inspectèrent l'étage sans le moindre résultat.

– Peut-être un voisin a-t-il allumé des bâtonnets d'encens, suggéra Leslie. L'odeur a pu s'infiltrer jusqu'ici par ta fenêtre : elle est encore ouverte.

– Je croyais pourtant bien l'avoir refermée... à moins que je ne me trompe. Je n'en mettrais pas ma main au feu.

Elle pénétra dans sa chambre et referma les deux battants avant de déclarer qu'elle allait prendre une douche.

– Bonne nuit, Leslie !

S'étant couchée et endormie depuis longtemps, Leslie se redressa tout à coup dans son lit, incapable de savoir ce qui l'avait brusquement arrachée au sommeil. Ce fut alors qu'elle entendit le cri d'Emily, presque un hurlement. Elle se rua pieds nus à travers le couloir et trouva sa sœur assise dans son lit, les yeux exorbités et la bouche ouverte.

– Leslie ! Comment... comment a-t-il pu entrer ici ?

– Mais qui, ma chérie, qui ?

– Le... le Pr Anstey ! bégaya Emily. Il est entré par la fenêtre, et...

Par la fenêtre ouverte entrait un flot de brume glacée. Leslie saisit la main de sa sœur.

– Ce n'est pas possible, Emily. C'était un rêve. Il n'y a personne, tu vois bien.

Emily, secouant la tête, poussa un faible gémissement.

– Pourtant, il avait l'air si vrai... J'ai été réveillée par le bruit de la fenêtre qui s'ouvrait, et regarde, elle est encore bel et bien ouverte ! Il était là, je te le jure, et me regardait fixement ! C'était lui, Leslie, c'était lui ! J'ai vu sa main, j'ai vu cet œil affreux qui lançait des éclairs... des éclairs bleuâtres !

Sur ce, le chat blanc fit une brusque apparition sur l'appui de la fenêtre, et disparut dans la nuit aussi vite qu'il était venu.

– Voilà ce que tu as entendu, fit calmement Leslie. Ce maudit chat a encore réussi à entrer.

Elle alla à la fenêtre et la referma énergiquement.

– Peut-être, je ne sais plus, soupira Emily ébranlée. Tout cela pourtant était tellement réel ! Il était debout juste à côté de la fenêtre et me fixait avec son œil... flamboyant de colère. Il est vrai que tout était éteint et que, par conséquent, je ne pouvais rien voir dans le noir. Tu as raison : ce devait être un cauchemar.

– J'en suis certaine, chérie. Cet homme t'a profondément impressionnée, et il est tout à fait compréhensible, étant donné le stress de l'audition et tout le reste, que tu en aies rêvé. Rendors-toi. Tu n'as vraiment rien à craindre.

Emily s'allongea sans quitter des yeux la fenêtre close.

– Ça ira, Emily ?

– Oui. Je vais essayer de me rendormir. Je ne sais pas ce qui m'a pris. Pardon de t'avoir réveillée.

– Tu plaisantes, ma belle. Dors bien maintenant. En cas de besoin, n'hésite pas à m'appeler aussitôt.

X

Il lui restait cent choses à faire dans la maison mais, tout en sirotant un bol de café dans la cuisine, Leslie songea qu'elle ne pourrait s'acquitter d'aucune de ses tâches ménagères avant le début de la soirée, ayant rendez-vous avec ses premiers patients à partir de neuf heures et demie. Emily fit alors son entrée. Selon l'usage, elle prépara son petit déjeuner à base de tisane, de pain organique et de fromage fermier et fit part à Leslie de son intention de s'attaquer à la peinture de l'atelier.

– Tu viendras m'aider ce soir, dès que tu seras libre. Dès l'ouverture de la droguerie, je fonce acheter de la peinture. Que dirais-tu d'un jaune canari bien vif ?

– Pourquoi pas ? accepta Leslie. Bien que je ne croie guère aux vertus médicinales des couleurs, une petite touche de gaieté ne fera pas de mal dans la pièce. Mais dis-moi, comment vas-tu faire pour transporter tout le matériel ? Il faut non seulement de la peinture, mais aussi des rouleaux, des pinceaux, que sais-je encore...

– Frodo vient me chercher avec sa tire pour me donner un coup de main. Il ne commence à la librairie qu'à deux heures et s'y connaît en peinture. Il me conseillera pour la quantité à acheter, mais il faut d'abord que je mesure la pièce.

Cela dit, elle avala en vitesse une dernière gorgée de tisane et s'en fut vers le jardin, pour revenir presque aussitôt, livide.

– Leslie ! Mon Dieu, le chat blanc !

– Quoi, le chat blanc ? Qu'y a-t-il ? lança sa sœur, se levant précipitamment.

– Il est dans le garage... et... baigne dans une mare de sang !...

– La pauvre bête ! Qu'a-t-il pu lui arriver ?

Etant allée chercher une trousse à pharmacie, elle suivit sa sœur mais quand elles poussèrent la porte du garage, elles eurent beau écarquiller les yeux, l'animal avait disparu !

Les bras ballants, elles restèrent un instant médusées, face à la seule machine à coudre, au fauteuil à bascule et à la malle toujours dressée à la verticale sur le sol.

– Il était... mais je l'ai vu ici, gisant au beau milieu de la pièce !...

– Peut-être a-t-il réussi à se traîner jusqu'au jardin. Les animaux blessés ont très souvent l'instinct de se cacher quand ils souffrent.

– C'est impossible, Leslie ! Il y avait du sang partout !

– L'as-tu touché ? Comment peux-tu être sûre qu'il ait été gravement blessé ? La vue du sang est impressionnante, et...

– Il nageait dans le sang ! J'ai même eu peur qu'il ne soit mort ! Dès que je l'ai aperçu, j'ai couru te prévenir.

– C'est vraiment incroyable. Il n'y a pas la moindre goutte de sang par terre. S'il avait été dans l'état dont tu parles, il y en aurait forcément sur le sol.

Toute tremblante, Emily s'agenouilla à même le linoléum.

– Je ne comprends plus rien, Leslie, il était tout ensanglanté !

– Cherchons dans le jardin. Il n'a pas pu aller bien loin.

– C'est complètement insensé ! Comment veux-tu qu'il ait bougé ? C'est à croire que je perds la tête. Peut-être n'y a-t-il jamais eu de chat ici ?...

– Ne dis pas de bêtises, coupa sèchement Leslie. Moi aussi j'ai vu ce chat, pas plus tard qu'hier soir, dans ta chambre. Je l'ai vu d'ailleurs à plusieurs reprises depuis que nous sommes ici. Crois-moi, il est tout à fait réel.

– Je n'en suis plus si sûre, fit Emily, visiblement ébranlée, en se relevant. Pourtant il y avait du sang, c'est vrai... En fait, nous l'avons vu, mais personne ne l'a touché. Rappelle-toi aussi qu'il n'a pas mangé le thon. Ce n'est pas normal. Un vrai chat l'aurait dévoré pendant la nuit.

– Arrête ton cinéma, Emily ! Ce chat n'aime peut-être pas le poisson, ou bien il a été dressé à ne jamais accepter de nourriture d'un inconnu, voilà tout !

– On n'arrive jamais à dresser un chat, riposta Emily en quittant le garage pour inspecter un à un les buissons qui bordaient l'allée de briques. Ce n'était pas un chat, Leslie. C'était un spectre...

– Pour l'amour du ciel, Emily ! Ce chat a très bien pu se traîner jusque dans le jardin d'à côté. Ni toi ni moi n'y pouvons rien.

– Non ! Je n'en crois rien ! Ecoute, l'ancienne propriétaire... cette miss Margrave...

– Oui, eh bien ?

– Rainbow m'a justement affirmé qu'elle avait un chat blanc. Une de ses amies, qui dirige la librairie de Frodo – Claire, je crois –, est venue ici pour le recueillir après sa mort, mais elle ne l'a pas trouvé. L'as-tu d'ailleurs entendu une fois miauler ? Il gisait dans une mare de sang, Leslie ! S'il avait été attaqué par un chien ou Dieu sait quoi, nous aurions entendu quelque chose !

Songeuse, Leslie observa un bref silence, puis déclara :

– A la rigueur, un spectre humain peut se concevoir, mais celui d'un chat...

– Et pourquoi pas ? Qui t'aurait crue capable, toi, de voir à distance une petite fille en train de manger un gâteau d'anniversaire à Phoenix ? Alors, tu sais...

Certaine en tout cas que le chat, s'il existait, ne se trouvait pas dans le jardin, Emily regagna le garage et fit la grimace.

– Ah, revoilà l'odeur maintenant ! C'est inimaginable. On dirait qu'elle va et vient. Comme cette odeur d'encens dans l'escalier... Il y a de quoi se demander vraiment si on ne perd pas la boule !

– Il est vrai que c'est de plus en plus étrange... Un spectre de chat, et maintenant de l'encens fantôme !... On devrait se mettre à écrire des romans d'horreur.

– Leslie, et si c'était vraiment une maison hantée ?

– Ne mélangeons pas tout, et gardons-nous de tirer des conclusions hâtives. Je vais demander à nos voisins s'ils n'ont pas vu ce chat, et j'appellerai ensuite la SPA dès qu'il sera localisé.

– Tiens, voilà Frodo qui arrive. Il est en train de se garer. Je reconnais les freins grinçants de sa vieille camionnette. En attendant, je te donne en mille que tu n'arriveras pas à retrouver ce pauvre animal. Ciao ! On va chercher la peinture et on revient.

Au même moment, le téléphone sonna. Leslie alla répondre. C'était un appel de son secrétariat.

– Mme Hamilton vous prie de la rappeler au sujet de son rendez-vous de ce matin. Vous avez également un message de M. Beckenham.

Ayant d'abord joint sa patiente qui lui demandait de repousser son rendez-vous, Leslie composa le numéro de Joel.

– Alors, chérie ? fit aussitôt sa voix joyeuse au bout du fil, comment trouves-tu ton nouveau palais ?

Pouvait-elle lui parler du chat et de l'encens fantômes, de l'inexplicable pestilence du garage, de la double apparition du spectre d'un homme non pas mort, mais bien vivant ?

– Parfait, répondit-elle d'une voix assurée. Et toi, comment vas-tu ?

– Pas de problèmes. Ecoute, je dois justement me rendre au tribunal ce soir, pas très loin de chez toi, et j'aimerais en profiter pour venir voir comment tu es installée. Ça te va ?

– Tout à fait. Viens vers cinq heures, tu dîneras avec nous. Tu seras ainsi notre premier invité.

– J'accepte à une condition. Qu'Emily ne fasse pas la cuisine ! Son régime n'est pas affriolant. Alors pas de yaourts, ni de choux de Bruxelles, je t'en supplie...

– D'accord. Je te ferai griller un bon gros steak. A ce soir !

Ragaillardie par cette perspective, elle se rendit dans son bureau pleine d'optimisme. Le brouillard commençait à se dissiper, et le spectacle du ciel et de la mer qui réapparaissaient l'enthousiasma une fois de plus. Par la fenêtre, elle aperçut Emily et Frodo s'affairer autour de la camionnette. Ils avaient fait vite et déchargeaient déjà seaux de peinture, pinceaux, escabeau et tout un fourbi. Elle alla les aider.

– Vous êtes fous, mes enfants ! Pourquoi tout ce déballage ? Il y a de quoi repeindre la maison entière.

– Rassurez-vous, précisa Frodo, il n'y en a pas tant que vous croyez. Quant à l'escabeau, je l'ai emprunté à mon père. Votre garage sera repeint à midi.

Le téléphone sonna de nouveau.

– Formidable ! leur lança Leslie tout en courant vers la maison.

C'était sa cliente de tout à l'heure, qui s'était arrangée et annonçait son arrivée dans une demi-heure.

A l'heure dite, elle était là. Susan Hamilton était une petite femme au regard égaré ; à trente ans à peine, elle arborait des cheveux plus filasses que blonds et s'habillait de façon négligée.

– Quelle pièce magnifique ! répétait-elle en s'extasiant. Quel calme ! Je vous envie, Leslie.

Après l'avoir laissée s'exprimer quelques instants sur la vue et la décoration, Leslie lui demanda des nouvelles de sa fille, qui lui causait un grand souci. La jeune femme secoua tristement la tête.

– Je me sens si coupable de l'avoir laissée à une baby-sitter après ce qui s'est passé à l'école. Pauvre enfant ! Aller mordre une autre petite camarade, comme elle l'a fait, et ensuite gifler la maîtresse, c'est tout de même beaucoup. On comprend que le directeur de l'école m'invite à trouver une autre solution pour l'année prochaine. Son établissement, dit-il, n'est pas fait pour accueillir des élèves aussi agressifs. Chrissy, pourtant, n'a jamais été violente. Et puis elle est très intelligente, j'en suis sûre. Si seulement nous pouvions communiquer ! Tous les médecins le disent : il ne s'agit absolument pas d'un handicap mental.

– Avez-vous noté des progrès chez elle ?

– Oui. Un jour, elle m'a dit « m'man » comme aurait fait n'importe quelle petite fille. D'après sa maîtresse, bien qu'elle ne parle pas, il lui arrive aussi parfois de faire ce qu'on lui demande – d'écouter, de coopérer. Un après-midi, elle est même allée toute seule dans un parc où je ne l'avais emmenée qu'une fois, et on l'a retrouvée en train de s'amuser sur le toboggan. Rendez-vous compte, Leslie. Ce parc est situé à plus de deux kilomètres de chez nous ! Comment a-t-elle fait pour s'y rendre par ses propres moyens ? J'étais dans tous mes états, vous imaginez, et j'ai même appelé la police. Cette escapade prouve en tout cas qu'elle a une intelligence certaine. Si seulement je pouvais la comprendre ! Je fais pourtant tout ce que je peux, Leslie ! Où est ma faute ?

– Susan, pourquoi parler de faute et surtout pourquoi vous sentez-vous coupable ?

– Allez savoir ! Je passe mon temps à me faire des reproches ! Ne me dites pas en plus qu'il est coupable de se sentir coupable !

– C'est vous-même qui m'avez dit que ce sentiment de culpabilité était justifié.

– Evidemment. J'ai forcément fait quelque chose de mal à un moment. Peut-être ne me suis-je pas assez ménagée pendant ma grossesse. Ou alors, c'est ce premier médecin qui avait raison : l'autisme est la réponse de certains enfants au rejet de leurs parents. Et pourtant, à aucun moment je n'ai rejeté ma Chrissy ! Son père, lui, l'a peut-être fait, mais seulement après avoir découvert qu'il se passait quelque chose d'anormal, pas avant !

– L'autisme de Chrissy est loin d'être prouvé. C'est une enfant affectueuse, et les autistes ignorent leurs parents. Vous dites qu'elle a pleuré après le départ de David, son père. D'ailleurs, l'idée selon laquelle l'autisme serait le fruit d'une quelconque « négligence affective » n'est qu'une hypothèse parmi d'autres. Je sais parfaitement que vous ne l'avez jamais rejetée, même quand cette prise de distance aurait pu sauver votre couple.

– Leslie... je vous en prie, parlez-moi de femme à femme. Je sais bien qu'en tant que psychologue, votre objectif est de me libérer de ma culpabilité, mais...

– Croyez-vous que la culpabilité soit un sentiment positif ? Pensez-vous qu'y renoncer équivaudrait à rejeter Chrissy ?

– Il y a peut-être un peu de ça, admit Susan. J'ai beaucoup réfléchi à ce que je vous disais tout à l'heure au téléphone : pourquoi m'avoir imposé une telle croix, à moi qui ai toujours été profondément croyante ? Je suis incapable de penser que la vie n'a aucun sens, que le destin est aveugle. Si c'était le cas, il y a longtemps que je me serais jetée du haut du Golden Gate avec ma pauvre fille. Tout le monde d'ailleurs en serait soulagé.

– L'avez-vous réellement envisagé ? demanda Leslie, soudain alarmée.

– Non, pas vraiment. Je persiste à croire qu'il y a sur terre une raison à toute chose. Une raison a fait que ma fille est ce qu'elle est... On parle beaucoup de réincarnation, de karma et d'autres phénomènes apparemment inexplicables. Chrissy et moi sommes-nous punies pour nous être mal conduites dans une vie antérieure ? Par moments, j'en arrive à l'envisager.

Leslie réfléchit brièvement. L'éthique de sa profession exigeait qu'elle dissuadât Susan de s'engager dans ce genre de spéculation. Sa patiente souffrait d'un sentiment de culpabilité étouffant. Pouvait-elle lui permettre de s'accuser en plus d'hypothétiques méfaits commis dans une vie antérieure ?

– Je l'ignore, finit-elle par répondre. Mais, à mon sens, la théorie de la réincarnation n'est pas aussi simple. Je ne crois pas qu'il suffise de se montrer bon ou méchant dans une vie pour être récompensé ou puni dans la suivante. Voyez-vous, Susan, je ne voudrais en aucun cas vous donner l'impression de contredire votre pasteur, qui dit que les voies du Seigneur sont impénétrables. Mais, moi-même, je crois au contraire que nous devons nous interroger sur tout ce qui se passe autour de nous. Je crois que l'univers est régi par un certain ordre. N'avez-vous jamais envisagé qu'avant notre naissance dans cette vie, nous ayons pu choisir nous-même ce qui nous arriverait ?

– Croyez-vous, dans ce cas, que je me serais imposé un tel calvaire ?

– Pas délibérément, bien sûr. Comment appréhender la réalité dans la perspective d'une succession de vies ? Il est possible cependant que, pour une raison ou pour une autre, vous ayez ressenti le besoin de faire l'apprentissage de la compassion et que, dans une vie antérieure, vous ayez constaté votre insensibilité aux appels d'un être faible. Il se peut aussi que Chrissy ait voulu s'infliger une leçon d'humilité ou de dépendance, et qu'elle soit venue vers vous parce que vos quêtes s'accordaient. La plupart des parents à votre place auraient sûrement confié leur enfant à une institution spécialisée après la découverte du problème.

– Je m'y suis toujours refusée, même quand David a mis la survie de notre couple dans la balance. Il m'a toujours paru profondément injuste de devoir éventuellement sacrifier ma fille pour lui. A la limite, si elle avait été comme les autres, j'aurais sans doute continué à voir en David l'homme de ma vie. Chrissy au moins m'a permis de prendre conscience de son égoïsme absolu.

– Que comptez-vous faire ?

– Dans l'immédiat, chercher une autre école, et commencer à m'habituer à l'idée qu'il me faudra peut-être un jour la faire entrer dans une maison de santé. D'ici là, je tâcherai de faire face. Je suis tellement certaine qu'elle a absolument besoin de mon soutien, de mon amour, au moins pour le moment. Je sais bien que son avenir, hélas, ne dépend pas entièrement de moi. Mais je ferai l'impossible pour l'aider à... accomplir son destin, même si je n'y ai aucune place.

Susan Hamilton partie, Leslie resta un moment à se demander quelle force l'avait poussée à tenir un discours aussi ésotérique à sa patiente. Jamais pourtant elle n'avait éprouvé un quelconque intérêt pour la théorie de la réincarnation, et cependant... Pourquoi lui semblait-il maintenant évident qu'elle venait de dire à Susan ce qu'elle avait précisément besoin d'entendre elle-même dans les moments difficiles qu'elle traversait ? Mais où était-elle donc allée chercher tout cela ?

Profitant de quelques instants de répit entre deux consultations, Leslie se préparait un sandwich dans la cuisine quand le chant mélodieux d'une guitare lui parvint aux oreilles. Elle s'approcha de la fenêtre. Maculés de peinture, Emily et Frodo étaient adossés au muret. Le jeune homme jouait et chantait. En temps ordinaire, sa sœur aurait réagi en se bouchant les oreilles et en prenant la fuite. Mais peut-être avait-elle enfin trouvé quelqu'un capable d'ébranler ses préjugés musicaux, d'autant plus que Frodo jouait aussi de la flûte, ce qui faisait sans doute toute la différence.

– Voulez-vous un sandwich ? leur demanda-t-elle du seuil de la porte.

– Excellente idée ! lança Emily. Mais ne te dérange pas, on vient. Y a-t-il du fromage ? Tu en veux un aussi, Frodo, avant ton départ ?

Posant sa guitare, Frodo la suivit, acceptant aussitôt la proposition.

– Bonjour, docteur Barnes, dit-il, très courtois.

– Oh non, je vous en prie, appelez-moi Leslie, ce sera plus simple. Mes patients eux-mêmes m'appellent par mon prénom.

– Pardon d'interrompre vos mondanités, plaisanta Emily, mais j'aimerais savoir si Leslie a revu le chat ?

Leslie allait répondre quand Frodo indiqua la porte du jardin.

– Vous parlez du chat de miss Margrave ? Le voilà justement, entre les plants de ricin. Vous le voyez ?

– Ce n'est pas possible ! s'écria Emily, s'élançant vers la porte. Où est-il ?

Parvenue sur le seuil, elle s'arrêta et scruta le jardin, sans résultat.

– Je te l'avais dit ! triompha-t-elle, prenant à témoin sa sœur, c'est un fantôme qui nous nargue, un point c'est tout.

– Voyons, Emily, ce ne sont pas les chats blancs qui manquent à San Francisco.

Et elle s'empressa de conter à Frodo leur récente découverte dans le garage.

– Rien d'étonnant à cela, remarqua Frodo. D'après l'amie de Claire qui a vécu un mois ici, il s'est passé des choses bien plus étranges encore dans ce garage. Les chandelles s'y éteignaient toutes seules, le brouillard l'envahissait régulièrement et la pièce revenait sans cesse dans ses cauchemars. Plusieurs fois, sans que personne ne soit entré, elle a retrouvé ses œuvres saccagées, par une main invisible, disait-elle...

– Et vous croyez à ces sottises, Frodo ? demanda Leslie, surprise.

Frodo lui jeta un regard circonspect, comme s'il redoutait de l'offenser.

– J'avoue que ça dépend des moments. Ce qui est certain, c'est que je connais Betty Carmody. Elle n'est ni névrosée ni hystérique. Alors c'est tout de même troublant, vous ne trouvez pas docteur ? pardon... Leslie. Dans n'importe quel domaine, quand une personne considérée comme sincère et saine d'esprit affirme avoir vu ou senti quelque chose, on a tendance à la croire. Mais sur ces sujets-là, on s'empresse toujours de crier à l'affabulation ou à la démence. Or, je persiste à penser que si Betty Carmody m'a soutenu ces choses c'est qu'elles sont arrivées. Je n'ai aucune raison de ne pas la croire, comme je croirais Rainbow ou Claire dans les mêmes circonstances.

Vues sous cet angle, c'est vrai, les choses prenaient un aspect différent, Leslie le reconnut bien volontiers. N'avait-elle pas d'ailleurs été victime elle-même d'un préjugé défavorable à Sacramento ? On l'avait soupçonnée de mentir ou d'avoir perdu la raison. Après la découverte du corps de Juanita Garcia, et même après l'arrestation de l'assassin grâce à sa description, bien des gens avaient continué de voir en elle un témoin oculaire du crime, sinon une complice.

– Avez-vous des textes sur la réincarnation à la librairie, Frodo ? demanda-t-elle sous l'effet d'une soudaine impulsion.

– A la pelle ! le meilleur côtoyant le pire. Le sujet vous intéresse ?

– Pas particulièrement. Simple curiosité, c'est tout, fit Leslie après une hésitation.

– Dans ce cas, il y en a un que je peux vous recommander. Il a été écrit par un psychologue qui aidait ses patients à résoudre leurs problèmes en leur faisant prendre conscience de troubles psychologiques hérités vraisemblablement de leurs vies antérieures. Miss Margrave ne jurait que par lui, et a même signé la préface de l'édition de poche.

– J'en prendrai volontiers connaissance. Si vous pouvez m'en dénicher un exemplaire, je passerai à l'occasion à la librairie.

– D'accord. C'est très facile.

Ayant terminé leurs sandwiches, ils allèrent voir ensemble l'avancement des travaux dans le garage et Emily promit qu'elle s'attaquerait à la finition après une heure ou deux de répétition qu'il lui fallait exécuter d'abord.

– Je reviendrai avec mon luth, si tu veux, ce soir, proposa Frodo. J'ai hâte d'improviser un duo avec ta harpe.

– Ah bon ? J'avais compris que vous ne jouiez que de la flûte et non pas du luth, s'étonna Leslie.

– Je joue de beaucoup d'instruments : du tambour aussi et un peu de piano, pas aussi bien qu'Emily évidemment. Mais je taquine également le sitar et me débrouille au violoncelle.

– Tu es modeste ! Frodo s'est produit comme premier violoncelle avec le Philharmonique de Dallas à l'âge de onze ans, corrigea Emily avec enthousiasme. Mais, assez bavardé ! Il faut que je travaille. Je te mets à la porte, Frodo. A tout à l'heure.

Le jeune homme prit congé, et Emily se retira dans son antre pour répéter.

C'est alors que le téléphone sonna. Leslie décrocha dans la cuisine.

– Allô, docteur Barnes ? nasilla une voix féminine hésitante. Je... j'ai vu votre nom dans l'*Enquirer*. Pourriez-vous m'aider à retrouver mon fils ? Il a disparu il y a six semaines, et...

– Non ! trancha Leslie par réflexe.

Et elle raccrocha, l'estomac de nouveau noué. Comme elle sortait dans le jardin pour respirer un peu, le téléphone se remit à sonner.

– Laisse, Emily ! lança-t-elle par-dessus son épaule. C'est quelqu'un à qui je ne veux pas parler !

Se dirigeant vers la porte ouverte du garage, Leslie stoppa net sur le seuil : une flaque écarlate s'étalait sur le sol au centre de laquelle le chat gisait inerte.

Sous le choc, Leslie s'entendit crier, mais au même moment l'animal et son sang commencèrent à s'estomper à la façon d'une nappe de brume se dissipant sous le soleil.

Puis bientôt il ne resta plus rien. Voilà donc ce qu'Emily avait vu...

L'animal avait-il connu ici même une fin si violente que son corps astral n'avait pu le suivre dans l'au-delà – selon un processus identique à celui qui avait permis à Leslie de « voir » le corps sans vie de Juanita Garcia, et d'identifier son assassin ?

Malgré la fugacité de sa vision, elle ne pouvait plus en tout cas en nier l'évidence. Rien, toutefois, ne prouvait que cette vision du chat correspondait à celui qui rôdait dans le jardin et la maison.

Ses yeux se posèrent machinalement sur un paquet de chips entamé laissé par Emily sur la machine à coudre, puis sur le vieux fauteuil à bascule, qu'elle se promit de remettre en état au plus tôt. Mais le souvenir du coup de téléphone qui venait de raviver son angoisse l'anéantit à nouveau. Cette folle implorait son aide, simplement parce qu'elle avait vu son nom dans une feuille à scandale ! Ne la laisserait-on jamais en paix ! Pour la seconde fois de sa carrière, Leslie se sentit vaciller. Après avoir échoué en tant que conseillère d'orientation, allait-elle être contrainte maintenant d'invoquer la réincarnation pour rendre courage à ses patientes ? Ne valait-il pas mieux, en fin de compte, faire une croix sur son métier, et épouser Joel tout de suite ?

De retour dans son cabinet, s'efforçant de retrouver son calme avant de recevoir Eileen Granston, elle sursauta en entendant le téléphone sonner et décrocha, résignée. Sur-le-champ, elle reconnut la voix de l'inconnue.

– Je vous en supplie, docteur Barnes, ne raccrochez pas ! Laissez-moi vous parler !... Je ne peux oublier mon enfant. C'est mon fils unique ! Il faut que je sache s'il vit encore. S'il est mort, ma vie alors n'aura plus d'importance.

Le désespoir de la femme était insoutenable, Leslie hésita.

– Vous habitez San Francisco ? finit-elle par lui demander.

– A proximité. Dans le comté de Marin.

– Bon ! soupira Leslie vaincue. Eh bien, passez me voir ce soir à sept heures.

Joel serait là, pensa-t-elle, et saurait peut-être l'aider à convaincre la malheureuse qu'elle ne pouvait rien pour elle.

– Merci mille fois, docteur, Dieu vous bénisse !

Assez sèchement, Leslie coupa court à ces effusions, et fit entrer Eileen Granston qui venait d'arriver. Après la réincarnation, la voyance et l'épisode du chat fantôme, c'était au tour des poltergeists maintenant ! Voilà qui lui apprendrait, en tout cas, d'avoir voulu acheter à tout prix une maison hantée !

XI

CONTRAIREMENT à l'attente de Leslie, Eileen ne parla ni de poltergeist, ni de faïence brisée, ni de phénomène du même ordre. Elle passa la séance entière à évoquer son petit ami Scotty, la prise de bec qu'elle venait d'avoir avec son père au sujet de l'heure limite de ses sorties, et l'invitation de sa mère à venir lui rendre visite au Texas. Son poltergeist semblait avoir plié bagage. Avec un peu de chance, il ne reviendrait peut-être plus la harceler.

Pour Leslie, il eût été cependant intéressant de savoir ce qui avait suscité son apparition. Sa cause avait-elle été, à l'origine, identique à la sienne ? Toujours est-il qu'en ce qui la concernait le phénomène ne s'était plus reproduit depuis son emménagement, la seule anomalie notable se situant au niveau de l'ouverture intermittente de la fenêtre de la chambre d'Emily.

L'esprit frappeur d'Eileen, en fait, avait déguerpi lors de l'intrusion dans sa vie d'un chevalier servant. Or, l'inverse lui était arrivé car depuis sa réconciliation avec Joel, son poltergeist à elle avait redoublé d'activité.

L'explication peut-être se trouvait dans le livre de miss

Margrave à la librairie de Claire, qu'elle se promit d'aller chercher prochainement, n'en ayant plus le temps aujourd'hui. Joel venait en effet à cinq heures, et elle devait lui acheter le steak promis. S'apprêtant à sortir, elle remarqua que tout était silencieux dans le salon de musique et chercha Emily. Sans doute devait-elle être en train de peindre dans le garage. Elle s'y rendit et trouva, comme elle s'y attendait, sa sœur en short et pieds nus, occupée à badigeonner d'un air sombre le cadre d'une fenêtre.

– Cette pièce sera transformée une fois terminée, l'encouragea Leslie d'un ton approbateur.

Emily leva à peine les yeux sur elle.

– Ouais... J'en suis pas sûre...

– Emily qu'y a-t-il ? Je te dérange ?

– Mais non, tu n'as rien à voir là-dedans. J'en ai ma claque, c'est tout. Depuis six ans, je me crève à répéter cinq heures par jour, et tout ça pour quoi ? Tu as lu comme moi les commentaires du jury l'autre jour. Dans un premier temps, je les ai trouvés plutôt encourageants, mais c'était une erreur. Un des jurés a même critiqué ma position – trop basse selon lui – en disant qu'elle provoquait une déperdition d'énergie. Pour qui se prend-il, celui-là ? C'est le genre de remontrance qu'on fait à un gosse de dix ans ! Quant au sinistre Pr Anstey, il a jugé mon interprétation de Rachmaninov séduisante, mais n'a pas soufflé mot de ma technique. Parce qu'il n'y avait rien à en dire, bien sûr, ni en bien ni en mal ! Cela dit, la grosse truie de Joe Paddington ne vaut pas mieux que moi. Quand je pense qu'elle a été sélectionnée pour l'audition du Symphonique !

– Emily, tu exagères. Simon Anstey t'a complimentée en personne. Tu es la seule dans ce cas.

– Oui, et il a bien insisté sur ma jeunesse, comme si j'étais une petite surdouée ! Ai-je donc l'air vraiment d'une gamine ? En fait, il a cherché à me faire comprendre que je n'étais pas encore mûre pour ce genre de concours !

– Tu dis n'importe quoi. Il t'a admise au sein de son Séminaire des Virtuoses. Je doute fort qu'il y accepte des débutants.

– Tu parles ! Il a aussi admis ce demeuré de Steve Kalapergos. Je te dis qu'il a pris que les nuls ! Il nous trouve tellement mauvais qu'il estime que nous avons, de toute urgence, besoin de ses conseils. Voilà, c'est tout ! Cesse donc de me caresser dans le sens du poil ! Il faut être aveugle pour ne pas voir que ma carrière est fichue avant même d'avoir commencé !

Elle lâcha son pinceau et fondit en larmes.

– Et dire que j'ai passé tant d'années à trimer... pour des prunes ! Je ne suis bonne à rien !

– Allons, calme-toi, fit Leslie, lui entourant affectueusement les épaules. Que veut dire ce soudain accès de désespoir !

– Ce n'est pas du désespoir ! glapit Emily. Je m'efforce simplement, pour une fois, d'être réaliste ! De raisonner plutôt que d'écouter ces idiots qui passent leur temps à me dire que je suis géniale ! Et tu fais partie du lot, Leslie, tu es même la pire de toutes ! cria-t-elle en se dégageant. Arrête maintenant de me faire miroiter Dieu sait quelle brillante carrière ! Maman avait raison : tu ne penses qu'à ça, tu es carriériste dans l'âme, et tes conseils ne réussissent qu'à gâcher ma vie !

Estomaquée, Leslie respira profondément avant de répondre.

– Parfait. Tu n'as qu'à vendre ton piano, ton semestre se termine dans quelques jours. Tu pourras ainsi t'inscrire à un cours d'été quelconque, histoire d'apprendre par exemple le traitement de texte ou la dactylographie.

– Qu'est-ce que tu dis ? lâcha Emily, bouche bée.

– Tu as d'autres options ? Personne ne t'oblige à passer le restant de tes jours devant ton piano. Ta vie n'appartient qu'à toi. Simplement, reste en dehors de la mienne !

– Mais qu'est-ce qui te prend ? interrogea Emily avec un tel accent de sincérité que Leslie s'en trouva du coup désarçonnée. Qu'ai-je dit pour que tu me parles comme ça ?

– Emily, tu es à cran. Ce doit être la fatigue. Allez, laisse tout ça et viens. Je vais te préparer une tasse de thé. Tu n'as pas dû déjeuner suffisamment.

Emily essuya ses yeux luisants de larmes.

– Tu as raison, je suis vidée. J'ai l'impression d'être au bout du rouleau. Regarde mes mains... je tremble. Aucune souplesse, c'est horrible. Je persiste à commettre des erreurs grossières. D'après Agrowsky, nous avons tous des hauts et des bas, mais je crois qu'il le dit uniquement pour me remonter le moral. Et dire qu'il part six semaines en Suisse. Je vais oublier les trois quarts de ce qu'il m'a appris.

Elle renifla.

– Pardonne-moi, je ne comprends pas ce qui m'a pris. J'ai craqué d'un seul coup, et ce n'est pas de l'hystérie. Malgré tout, crois-tu vraiment qu'il vaille la peine d'investir tout ce temps, tout cet argent, alors que je n'ai pas l'ombre d'une chance de faire carrière, que je finirai sans doute prof de piano ou organiste dans une église de merde ?

– Je ne fréquente pas ce genre d'église.

Emily hésita, mais ne put s'empêcher de sourire à travers ses larmes. Puis, comme une vanne cédant irrésistiblement, elle pouffa brusquement.

Se retrouvant autour de la table de la cuisine, les deux sœurs en vinrent à parler un peu plus calmement.

– Honnêtement, demanda Emily en reposant sa tasse, crois-tu que cela vaille la peine de dépenser tout ce temps, tout cet argent, dans la perspective d'une hypothétique carrière de soliste ?

– Que veux-tu que je te dise ? Je trouve que tu joues divinement, mais je ne suis pas devin. Pose la question aux professionnels, au Pr Agrowsky ou à des musicologues avertis. Demande à Simon Anstey. Evidemment, tu me diras que tous sont plus ou moins intéressés à ce que tu poursuives tes études. Il n'y a donc que toi, ton obstination, ton amour de la musique qui comptent.

– Tu as sans doute raison.

Curieusement, le soudain découragement d'Emily ne surprenait finalement pas Leslie. N'avait-elle pas, elle-même, éprouvé quelque chose de très semblable le matin même, n'avait-elle pas eu, elle aussi, l'impression de se trouver dans une impasse professionnelle complète, au point d'avoir envisagé d'épouser sans plus attendre Joel. Et où ces idées noires lui étaient-elles venues ? Soudain, de manière évidente, la vérité s'imposa.

– Dis-moi, Emily, est-ce pendant que tu répétais qu'a commencé cet accès de découragement, ou après, quand tu t'es mise à peindre ?

– Non, tant que j'ai joué, tout allait bien. J'ai eu même plutôt l'impression de bien jouer et me réjouissais à l'idée de participer bientôt au séminaire du Pr Anstey. Puis, je me suis souvenue que j'avais laissé en plan la peinture du garage, et j'ai décidé de m'en débarrasser avant que les pinceaux ne sèchent. C'est pendant que je peignais que cette idée d'échec total s'est abattue sur moi.

– Ecoute, c'est vraiment très étrange. Ce matin, moi aussi j'ai passé un certain temps là-bas, et j'ai ressenti quelque chose de très similaire à propos de mon métier. Il m'a semblé, comme à toi, que je ne pourrais jamais rien apporter de positif à qui que ce soit – que ma vie entière était au fond un gâchis.

– Il y a encore plus étonnant, reprit Emily songeuse. Frodo prétend que la précédente occupante de la maison – une certaine Betty – en a été chassée. A l'écouter, le garage était hanté par une mystérieuse entité qui la détestait, et qui surtout détestait son art. Leslie, cette pièce serait-elle maléfique ? Mais j'y pense ! Si la maison est hantée, penses-tu que miss Margrave puisse être jalouse de moi, simplement parce qu'elle ne peut plus jouer de musique ?

– Non, j'ai du mal à le croire, répondit Leslie, ne pouvant cependant dissimuler son trouble. Je me souviens seulement avoir plusieurs fois entendu résonner d'étranges accords de clavecin dans la maison. Mais revenons à nos malaises. As-tu jamais éprouvé un instant de dépression semblable dans une autre pièce ? Dans ton salon de musique, par exemple ?

– Non, au contraire ! Quand je joue, j'ai plutôt l'impression... qu'elle se réjouit de ma présence, comme disait le Pr Anstey. Un jour, j'ai même cru, comme toi, entendre des accords de clavecin pendant une fraction de seconde. Mais sans doute ai-je rêvé.

– Non, puisque nous sommes deux à l'avoir entendu. Cela dit, je crois que cela n'a rien à voir avec ce qui se passe dans le garage. Dès ma première visite, j'ai eu la sensation d'une hostilité indéfinissable...

– Qu'allons-nous faire, Leslie ? Le verrouiller à double tour et ne plus jamais y mettre les pieds ?

– Il ne faut rien précipiter. Regarde, il ne s'est rien passé ce matin, quand tu as repeint la pièce avec Frodo.

– C'est vrai. Au contraire, nous y étions très bien. Peut-être que cette... hostilité ne se manifeste qu'envers ceux qui y vont seuls.

– Dans ce cas, c'est très simple : c'est là que nous organiserons nos petites fêtes. Je vois mal un fantôme s'attaquer à une bande de joyeux drilles. Bon ! ajouta-t-elle en consultant sa montre, il faut que je file au supermarché, Joel va bientôt arriver. Il veut dîner de bonne heure : on l'attend au tribunal ce soir.

– Je ne serai pas là. Rainbow a téléphoné pour m'inviter à une espèce de réunion ésotérique à la librairie. Je rentrerai assez tard. Comme cela, tu seras tranquille avec lui.

XII

LESLIE était en train de préparer une entrecôte de taille, saupoudrée de poivre noir fraîchement moulu, quand Joel arriva. Il l'enlaça sans équivoque et murmura à son oreille :

– Chérie, nous avons peu de temps à nous. Montons vite dans ta chambre avant de dîner.

Leslie se dégagea à regret.

– Je suis vraiment navrée, mon amour, mais j'attends la visite d'une espèce de cinglée.

La sonnette tinta au même instant.

– La voilà. Sois gentil d'aller lui ouvrir et fais-la patienter une minute, veux-tu ?

Mme Chloe Demarest ne correspondait nullement à l'image qu'on se fait d'une personne dérangée mentalement. La cinquantaine, paraissant digne et très maîtresse d'elle-même, cheveux gris aux reflets légèrement bleutés, elle avait tout d'une bourgeoise très comme il faut. Toujours est-il qu'elle en vint sans ambages aux faits.

– Vous devez certainement me prendre pour une folle, Docteur Barnes, dit-elle sitôt qu'elle eût pris place face à

Leslie. Mais j'ai été si impressionnée par votre découverte du corps de cette malheureuse jeune fille à Sacramento...

Son regard troublé quitta un instant Leslie pour se fixer sur les traits figés de Joel qui avait été prié d'assister à l'entretien.

– Madame, je ne peux rien promettre, répondit platement Leslie.

– Je suis prête bien évidemment à vous rétribuer, indépendamment du résultat.

Leslie fit un geste bref.

– Je perçois uniquement des honoraires de mes patients, mais vous n'êtes pas dans ce cas. Si je peux vous aider, je le ferai, mais je ne veux pas entendre parler d'argent. Décrivez-moi plutôt votre fils. Avait-il déjà fait des fugues auparavant ?

– Non, jamais ! C'est un garçon tellement gentil, tellement raisonnable ! David ne ferait jamais une chose pareille. Il aurait bien trop peur de me faire de la peine.

Leslie se retint de soupirer, prête à entendre le sempiternel couplet d'éloges des mères ignorant en fait tout de la personnalité de leur fils. Mais Mrs. Demarest ajouta quelque chose qui attira son attention.

– D'ailleurs, même si je n'avais compté en rien pour lui, il n'aurait jamais abandonné Mary, sa jeune sœur. Elle est aveugle, et ils ont toujours été extraordinairement proches. En outre, il a laissé son chien qu'il adorait au chenil. Il y a six semaines de cela maintenant. Disparaître ainsi, sans avoir prévenu personne, demeure inconcevable. La police a retrouvé sa voiture, continua-t-elle. Elle était accidentée, c'est un fait, mais pas assez gravement pour laisser présager le pire. D'ailleurs, s'il s'était tué au volant, pourquoi son corps aurait-il disparu ?

– Vous avez apporté une photo, affirma Leslie avec une conviction qui l'étonna elle-même. Puis-je la voir ?

Mrs. Demarest s'empressa d'en sortir une de son sac. Elle la tendit à Leslie. Avant même de retourner le cliché pour découvrir le visage banal, barré d'une paire de lunettes, elle sut que le malheureux était mort. Mort avant son vingt-septième anniversaire, mort et en paix : son visage était exempt de blessures, ses lunettes adoucissaient encore son regard.

– Votre fils est parti vers le sud, s'entendit annoncer Leslie. Un autre homme était au volant. C'est lui qui a provoqué l'accident. Il a eu peur d'être accusé d'homicide involontaire. Vers le sud... ou plus précisément vers le sud-ouest. Sur la nationale 5. Je suis navrée pour vous, Madame, mais votre fils n'est plus en vie. L'homme qui l'accompagnait a retiré son corps de la voiture pour le cacher.

La femme poussa un cri, mais Leslie, obligée de poursuivre, enchaîna sur le même ton, s'efforçant d'affiner sa vision, tout en utilisant les mots les moins cruels possible :

– Il faut vous adresser à la police... Je vois de nombreux puits de pétrole. Et des gratte-ciel. C'est au bord de la mer. Il y a des derricks dans l'eau.

Le visage de la petite Phyllis Chapman traversa brusquement ses pensées. C'était l'indice qui lui manquait.

– C'est à Santa Barbara, conclut-elle.

Puis, sans transition, sa vision s'évanouit aussi vite qu'elle était venue et elle rendit en lui témoignant toute sa sympathie le cliché à la pauvre mère. Saisie d'un froid glacial, elle ne put réprimer un frisson.

– Je suis navrée, soupira-t-elle, navrée. J'aurais préféré vous annoncer une bonne nouvelle. Téléphonez là-bas à la police. Il vous faudra sûrement aller identifier le corps.

Mrs. Demarest partie en pleurs, Leslie se laissa retomber dans son fauteuil, épuisée.

– Enfin seuls ! grinça Joel. Qu'y a-t-il de vrai dans ce que tu lui as raconté ?

– Joel ! Comment peux-tu douter ?...

– D'accord, avec des névrosées de ce genre, ce n'aurait pas été un crime ! A ta place, j'aurais en tout cas exigé mille dollars, voire cinq mille ! C'est la solution la plus radicale, crois-moi, si tu ne veux pas que le bruit se répande partout que tu reçois gratuitement. Tu n'aurais alors plus un instant de répit et, à voir ta tête, mieux vaut que tu n'abuses pas de la chose.

– Je me suis contentée de dire à cette malheureuse ce que je voyais, répliqua Leslie, sentant ses forces lui revenir. Jamais je ne pourrais réclamer de l'argent dans ce domaine, alors que ça ne me coûte rien.

– Rien ! Et ton temps ? Et ton énergie ? Regarde-toi dans une glace.

– Joel, parlons d'autre chose, je t'en prie.

– Parfait, fit-il avec un visible agacement. Je ne demande pas mieux que de ne plus entendre parler de ces aberrations. Dommage seulement que tu leur accordes tant d'importance.

– Joel, pourquoi adopter des positions si tranchées ?

– Ecoute, je suis avocat, et j'ai tous les jours sous les yeux dix exemples de catastrophes dont sont victimes ceux qui, au lieu de faire fonctionner leurs méninges, se laissent dominer par des pulsions irrationnelles. L'avidité, la superstition, la religion, la peur... Ils sont ensuite obligés de faire appel à des gens comme toi et moi pour recoller les morceaux. Comment veux-tu y réussir si tu te laisses toi-même séduire par ces divagations ? La logique est la seule religion valable, Leslie. Tout le reste n'est que plaisanterie sans nom !

– Ainsi, tu mets en doute ce que je viens de dire à cette femme ?

Joel hésita un instant.

– Bon Dieu, Leslie, je n'ai pas dit cela, mais j'avoue que je ne sais plus très bien ce qu'il faut croire !

– Si cela peut te réconforter, dis-toi que nous sommes deux dans le même cas.

– Eh bien, ça nous fait une belle jambe. As-tu au moins quelque chose à boire ?

– Oui, il y a une bouteille de whisky à la cuisine.

Revenant avec la bouteille et deux verres, Joel les emplit d'un bon tiers et vida le sien d'une traite.

– Bois, Leslie, nous en avons besoin.

– Tu crois ? Sobre, j'ai déjà bien du mal à me contrôler dans certaines circonstances.

– Ma pauvre chérie, je me fais du souci pour toi. Figure-toi qu'un de mes associés, Carmody, donne lui aussi dans la magie ou Dieu sait quoi du même genre. Or, si je dois me rendre au tribunal ce soir, c'est à cause de lui, parce qu'il a prévu d'assister à une prétendue séance de spiritisme à la noix. Elle a lieu dans une librairie ésotérique, quelque part en ville. Alors, non seulement je dois le remplacer, mais en plus, en passant te voir ce soir, me voilà confronté exactement au même genre de problème...

La phrase récemment prononcée par Emily fit tilt pour Leslie : « Rainbow a téléphoné pour m'inviter à une espèce de réunion ésotérique à la librairie. » Ce ne pouvait être une simple coïncidence...

– Diable, il faut que je file, enchaîna Joel en consultant sa montre. Mets mon steak au frigo, je le mangerai un autre soir.

Deux semaines auparavant, elle l'aurait supplié de rester, et il aurait trouvé une solution pour la satisfaire. Mais les choses semblaient bien dépassées à présent.

Le lendemain matin, au petit déjeuner, elle ne laissa pas même le temps à Emily de lui dire bonjour.

– Alors, comment s'est passée cette séance de spiritisme ? demanda-t-elle d'emblée.

Sa sœur sursauta.

– Comment peux-tu savoir qu'il s'agissait de spiritisme ?

– N'oublie pas que je suis voyante, répliqua Leslie mi-figue, mi-raisin. Non, je plaisante. Je l'ai appris par Joel. Etait-ce intéressant ?

– Plus ou moins. Il y avait la propriétaire de la librairie, cette dame dont Rainbow parle si souvent – Claire. Elle est très gentille. Il y avait aussi, parmi les médiums, une autre femme, la sœur de celle qui a habité un mois ici. Figure-toi qu'elle a reçu pour moi au cours de la soirée un message de notre grand-mère, me félicitant d'avoir conservé sa harpe et me suggérant d'acheter un clavecin, ce qui n'est pas vraiment un scoop !

– Aucune information en exclusivité de l'au-delà ? demanda Leslie d'un ton délibérément ironique.

– Non. Il y a bien eu deux ou trois autres « contacts », mais sans grand intérêt et qui auraient pu s'adresser à n'importe qui.

– La sœur de la dame qui a habité un mois ici avant nous ne nous a fait parvenir aucun avertissement sur les périls de notre maison hantée ?

Emily ouvrit des yeux ronds.

– Sa sœur n'est pas morte, Leslie. Elle vit à San Jose. En fait, ce n'est qu'un peu plus tard que les choses ont commencé à devenir intéressantes. Le médium suivant était une grosse bonne femme aux cheveux teints en rouge, laide à faire peur. Elle nous a fait asseoir en cercle dans le noir, main dans la main, et il s'est passé des trucs pas ordinaires. D'abord, il y a eu une espèce d'ectoplasme verdâtre et luminescent qui s'est mis à flotter autour d'elle, puis son tambourin est entré en lévitation. C'est alors qu'un ami de Claire – Colin, un vieux bonhomme adorable – a rallumé une lampe, et nous avons eu tous la vague impression, sans pouvoir rien prouver, que notre « médium » s'était livrée à une certaine manipulation. Elle semblait en effet mal à l'aise sans avoir l'air pourtant d'un imposteur.

– Elle ne l'est peut-être pas. Aucun message d'Alison Margrave pour exprimer sa satisfaction de nous voir vivre sous son toit ?

– Non. On a bien tenté de la joindre, mais elle ne s'est pas manifestée.

– Pas folle ! Si l'âme humaine survit à la mort, elle a sûrement mieux à faire que d'apparaître dans ce genre de séance.

Comme si les forces de l'Invisible prenaient quelque repos après la réunion chez la libraire, les jours suivants furent calmes dans la maison. De temps à autre seulement, une vague odeur d'encens flottait dans la cage d'escalier et le chat blanc continuait à rôder dans le jardin. Aussi Leslie lui préparait-elle de la pâtée et du thon auxquels il faisait maintenant parfois honneur. Emily, quant à elle, devait de temps en temps refermer sa fenêtre qui s'ouvrait toujours toute seule, mais y prêtait de moins en moins attention, bien trop accaparée par le Séminaire des virtuoses du Pr Anstey et ses sorties nocturnes de plus en plus fréquentes, passées soi-disant chez « une amie », mais que Leslie soupçonnait fort s'appeler en réalité Frodo...

Un beau jour de la fin du mois de juin, on sonna à la porte et Leslie, en allant ouvrir, eut la surprise de découvrir Simon Anstey sur le seuil.

– Bonjour, docteur Barnes.

Après un léger tressaillement, elle l'invita à entrer. Le visage balafré souriait, dardant sur elle son œil valide.

– Pardonnez-moi de vous déranger, continua-t-il, mais votre sœur est mon élève et j'aimerais lui parler.

– Je vais l'appeler, si vous le souhaitez.

Un prélude de Bach résonnait dans le hall. Les lèvres fines de Simon Anstey accentuèrent leur sourire.

– Rien ne presse. Ah, vous savez, j'ai bien connu cette maison ! Félicitations pour les transformations. Je n'ignore pas, ajouta-t-il avec un nouveau sourire, que vous avez fait changer les serrures. C'est vrai, j'avais gardé mon vieux jeu de clés, et j'avoue simplement m'en être servi une ou deux fois avant que la maison soit de nouveau habitée. Il n'y avait pas grand mal à cela, n'est-ce pas ?

Evitant de répondre directement à sa question, Leslie décida sur-le-champ de se montrer apparemment sensible à son numéro de charme.

– Je laisserai à Emily le soin de vous faire visiter elle-même le salon de musique quand elle aura fini de jouer, se contenta-t-elle de dire. En attendant, je peux vous montrer, si cela vous intéresse, la cuisine et mon cabinet. L'insonorisation s'est avérée très utile pour mon travail.

Elle l'introduisit dans son bureau et Simon Anstey eut aussitôt un hochement de tête approbateur.

– Cet endroit respire la sérénité. Vous êtes psychologue, c'est bien cela ?

Leslie opina.

– Seriez-vous aussi psychanalyste ? Alison n'avait guère d'estime pour cette profession. A vrai dire, elle a personnellement connu Freud et certains de ses disciples, et l'on ne peut pas dire qu'ils lui aient laissé une impression impérissable.

– Rassurez-vous, je ne suis pas psychanalyste.

Les pas d'Emily résonnèrent alors dans le couloir.

– Leslie, j'ai cru entendre sonner... Oh ! Professeur Anstey !

Le visiteur s'inclina courtoisement.

– Votre sœur a eu l'amabilité de me montrer son cabinet. Je le revois encore du temps d'Alison. Elle gardait ici le plus beau de ses clavecins – une pièce de musée, un chef-d'œuvre vénitien du XVIe siècle, entièrement laqué noir et or. Il se trouve maintenant au Metropolitan Museum ; quant à ses autres clavecins, elle les a légués au Smithsonian Institute et à l'Ecole de Musique de Juilliard, où elle a fait ses études. Les autres étaient avec son piano de l'autre côté du couloir. J'aimerais beaucoup revoir le salon de musique.

Emily s'empressa de l'y conduire.

– Je vois que vous avez un Knabe. Alison, elle, jouait sur un Bechstein, mais le Knabe est aussi excellent. Quant à cette harpe, c'est presque une pièce de musée. En jouez-vous ?

– Un peu.

– Vous avez récemment manifesté en cours votre intérêt pour le clavecin. Emily, Alison m'a légué six clavecins de moindre valeur. Je serais ravi de vous prêter le plus petit d'entre eux, afin que vous puissiez découvrir cet instrument et apprendre peut-être aussi à l'aimer. Il m'est tout à fait impossible de jouer de six clavecins à la fois et, d'ailleurs, j'ai toujours préféré le piano. Je trouve néanmoins criminel de laisser de tels instruments inutilisés. J'en ai bien proposé un à l'un de mes amis, mais je le soupçonne d'avoir refusé par pure superstition. Il a dû craindre d'être contaminé par la malchance qui a marqué ma carrière.

– Oh, Professeur Anstey ! balbutia Emily, émerveillée, je suis très touchée. Mais si jamais quelque chose arrivait à ce clavecin, je... C'est une énorme responsabilité...

– Soyez tranquille, ils sont tous assurés. Je paie une fortune pour cela. Je suis donc certain que vous prendrez soin de celui que je vous destine comme s'il vous appartenait. Mais peut-être, après tout, n'en avez-vous pas envie ? Dans ce cas...

– Professeur ! Je ne sais comment vous remercier ! Jamais je n'aurais imaginé...

– Très bien. Dans ces conditions, contentez-vous de me donner la permission de le faire livrer cette semaine. Nous considérerons ce prêt comme un prêt à long terme. Lors de mes voyages à l'étranger, je serai heureux de le savoir en bonnes mains. En outre, j'aimerais beaucoup vous entendre jouer un jour, si toutefois vous me permettez de revenir. J'ai passé quelques-uns des meilleurs moments de mon existence dans cette pièce : ma mère était une amie d'Alison, et celle-ci m'a initié au clavecin avant même que je découvre le piano. A dire vrai, je crois qu'elle ne s'est jamais vraiment remise de la déception que je lui ai causée en choisissant le piano.

Il s'assit devant le Knabe.

– Puis-je, Emily ?

– Oh, je vous en prie ! Mais je ne savais pas que...

– Que je jouais encore ? Je ne joue plus, Emily, du moins plus en public. Un auditoire non averti ne se rendrait peut-être compte de rien – mais je sais, moi, ce qu'il en est. Sterling Moss, le champion automobile, explique dans son livre qu'après sa blessure à la tête il pouvait encore piloter, mais qu'il était obligé d'y penser, de sorte que ce n'était plus dès lors une simple affaire d'instinct, de symbiose parfaite entre lui et sa machine. Il en est de même pour moi. Je n'ai cependant que faire de l'indulgence, de la pitié ou de la condescendance des critiques. Deux ou trois rôles au cinéma ont fait de moi un homme riche. Mais je n'ai cependant pas perdu l'espoir. Avec de la détermination, un peu de chance, le soutien du corps médical et... peut-être un petit quelque chose en plus, je réussirai à retrouver ce que j'ai perdu. Venez près de moi, Emily. C'est un plaisir de jouer pour vous.

Elle le rejoignit sur le tabouret. Avec des gestes lents, il retira le gant qui masquait sa main gauche. Les doigts qui apparurent étaient très blancs et sillonnés de cicatrices.

– Vous avez sous les yeux un petit chef-d'œuvre chirurgical, dit-il d'un ton indifférent. L'un des doigts a presque été sectionné à hauteur de la première phalange ; j'ai eu beaucoup de chance de ne pas le perdre.

Il attaqua l'ouverture du concerto de Rachmaninov auquel Emily avait récemment consacré tant d'efforts et Leslie, derrière eux, eut l'impression de l'entendre pour la première fois. Quand il s'arrêta à la fin du premier mouvement, des larmes roulaient sur les joues de sa sœur. Simon entreprit de remettre son gant. Soudain, il se pencha légèrement en avant et porta sa main valide à son front. Leslie remarqua ses mâchoires serrées et ses doigts tétanisés. En l'entendant inspirer profondément, elle comprit qu'il souffrait.

– Professeur...

– Mon œil me fait parfois des misères, répondit-il en libérant enfin son souffle, mais ce n'est rien.

– Vous avez joué si formidablement, balbutia Emily, tout émue. Je crains que vous n'ayez fourni un effort trop violent.

Il posa une main sur son épaule et sourit.

– Mais non, mon enfant. J'ai pris un plaisir infini à jouer. Si vous me montriez le jardin ?

Emily fit tant et si bien que Simon Anstey accepta finalement de rester dîner. Leslie, recevant un patient, les laissa seuls un instant.

– Puis-je vous aider ? demanda-t-il en suivant Emily dans la cuisine.

– Si cela ne vous ennuie pas. Je vais faire une salade. Pendant ce temps, épluchez ces concombres, si vous le voulez bien, et je me chargerai des tomates.

Tout à fait à l'aise et décontracté, il ôta sa veste et retroussa les manches de sa chemise.

– Ça va me changer de mes habitudes, déclara-t-il avec bonne humeur. Vous allez voir. Je ne vais pas les éplucher mais les couper en tranches aussi fines que du papier à cigarette.

Comme il était en train de disposer artistiquement ses tranches sur une assiette, Leslie, venue chercher un verre d'eau pour son patient, admira son travail.

– Un jour, promit-il, d'un air faussement jovial, je vous ferai un soufflé au fromage !

– Je les rate toujours, avoua Emily en pouffant. Cela dit, je fais d'assez bonnes quiches.

Au même instant, elle remarqua le chat blanc qui se coulait silencieusement sur le muret du jardin.

– Professeur !

– Appelez-moi Simon.

– Simon, répéta-t-elle, miss Margrave avait-elle un chat blanc ?

Il suivit le regard d'Emily, et Leslie vit les tendons de son cou se crisper très sensiblement au-dessus de son col.

– Alison a eu plusieurs chats, répondit-il d'une voix neutre. Elle les choisissait toujours blancs.

Lui aussi a vu l'animal, songea Leslie, et sa réaction ne fait que confirmer qu'il ne s'agit pas d'un chat ordinaire. Comme il découpait ses dernières rondelles et s'apprêtait à les disposer sur l'assiette, celle-ci échappa à sa main gantée et se renversa.

– Par tous les diables ! rugit-il, éparpillant son contenu sur la table les traits convulsés par une indicible fureur, avant de se ressaisir brusquement, comme si de rien n'était. Pardonnez-moi, je suis désolé. C'est tellement stupide et je m'en veux tellement de ma maladresse ! Mes doigts, parfois, refusent de m'obéir. Fort heureusement, cela ne se produit pas – ou très rarement – quand je joue.

Il ouvrit et referma à plusieurs reprises sa main gantée.

– J'espère n'avoir pas compromis votre salade, Emily.

– Mais non ! Nous allons rincer ces concombres à l'eau fraîche, c'est tout. La table est propre, je l'ai nettoyée ce matin.

Simon avait retrouvé tout son calme, à tel point que Leslie se demanda si elle n'avait pas rêvé.

– Je vous retrouve après le départ de mon patient, annonça-t-elle, se dirigeant vers le seuil avec son verre d'eau. Ne m'attendez pas pour commencer.

Elle n'avait pas plus tôt fermé la porte qu'elle entendit un grand éclat de rire s'élever dans son dos et ne put s'empêcher de penser que Simon, en l'espace d'une heure, semblait dans la maison chez lui autant qu'elle-même – sinon bien davantage...

Il téléphona trois jours plus tard pour annoncer que toutes les dispositions étaient prises pour la livraison du clavecin et demander l'autorisation d'assister à son installation. Au jour dit, Leslie, en l'absence momentanée de sa sœur, l'accueillit, étrangement heureuse de le revoir. Dès que l'instrument fut en place, il se mit en devoir de l'accorder personnellement.

– Ce travail risque de prendre un certain temps, expliqua-t-il, tout en s'absorbant dans sa tâche. Surtout, ne vous sentez pas obligée de rester.

– Pour moi, c'est fascinant, vous savez. Aussi, si je ne vous dérange pas...

– Pas du tout, si vous restez muette comme une carpe, fit-il non sans malice. J'ai besoin de toute ma concentration.

Captivée, Leslie s'empressa d'obéir.

Elle s'assit sagement sur le tabouret d'Emily, suivant chaque geste de Simon avec un intérêt croissant. Sa main valide était souple et habile, aussi précise que celle d'un horloger. Ayant bientôt retiré le gant qui protégeait sa main gauche, il put ainsi accélérer le rythme de son intervention, si bien qu'en peu de temps, le travail était achevé. Apparemment satisfait, Simon referma le couvercle du clavecin, et se retourna, souriant, vers Leslie.

– Est-ce un vieux clavecin ? demanda-t-elle en se levant.

– Il a été fabriqué au début du siècle, en Autriche semble-t-il. Il n'a donc rien de particulièrement rare, mais c'est un excellent clavecin.

Tirant le tabouret du piano, il s'installa devant le double clavier et exécuta les premières mesures d'un menuet de Mozart.

Un bruit de voiture qui s'arrêtait dehors attira Leslie près de la fenêtre.

– Tiens, voici Emily qui rentre, annonça-t-elle, voyant la jeune fille descendre de la camionnette de Frodo, prendre congé de lui en l'embrassant fougueusement, puis courir vers la maison.

Comme elle franchissait le seuil, sa sœur l'interpella.

– Nous sommes ici, dit-elle, Simon a une surprise pour toi.

Emily entra dans le salon de musique. Découvrant le clavecin, son visage s'illumina, ses joues s'empourprèrent.

– Oh, professeur Anstey... Simon !

– Ce clavecin ne demandait qu'une chose : revenir ici. Je suis sûr qu'Alison est ravie de le revoir à son ancienne place. Voulez-vous l'essayer ?

Après avoir inspiré profondément, Emily fit deux pas en avant, puis considéra ses mains souillées de terre.

– Il faut d'abord que je me lave les mains, dit-elle en se

précipitant vers la cuisine. Frodo et moi avons fait du jardinage.

– Sa joie est la meilleure des récompenses, souffla Simon. Votre sœur est charmante. On la dirait illuminée de l'intérieur. C'est un signe qui ne trompe pas. Plus importante que la virtuosité technique, c'est la marque des vrais artistes.

La voyant revenir, il se tut, attendit qu'elle prenne place sur le tabouret devant le clavecin.

– Connaissez-vous le *Rappel des Oiseaux* de Rameau ? demanda-t-il.

– L'enregistrement que vous en avez fait a bercé mon enfance. Je l'ai d'ailleurs étudié à Sacramento.

– N'oubliez pas que le timbre et le doigté sont tout à fait différents de ceux du piano.

Après avoir opiné humblement, Emily se mit à jouer et Leslie, debout à côté de Simon, presque instantanément demeura confondue : l'Emily qui jouait lui était inconnue, comme si la musicalité légère de l'instrument donnait une dimension neuve à son talent. Son toucher était bien sûr encore prudent, parfois hésitant, mais l'on sentait que le clavecin et elle prenaient réciproquement la mesure l'un de l'autre. Dès la fin du morceau, elle leva un regard interrogateur sur Simon.

– C'est étonnant, murmura-t-il, vous avez un don naturel évident pour cet instrument. Qu'allez vous faire cet été pendant l'absence de Boris Agrowsky ?

– Je ne sais pas, soupira-t-elle. Le plus ennuyeux, c'est que j'ai très peur d'oublier une bonne partie de ce que j'ai appris avec lui.

– Il ne faut surtout pas interrompre votre travail. Aussi, pendant la durée de son séjour en Suisse, je peux, si vous voulez, prendre la relève. A son retour, nous aviserons.

Débordante de gratitude, Emily ne sut trouver les mots pour le remercier. Voulant rompre son embarras, il lui tapota affectueusement la joue.

– Allez, jouez-moi plutôt un peu de Bach... même tout le Bach que vous voulez.

Emily, planant sur un nuage, saisit sur le piano un recueil de sonates, puis se remit à jouer. Simon alors posa une main sur l'épaule de Leslie qui frissonna, envahie, elle aussi, par une émotion sourde.

– Nous sommes superflus, je crois, lui glissa-t-il à l'oreille. Il ne faut pas s'immiscer dans les histoires d'amour, et je crois bien qu'Emily est amoureuse. Vous permettez ?

Il la prit doucement par le bras et l'entraîna dans le vestibule.

– A mon avis, votre sœur est partie, pour plusieurs heures, dans un autre monde. Nous avons donc un peu de temps devant nous, ajouta-t-il, avec un sourire enjôleur. Accepteriez-vous de dîner avec moi ? Ne dites pas non, j'en serais si heureux. Je dirige ce soir une répétition. Souhaitez-vous y assister ? A moins que... Peut-être ne partagez-vous pas la passion de votre sœur pour la musique ?

– J'adore la musique et serais ravie d'assister à une répétition sous votre conduite. Mais... ne pensez-vous pas qu'Emily aimerait venir aussi ?

Il éclata de rire et se rapprocha d'elle.

– Emily est adorable, mais elle est très jeune. C'est avec vous, avec vous seule, que j'ai envie d'être ce soir. Acceptez-vous de me faire ce plaisir, Leslie ?

C'était la première fois qu'il l'appelait par son prénom. Une joie vraie, inconnue depuis si longtemps, la bouleversait tout à coup. S'efforçant de la lui masquer, elle lui rendit son sourire.

– Accordez-moi simplement le temps de mettre une tenue un peu plus appropriée...

– Vous êtes parfaite ainsi, mais puisque vous y tenez... Je vais pendant ce temps laisser un mot pour Emily.

Leslie fut bientôt prête et retrouva Simon en train de reposer le téléphone ; il avait remis son gant et sa veste.

– J'ai pris la liberté d'utiliser votre ligne pour réserver une table, expliqua-t-il en la guidant vers la porte. Emily n'a même pas levé les yeux quand je me suis faufilé dans la pièce pour reprendre ma veste. Elle joue Bach comme si elle l'avait inventé. Au fait, je suis désolé, notre réservation est pour six heures. C'est un peu tôt pour dîner, mais on m'attend à l'Opéra à sept heures et demie. J'espère que vous aimez le Mark Hopkins.

Leslie ne savait qu'une chose de ce restaurant, c'est qu'il était hors de prix.

– Je vous fais totalement confiance. Je n'y suis jamais allée.

– Merveilleux ! Ce sera donc pour moi un plaisir de vous le faire découvrir. Vous verrez, il y a une vue fantastique sur San Francisco, sans doute l'une des plus belles qui soient.

Une énorme Mercedes était garée dans la rue. Comme ils se dirigeaient vers elle, Leslie ne put s'empêcher de penser que Simon avait sans doute beaucoup d'argent, mais qu'il n'en faisait nullement étalage. En bras de chemise dans la cuisine, ou à genoux sur le plancher pour accorder un clavecin, il conservait la même simplicité.

Au Mark Hopkins, le panorama, il est vrai, était incomparable, la musique ambiante feutrée, les mets, un peu sophistiqués, divins. Troublée de plus en plus, sensible à la somptuosité raffinée du décor et aux attentions délicates de son compagnon, Leslie se laissait choyer avec délices et reconnaissance. C'était si bon d'oublier les heures de tension, d'effroi même qu'elle venait de traverser, de vivre le moment présent sans angoisse, de fermer provisoirement les yeux sur l'avenir, de chasser de son esprit ses déconvenues sentimentales qui lui semblaient soudain anodines, dérisoires.

Aussi, l'heure de la répétition venue, suivit-elle Simon à l'Opéra dans un état second proche de l'euphorie, bien-être contre lequel elle se garda bien de faire le moindre effort pour lutter.

Simon lui trouva une bonne place, puis la quitta aussitôt pour aller prendre la direction de l'orchestre qui l'attendait. Le concert commença et Leslie sentit qu'il l'oubliait peu à peu, entièrement concentré à diriger, de sa baguette impérieuse, les musiciens galvanisés par son emprise. De temps à autre d'ailleurs, il les interrompait d'une voix métallique :

– Merci, dit-il lors d'un passage particulièrement difficile, mais nous n'y sommes pas du tout. Je souhaiterais que les violons fassent preuve d'un peu plus de nervosité. Leur attaque est trop molle. Mr. Andrews, veuillez reprendre à partir du solo de viole.

Et l'orchestre repartit dans un bel ensemble, néanmoins stoppé dans son élan plusieurs fois encore, avec la même fermeté, la même courtoisie. Simon Anstey demandait beaucoup à ses interprètes, mais il était aussi exigeant pour lui, sinon davantage. Si bien que lorsque le concert prit fin, la sueur ruisselait sur son visage. Il rejoignit Leslie et exhala un long soupir.

– Vous devez être exténué, Simon.

– Non, pas vraiment. C'est plutôt une sorte... d'ivresse, d'exaltation. C'est difficile de redescendre sur terre après un exercice de ce genre, ajouta-t-il en souriant. J'espère que vous ne vous êtes pas trop ennuyée. Pour vous récompenser, nous pouvons, si vous le voulez bien, aller prendre un verre quelque part ; mais comme vous pouvez le constater, il faut d'abord que j'aille prendre une douche chez moi. (Il rit.) Acceptez-vous de m'accompagner ? Pour vous faire patienter, je vous offrirai un verre d'excellent vin blanc.

Leurs regards se croisèrent, et Leslie sut qu'ils pensaient la même chose.

– Si vous le préférez, bien sûr, je peux rester quelques instants comme ça, reprit-il. Nous prendrons n'importe où un cocktail rapide et je vous ramènerai ensuite chez vous.

– Allons plutôt chez vous, le défia-t-elle, le cœur battant.

Dissimulant lui aussi son émoi derrière une apparente désinvolture, Simon la prit joyeusement par le bras et l'entraîna vers sa voiture. Comme il se penchait pour lui ouvrir la portière, il s'arrêta net, comme tétanisé, son visage se crispa, ses veines saillirent sur ses tempes.

– Simon, cela ne va pas ?...

– Si, ce n'est rien, murmura-t-il entre ses dents. Ne vous inquiétez pas... Il n'y paraîtra plus dans quelques instants.

Puis, lui abandonnant ses clés, il la pria de conduire à sa place.

– Merci de bien vouloir être mon chauffeur. Je vais vous indiquer le chemin.

Simon vivait dans une tour de Twin Peaks où il possédait un appartement de cinq pièces. Son malaise en effet fut de courte durée, et, très en forme, après avoir lancé les clés au portier afin qu'il gare la Mercedes, il guida sa compagne jusqu'à l'ascenseur, commandé par une carte magnétique.

Chez lui, tout était d'une austère élégance. Dans le salon, sobrement décoré en noir et blanc, un grand piano à queue voisinait avec un clavecin – plus important que celui prêté à Emily – et une immense table basse en verre. Au fond de la pièce, une ouverture en forme d'arche laissait entrevoir une cuisine futuriste où l'acier, les chromes et le verre fumé s'agençaient en parfaite harmonie.

Baissant l'intensité de l'éclairage, Simon alluma quelques lampes supplémentaires qui dispensèrent une lumière tamisée dans toute la pièce. Puis, il alla ouvrir pour elle une bouteille de vin cacheté et revint, lui présentant un verre de ce vin dont la couleur dorée miroitait dans un cristal de Suède.

– Voilà, princesse, pour vous tenir compagnie. Juste une petite douche et je suis tout à vous.

Brusquement, il se pencha sur elle et captura ses lèvres, dans un baiser dominateur avant de se dérober en lui chuchotant :

– Je ne te quitte pas. Je suis là, à côté...

Leslie, tout alanguie, ferma les yeux, et le bruit de la douche par la porte entrouverte lui parvint telle une bienfaisante caresse. Buvant à petites gorgées le vin doux et glacé, elle regarda à travers la baie vitrée les lumières de la ville scintiller comme mille feux de joie. Légèrement grisée, se sentant merveilleusement bien, elle se leva alors et s'approcha d'une bibliothèque de bois clair où s'alignaient plusieurs rangées de volumes. *Le Grand Livre de l'Art Magique*, *Magie et Vouloir*, et plusieurs autres traitant du même sujet attirèrent son attention. Leslie fronça imperceptiblement les sourcils, croyant retrouver, en les effleurant, l'odeur d'encens très vaguement familière qui flottait de temps à autre chez elle dans la cage d'escalier. Puis elle remarqua un gros livre au titre en latin incompréhensible, dont la couverture s'ornait d'un élément qui ne lui était pas inconnu : une étoile à cinq branches tout à fait identique à celle déjà entrevue à la Librairie des Anciens Mystères.

L'eau s'étant arrêtée de couler dans la salle de bains, Simon apparut, torse nu, et alla se servir à son tour un verre de vin qu'il vida d'un seul trait. Il rejoignit alors Leslie et prit ses lèvres avec une douce et vibrante ardeur.

Tout étourdie par cette étreinte, Leslie lui rendit fiévreusement son baiser. Prisonnière consentante, elle se savait désormais entièrement en son pouvoir.

– Tu regardais mes livres, murmura-t-il enfin, s'écartant un peu d'elle. Tu dois me prendre pour un mage ou un sorcier.

– Je ne sais rien de la magie, tu sais, Simon, s'entendit-elle répondre d'une voix qu'elle reconnaissait à peine.

– La magie, comme la musique, répondit-il avec un sourire ambigu, est l'art de maîtriser sa volonté. Cela vaut également pour la psychologie. Sous des noms différents, ils désignent une seule et même chose. J'ai, depuis longtemps, appris à entourer et à organiser ma vie afin que tout concoure à l'accomplissement de ma volonté. Ainsi, tu l'as remarqué, je n'ai pas pris d'alcool pendant le dîner, mais le vin est différent et je l'aime : pure essence des fruits et de la terre, il possède une force qui purifie et exacerbe la sensibilité. Je suis végétarien pour la même raison : ce n'est ni par amour pour les animaux ni au nom d'une quelconque obligation morale, mais simplement parce que la viande rouge engourdit les sens ; or, lorsqu'on est musicien, il faut rester ouvert aux plus infimes pulsations de l'univers. Le pouvoir de la volonté maîtrisée est sans limites. La médecine et la chirurgie ont fait pour moi tout ce quelles pouvaient faire. Le reste, je l'accomplirai grâce à la force de l'esprit – c'est-à-dire celle de ma volonté. Mais au diable pour l'heure, ces beaux discours ! Si tu savais, ma belle, comme j'ai envie de toi, murmura-t-il, posant ses lèvres sur les siennes. Si ta volonté et la mienne concordent, nous allons être heureux...

Elle lui sourit, sans lui répondre, et il la mena dans une grande chambre. Elle était presque aussi stricte, presque aussi dépouillée que le salon, à une différence près : dans un coin opposé au lit se dressait une table apprêtée comme une sorte d'autel, éclairée par le halo rouge d'une lampe de verre qui abritait un cierge.

Voyant Leslie marquer un bref mouvement d'hésitation, Simon s'empressa de la rassurer.

– Chérie, tu vis sous le toit d'Alison, et je sais que tu es en mesure de me comprendre, même si tu n'as pas encore une conscience très claire de ces phénomènes. L'union de deux êtres provoque un tourbillon métaphysique d'où naît un lien unique. Certains feignent d'en sourire, mais moi je crois qu'il faut choisir ceux qu'on aime aussi soigneusement qu'un violoniste son archet. Si mes propos te semblent absurdes, il est encore temps de le dire.

Elle fit non de la tête. Tout au fond d'elle, au contraire, semblait émerger une vérité enfouie depuis longtemps. Aussi, éprouvant comme lui l'envie de se purifier avant l'amour, elle gagna la salle d'eau, quitta tous ses vêtements et offrit son corps nu au jet puissant de la douche, voulant débarrasser sa chair et sa mémoire de toute trace des caresses de Joel, comme si elle se livrait à une préparation rituelle.

Fraîche, sereine, déterminée, elle retourna près de Simon. Dans la pièce flottait l'indéfinissable et troublante odeur d'encens qu'elle reconnaîtrait maintenant entre toutes.

Entièrement dévêtu, il l'attendait les bras ouverts. La soulevant de terre, il l'étendit sur le lit, se pencha sur elle, traça sur son ventre un symbole de la main droite, faisant naître sous ses doigts une faible lueur phosphorescente. Puis, sa langue glissa sur ses seins, sur ses hanches, tout près de sa toison. Et, tout à coup, au moment même où éclatait très sourdement dans le lointain un interminable roulement de tonnerre, il s'abattit sur elle et la prit avec un rire rauque, l'étreignant avec une puissance quasi surnaturelle.

Elle, subjuguée, cambrée avidement pour épouser tous ses assauts, eut alors la vision confuse d'une divinité priapique prenant possession d'elle.

Dans la chambre, la flamme rougeoyante de la chandelle s'aviva brusquement, puisant sa vigueur redoublée, au rythme, semblait-il, des amants enfiévrés.

XIII

L'EAU coulait dans la salle de bains d'Emily quand Leslie gravit l'escalier à pas de loup, le lendemain matin. L'odeur d'encens, à présent familière, planait de nouveau sur le palier, à moins qu'il ne s'agît des derniers effluves restés sur elle après cette nuit passée chez Simon. Comme elle ouvrait la porte de sa chambre, sa sœur apparut dans le couloir.

– Viens voir, Leslie ! Il y a quelque chose de bizarre dans ma chambre... et là aussi.

La salle de bains disposait d'une petite fenêtre dans sa partie haute, qu'Emily désigna du doigt à sa sœur. Sous son encadrement, gravée à même le bois, se devinait une étoile à cinq branches.

– Il y en a une aussi dans ma chambre.

Entraînant Leslie à sa suite, Emily lui montra en effet un pentacle similaire visible cette fois sous la lucarne du fond de la pièce, alors que sous la fenêtre à crémone plus ouverte que jamais, quelqu'un semblait avoir vaguement tenté d'effacer un symbole identique.

Le même signe était également présent, tracé apparemment à l'aide d'un crayon de couleur pâle, en-dessous de la fenêtre du couloir et dans la chambre d'hôte. De plus en plus surprises, les deux sœurs passèrent donc la maison en revue, et constatèrent, interloquées, qu'une étoile à cinq branches se trouvait non seulement sous chaque fenêtre, mais aussi au-dessus de chaque porte donnant sur l'extérieur, la trappe d'accès au grenier n'ayant pas été davantage épargnée.

Leurs investigations terminées, elles se rendirent, songeuses, à la cuisine, où Emily sortit du réfrigérateur un yaourt qu'elle arrosa copieusement de germes de blé.

– Mais qui a bien pu dessiner tous ces trucs, et pourquoi ? grommela-t-elle en engloutissant son en-cas.

Leslie, qui était en train de penser que, sans la nouvelle cliente qu'elle recevait pour la première fois de bonne heure dans la matinée, elle serait encore dans le lit de Simon, esquissa une moue traduisant une perplexité distraite.

Surveillant du coin de l'œil sa sœur, Emily s'enquit alors, avec un vague sourire, de sa mine fatiguée.

– C'était bon au moins ? ajouta-t-elle, narquoise.

– Pardon ?

– Simon, c'était bien ?

Devant le regard assassin et outré de Leslie, Emily insista sans vergogne :

– Voyons... Tu es partie à son bras hier soir et il est sept heures du matin. Ne va pas me raconter que vous vous êtes contentés de cueillir ensemble des pâquerettes !

– Emily, t'ai-je posé la moindre question sur Frodo ?

– Ça n'a rien à voir. Frodo est adorable, et nous sommes très copains, c'est tout. Je ne me sens nullement prête à franchir le pas avec lui, si tu veux tout savoir.

– C'est ton problème, mais rien ne presse, tu as raison. Attends d'être vraiment sûre de toi et ne te laisse surtout pas forcer la main.

– Ce n'est pas son genre. Je l'adore, je te l'ai dit, mais ne suis pas certaine de vouloir aller plus loin avec lui – pas plus qu'avec un autre, d'ailleurs. Quel âge avais-tu la première fois, Leslie, et comment as-tu su que le moment était venu ?

– Oh, moi tu sais, j'avais seize ans, seize ans et demi peut-être, soupira Leslie, et mon exemple n'est pas à suivre. Avant même de franchir le pas, comme tu dis, je savais que ce n'était ni le bon moment ni l'homme souhaitable. En fait, pour moi, il s'agissait d'abord d'un acte de contestation. N'en pouvant plus d'entendre le monde entier faire tout un plat sur la virginité, j'ai voulu m'en débarrasser...

– Et avec le recul, tu estimes que ce n'était pas la bonne voie ?

– Exactement. Il faut savoir attendre, c'est trop important. Je ne me sens donc nullement habilitée à m'ériger en professeur de vertu. Maintenant, si cela ne t'ennuie pas trop, je préférerais que nous parlions d'autre chose.

– Comme tu veux, acquiesça Emily. Pour revenir à nos étoiles, je me demande bien qui a pu faire ça !

– Peut-être, après tout, existaient-elles déjà du vivant d'Alison Margrave, et nous ne les avions pas remarquées. A moins qu'elles n'aient été placées lors du bref séjour de cette illuminée de miss Carmody. Ce sont des symboles ésotériques. Alison a écrit un opuscule sur les poltergeists, tu sais. Il faut que je passe le prendre à la librairie en même temps que l'ouvrage sur la réincarnation que Frodo m'a promis de mettre de côté. Il m'en indiquera sûrement un sur les pentacles et autres signes cabalistiques.

– Il y sera justement cet après-midi, fit Emily en jetant un coup d'œil à sa montre. Nom d'une pipe, je vais être en retard ! Ce matin, nous passons l'examen final d'histoire de la musique.

Elle s'éclipsa en coup de vent, comme le téléphone sonnait. Leslie prit la communication. C'était son secrétariat l'informant que Donald Granston, le père d'Eileen, avait téléphoné en demandant qu'elle le rappelle.

Passant dans son bureau, Leslie composa le numéro des Granston qu'elle joignit rapidement.

– Allô, Monsieur Granston ? Ici le Docteur Barnes. Que se passe-t-il ? Eileen a-t-elle un problème ?

– Oui, ou plutôt c'est elle qui en pose un, riposta l'homme d'un ton acerbe. Tout pourtant ne se passait pas trop mal depuis plusieurs semaines..., et tout à coup, voilà que ça recommence, comme si le ciel, vraiment, avait décidé de nous tomber sur la tête ! Bref, j'ai préféré vous appeler tout de suite pour essayer de faire le point avec vous.

– Monsieur Granston, je crois vous avoir expliqué d'entrée de jeu qu'il n'était pas question de vous informer des détails de la thérapie d'Eileen. Tout ce qui se dit au cours des séances est strictement confidentiel. Bien sûr, si vous souhaitez que j'organise un rendez-vous à trois pour vous permettre de dialoguer en ma présence, je suis toute disposée à...

– Dialoguer ! s'écria l'homme. La seule chose que je demande, c'est que ma fille cesse de tout casser chez nous ! Il ne reste plus une assiette entière à la maison, au point que j'ai dû acheter un service en carton ! Et vous ne savez pas le plus beau ! Elle vient de défoncer l'écran de la télévision d'un coup de pied, tout en refusant de l'admettre. C'est un comble !

– S'est-elle blessée ?

– Même pas ! Elle est restée tranquillement plantée au milieu du verre pilé, à répéter qu'elle n'y était pour rien. Alors permettez-moi de vous dire bien clairement une chose : ça devient intenable et empire manifestement depuis que vous la voyez. Ma question est par conséquent très précise : que comptez-vous faire pour arrêter les frais ?

– Ecoutez-moi, monsieur Granston, répondit Leslie le plus calmement possible, j'ai d'excellentes raisons de croire que votre fille subit actuellement l'influence d'un poltergeist.

– Seigneur Dieu ! J'ai récemment vu un film sur le sujet à la télé ! Etes-vous donc en train de me dire que... ? Ecoutez, bien que nous ne soyons pas catholiques, je connais un prêtre, et...

– Monsieur Granston, ne prenez aucune initiative pour le moment. Contentez-vous de m'envoyer Eileen à quatre heures cet après-midi. Vous pouvez l'accompagner si vous le souhaitez, mais je pense que pour cette fois encore, il serait préférable que je lui parle en tête à tête. En tout cas, surtout pas d'affolement ! Ces phénomènes sont plus fréquents qu'on ne croit et ils durent rarement. En général, quatre-vingt-quinze pour cent d'entre eux cessent d'eux-mêmes.

– Facile à dire tout ça, pour vous tranquillement installée dans votre bureau, maugréa Granston. Mais ici, c'est infernal. Je vous signale qu'en plus, ma femme de ménage vient de rendre son tablier. C'est le bouquet ! Très franchement, je n'ai jamais levé la main sur Eileen, mais cette fois, je commence à croire qu'une bonne raclée serait sans doute salutaire.

– N'en faites rien, surtout, Monsieur Granston. Je comprends parfaitement votre indignation, mais croyez-moi, vous n'obtiendrez rien de plus par la violence physique. Eileen n'est pas responsable de ses actes. Essayez donc de trouver une autre femme de ménage, moins hostile, si possible, envers votre fille. J'ai cru comprendre en effet que cette personne n'était pas particulièrement aimable, et...

– Ecoutez, je ne la payais pas pour être aimable, mais pour faire le ménage et la cuisine !

– Tout ce que je sais, c'est que le malaise d'Eileen est en partie dû à la tention de ses rapports avec cette dame. Je vais lui en parler et nous tâcherons d'organiser, si vous le voulez bien, une séance à trois pour discuter de tous ces problèmes.

– Je ne tiens pas à discuter des problèmes de ma fille ! Ce que je veux, c'est qu'elle cesse de m'empoisonner la vie et que vous la remettiez sur les rails. C'est pour ça que je vous paie !

– Si telle est votre attitude vis-à-vis d'Eileen, vous feriez peut-être mieux de l'inscrire tout de suite dans une pension. Cela ne vous coûterait pas plus cher...

Il y eut un silence interloqué au bout du fil.

– Ecoutez, docteur, vous m'avez mal compris..., finit par dire M. Granston. Loin de moi l'idée de me débarrasser de la petite. Je sais parfaitement que je ne suis pas facile à vivre. Je sais aussi que je me comporte comme un ours depuis que Ruth m'a quitté. Ruth n'était pas la meilleure mère du monde, mais je crois qu'elle manque quand même à Eileen. Et quand j'entends ma fille, après avoir cassé Dieu sait quoi, se mettre à nier en bloc l'évidence... Voyez-vous, Ruth était très difficile et, du coup, l'idée qu'Eileen prenne le relais à son tour m'est insupportable.

– Eileen ne vous ment pas, je vous assure. Vous devez le comprendre. Elle n'a aucune responsabilité consciente dans tous les dégâts qu'elle provoque.

– Je voudrais en être aussi sûr que vous, docteur. La voir dans cet état, vous savez, donne vraiment froid dans le dos.

Leslie s'empressa de le rassurer encore, puis sous prétexte d'un coup de sonnette à la porte, mit fin à la conversation. Elle n'avait pas plus tôt raccroché que le téléphone se remit à sonner.

– Allô, Leslie ? murmura la voix grave de Simon. Tu es beaucoup trop sollicitée, ma muse. J'ai essayé vingt fois de t'appeler, mais ta ligne était toujours occupée.

– C'est vrai, je viens d'avoir une très longue communication.

– Alors, tu es partie en douce, ma belle ? Je n'ai rien entendu, au point qu'à mon réveil, je me suis demandé un moment si je n'avais pas rêvé ce qui vient de nous arriver. C'est pourquoi j'aimerais vérifier le plus tôt possible si j'ai fait erreur ou non. C'est aujourd'hui la dernière leçon d'Emily avec Agrowsky, n'est-ce pas ? Puis-je donc t'enlever cet après-midi ?

– C'est impossible, malheureusement, j'ai un rendez-vous.

– Je t'ai avoué à tort être un modèle d'équilibre mental ! plaisanta-t-il. J'aurais dû prendre rendez-vous avec toi sans hésiter. Cher docteur, je souffre en effet d'une insupportable solitude. La femme la plus belle et la plus envoûtante de San Francisco préfère la compagnie de ses patients à la mienne...

– Simon... riposta-t-elle, adoptant le même ton. Accepterais-tu de laisser ton orchestre répéter sans toi ?

– Bonne réponse ! s'esclaffa-t-il. Hélas, j'ai grandi dans un milieu où les femmes n'avaient d'autre fonction que celle de servir les hommes et de leur donner du plaisir. Cette époque est, je le crains, révolue. En tout cas, j'espère qu'Emily et toi serez mes invitées d'honneur à mon prochain concert. Ensuite... Qui sait ? Pour l'instant, je vous laisse à vos occupations, docteur. Je t'embrasse. A bientôt.

Il avait prononcé ces mêmes mots le premier soir, et Leslie sentit un délicieux frisson la parcourir. Songeuse, elle se leva pour admirer, une fois de plus, la vue qu'elle ne se lassait pas de contempler. Ange ou démon, Simon avait incontestablement pris l'avantage. Mais elle n'avait pas l'intention de s'engager trop loin avec lui : il l'avait éblouie, grisée, elle s'était laissée enlever pour un soir, mais il n'était pas question de se laisser entraîner dans une véritable liaison amoureuse. N'était-elle pas en effet en train de commettre la même erreur qu'à seize ans, quand elle avait donné inconsidérément son corps sur un coup de tête, cédant aux pressions d'une force confondant le désir et les sentiments ?

Ne subissait-elle pas un charme, un ensorcellement ? N'était-ce d'ailleurs pas dans la logique des événements survenus depuis son arrivée ? Alison Margrave avait-elle vraiment voulu que son chemin et celui d'Emily croisent celui de son ancien protégé ?

A cette pensée, elle se retourna, et contempla sur le mur, face à elle, l'un de ses plus précieux trésors : une assiette de faïence anglaise léguée par sa grand-mère en même temps que la harpe d'Emily. Elle la chérissait tout particulièrement, non pour sa valeur, mais parce que les nymphes et les dryades qui dansaient sur son pourtour d'un bleu intense avaient marqué toute son enfance. Aussi lui avait-elle réservé d'emblée la place d'honneur dans son bureau. Comme elle la couvait du regard, l'assiette, tout à coup, se mit à osciller sur son support et, sous ses yeux horrifiés, s'arracha brusquement du mur pour s'envoler à travers la pièce. La jeune femme voulut alors la rattraper, mais il était trop tard : l'assiette gisait déjà au sol, miraculeusement intacte ! Leslie se précipita pour la ramasser et, l'ayant saisie, perçut sur ses doigts un singulier picotement. Ses mains tremblaient tellement qu'elle faillit la lâcher, mais elle parvint cependant à la poser sur son bureau.

Comme elle se demandait si une légère secousse sismique avait pu provoquer un tel phénomène, ou s'il s'agissait d'une nouvelle manifestation de son poltergeist, le coup de sonnette d'une patiente qu'elle attendait mit fin à ses réflexions.

Leslie passa le reste de la matinée en consultation. Ensuite, après avoir hésité à attendre un éventuel appel de Simon, elle décida de se rendre à la librairie. L'attachement, somme toute assez inexplicable, qu'elle ressentait pour lui n'était peut-être pas aussi superficiel qu'elle essayait de s'en convaincre, le sien pour elle étant sans doute également réel. Aussi souhaitait-elle, avant de le revoir, faire sérieusement le point sur ses propres aspirations.

Frodo était absent mais Claire, la propriétaire de la librairie, était en train de trier des volumes sur un rayon. Derrière le comptoir siégeait un homme d'une soixantaine d'années, aux cheveux gris, d'allure robuste qui, abandonnant sa lecture, porta sur elle un regard affable.

– Que puis-je pour vous, Madame ? s'enquit-il courtoisement. J'ai le détestable défaut de parcourir les livres plutôt que de chercher à les vendre.

– Je suis venue l'autre jour, répondit-elle en souriant. Claire, m'a-t-on dit – j'ai appris son nom par Rainbow –, aurait plusieurs ouvrages sur les poltergeists.

L'homme tourna la tête vers la dame absorbée dans son classement.

– Claire, je crois que voici la jeune personne dont tu m'as parlé, lança-t-il avant de reporter son regard sur Leslie. Vous êtes le Docteur Barnes, je suppose, la nouvelle propriétaire de la maison de notre regrettée Alison Margrave.

Claire descendit de son escabeau et salua la visiteuse d'un signe de tête.

– J'ai trouvé dans l'un des livres que j'ai achetés ici les seules explications sensées que j'aie lues à ce jour sur le sujet, expliqua Leslie. Je viens donc voir si vous pouvez me suggérer autre chose.

– Oui, bien sûr. Il y a notamment la monographie de Margrave et Anstey. Vous pouvez lire aussi le livre d'Alison. C'était une grande spécialiste en la matière. A propos, ajouta-t-elle, votre jeune sœur a participé à l'une de nos séances de spiritisme il y a quelques jours. Colin et moi-même étions évidemment présents. Vous en a-t-elle parlé ? Cela ne me regarde en rien, mais j'espère que votre intérêt pour les poltergeists n'est pas la conséquence de... comment dire ?

L'homme qu'elle venait d'appeler Colin vola à son secours.

– Ce que Claire essaie de vous dire, c'est que nous avons bien connu cette maison à une certaine époque. Depuis la mort d'Alison, il paraît qu'il s'y produit des phénomènes troublants. Or, qu'Alison n'ait guère apprécié l'installation sous son toit de gens qui ne partageaient aucun de ses centres d'intérêt est concevable, mais nous pensions qu'après votre arrivée, ces incidents cesseraient.

– Tout cela n'est pas sérieux ! s'exclama Leslie. Je me refuse à prendre en considération ces prétendus incidents. Pourquoi les morts – en admettant que leur âme survive – attacheraient-ils de l'importance au sort de leur patrimoine matériel ?

– Je ne sais que vous dire, fit Claire, perplexe, ignorant complètement vos propres convictions sur le sujet.

– Elles sont pour le moins assez chancelantes..

– Permettez-moi d'en douter. Votre ouverture d'esprit, vos réactions face aux phénomènes des poltergeists, votre expérience... Sachez, docteur Barnes, que je ne tiens pas l'*Enquirer* en plus haute estime que vous, mais il doit bien y avoir quelque chose d'exact dans les informations publiées par ce journal.

Leslie sentit son estomac se nouer. Ainsi ils savaient donc, eux aussi. Se sentant indiscrètement sondée, elle ne put cacher sa réserve.

La voyant sur la défensive, Colin intervint :

– Claire, ces questions ne nous concernent pas. Le Dr Barnes, à l'évidence, souhaite être conseillée sur certains livres. Donnons-lui avant tout les informations qu'elle désire et quelques précisions sur les poltergeists.

Saisissant la perche qu'il lui tendait, Leslie le remercia, ajoutant aussitôt :

– Oui, je suis un peu désorientée ! J'ai besoin d'aide sur le sujet, c'est évident.

– Un poltergeist s'est-il manifesté chez vous ? interrogea Claire.

– Entre autres, oui. A vrai dire, tout a commencé avec une de mes jeunes patientes avant même mon emménagement. Mais je n'aurais jamais cru que cela puisse aller audelà de...

– Docteur Barnes, intervint Colin, les poltergeists simples de l'adolescence disparaissent souvent d'eux-mêmes. En revanche, quand un adulte est concerné, c'est généralement l'indice d'une certaine intervention de l'Invisible, et l'on est bien obligé de chercher à savoir ce qui se passe, et surtout pourquoi. Claire et moi nous efforçons justement depuis longtemps de faire la lumière sur ces phénomènes, cherchant, au-delà de tout artifice, à découvrir la réalité des faits. Si vous avez besoin de nous, nous sommes tout prêts à vous apporter notre aide.

– Merci de votre gentillesse, mais nous nous connaissons bien peu...

– Mon nom, vous venez de l'apprendre, est Colin, Colin McLaran, s'empressa-t-il de préciser, et je m'intéresse à ces problèmes depuis un demi-siècle. Alison était une amie et une consœur. Quant à Claire Moffatt, ici présente, elle m'assiste depuis de longues années.

– Je ne doute pas un instant de votre sollicitude et de vos compétences, répondit sincèrement Leslie. Malheureusement, je suis dans l'immédiat très pressée, recevant justement la jeune patiente dont je vous ai parlé, dans moins d'une demi-heure.

– Emportez ces livres et jetez-y un coup d'œil, répondit Claire. Si vous voulez, je passerai chez vous en début de soirée afin d'essayer de voir ce qui s'y passe.

– Avez-vous aussi des dons de médium ? s'enquit Leslie.

– Pas du tout. J'évite d'ailleurs soigneusement de me mêler des affaires de ceux qui nous ont quitté, et ne m'intéresse qu'aux problèmes qui se posent à notre dimension. Disposant d'une certaine expérience, je me classerais plutôt au nombre des parapsychologues, si vous voulez. Je ne suis donc pas sûre de pouvoir découvrir ce qui se passe chez vous mais, connaissant bien la maison, je ferai tout mon possible pour trouver.

Leslie sortit un billet de son portefeuille pour régler son achat.

– Rien ne presse, déclara Colin, vous pouvez les emporter et nous les rendre après les avoir lus, s'ils ne vous ont pas été utiles. Nous sommes commerçants, bien sûr, mais le prêt est aussi chez nous une pratique courante. Nous ferons donc, si vous le voulez bien, nos comptes plus tard, si nécessaire.

Les remerciant de leur obligeance, Leslie prit congé d'eux, invitant Claire à passer le soir même, si elle le souhaitait.

– C'est entendu. Je viendrai à cinq heures et demie.

Rentrée chez elle, Leslie, en attendant la venue d'Eileen, se plongea aussitôt dans la lecture et ouvrit au hasard le volume cosigné par l'ancienne propriétaire de sa maison et l'homme dans les bras duquel elle venait de passer la nuit. La page commençait ainsi :

« Quand l'inconnu et l'incompréhensible font pour la première fois irruption dans la vie d'un homme ou d'une femme dont le comportement était jusque-là régi par les seules lois de l'univers matériel, cet homme ou cette femme sont immanquablement déstabilisés, voire effarés. Les lois de l'existence semblent avoir été abrogées ; quant aux mécanismes qui sous-tendent leur nouveau champ d'expérience, quoique bien réels, ils n'ont pas encore été mis en lumière. Le monde concret paraît sombrer dans la confusion, comme s'il était soudain privé de toute causalité. Cependant, au prix d'une quête menée avec réalisme et discipline, quiconque a la possibilité de découvrir un monde insoupçonné, gouverné par des lois aussi naturelles et aussi formulables que dans notre propre univers, à ceci près qu'elles font référence à un autre niveau de l'expérience humaine... »

Interrompue par l'arrivée de sa jeune patiente, Leslie revint sur terre, tout ouïe à ses confidences.

– Tout allait si bien ! commença à se lamenter l'adolescente. Je sortais avec Scotty, j'étais dans les premières à l'école. Et puis, d'un seul coup... Papa m'a accusée d'avoir donné un coup de pied dans la télé, ce qui n'était pas vrai puisque j'étais à l'autre bout de la pièce ; toutes les ampoules du salon ont volé en éclats et il a dû couper l'électricité pour les retirer des douilles.

– Les éclats de verre n'ont blessé personne ?

– Non, mais la vieille chouette a rendu aussitôt son tablier, hurlant qu'elle ne travaillerait pas une seconde de plus dans une maison où on lui lançait des trucs à la figure. Depuis, c'est moi qui écope du ménage !

– Je sais, j'ai eu ton père au téléphone. Il souhaite venir parler avec nous de ces problèmes. Nous pourrions prendre un rendez-vous commun pour en discuter. Tout à l'heure, figure-toi, j'ai fait la connaissance de quelqu'un de très calé sur les poltergeists ; d'après lui, ils disparaissent aussi vite qu'ils sont venus, toujours spontanément. J'ai lu aussi quelque chose de très intéressant dans un livre – écrit par une femme qui a consacré sa vie à l'étude de ces phénomènes. D'après elle, quand, faisant suite à une longue période d'accalmie, un poltergeist provoque un incident très violent, il s'agit en général de son dernier soubresaut. L'intensité même de son attaque indique qu'il est sur le point de jeter l'éponge. As-tu, lors de ce dernier incident, ressenti toi-même quelque chose de spécial ?

L'adolescente réfléchit un bref instant.

– J'étais très énervée, c'est sûr. A cause de papa, qui avait fini par me dire : tu peux aller voir ta mère, tu peux même rester avec elle si tu en as envie ! Du coup, j'en ai déduit qu'il ne voulait plus de moi. Mais comme dans sa lettre maman me disait qu'elle allait avoir un bébé, j'ai pensé qu'elle ne devait pas avoir envie de me prendre chez elle. J'ai donc brutalement décidé de ne pas aller la retrouver et d'attendre d'y voir plus clair. Mais comme j'avais fait un cirque énorme pour y aller, je n'ai pas osé dire à papa que j'avais changé d'avis. Alors, je suppose que ce que vous appelez mon « côté bébé » s'en est donné à cœur joie pour se défouler.

– C'est tout à fait vraisemblable, opina Leslie, ravie de la lucidité de la gamine. Dis-moi, as-tu essayé de déplacer volontairement des objets sans les toucher ?

Elle hocha la tête affirmativement.

– Je me suis rappelé que vous aviez dit qu'une force était en moi, et que je devais pouvoir la contrôler... Oui, j'ai essayé. Et j'ai découvert que c'était possible. Le seul problème, c'est que je me fatigue vite. Tenez, regardez.

Eileen pointa un doigt vers la boîte de mouchoirs en papier posée sur la tablette. Presque aussitôt, celle-ci bougea, glissa sur quelques centimètres, puis s'arrêta.

– Dans ces conditions, Eileen, il ne s'agit plus de savoir si tu peux y arriver, mais si tu veux continuer à le faire.

– Non, je ne veux pas.

Leslie ouvrit l'*Histoire Naturelle du Poltergeist* posé devant elle.

– Ce livre en parle, expliqua-t-elle, s'arrêtant sur une page. Ecoute : « Un homme vint trouver l'une des Incarnations de Bouddha et lui dit : "Je viens de passer dix ans de jeûne et de prière, et regarde, je suis maintenant capable de traverser le fleuve par la lévitation." Et Bouddha lui répondit : "Pauvre fou, tu as perdu dix années à apprendre ce qu'un passeur t'aurait fait faire pour un sou, c'est-à-dire le fruit d'une heure d'honnête labeur. Pendant ces dix années, combien de choses aurais-tu pu faire pour soulager les maux de l'humanité ?" »

Après avoir écouté en silence, Eileen sourit.

– Vous disiez tout à l'heure qu'il était possible d'organiser une séance avec papa pour discuter de nos problèmes ?

Leslie acquiesça. Et notant le rendez-vous sur son agenda, elle se dit que le poltergeist d'Eileen Granston s'était sans doute manifesté pour la dernière fois.

XIV

CLAIRE arriva comme convenu à cinq heures et demie et accepta une tasse de thé, qu'elle sirota en faisant à Leslie quelques compliments sur son jardin.

– Il faut surtout remercier Frodo, répondit celle-ci. Avec Rainbow, il a beaucoup aidé Emily à y mettre de l'ordre.

– Frodo est un garçon plein de ressources et de qualités qui, bientôt peut-être, fera partie de ceux que l'on appelle les initiés. Je ne pense pourtant pas souhaitable que des jeunes gens s'engagent trop tôt dans une telle quête, ayant d'abord à faire l'apprentissage de la vie terrestre ! Mais il est vrai aussi que certains d'entre nous sont déjà mûrs à la naissance, que d'autres naissent même sur la Voie. Pour eux, il n'y a guère de choix : s'ils ne se mettent pas en quête de l'Invisible, l'Invisible vient à eux quoi qu'ils fassent.

– Seriez-vous en train de dire que la liberté n'existe pas ?

– Comment le savoir ? Je crois au libre arbitre absolu de l'homme. Colin, lui, vous répondrait que nous jouissons d'une certaine part de liberté, mais que nos choix n'obéissent pas toujours à notre volonté consciente et que certaines de nos décisions ont été prises avant même le commencement de notre existence terrestre. Selon lui, même si les aléas de la vie et les pressions de la société nous éloignent de la Voie, notre identité profonde finit toujours par nous y ramener. Quant à moi, je l'ignore. Mais dites-moi donc maintenant comment l'Invisible a fait son apparition dans votre vie à vous ?

Leslie lui conta la façon dont elle avait retrouvé le corps de Juanita Garcia puis aborda la première manifestation du poltergeist d'Eileen dans son cabinet, le verre de vin jeté au visage de Joel, la petite Phyllis Chapman, les déchaînements intempestifs du téléphone et de la sonnette, l'odeur d'encens, le chat... Elle s'arrêta brusquement, consciente que ses révélations risquaient de la faire passer pour une folle ou une superstitieuse.

– Vous avez dû être très secouée, se contenta de remarquer Claire, sans la moindre trace d'ironie.

– Oui, très. J'aimerais beaucoup savoir quel genre de personnage était au juste miss Margrave. D'après tout ce que j'ai entendu dire à son propos, on pourrait croire qu'il s'agit presque d'une sainte ?

– Non, Alison n'était pas une sainte, mais c'était une femme extrêmement attachante. Son plus grave défaut était sa propension à ne pas voir les défauts de ceux qu'elle appréciait. Elle avait un tempérament de musicienne – c'est-à-dire quelque peu exalté – et des opinions très tranchées que l'on ne contredisait qu'à ses risques et périls. Je l'appréciais moi-même énormément... Ce qui m'incite à vous poser aujourd'hui une question. Vous dites avoir observé des phénomènes étranges ici, dans cette maison ?

Leslie acquiesça non sans un certain malaise.

– Une des fenêtres du premier étage, répondit-elle, refuse obstinément de rester fermée, même quand nous poussons le loquet intérieur. Je parierais d'ailleurs qu'elle est ouverte en ce moment. Mais surtout, il me semble qu'il y a quelque chose de vraiment anormal dans le garage, à telle enseigne qu'Emily et moi avons eu une sorte d'accès dépressif la seule fois où nous y sommes restées seules. Mon cabinet, en revanche, a toujours été un havre de paix... du moins jusqu'à ce matin.

Leslie conta alors à Claire la chute de l'assiette de faïence anglaise.

– Puis-je voir la pièce ? demanda la visiteuse.

Au moment où Leslie se levait pour l'y conduire, Emily entra en coup de vent.

– Oh, Claire, bonjour ! Enfin, vous nous rendez visite ! Y a-t-il eu des coups de fil pour moi, Leslie ? Si Frodo téléphone, peux-tu lui dire de m'appeler chez Rainbow ? Elle m'a demandé de garder Timmie ce soir. Du coup, je ne serai pas là pour dîner, d'accord ?

Elle s'apprêtait à filer à l'étage pour prendre une douche quand Leslie lui demanda des nouvelles de son examen d'histoire de la musique.

– Pas terrible, mais j'espère tout de même m'en être à peu près tirée ! lança Emily, grimpant déjà l'escalier quatre à quatre. Désolée, je te raconterai tout en détail plus tard. Il faut que je répète.

Une porte claqua à l'étage.

– Ah, la jeunesse ! soupira Claire. Autrefois, j'étais moi aussi capable de travailler toute la journée et de m'amuser ensuite la nuit, négligeant sommeil et repos. J'avoue que ce n'est plus le cas.

Leslie ayant conduit la libraire dans son bureau, Claire resta un long moment immobile, comme si elle tendait l'oreille. Puis, son regard s'arrêta sur l'assiette qui avait retrouvé sa place sur le mur.

– Puis-je la décrocher ?

Leslie lui donna son assentiment.

Claire la prit alors précautionneusement du bout des doigts, la retourna, l'effleura du front et de la tempe.

– Je ne ressens rien d'anormal, dit-elle en la remettant à sa place. Votre cabinet est aussi paisible qu'au temps d'Alison, ce qui n'est pas peu dire. Peut-être a-t-elle cherché à attirer votre attention sur quelque chose.

– Je ne sais pas, mais il est évident que la chute de cette assiette m'a indirectement poussée à venir vous voir à la librairie. Cela dit, j'ai du mal à croire qu'une morte puisse s'intéresser aux événements infimes de ce bas monde.

– Sait-on exactement ce qu'est la mort, et qui oserait se vanter de la bien connaître ? Il n'en est pas moins vrai que la mort n'est sans doute pas une rupture aussi radicale qu'on le croit. Pour en revenir à Alison, une chose est certaine. En dépit de son grand âge, elle est décédée avant d'avoir achevé son œuvre. Quand on se trouve aussi profondément engagé sur la Voie...

– Qu'entendez-vous par « la Voie » ?

– La Voie est une certaine quête de la vérité. Elle nous rappelle que nous effectuons tous un parcours, d'une vie à l'autre, en direction de... de l'objectif que nous sommes censés atteindre, quel qu'il soit. Je me méfie beaucoup des religions officielles dans ce domaine qui professent souvent de formidables énormités. Allons voir maintenant, si vous le voulez bien, la fameuse fenêtre qui s'ouvre toute seule.

Un harmonieux chapelet de notes délicates s'égrenait allègrement derrière la porte close du salon de musique. Emily avait commencé à jouer. Leslie précéda Claire dans l'escalier et lui signala au passage les mystérieux symboles tracés près de chaque issue.

– C'est moi qui ai disposé ces défenses, déclara Claire spontanément. Je l'ai fait alors qu'Alison se trouvait à l'hôpital après sa première attaque. Elle redoutait beaucoup que quelqu'un ne s'introduise chez elle en son absence.

Dans la chambre d'Emily, elle examina la fenêtre, caressa doucement le pentacle à demi effacé du bout des doigts, approcha son visage tout contre le cadre de bois.

– Apparemment, cette fenêtre n'est plus protégée, mais je ne détecte aucune vibration franchement négative. Tout au plus pourrait-on parler d'une présence neutre. Vous avez mentionné un chat, n'est-ce pas ?

– Oui, un chat blanc. D'après Frodo, c'était celui d'Alison.

– J'ai donné en effet à Alison le premier d'une longue lignée de chatons blancs, il y a bien des années. Je crois qu'elle l'a accepté alors surtout pour le sauver de la noyade, mais elle a fini par s'y attacher et, par la suite, je lui en ai confié un nouveau à chaque portée de ma femelle. Il lui est même arrivé d'en avoir jusqu'à six à la fois, mais pour un temps relativement court, car elle finissait toujours par leur trouver une famille adoptive.

Claire se redressa, esquissa du doigt une étoile à cinq branches sur la vitre, puis une autre à l'emplacement de celle qui avait été effacée sous le cadre de la fenêtre.

– Il serait utile de renforcer la protection de la maison, dit-elle, voire même de pratiquer un exorcisme complet. Mais pour qu'il soit vraiment efficace, il faudrait que vous l'effectuiez vous-même.

– Selon vous, cela suffirait-il à éloigner ce chat ?

– Sûrement pas s'il s'agit d'un chat bien vivant. En revanche, s'il est désincarné, il se peut que cette initiative l'incite à quitter ce monde pour réintégrer sa véritable dimension. Je ne crois pas cependant que son image virtuelle puisse vous faire grand mal puisque, dans cette perspective, il ne peut vous atteindre physiquement. Dites-moi, ce chat, ou son image, vous a-t-il vraiment effrayée ?

– Pas réellement, quoique ces apparitions inopinées n'aient rien de très agréable. A mon avis, suggéra-t-elle en conduisant Claire vers le jardin, cet animal a dû connaître une mort violente. Il nous est apparu dans le garage, à Emily et à moi, baignant dans son sang. Chaque fois, cela n'a duré que quelques secondes, puis il a disparu sans laisser la moindre trace.

– Si ce chat est mort écrasé, par exemple, il se peut que son esprit aime à se retrouver dans un lieu où il se sentait bien de son vivant, expliqua Claire en marchant vers la porte du garage. Je me souviens avoir entendu Betty Carmody raconter qu'elle sentait une présence effrayante dans son atelier, mais elle ne m'a jamais demandé de venir. Il y a une chose qu'il faut bien comprendre, c'est qu'Alison n'a pas eu le temps de choisir son successeur, comme aurait dû le faire une personne aussi avancée qu'elle sur la Voie. Certes, elle a bien songé à quelqu'un, mais elle a fini par s'apercevoir que ce quelqu'un ne méritait pas sa confiance. Elle nous a donc malheureusement quittés sans pouvoir trouver un remplaçant.

Claire ouvrit la porte, franchit le seuil du garage... et stoppa net, comme si une main invisible venait de la frapper en plein visage.

– C'est terrible ! Je sens une présence horriblement néfaste, s'exclama-t-elle d'une voix changée. J'ignore ce dont il s'agit, mais c'est vraiment effroyable. Monstrueux !

– L'agent immobilier qui m'a vendu la maison, Emily et moi-même avons tous remarqué une odeur épouvantable, mais nous avions pensé à un problème de plomberie ou d'égout.

– Il n'en est rien, répéta Claire, visiblement choquée, reculant malgré elle. Je ne sais pas si nous avons affaire à un spectre, mais je sens... une indicible souffrance, mêlée à une terreur absolue ! Ne restons pas ici, Leslie, c'est trop risqué.

Les deux femmes regagnèrent en hâte la cuisine.

– Comme je vous l'ai dit, reprit Claire un peu moins pâle après une longue pause, Alison avait entrepris de préparer un successeur. Jusqu'au jour où elle a découvert qu'il pratiquait la magie noire.

Une bribe de conversation entendue à la librairie revint à l'esprit de Leslie.

– Vous ne faites pas allusion au Pr Simon Anstey, j'espère ? demanda-t-elle d'un ton glacial.

– Si. Vous le connaissez ?

– Oui. Il a été tout à fait obligeant et cordial envers Emily et moi.

Eprouvant une certaine gêne, Claire entreprit alors d'expliquer sa position :

– Ecoutez, à une certaine époque, je l'estimais beaucoup, moi aussi. A la suite de son terrible accident, nous avons tous évidemment prié pour qu'il récupère au plus vite. Simon a vécu un authentique calvaire, mais cela ne saurait l'excuser totalement. Jamais il n'aurait dû se livrer à la magie noire. Simon, malheureusement, a toujours été un peu trop fasciné par une Voie disons... périlleuse, et a fini par franchir le pas.

– Voyons, Claire ! Ce que vous racontez là est invraisemblable. Vous plaisantez, j'espère ?

– Puissiez-vous ne jamais vous apercevoir à quel point je suis sérieuse, répliqua Claire, imperturbable. La magie noire est une réalité, et une réalité à haut risque. Même si vous voulez en nier l'existence, force vous est d'admettre le pouvoir de la pensée dans le monde qui nous environne : si une pensée positive peut favoriser la guérison d'un être humain, que croyez-vous qu'une pensée négative puisse engendrer ? Je vous le dis tout net et à regret, je me méfie de Simon Anstey comme de la peste. Je crois sincèrement qu'il a perdu les pédales après son accident. C'est un homme dangereux.

Un lourd silence s'instaura entre les deux femmes, silence que Leslie se décida à rompre la première.

– Vous me décevez, dit-elle enfin. Je sais que vous ne cherchez qu'à m'aider, mais je ne peux pas vous suivre sur ce terrain. Je ne crois pas à la magie noire. J'ai déjà bien assez de mal à admettre l'existence de pouvoirs parapsychiques ou d'animaux désincarnés !...

– Je suis vraiment désolée. Croyant bien faire, voulant vous mettre en garde, sans doute suis-je allée trop vite avec vous. Vous devriez en parler à Colin. Lui saura vous convaincre.

– Claire, quoi qu'il en soit, je n'aime pas que l'on dise du mal de quelqu'un en son absence.

– Vous avez raison, mais rassurez-vous. Je tiendrais exactement le même langage devant Simon. La meilleure preuve, d'ailleurs, c'est que je l'ai déjà fait. Ecoutez, Leslie, je souhaite vous aider et devenir votre amie. Loin de moi en tout cas l'idée de me mêler de votre vie personnelle. Je vous en supplie cependant : prenez garde ! Soyez très, très prudente... Simon Anstey est un homme redoutable. Emily est toute jeune et vous-même êtes novice en la matière, ce qui veut dire presque aussi vulnérable. Si vous ne faites pas attention, vous risquez de vous retrouver happée dans... un cauchemar !

Un concert dirigé par Simon eut lieu quelques jours après la visite de Claire. Celui-ci insista pour réserver à Leslie et à Emily la loge du chef d'orchestre. Il était convenu qu'elles le retrouveraient dans un salon privé à l'entracte mais, au lieu de cela, il vint les retrouver dans leur loge et proposa d'aller boire une coupe de champagne au fumoir. A travers les marbres et les chandeliers dorés, ils se faufilèrent vers le bar du foyer, devant lequel se pressaient smokings et robes du soir sur trois ou quatre rangs serrés, côtoyant spectateurs en costume de ville et étudiants dans des tenues décontractées et multicolores.

– Je vais braver la foule pour vous, annonça galamment Simon. Attendez-moi ici, je reviens.

– Regarde ! s'écria alors Emily. J'aperçois Claire ! J'ignorais qu'elle aimait la musique.

Instinctivement, Leslie se remémora du coup un passage de l'un des livres prêtés par Claire : « Les événements considérés par la plupart comme des coïncidences sont le résultat d'une causalité, mais celle-ci obéit à des lois tellement subtiles qu'elles ne sont perceptibles qu'au degré de conscience le plus élevé. Les vrais adeptes savent que le hasard n'existe pas. »

Evidemment, elle n'en était pas une et n'avait aucune prétention à le devenir. Néanmoins, il lui fallait bien reconnaître que sa vie, depuis quelque temps, était marquée par de troublantes coïncidences, trop singulières pour être le fruit du hasard. Elle s'avança donc vers Claire, la salua et présenta Emily à Colin McLaran qui accompagnait la libraire.

– Nous nous connaissons déjà, dit celui-ci. Emily est

venue avec Frodo à l'une de nos réunions. Alors, que dites-vous de notre « maestro » ?

– Simon est mon professeur, expliqua Emily. Il m'a prise sous son aile en l'absence du Pr Agrowsky, qui est en Suisse pour l'été.

– J'ai toujours été persuadé que Simon ferait un brillant professeur, reprit Colin. Il se peut finalement que l'accident qui a brisé sa carrière de soliste soit une bénédiction cachée. Le monde a peut-être perdu un grand concertiste, mais il a gagné un grand chef d'orchestre et un professeur tout aussi exceptionnel. La carrière d'un interprète cesse avec lui. Le maître survit ainsi par l'entremise de ses élèves...

– A votre place, l'interrompit Emily offusquée, j'éviterais de tenir pareil langage devant Simon !

– Rassurez-vous, je sais tenir ma langue. Le voici qui revient d'ailleurs, annonça-t-il, le regardant se frayer un chemin jusqu'à eux, fort occupé à maintenir en équilibre trois coupes de champagne sur un petit plateau.

– C'est un cru plus que médiocre, commenta-t-il, les ayant rejoints, mais il a l'avantage d'être frais. Bonsoir, Claire, bonsoir Colin... J'avais oublié que vous aimiez la musique. A moins que vous ne vous soyez uniquement déplacés pour mesurer de visu l'étendue de mon handicap ?

Refusant la provocation, Colin tenta de prendre les choses avec humour.

– Vous semblez en pleine forme, Simon, et nous sommes ravis de notre soirée. Vous êtes, comme toujours, incomparable, impressionnant. Décidément vous semblez être né pour diriger un orchestre.

– Trop aimable à vous. Vous m'avez déjà dit ces choses à l'époque de mon accident. Mais ne m'enterrez tout de même pas trop vite. Figurez-vous que je ne partage pas votre vision fataliste de mon avenir. N'étant pas homme à me contenter d'une solution de rechange, je remonterai sur scène, seul, affirma-t-il avec un sourire glacé. Et ce jour-là, j'espère vous avoir au premier rang de mes invités pour assister à mon triomphe. Vous devriez pourtant être bien placés pour connaître le pouvoir de la volonté.

Il leva son verre et le fit tinter contre celui d'Emily.

– Si nous buvions à mon grand retour ?

– Si ce retour a lieu, déclara Claire, je serai la première à m'en réjouir. Pourquoi aller imaginer que nous puissions vous souhaiter autre chose que du bien ? En dépit de nos divergences, c'est uniquement pour votre bien que je vous ai mis en garde contre certaines méthodes...

– Attendez d'être à ma place pour juger de mes méthodes. Perdez un œil, perdez une main, perdez votre raison d'être, et nous verrons si vous continuez à tenir ce genre de propos !

– Je ne pense pas que vous ayez perdu votre raison d'être, Simon. Quant à votre œil, j'ignorais que ce fût irréversible. Je suis vraiment navrée. Je croyais au contraire qu'on n'avait nullement perdu l'espoir de le sauver.

– C'est exact. A dire vrai, on ne m'épargne aucune souffrance pour y parvenir. Mais il est encore trop tôt pour se prononcer.

– Nos vœux vous accompagnent, renchérit aussitôt Colin. Je vous connais depuis longtemps. Dieu m'est témoin que je vous ferais don de mes propres mains si c'était possible...

– Vous ne prenez pas grand risque à le dire, observa Simon, sarcastique. Mais trêve de badinage. Pardonnez-moi, dit-il en s'inclinant, mais je suis un peu occupé ce soir et ai des invités. Au revoir ! Leslie et Emily, très chères, si vous voulez me suivre...

Il ramena les deux sœurs à leur loge.

– Je ne savais pas que tu fréquentais ces gens-là, Leslie.

– J'ai fait leur connaissance à la librairie. Claire m'a même conseillé une monographie que tu as écrite avec Alison Margrave. J'ignorais cette facette de ton talent.

Il lui posa sa main valide sur l'épaule en souriant.

– Péché de jeunesse... Quand nous avons écrit ensemble, j'avais à peine vingt ans. Colin vivait à New York. Il possédait alors une petite maison d'édition, et Alison m'a demandé de l'assister dans ses recherches sur les poltergeists. A cette époque, je nourrissais l'ambition de devenir un véritable humaniste, à la manière des génies de la Renaissance brillant dans de nombreuses disciplines. Je me voyais moi-même déjà pianiste, compositeur, chef d'orchestre, parapsychologue et écrivain. Par la suite, j'ai succombé à l'ivresse de la scène, ajouta-t-il à l'adresse d'Emily. Les interprètes ne peuvent guère se passer des applaudissements. C'est ce que Colin et les gens de son espèce ne comprendront jamais. Quand on a connu cette griserie-là, tout le reste devient fade, ordinaire, insipide. On ne revit que sur scène, face au public qui absorbe les êtres et les choses. Le jeu alors devient la vie.

Comme ils arrivaient devant leur loge, la sonnerie annonçant la fin de l'entracte invita les spectateurs à regagner leurs places. Emily s'étant détournée un instant, Simon en profita pour embrasser furtivement Leslie avant de s'éclipser.

– Je vous retrouve toutes les deux au Salon Vert après le concert, leur dit-il rapidement. A tout à l'heure. Je laisserai vos noms au portier.

Le concert achevé et la nuée de ses admirateurs dissipée, Simon se montra ce soir-là le plus enjoué des boute-en-train. L'heure était donc très tardive quand ils décidèrent de rentrer. Emily repartie en taxi chez elle, Leslie et lui se retrouvèrent enfin seuls dans son appartement, où ils s'adonnèrent, jusqu'à la pointe du jour, aux jeux débridés de l'amour.

Leslie, qui ne croyait guère à la passion idéalisée, et encore moins au coup de foudre romantique, se sentait prise au piège d'une force mystérieuse, qui transcendait le désir à un niveau d'exaltation qu'elle n'avait encore jamais connu.

Reposant maintenant dans les bras l'un de l'autre, Simon, parfois, geignait dans son sommeil, transmettant à

Leslie ses accès de douleur comme des coups de poignard. Soulevant les paupières, il posait alors sur elle un regard noyé de terreur puis, la reconnaissant, l'enlaçait avec un soulagement indescriptible.

S'éveillant tout à fait au milieu de la matinée, il se mit sur un coude et, contemplant sa compagne d'un air rêveur, soudainement parla de la maison d'Alison :

– On dit qu'elle est hantée ; mais je me demande parfois si ce n'est pas moi qui la hante...

– Que dis-tu là ? murmura Leslie l'esprit embrumé, se pressant contre lui.

– Quand j'étais à l'hôpital, poursuivit-il caressant son visage, anéanti par la souffrance et les drogues, je suis sûr qu'une partie de moi-même a tenté de rejoindre cette maison, où j'ai connu tant de calme bonheur, sans penser un instant que ma projection astrale pouvait perturber qui que ce soit.

Leslie frémit à ces paroles. Se pouvait-il ainsi que la vision qu'elle avait eue dans le garage et le cauchemar d'Emily le lendemain de son audition aient eu pour origine l'image douloureuse de son amant ? Ne se sentant pas de force à conserver enfouie en elle cette interrogation, elle décida donc sur-le-champ de tout lui révéler.

– J'espère tout de même que vous m'avez fait bon accueil, lâcha-t-il enfin, quand elle eut achevé son récit, effleurant d'une main ses hanches.

– Je ne te connaissais pas. Quant à Emily, elle a eu une peur bleue.

– La peur est inoffensive... voire même bénéfique. Toute émotion forte contribue à renforcer l'âme de l'artiste : amour, peur, douleur, tout est bon.

– Comme tu es dur, Simon !

– Ne crois surtout pas cela. Jamais je n'aurais effrayé Emily délibérément. Quoi qu'en disent Claire et Colin, je ne suis pas un monstre. Simplement, cette audition m'avait épuisé, et je souffrais insupportablement. Je venais de consulter un spécialiste m'affirmant que mon œil gauche pouvait encore être sauvé. Mais le traitement est pour moi un véritable calvaire. Or, tu sais que je ne prends pratiquement aucun calmant, les médicaments que j'absorbe étant très dangereux pour tout sujet ayant atteint mon degré de sensibilité. Mais, ce soir-là, la douleur était si intense que j'ai avalé une dose de chloral qui, pendant quelques heures, a complètement annihilé ma volonté consciente. Il se peut donc très bien que j'aie cherché à rejoindre la maison d'Alison, havre de paix pour moi et de régénération. Une bonne partie de mon enfance et de ma jeunesse, j'ai justement occupé la chambre d'Emily. Alison était une amie de ma mère, et la magie a fini par créer entre nous des liens plus étroits encore que ceux du sang.

Il s'interrompit pour exhaler un soupir.

– Colin et moi étions aussi autrefois très proches. J'ai gardé beaucoup d'amitié pour lui, ainsi que pour Claire, et ne sais pas au juste ce qui nous a séparés. Je peux te jurer une chose en tout cas : cette rupture n'a pas été de mon fait.

Il resta un moment silencieux, le regard perdu au-delà de la brume qui s'élevait doucement derrière la fenêtre.

– Heureusement, murmura-t-il en serrant Leslie contre lui, tu es venue. La magie ne se pratique pas dans la solitude, et j'ai besoin d'une partenaire. Acceptes-tu de joindre tes efforts aux miens pour m'aider à redevenir celui que j'étais avant ?

– Oui, de toute mon âme, répondit-elle spontanément. Pour toi, je ferai tout ce que tu me demanderas, bien que j'ignore tout des choses dont tu me parles. Mais après ce qui vient de m'arriver, je commence à croire que rien n'est impossible. Si je puis donc t'être utile en quoi que ce soit, je t'aiderai quoi qu'il arrive.

Alors, l'étreignant avec une ardeur renouvelée, il la fit basculer sur son ventre, et chuchota à son oreille :

– Ce n'est pas à moi de te prendre, Leslie. Je veux maintenant que tu te donnes à moi.

Alors, dans le silence de la chambre, elle crut entendre pour la seconde fois un vague crépitement électrique, suivi du tintement presque inaudible d'une cloche invisible.

– La cloche astrale, souffla Simon d'une voix douce. Des forces invisibles nous cernent. En cette minute, nos actes, nos pensées échappent aux lois tangibles de l'existence terrestre. Leslie, acceptes-tu de me sauver ?

Le désir de Simon se manifestant cette fois irrésistiblement, Leslie sut qu'elle allait malgré elle, heureuse, subir et se soumettre inconditionnellement.

– Je me donne à toi, s'entendit-elle balbutier avec ferveur.

Et, tandis que ses paroles résonnaient dans sa tête à l'infini, aux limites extrêmes d'un monde totalement inconnu, elle le guida en elle.

XV

QUAND Leslie s'éveilla, le brouillard dehors avait tout envahi. On eût dit qu'elle et Simon se trouvaient désormais isolés sur quelque îlot vertigineux, encerclé par le vide. Il se tourna vers elle et partit d'un petit rire tendre.

– Madame, c'est le week-end. Vous êtes ma prisonnière. Rien d'urgent ne vous appelle chez vous.

S'étirant voluptueusement, force fut à Leslie de se rendre à ses arguments. Pour la forme, elle essaya pourtant de protester mollement :

– Je me sens un peu coupable, j'ai tellement de choses à faire à la maison, tu sais !

– Je t'aiderai, mais plus tard. Il te reste pour l'instant beaucoup à apprendre, ma chérie. Tu es médium, ne l'oublie pas et ta maison doit être purifiée.

– Claire m'a dit la même chose.

– Claire est bien placée pour le savoir : quand Alison était malade, elle a tenté de m'interdire l'accès de la maison. Naturellement, cela n'a pas suffi. Je dois t'apprendre à protéger ta maison contre toute influence extérieure nuisible, à renforcer la protection de chaque issue...

– N'est-ce pas là superstition pure et simple, Simon ? l'interrompit-elle. Si je suis obligée de reconnaître la réalité des pouvoirs psychiques – mon expérience de Sacramento me les rappelant sans cesse –, je ne peux pour autant prendre réellement au sérieux ces histoires de protection !

– Tu as tort, mon amour. Nous vivons entourés de forces invisibles. Regarde les ondes radio, pour ne parler que d'elles : si nous avions ici un poste, nous pourrions à partir du même appareil entendre une œuvre de Brahms, un débat sur les ovnis, un exécrable morceau de rock, voire une messe en latin. Mais je n'ai pas de radio, et tant mieux pour nous ! Cela dit, que je le veuille ou non, toutes ces vibrations qui véhiculent la messe en latin, la cacophonie du rock, les élucubrations sur les soucoupes volantes et le reste n'en sont pas moins présentes dans l'air ambiant. Crois-tu donc qu'elles n'aient aucune influence sur nous ?

– J'avoue n'y avoir jamais pensé.

– Tu n'es pas la seule, mais elles nous influencent bel et bien, et avec elles une multitude d'autres. Si tu savais exploiter ton réel potentiel psychique, tu pourrais voir, de cette pièce, absolument tout ce qui se passe dans la ville. Le dimanche, par exemple, des milliers de gens s'entassent dans les églises pour rendre hommage à leur Dieu. Imagine que quelqu'un réussisse à canaliser l'énergie générée par tous ces esprits en prière. Il disposerait d'une puissance fabuleuse, celle-là même qu'ils sont incapables d'exploiter individuellement ! Si ce n'était pas le cas, le monde ne serait pas dominé par la guerre et la cupidité. Chacun prétend vouloir la paix. Mais en réalité, que veulent les gens ? La paix pour eux-mêmes, c'est-à-dire une chance de satisfaire leurs appétits les plus vils et les plus égoïstes. Si tu savais ouvrir ton esprit à l'univers, tu verrais, même si cela n'est guère réjouissant, tous les crimes qui ont été commis en ville cette nuit. Tout cela et bien d'autres choses beaucoup plus exaltantes sont à la portée de ta volonté. Tu disposes d'un inestimable don naturel, Leslie, mais tu dois maintenant vraiment apprendre à t'en servir sinon c'est lui qui se servira de toi.

– Que dois-je faire ?

– Je me charge de t'initier. D'abord, tu dois apprendre à entretenir cet autel, il symbolise l'essentiel. Au niveau où nous nous situons, chacun doit avoir un sanctuaire sous une forme ou sous une autre. Il n'est pas nécessaire d'ailleurs que ce soit toujours un autel comme celui-ci. Le sanctuaire d'Emily, c'est son salon de musique et les longues heures qu'elle passe à répéter, ses prières.

Aidant Leslie à se lever, il la mena devant la table où vacillait une flamme rouge.

– Tu vois, il n'y a ici ni idole ni image, pas le moindre symbole de Satan ou de quelque démon que ce soit. Tout cela est parfaitement ridicule et inepte. Les satanistes, soit dit en passant, sont en général des gens qui ont souffert d'une éducation excessivement bigote et qui cherchent à s'en affranchir par la révolte. Il n'est donc pas question de cela en ce qui nous concerne. De la même façon que les chrétiens ont créé Dieu, les lucifériens passent leur temps à inventer leurs démons, et je ne veux avoir affaire ni aux uns ni aux autres.

– Qu'as-tu donc sur cet autel ?

– Essentiellement les quatre éléments : la terre, l'air, l'eau, et le feu. Ils sont à la source de tout ce qui existe sur terre. Le feu, c'est bien sûr la flamme de la chandelle. Ce fragment de cristal représente la terre ; l'encens symbolise l'air, et cette coupe contient de l'eau. L'autel doit rester pur en toutes circonstances et chaque fois que tu l'approcheras, essaie d'embrasser par la pensée tous les éléments connus et inconnus du monde.

Il lui prit les mains et les imposa au-dessus de la table, ce qui fit naître sous ses paumes, lui sembla-t-il, une force d'attraction pareille à celle émanant d'un puissant champ magnétique.

Simon lui montra ensuite comment entretenir les récipients, remplacer la chandelle et utiliser son propre magnétisme pour renouveler l'énergie du cristal et de l'eau. Le rituel évoquait une forme de méditation, un exercice de concentration tendant à relier la volonté individuelle aux forces visibles et invisibles qui traversent l'atmosphère. La sentant fatiguée, Simon mit fin à cette première séance d'initiation.

– Cela suffit pour aujourd'hui, déclara-t-il en reposant la coupe. Dans ma quête de l'idéal de la Renaissance, je me suis également essayé à la pratique de l'art culinaire. Que dirais-tu de quelques crêpes flambées aux fraises pour notre petit déjeuner ?

Inutile de dire que les semaines suivantes furent pour Leslie une période de continuelles interrogations sur le sens profond de la religion pratiquée par Simon. En avait-il seulement une ? Peut-être, comme Claire, méprisait-il le jargon et les rituels de la plupart d'entre elles ? Ce qui était certain, c'est qu'il ne faisait jamais allusion à la moindre divinité.

Lorsqu'elle sortait de ses leçons avec Simon, Emily, elle, se trouvait soit au sommet de l'exaltation, soit proche du désespoir le plus profond et il n'était pas rare qu'on entende, lorsque ses leçons se déroulaient dans le salon de musique, l'écho étouffé d'exclamations enthousiastes ou de sanglots. Très souvent, cependant, elle riait de bon cœur et Simon, invité à rester dîner, lui prêtait alors main-forte dans la préparation de leurs plats végétariens favoris.

Vers la fin du mois de juin, il téléphona à Leslie pour proposer de l'aider à purifier la maison, préoccupation qui lui était sortie de la tête. Tout était calme en effet et elle avait même passé seule un certain nombre d'heures dans le garage à coudre rideaux et coussins sans que se produise l'ombre d'un désordre métapsychique. De sorte qu'elle en était venue à se dire que seuls un excès d'imagination, le surmenage et de multiples contrariétés avaient été en fait la cause de ce qu'elles avaient pris, à tort, pour des manifestations maléfiques.

Elle le lui dit, apparemment sans grande conviction, car il ne voulut pas en démordre :

– Il faut absolument le faire, c'est le moment. C'est bientôt le solstice d'été, époque tout à fait favorable pour une question d'équilibre des champs et des forces magnétiques qui nous entourent.

Ne pouvant se dérober devant tant d'insistance, Leslie accepta donc son offre et il arriva peu après, s'empressant aussitôt d'aller cueillir quelques rameaux dans le jardin.

– Le genièvre, le genêt écossais et le noisetier sont les plantes protectrices par excellence, expliqua-t-il, ayant achevé sa récolte. Où est Emily ? On n'entend ni piano ni harpe.

– Elle est partie pique-niquer avec Frodo et ses amis.

– Ah, bon ? Elle a encore du temps à perdre avec eux ! Il faut donc croire que je ne la fais pas assez travailler !

– Simon, tu es un véritable bourreau ! Elle passe de cinq à huit heures par jour devant son piano et tu trouves que ce n'est pas suffisant ? Tu n'as donc aucun cœur ?

Il la dévisagea tout à fait sérieusement.

– Chérie, j'espère au moins que tu ne me penses pas jaloux ? Ce serait ridicule...

– A vrai dire, je me demandais...

– Emily est charmante et pleine de talent. Si elle s'en donne la peine, elle peut sans doute aussi développer des dons métapsychiques pareils aux tiens. L'aider à se réaliser dans ce sens est toute mon ambition. Mais, rassure-toi, je n'éprouve envers elle aucune autre inclination. J'ai une femme dans ma vie en ce moment, et elle me comble pleinement, tu le sais. Emily est une vivante réincarnation de la Déesse, mais qui n'a pas encore découvert sa véritable identité : chaste guerrière, Artémis, Diane Chasseresse, Athéna, Walkyrie ? Un peu de chacune d'entre elles sans doute. Prêtresse vierge, en tout cas, elle se consacre pour l'instant, de toute la force de son innocence, au service de son seul et unique Dieu : la Musique. Tu vois, Leslie, ta jeune sœur m'est très chère, et je la considère un peu comme ma propre fille. Sa réussite m'intéresse au plus haut point. Rien d'autre. Mais occupons-nous plutôt de ta maison. Avant toute chose, il nous faut préparer l'eau purificatrice, en mélangeant ces herbes à de l'eau distillée. J'en ai acheté dans une pharmacie. Il importe avant tout qu'elle soit absolument exempte du chlore et des autres produits chimiques contenus dans l'eau du robinet.

Simon passa alors, en guise de préliminaire, à l'énoncé de quelques formules d'exorcisme qu'il enseigna à Leslie puis il entreprit avec elle de bénir chaque pièce de la maison avec des rameaux de genévrier. Ils en avaient presque terminé quand il fut soudain assailli par une de ses subites crises qui le faisaient tant souffrir. Il s'adossa au mur, la sueur au front.

– Veux-tu te reposer un peu ?

– Non, c'est inutile, cela va passer comme d'habitude. Ah, je ne souhaite pas le quart de mes souffrances à mes pires ennemis. S'ils savaient ce que j'endure, ils réfléchiraient peut-être un peu plus avant de me condamner. Si tu savais comme je suis prêt à tout pour retrouver mes moyens !

Leslie l'ayant enlacé tendrement, il se sentit bientôt mieux.

– Reprenons, dit-il. Tout doit être accompli rapidement avec la plus intense concentration. Verse l'eau purifiée dans cette coupe. Nous allons répandre son contenu à travers toute la maison. Tâche de garder à l'esprit une image mentale très claire des influences que tu cherches à éloigner.

Il lui tendit la coupe, qu'elle saisit avec hésitation.

– C'est à toi qu'il revient de conjurer ces forces, Leslie. Tu es chez toi.

– Tu m'as dit un jour que Claire avait tenté de t'interdire l'accès à cette maison. Est-ce possible, Simon ? Un lieu peut-il être protégé contre... un être vivant ?

– Si toi tu me fermais l'accès à ta maison, je m'y sentirais si mal qu'il me serait insupportable d'y rester. En revanche, il suffirait que tu m'y invites une seule fois pour lever tout interdit.

Coupe en main, elle s'immobilisa au pied de l'escalier.

– Simon... Crois-tu que tout ceci a un effet physique objectif, ou est-ce purement psychologique ?

– Ta question présuppose une différence entre les deux plans.

– Mais cette différence existe, n'est-ce pas ?

– Je n'en suis pas si sûr. Je sais seulement que son efficacité est vérifiable. Si la pensée est capable d'affecter l'univers matériel – et je crois que c'est le cas, d'où le travail de purification que nous effectuons sur des lieux physiques –, elle peut aussi se projeter vers d'autres frontières afin d'opposer une barrière métapsychique aux forces extérieures à ce monde. Te dire si c'est objectif ou subjectif n'a aucun intérêt. Seuls comptent les résultats dont je suis sûr, conclut-il avec une certaine impatience.

Ayant jeté les dernières gouttes de la coupe dans une pièce, et encensé tous les recoins de la maison, réactivant ainsi chaque pentacle, Simon entraîna Leslie dans le jardin où ils demeurèrent silencieux un instant.

– A présent, demanda-t-il, je voudrais que tu entres à nouveau pour juger de l'effet atteint.

Leslie s'exécuta sans réticence. En franchissant le seuil, elle sentit dans l'air une fraîcheur singulière, sans rapport avec la senteur des herbes ou la fumée de l'encens, éprouvant dans le même temps le sentiment que maintenant la maison était vide et extraordinairement silencieuse.

– Une dernière chose, précisa Simon en la rejoignant. Au cas où la présence d'Alison se manifesterait encore, n'en sois pas surprise. Je lui ai permis de rester. J'espère que tu ne comptais pas la bannir, elle aussi ?

Cette confidence fut pour Leslie la preuve définitive de l'absurdité des accusations de Claire. Si Alison avait vraiment renié Simon, comment admettre que celui-ci n'ait pas mis tout en œuvre pour chasser à jamais sa présence ?

– Si Alison se trouve bien ici, répondit Leslie avec un indicible soulagement, que son souvenir reste présent dans ces murs. Elle sera toujours la bienvenue. Et maintenant ?

– Maintenant, cet endroit doit devenir le sanctuaire de ta volonté. Ta maison dispose d'un passé paisible, affranchi des incidents récents. Afin de lui offrir un présent agréable et un avenir souriant, nous devons nous employer à la peupler d'espoirs et de bonheurs.

Debout dans le vestibule, ils entendirent la camionnette de Frodo se garer devant la porte. Emily en descendit d'un bond. Son ami se pencha par-dessus la portière pour lui dire quelque chose, mais elle se contenta de l'invectiver.

– Espèce de salaud ! glapit-elle.

Puis elle s'enfuit en courant, montant quatre à quatre les marches du perron. Frodo étant descendu à son tour pour la rattraper, elle lui claqua la porte au nez et s'y adossa, haletante.

– Emily, que se passe-t-il ?

– Ah, je l'ai envoyé paître ! Il m'a dit... des choses horribles sur vous, Simon !

Celui-ci vint à elle et la prit doucement par les épaules.

– Ne pleure plus, belle enfant, ce n'est rien. Crois-tu que j'attache une quelconque importance aux dires de ce jeune homme ? Il a sûrement été mal informé, c'est tout.

Affectueusement, il la conduisit dans le salon de musique.

– Assieds-toi près de moi, sur ce coussin, Emily. Je vais jouer pour toi.

Comme elle pleurait toujours, Simon ôta son gant noir et s'assit devant le piano. Alors s'éleva dans la pièce une musique tendre, mélancolique et lancinante, un adagio, qu'il joua longtemps, le masque impénétrable, avec un art consommé. Quand il s'arrêta enfin, il tourna son regard rayonnant vers elle.

– Qu'était-ce, Simon ?

– Un adagio. Je le jouerai lors de mon premier concert au soir de mon retour.

– Je ne savais pas que vous composiez aussi, murmura-t-elle, vibrante d'admiration.

– Je n'en ai guère eu le temps pendant ma carrière de soliste. Ce thème m'est venu un jour sur mon lit d'hôpital, noyé dans mes souvenirs. Quand je remonterai sur scène, j'aurai ainsi quelque chose d'inédit à offrir au public. Il est vrai que cette mélodie n'a rien de révolutionnaire. C'est, au mieux, du Bruckner des mauvais jours. Les compositeurs modernes n'ont pas la vie facile. Des centaines d'entre eux ont sombré dans l'oubli après avoir été assassinés par la critique. Je pense donc que seul un artiste capable d'interpréter lui-même ses œuvres a quelque chance de survivre.

– Ne penses-tu pas que Rachmaninov aurait accédé à la gloire même s'il n'avait pas interprété ses propres œuvres ? objecta timidement Leslie.

– Rachmaninov était Rachmaninov, Leslie !

Simon se leva et remit son gant noir.

– Quand Frodo vous a accusé de pratiquer la magie noire, reprit Emily, je lui ai répondu qu'il ferait bien de s'y mettre d'urgence lui aussi, afin de ne pas rester à mille lieues d'un être aussi exceptionnel que vous !

Il lui caressa brièvement les cheveux.

– Emily, tu me gênes et me touches. En tout cas, je suis ravi que tu aies rompu avec ce jeune homme. Ainsi pourras-tu peut-être consacrer un peu plus de temps au clavecin. Si tu continues sur la même voie, tu en joueras bientôt divinement. Il n'y a pas de place pour un homme dans ta vie pour l'instant. Il n'y a place que pour une véritable histoire d'amour, celle que tu vis avec Bach.

Emily sourit.

– Oui, vous avez raison. Bach est actuellement le seul homme de ma vie. M'autorisez-vous cependant à lui faire de temps à autre une petite infidélité avec Haendel ou Rameau ?

– Je t'y encourage de tout cœur. Ces liaisons ne peuvent être qu'infiniment salutaires. Et maintenant, si nous allions tous les trois au restaurant ? Je vous invite ! Connais-tu le Mark Hopkins, Emily ?

En les redéposant chez elles ce soir-là, Simon annonça aux deux sœurs qu'il devait s'absenter quelques jours.

– Mon agent s'obstine à m'organiser toujours davantage de séminaires et de conférences. Je vais devoir me battre pour qu'il me laisse plus de temps libre pour préparer mon retour, l'été prochain, j'espère. A l'écouter, je devrais aussi accepter un poste de professeur dans une école renommée de la côte Est. Il faut absolument que je trouve un moyen élégant de refuser. Heureusement, ma situation financière me le permet sans problème.

– Combien de temps seras-tu absent ? s'enquit Leslie.

– J'espère être de retour en fin de semaine, mon amour. Ne t'inquiète pas, je reviendrai très vite.

Simon parti, Leslie, le soir venu, se plongea dans la lecture d'un livre sur la réincarnation écrit par un psychiatre aussi célèbre que controversé, préfacé par Alison Margrave. Bien calée au fond de son fauteuil, elle savait maintenant que la maison était débarrassée de toute influence maléfique, et seul lui parvenait, de temps à autre, l'écho lointain et apaisant d'une musique quasi sidérale. Simon n'avait pas un instant cherché à bannir Alison Margrave. Cette maison lui avait appartenu, sa présence outre-tombe guiderait peut-être ses pas. Depuis peu, bien des choses dans sa vie paraissaient étranges et pourtant tout ce qui venait d'arriver était réel. En quelques mois, elle avait basculé dans un autre monde et son destin l'avait menée ici. Quoi d'étonnant dans ces circonstances d'avoir eu l'impression d'un flottement, d'une remise en question de ses certitudes, d'un piétinement dans son métier ? Tout allait se stabiliser, s'harmoniser, rentrer dans l'ordre, elle le sentait confusément mais profondément.

L'heure tournant, elle décida de prendre quelque repos et monta se coucher. Un imperceptible parfum d'encens flottait dans sa chambre. Elle entrouvrit la fenêtre et laissa le brouillard s'insinuer dans la pièce, alluma une chandelle et un bâton d'encens comme le lui avait appris Simon, puis les disposa sur une table basse aménagée en autel de fortune. Elle avait, dans la journée, changé l'eau de la coupe, posée à côté d'un petit bloc de cristal trouvé par son père lors d'une expédition minéralogique. Perdue dans ses méditations, elle gagna alors son lit, regarda un instant la lueur ondoyante de la flamme et sombra dans le sommeil en pensant à Simon.

Le lendemain matin, une femme inconnue l'appela au téléphone.

– Docteur Barnes ? Il paraît que vous avez pris la succession du Dr Margrave ?

– Je suis navrée, mais je ne vois pas ce que...

– Ah, docteur je n'en peux plus ! C'est affreux, personne ne veut m'aider, et... si ça continue, je vais me jeter par la fenêtre !

Ayant appris à ne jamais prendre une menace de suicide à la légère, Leslie savait d'expérience qu'il n'y avait qu'une seule réponse possible dans ce cas.

– Madame, soupira-t-elle, la mort dans l'âme, je vous écoute. Expliquez-moi ce qui se passe.

– Ah, docteur, je ne sais même pas par où commencer !... C'est tellement angoissant, tellement terrible ! Je sais qu'il n'y a plus que vous qui puissiez me sauver. Le Dr Margrave, j'en suis sûre, m'aurait prise au sérieux, mais j'ai appris qu'elle était morte et, du coup, j'ai essayé de me battre seule. Mais il a tout de même réussi à faire fuir mes enfants et je n'ai plus personne à qui me confier ! Je n'arrive plus à dormir la nuit. Son rire, son rire affreux me poursuit partout !

Un mari abusif de plus, songea Leslie avec un nouveau soupir avant de demander :

– Lui avez-vous suggéré de partir ?

– Je l'ai supplié mille fois de le faire, mais... je crois, je suis sûre qu'il veut me rendre folle !

Complexe de la persécution ou torture conjugale ? Leslie chercha à le savoir :

– Est-ce qu'il vous bat ?

– Plus maintenant, bien qu'il aimerait pouvoir le faire. Pensez qu'avant, il me battait pour un oui, pour un non, même devant les enfants ! Moi-même, j'ai voulu partir et je suis partie, mais il avait juré de ne jamais me laisser en paix...

– La loi de ce pays ne l'autorise pas à vous battre. Avez-vous porté plainte ?

– Docteur, la police, hélas, ne peut rien pour moi, bredouilla l'inconnue. Mon mari est mort il y a cinq ans !

Leslie tressaillit.

– Je comprends, dit-elle, il faut que vous passiez me voir.

Elle nota le nom de son interlocutrice – Evelyn Sadler – et fixa le rendez-vous pour l'après-midi même.

En fin de matinée, elle reçut Eileen Granston et son père. Comme lors des deux séances précédentes, l'essentiel de la discussion porta sur les travaux ménagers dont Eileen devait désormais s'acquitter. Leslie, trouvant anormal qu'une enfant de quatorze ans fût astreinte à jouer chez son père un rôle de maîtresse de maison assumant la totalité des tâches domestiques, le fit remarquer sans ambages, d'autant plus que M. Granston avait parfaitement les moyens d'embaucher une autre femme de ménage. Un projet de conciliation pour rapprocher leurs points de vue fut donc soumis à leur réflexion.

Disposant de quelque trois quarts d'heure de liberté après leur départ, Leslie décida de faire un bond à la librairie. Peut-être y trouverait-elle un livre susceptible de résoudre le problème de la malheureuse, traquée par le fantôme d'un mari particulièrement rancunier et sadique.

A ce moment de la journée, les clients étaient rares. Frodo était en train de trier des livres dans l'arrière-boutique et Colin, impassible, lisait, assis derrière son bureau. Elle se dirigea droit vers lui, mais changea de cap en apercevant un gros chat blanc, juché sur une table surmontée d'un panneau « Prix Sacrifiés », et voulut le caresser.

– Il est superbe, dit-elle à Colin.

– Elle. C'est une chatte, corrigea ce dernier, levant la tête. Bonjour, docteur Barnes. Quel bon vent vous amène ?

– Comment s'appelle-t-elle ?

– Poltergeist.

– Poltergeist ?

– Oui ! Figurez-vous qu'en sa présence, les livres ont tendance à se déplacer dans les rayons sans que personne n'y touche.

– Je vois ! Une vraie professionnelle, elle aussi, s'esclaffa-t-elle gaiement.

– Eh oui, c'est à croire. Toujours est-il qu'elle a vécu toute sa vie dans cette librairie, où elle a donné le jour à d'innombrables générations de chatons que Claire s'est toujours consciencieusement chargée de répartir dans de nombreuses familles d'adoption. Alison, elle a dû vous le dire, était devenue l'une de ses principales clientes... Mais vous n'êtes pas venue pour m'entendre débiter la biographie de notre vieille chatte. Je vous ennuie sans doute...

– Pas du tout, le sujet m'intéresse. Je n'arrive justement pas à savoir si le chat blanc que je vois souvent rôder chez nous a appartenu à Alison Margrave.

Elle lui énuméra alors les diverses apparitions de l'animal, en insistant sur la double vision de son corps ensanglanté au milieu du garage.

– Je n'aime pas beaucoup parler de choses que je n'ai pas vues moi-même, répondit-il, levant les yeux sur elle, mais je crois que ce chat est en partie à l'origine de la rupture d'Alison et de Simon. Vous savez sans doute que Simon s'adonne à la magie noire ?

– Oui, c'est ce que m'a dit Claire, et j'avoue ne pas avoir la moindre idée de ce qu'elle entend par là.

– Autant que vous l'ignoriez. Ce que je sais pourtant – Alison me l'a raconté elle-même – c'est que Simon a immolé un de ses chats. Un meurtre rituel, en quelque sorte... Or, autant que je le sache, il n'en était pas à son coup d'essai et s'était, à plusieurs reprises, déjà livré à ce genre de pratique dans sa jeunesse.

– Ecoutez, j'ai vraiment du mal à le croire, fit Leslie en secouant la tête. Simon est l'un des hommes les plus sensibles et les plus raffinés que je connaisse. Que lui aurait apporté ce genre de sacrifice ?

– A l'époque ? Je l'ignore. Je ne prétends pas d'ailleurs connaître le sens réel de ses motivations. Peut-être était-ce simplement affaire de curiosité intellectuelle. Simon n'en manque pas. Hélas, cette curiosité a souvent tendance à entraîner des novices sur des Voies périlleuses...

– Quoi qu'il en soit, je ne vois pas d'autre motivation que la curiosité intellectuelle pour quelqu'un attiré par les phénomènes occultes, objecta Leslie. Croire tout ce que l'on dit, sans faire l'effort pour vérifier la source, me semble léger, sinon fort imprudent.

– Je partage entièrement votre avis. Plus méprisable que le sceptique qui balaie tout d'un revers de main est le candide qui avale tout sans se poser la moindre question. Vous devez savoir par votre sœur Emily que je pourchasse la moindre tentative de supercherie lors de nos réunions. Il existe cependant une énorme différence entre l'honnêteté intellectuelle – une qualité indispensable, surtout en parapsychologie –, et la curiosité intellectuelle, qui permet souvent de justifier les initiatives les plus insensées. C'est cette curiosité qui est régulièrement invoquée pour justifier par exemple la vivisection ou toutes sortes d'expériences sur la psychologie du comportement, sans parler des recherches d'ordre bactériologique et des expériences de modification de l'ADN.

– Y a-t-il meilleure motivation pour un scientifique que le pur désir de savoir ?

– Docteur Barnes, vous me décevez. Dans la mesure où Alison a guidé vos pas jusqu'à nous, je pensais que vous connaissiez déjà la réponse à cette question. Il n'existe pour nous qu'une seule motivation acceptable en matière de recherche, scientifique ou autre : savoir pour servir.

Quelque chose, dans l'inconscient cérébral de Leslie, réagit à cette phrase, comme si venait d'être proférée une parole oubliée qu'elle commençait tout juste à réapprendre. Mais la critique implicite du comportement de Simon lui déplut tant qu'elle changea de sujet.

– Dites-moi, le bruit court que j'ai pris la succession du Dr Margrave, lança-t-elle abruptement. Y seriez-vous par hasard pour quelque chose, Colin ?

Le regard limpide et étonné de son interlocuteur suffit dans l'instant même à la convaincre de l'absurdité de son hypothèse. Bien plus, il lui sembla tout à coup qu'elle connaissait depuis toujours cet homme rencontré seulement quelques semaines plus tôt, et qu'elle pouvait lui faire toute confiance.

– Sur mon honneur, je n'y suis pour rien, assura-t-il. Je suppose cependant que la plupart de ceux qui ont connu miss Margrave tiennent pour acquis qu'elle n'aurait jamais toléré sous son toit personne d'autre que son successeur désigné. Alison prenait sa mission très à cœur et elle était importante.

– Voulez-vous me laisser entendre par là que je suis en fait une parapsychologue qui s'ignore – un chasseur de fantômes, en somme ?

– Loin de moi l'intention ou la prétention de vouloir diriger votre vie, Leslie. Personne ne détient ce droit ici-bas – pas plus Alison que Simon. Mais les circonstances ne vous ont-elles pas d'ores et déjà conduite à admettre cette conclusion ?

– Vous êtes extraordinaire ! Sous prétexte que l'*Enquirer* a décrété un jour que j'étais médium, je devrais me résigner à le devenir ?

– L'important n'est pas ce qu'a dit l'*Enquirer*, mais ce que vous êtes réellement.

– Tout cela m'est arrivé si brutalement qu'il m'est bien difficile aujourd'hui de faire le point, je l'avoue !

– C'est très fréquent chez les sujets détenteurs d'un don de voyance naturel. Ils ont beaucoup de mal à le maîtriser consciemment et, du coup, c'est leur don qui se sert d'eux. Le plus souvent, c'est une question de crainte instinctive ou de refus intellectuel, ne parvenant pas à s'imposer la discipline nécessaire. Une telle démission est dangereuse. Loin de moi l'idée de vous effrayer, Leslie, mais c'est la pure vérité : les risques de possession sont dans ces cas-là tout à fait réels.

– Comment faire pour maîtriser ce don, selon vous ? Je reçois tout à l'heure une femme persuadée d'être poursuivie par le spectre de son mari. Comment faire la différence entre les illuminés et autres paranoïaques et ceux qui sont vraiment... interpellés par l'Invisible ?

Colin la regarda intensément.

– Vous avez toutes les cartes en main, Leslie, pour devenir une excellente parapsychologue. Comme Alison, vous êtes sceptique par nature, mais intellectuellement trop honnête pour refuser l'évidence. Vous vous êtes donc ralliée à nous à contrecœur. Cela dit, toute vertu a ses défauts propres. Je pourrais vous donner toutes sortes de conseils, mais rien ne prouve que ce qui a été bénéfique dans mon cas le serait dans le vôtre. Vous venez de mettre le doigt sur l'un de nos problèmes majeurs : les illuminés. Les phénomènes dont nous nous efforçons de rendre compte sont bien réels. Mais notre nécessaire tolérance envers l'insolite suffit à rameuter toutes sortes de déséquilibrés et d'excentriques – et tous ne sont pas inoffensifs, loin de là, vous en savez quelque chose avec votre « tueur aux nattes »... Sur cent personnes qui entendent des voix – qu'il s'agisse de folie ou de possession –, une ou deux, malheureusement, se sentiront poussées à massacrer des innocents ou à persécuter les faibles. C'est pourquoi une formation de psychologue comme la vôtre est extrêmement précieuse : elle permet d'établir des diagnostics différenciés et de déterminer si tel ou tel cas relève de la psychiatrie ou de la neurologie, de la parapsychologie ou tout simplement de la police et de la justice.

– Mais que dois-je dire à cette femme ? Je la reçois tout à l'heure, et...

– Depuis combien de temps cela dure-t-il ?

– Cinq ans. A l'entendre, elle est vraiment à bout.

– La plupart des gens ont plus de ressources qu'ils ne le pensent. Pour cette première séance, vous ne pourrez guère aller au-delà des premiers secours parapsychologiques ; conseillez-lui de protéger d'abord son environnement immédiat. Savez-vous le faire ?

Après une hésitation, Leslie hocha la tête affirmativement en songeant au rituel accompli dans sa maison avec Simon. Colin cependant poussait deux livres sur le comptoir.

– Lisez-les et, comme convenu entre nous, ne payez rien avant d'être sûre d'en avoir l'utilisation. Nous vous avons ouvert un compte dans ce sens. Tous les adeptes de la Voie y ont droit.

Colin glissait les deux volumes dans une poche de plastique au moment où Frodo apparut sur le seuil de l'arrière-boutique. En apercevant Leslie, il sourit.

– Bonjour, docteur Barnes. Comment va Emily ?

– Bien, éluda-t-elle, peu encline à s'immiscer dans la vie privée de sa sœur. Je la vois à peine. Elle est très occupée ces temps-ci. Au revoir ! Il faut que je rentre vite. Une cliente doit m'attendre à la maison.

Leslie ne s'était pas trompée. Elle trouva Emily en train de jouer du Bach, désignant par la porte entrouverte son cabinet.

– On t'attend, annonça-t-elle, entre deux gammes. Il faudrait peut-être envisager une salle d'attente, tu ne crois pas ?

Leslie acquiesça vaguement et s'empressa de rejoindre son bureau. Evelyn Sadler était une petite femme d'allure desséchée, vêtue d'habits qui semblaient de bonne coupe mais vieux et usés. Très nerveuse, elle tournait et retournait son sac dans ses mains. Elle déclara avoir quarante-sept ans mais en paraissait dix de plus. Leslie l'encouragea donc à parler calmement de son mari et de l'évolution de ses méthodes de harcèlement. Tout avait commencé par des bruits, raconta-t-elle, par des lumières et d'étranges murmures, jusqu'au jour où son visage lui était nettement apparu. Son chien avait alors déguerpi, terrorisé. Ses enfants avaient également quitté le foyer – mais Leslie aurait été bien en peine de dire, tant ses explications étaient confuses, s'ils avaient été mis en fuite par le fantôme de leur père ou par les affirmations de leur mère quant à son existence. Dans le doute, en tout cas, une évidence s'imposait : la souffrance de cette femme, quelle que fût son origine, était bien réelle.

– Les choses ont récemment empiré, dites-vous. Pourriez-vous préciser ?

– J'étais dans un tel état que j'ai fini par aller voir une voyante. Cette dernière m'a conseillé d'établir un dialogue avec lui afin d'essayer de comprendre ce qu'il voulait vraiment. Je l'ai donc tenté et j'ai appris alors qu'il voulait tout bonnement ma mort !

– Il ne peut plus vous atteindre physiquement, la rassura Leslie tout en en doutant mais sachant que la pauvre avait besoin de s'en persuader. Il ne peut que vous faire peur. Plus vous réagirez, aurez une vie active, plus il lui sera difficile de vous nuire.

– Je ne demande pas mieux mais comment ? Je me sens si seule et abandonnée. Mes filles sont mariées, mes amis aussi, et une femme seule est toujours un poids mort, dont on n'aime pas s'embarrasser. Je sais ce dont je parle, depuis que je suis veuve ! Bref, je n'ai plus guère que mes souvenirs qui me soient fidèles.

– Ressasser le passé est la pire solution.

– Que puis-je faire d'autre, à mon âge ?

– Ce ne sont pas les possibilités qui manquent. Entrez dans une communauté religieuse, inscrivez-vous à un club de bridge ou à une école de natation, prenez des cours de tennis ou de dessin – l'important est que vous vous forciez à sortir de chez vous, de vous-même, à voir du monde. Plus vous serez occupée par des activités concrètes, plus vous rencontrerez de gens, moins les fantômes trouveront de place dans vos pensées.

– Mais j'ai horreur des cartes, quant à la religion, elle m'indiffère. Evidemment je peux essayer...

Sentant que sa cliente était en fait accablée par un immense vide intérieur, Leslie entreprit de lui expliquer quelques techniques parapsychologiques de défense enseignées par Simon.

– Croyez-vous qu'elles suffiront à me débarrasser du fantôme de mon époux ? demanda-t-elle, ayant écouté avec attention.

– Tout dépend de la force de votre volonté. Si vous restez cloîtrée chez vous à guetter le moindre indice de sa présence, c'est exactement comme si vous l'invitiez à revenir par la fenêtre après lui avoir fermé la porte.

– Peut-être ne supporte-t-il pas de rester seul...

– Evidemment, si vous considérez qu'il est de votre devoir de lui tenir compagnie...

– Sûrement pas ! explosa Mme Sadler. Je ne l'ai que trop supporté vingt-deux ans de ma vie ! Pourquoi ne me laisse-t-il pas en paix maintenant ?

– Je l'ignore, mais vous devez, quoi qu'il arrive, manifester désormais clairement votre volonté de vous débarrasser de lui à jamais. Avez-vous envisagé de chercher une activité ?

– Bien sûr. Mais je n'ai plus travaillé depuis la naissance de mon aînée et...

– Très bien. La prochaine fois, si vous le souhaitez, je vous ferai passer quelques tests d'orientation professionnelle. Vous avez certainement plus de talents que vous ne le croyez. Quelqu'un capable comme vous d'avoir élevé ses enfants et tenu sa maison pendant vingt-deux ans ne peut être dépourvu de qualités, dont vous êtes peut-être loin de vous douter.

– Mes filles me répètent sans cesse que c'est inutile car j'ai largement de quoi vivre.

– Madame Sadler, à vous de décider. Soit vous restez assise face à un fantôme, soit vous vivez vraiment votre vie sur terre de manière à le décourager. Si vous êtes à l'abri du besoin, pourquoi alors ne pas pratiquer le bénévolat ? Dans un premier temps, les techniques parapsychologiques que je viens de vous énumérer dresseront une sorte de barrière entre lui et vous. Ainsi comprendra-t-il que vous n'évoluez plus au même niveau.

L'horloge sonna deux heures. Leslie raccompagna sa cliente après avoir repris rendez-vous pour la semaine suivante. Restée seule, elle regagna son bureau pour feuilleter un manuel consacré aux techniques parapsychologiques d'auto-défense. Plongée dans sa lecture, elle entendit peu après l'horloge sonner de nouveau deux heures.

Elle leva les yeux et constata, étonnée, que les aiguilles indiquaient deux heures dix. Pensant que le coucou était légèrement déréglé, elle n'y prêta plus attention et se remit à lire.

Mais le coucou n'avait pas dit son dernier mot. Il jaillit à nouveau de son nid et chanta de plus belle deux heures ! Leslie ferma son livre : les aiguilles de l'horloge marquaient deux heures quatorze ! Etait-ce un signe, un avertissement ? Alison cherchait-elle à lui faire comprendre quelque chose ?

Elle garda son regard rivé sur le cadran, mais plus rien ne se produisit.

L'incident la tracassa cependant tout l'après-midi et, l'esprit ailleurs, elle dut faire des efforts pour écouter sans trop de distraction les deux patients qu'elle reçut encore ce jour-là. Jusqu'alors, son cabinet avait été un havre de paix. Que lui voulait donc Alison ?

Pour se changer les idées, elle se rendit en voiture faire quelques courses dans le quartier, acheta un cadeau de mariage pour ses amis Nick et Margot, n'ayant nulle envie de se rendre à Sacramento avec Joel qu'elle ne voyait plus, pour leurs noces.

Rentrée chez elle, il était six heures vingt exactement, la pendule de son cabinet se mit à sonner tout à coup douze coups. Tout en se promettant de la porter chez un horloger dès le lendemain, elle se demanda alors pourquoi elle n'avait pas fait des siennes une seule fois en présence de ses clients ?

XVI

Le banc de brouillard refluait vers le large, chassé par une vague de chaleur inattendue qui avait fait grimper le mercure au-delà de la barre des trente degrés. Emily, attablée pour le petit déjeuner avec sa sœur, sirotait une tasse de tisane. Elle semblait épuisée.

– Je vais essayer de convaincre Rainbow d'aller à la plage, dit-elle d'un ton las. Nous pourrions emmener Timmie. Je n'ai pas pris un jour de repos cet été. Simon sera sans doute furieux s'il l'apprend, mais...

– Il te pardonnera sûrement, chérie, si tu continues à répéter une heure ou deux quotidiennement.

Le téléphone sonna, et Emily s'en empara aussitôt. Quelques secondes plus tard, elle tendit l'appareil à sa sœur.

– C'est pour toi.

– Allô, docteur Barnes ? Vous ne me connaissez pas, dit une voix de femme, mais j'ai quelque chose d'important à vous dire. Vous êtes bien la nouvelle propriétaire de la maison d'Alison Margrave, n'est-ce pas ?

– Oui, c'est exact...

– J'ai un message à vous transmettre, mais je ne peux le faire par téléphone. Puis-je passer vous voir ?

– Si c'est pour une consultation, soupira Leslie, appelez mon secrétariat pour prendre rendez-vous.

– Il ne s'agit nullement de cela. Je ne vous retiendrai que quelques minutes.

– Soit. J'ai une demi-heure de battement entre onze heures et onze heures trente. Passez à ce moment-là. Vous n'aurez qu'à pousser la grille. Je serai dans le jardin.

Le moment venu, Leslie, un sécateur à la main, guettait l'inconnue, qui ne tarda pas à apparaître. Frêle, le teint mat et sombre, vêtue à la gitane et couverte de colifichets, elle approcha à petits pas.

– Docteur Barnes ?

– C'est moi. Est-ce vous qui m'avez appelée tout à l'heure ?

Les yeux de la femme étaient si globuleux qu'ils semblaient prêts à jaillir de leurs orbites.

– Oui. Je m'appelle Kathleen Carmody. La sœur de mon mari a habité ici quelque temps.

– Ah, je vois. Votre mari, je crois, est l'un des directeurs du cabinet Manchester, Ames...

– Carmody et Beckenham, compléta-t-elle. Vous ne le savez sans doute pas, mais je suis médium, et...

– Ma sœur m'a parlé de vous.

– Dans ce cas, vous devez savoir que le soir de notre réunion, j'ai tenté sans succès d'entrer en contact avec Alison Margrave. En revanche, elle m'a parlé hier soir pour me demander de vous transmettre un message.

– Très intéressant, fit Leslie, haussant les sourcils. De quoi s'agit-il au juste ?

– Voici mot pour mot ses paroles : « Dites à Leslie que celui à qui elle a accordé sa confiance ne la mérite pas. » Vous devez savoir de qui il s'agit ?

– Oui, grommela Leslie, sentant monter en elle une sourde colère. Qui vous a chargée de me dire cela ?

– Alison, je viens de vous le dire. C'est elle qui m'a transmis ce message.

– Je me suis mal exprimée. Qui vous a expliqué où vous pourriez me trouver ?

– Personne ! Je connais cette maison depuis longtemps.

Tout cela sonnait faux. Mais Leslie n'avait ni les moyens ni les preuves pour le lui dire. D'ailleurs cette femme n'était tout au plus qu'un intermédiaire. Deviner qui se cachait derrière cette tentative de manipulation n'était pas difficile.

– Je vous remercie, se contenta-t-elle donc de répondre, signifiant sans ambiguïté qu'elle n'avait rien à ajouter.

Furtivement, la visiteuse jeta alors sur la porte du garage un regard d'intense curiosité, comme si elle brûlait d'envie de poser une foule de questions.

Mais l'attitude de Leslie étant sans équivoque, elle s'inclina à regret et murmura :

– Docteur Barnes, j'avais un message à vous transmettre, voilà qui est fait. Au revoir.

Sur ce, elle s'en fut comme elle était venue, et Leslie regagna la maison d'un pas rageur. Bien décidée à mettre les choses au point sans tarder avec le vrai coupable, elle se donna un coup de peigne, se lava les mains et sortit.

Comme elle l'espérait, la librairie était pratiquement déserte, et c'était Claire qui occupait cette fois la place derrière le comptoir. Cette dernière la voyant entrer ébaucha un sourire.

– Leslie, je regrette de vous avoir manquée l'autre jour. Que puis-je faire pour vous ?

– Pour commencer, lança Leslie entre ses dents, cesser de vous mêler de ma vie privée. Je vous croyais au-dessus de ces inadmissibles ingérences.

– Leslie, je ne vous comprends pas. Que voulez-vous donc dire ?

– N'allez pas maintenant prétendre que ce n'est pas vous qui avez chargé cette espèce de voyante de pacotille de me remettre un soi-disant « avertissement » de la part d'Alison

Margrave pour discréditer Simon ? C'est indigne de vous, Claire !

– Mais qu'est-ce que c'est que cette histoire ? Expliquez-vous !

Ne sentant pas pour autant diminuer son courroux, Leslie résuma brièvement les faits.

– Je ne comprends rien à cette visite ni pourquoi vous pensez que ce message concerne Simon ?

– Et qui d'autre pourrait-il concerner ? Il est impossible qu'elle fasse allusion à Joel Beckenham : nous avons rompu depuis longtemps.

– Cela ne l'exclut nullement, objecta Claire avec un petit sourire. Il arrive souvent qu'une prédiction soit exacte en tout point, excepté sur la date. On dirait que nos amis d'outre-tombe n'ont aucune notion du temps. Peut-être n'existe-t-il d'ailleurs que dans notre monde physique. Connaissez-vous les écrits du Dr Dunne à ce propos ? C'est très intéressant. D'après lui, tous les événements existent simultanément ; si nous les classons selon une structure temporelle linéaire, c'est uniquement pour permettre à notre intellect de les appréhender.

– Je crains que tout cela ne soit un peu trop compliqué pour ma faible cervelle. Personnellement, je raisonne en termes de passé, de présent et d'avenir et ne vois pas pourquoi Alison m'enjoindrait de me méfier d'un homme avec qui j'ai rompu il y a un mois !

– Je n'ai pas plus d'explications que vous, répondit Claire manifestant avec regret son impuissance. Ce que je déplore en tout cas, c'est que vous ayez pu me soupçonner un instant d'une manœuvre aussi mesquine. Je n'étais au courant de rien et n'ai pas revu Kathleen depuis notre dernière séance.

– Très bien, je vous présente donc mes excuses, répliqua-t-elle, en vérité assez décontenancée. Les oracles, c'est bien connu, disent ce qu'on veut leur faire dire. Puis, souhaitant changer de conversation, elle ajouta : à ma dernière visite, j'ai emporté quelques livres sans les payer. J'ai décidé de les garder. Puisque je suis ici, autant régler mes dettes. Combien vous dois-je ?

Dans un premier temps, Leslie ne comprit pas ce qui l'avait arrachée à son sommeil ; et puis, tout à coup, elle entendit Emily pousser un hurlement. D'un bond, elle fut debout et traversa le couloir en courant. Sa sœur, les yeux écarquillés, se tenait raide sur son lit.

– Simon ! bégaya-t-elle. C'était Simon, je l'ai vu !

La fenêtre était grande ouverte, mais on ne distinguait rien d'autre que le brouillard et la nuit.

– C'était affreux ! sanglota Emily de plus belle. Oh Leslie, son visage saignait à flots, et... il y avait du sang partout sur sa poitrine ! Sa main aussi était écrasée, réduite à un amas de chair sanguinolente. Et puis, brusquement... il s'est volatilisé !

Leslie sentit un frisson glacé la parcourir.

– Il lui est arrivé quelque chose, Leslie ! Un accident... C'est peut-être son avion qui s'est écrasé ? Mon Dieu !... Pourquoi était-il dans cet état ?

Leslie s'assit au bord du lit et prit Emily dans ses bras, s'efforçant, malgré son propre effroi, de paraître calme et sereine.

– Ce n'était qu'un cauchemar, ma puce. Simon m'a expliqué un jour qu'il avait l'impression d'être – comment dire ? – revenu ici par la pensée alors qu'il se trouvait à l'hôpital après son accident. Il s'agissait en somme d'un voyage mental. C'est sans doute ce qui s'est à nouveau passé.

– Mais sa main, son visage ? Tout ce sang !

– Le temps n'existe peut-être que dans notre monde physique... Il se peut qu'un cauchemar l'ait ramené à l'époque de son accident, suggéra Leslie. Inconsciemment, il a cherché à se réfugier ici, et...

– Qu'allons-nous faire, Leslie ? J'ai tellement peur qu'il revienne ! Si tu savais, c'était tellement horrible !

A cet instant, un bruit assourdissant couvrit leurs voix, si brutal, si violent que Leslie crut à un tremblement de terre. Les vitres volèrent en éclats et se répandirent en pluie sur le sol. Terrorisée, Emily poussa un cri aigu, tandis qu'un fracas similaire se produisait cette fois au rez-de-chaussée. Sursautant, Leslie bondit comme un ressort, mais Emily s'accrocha à son bras.

– Leslie, je t'en supplie ! Surtout, ne descends pas ! C'est peut-être un cambrioleur ou un assassin !

Lui montrant du doigt les débris de verre qui jonchaient le plancher, Leslie tenta de la rassurer.

– Regarde, ce n'est pas l'œuvre d'un voleur. Il s'agit d'autre chose, Emily, d'un phénomène qui nous échappe. Il faut aller voir ce qui se passe en bas. Prends garde à ne pas marcher pieds nus dans le verre.

Tremblante, Emily emboîta le pas à sa sœur, agrippée à elle.

– En tout cas, il est hors de question que je reste seule ici ! S'il revenait...

– N'aie pas peur de Simon, chérie. S'il est venu, c'est sûrement parce qu'il a besoin d'aide. Maintenant, allons jeter un œil dehors.

Elles descendirent l'escalier, ouvrirent la porte de la cuisine et sortirent dans le jardin. La senteur du jasmin était très forte et le brouillard si dense que Leslie eut d'abord du mal à se repérer. Mais une petite lueur rouge et tremblotante la guida vers l'entrée du garage. La gorge sèche, elle tourna doucement la poignée de la porte qui n'était pas fermée à clé. Avait-elle oublié de la verrouiller avant de se coucher ? Sentant sur sa nuque le souffle anxieux d'Emily, elle poussa le battant d'un seul coup et se glissa à l'intérieur. Un râle d'agonie d'animal torturé, lui sembla-t-il, la fit reculer d'un pas mais, dans un premier temps, elle ne distingua, à la lumière glauque de la chandelle, rien d'autre qu'une forme sombre, les bras déployés en un geste d'invocation.

– Simon ! s'écria-t-elle. Simon, est-ce toi ?... Que veux-tu ? Que cherches-tu ici ?

Emily pressant alors l'interrupteur, une lumière crue inonda la pièce. Elle était vide et seuls les rideaux jaunes ondulaient mollement, comme animés par un étrange courant d'air.

– Regarde ! s'exclama Leslie écartant subitement l'un d'eux. Une vitre a été brisée. Il y a des morceaux de verre partout.

– Appelons la police, cria presque Emily, d'une voix étranglée.

– Pour porter plainte contre l'apparition de Simon ? Cela n'arrangera pas les choses. Partons d'ici, tu vas prendre froid et viens dormir avec moi dans ma chambre. Nous appellerons un vitrier demain matin.

En pénétrant dans la chambre de sa sœur, Emily tomba en arrêt devant l'autel.

– Qu'est-ce que c'est que ce truc ?

– Rien. Je t'expliquerai plus tard, soupira Leslie. Essaie pour l'instant de dormir.

N'insistant pas, Emily gagna le lit et se glissa sous les couvertures pour s'endormir presque aussitôt. Leslie, elle, garda longtemps les yeux ouverts, fixés sur son pseudo-autel. Simon !... Lui était-il arrivé quelque chose ? Personne ne connaissant leur liaison, on ne songerait pas à l'avertir. Ainsi apprendrait-elle la nouvelle comme tout le monde par les journaux. C'était affreux...

Immobile dans le noir, ne pouvant donner libre cours à ses larmes sans réveiller sa sœur, elle resta éveillée jusqu'aux premières lueurs de l'aube où elle finit par sombrer dans un sommeil agité, peuplé de cauchemars.

Gisant dans une pièce obscure, elle essayait d'échapper à l'emprise d'un œil rouge qui la fixait dans les ténèbres. Autour d'elle des formes sombres se mouvaient, vêtues de robes à capuchon, une odeur insupportable d'encens la faisait haleter. Croyant entendre la rumeur d'une psalmodie, elle tentait de se relever, mais s'apercevait alors qu'elle était entravée sur son lit, pieds et poings liés, et qu'un bâillon l'empêchait de crier. Et dire, se rappela-t-elle soudain, que j'ai moi-même, dans un instant de folie, accepté de me soumettre à cette torture !

Quand tout sera fini, il va charger mon cadavre dans sa voiture grise pour aller le jeter quelque part dans la baie. Il a pourtant bien promis que ce n'était qu'un jeu, un banal rituel destiné à recueillir l'énergie métapsychique engendrée par la terreur. « L'humiliation et la peur, clamait-il, sont des sources d'énergie mentale, accepte de te plier à leurs effets salutaires ! Toute messe génère un pouvoir quand elle est bien orchestrée, mais la messe noire en libère un encore plus grand, car elle suscite des forces latentes trop longtemps ignorées par notre civilisation. Elles n'ont donc cessé de s'accumuler dans l'attente de celui qui sait les exploiter... »

Des mains maintenant erraient sur son corps, avides, brutales, provoquant tour à tour frissons et douleur insoutenables ; des ongles – non, des tenailles – se refermaient sur la pointe de ses seins, entreprenaient un effroyable mouvement tournant. Non, elle ne voulait pas, elle refusait d'aller plus loin ! Mais son bâillon était trop serré pour libérer ses hurlements. Un liquide rouge et visqueux cascadait sur sa poitrine, courait sur son ventre nu, vers ses cuisses maintenues ouvertes par des cordes... Le hurlement d'agonie d'un chat, une main répugnante s'affairant sur sa toison portèrent sa révulsion et son angoisse à leur paroxysme, tandis qu'un objet monstrueux et glacé se frayait un passage en force dans son intimité la plus profonde. Au même instant, une lame sur sa gorge lui fit ouvrir les yeux : Simon, le visage baigné d'une clarté mortelle, se penchait sur elle.

Alors, dans un sursaut désespéré pour lui échapper, elle se dressa sur son séant, et se retrouva, en nage, assise dans son lit à côté d'Emily, toujours plongée dans un sommeil réparateur.

L'horrible souvenir de ce cauchemar la hanta la journée suivante, en dépit de ses tentatives pour se persuader qu'après ses frayeurs de la veille il n'était guère surprenant qu'elle ait ainsi rêvé.

Etant allée ramasser le verre brisé dans le garage et la chambre de sa sœur, elle constata, non sans étonnement, la finesse des éclats, les vitres ayant dû être, a priori, littéralement pulvérisées. Elle décida donc d'appeler un vitrier et reporta plusieurs rendez-vous, prétextant une légère secousse sismique ayant mis à mal certaines de ses fenêtres.

Les choses remises en ordre, Leslie, ayant retrouvé tant bien que mal son calme, reçut dans la soirée Susan Hamilton accompagnée de sa petite fille Chrissy. La maigreur de la fillette était accentuée par les cheveux plats et ternes qui lui encadraient le visage ; elle flottait dans un jean trop large pour elle et Leslie, qui ne l'avait pas vue depuis longtemps, ne put que constater qu'elle avait beaucoup changé. Sa démarche était maintenant à la fois saccadée et imprécise, comme si regarder où elle mettait les pieds ne l'intéressait plus, sa tête dodelinant sur ses épaules sans raison apparente.

– Allons, Chrissy, tiens-toi tranquille, lui demanda gentiment sa mère. Excusez-moi, Leslie, mais je n'ai trouvé personne pour la garder. Rassurez-vous, elle va rester sagement assise, et...

– Nous pouvons la laisser jouer dans le jardin, si vous voulez. Le seul problème, ce sont les ricins. Leurs feuilles sont très toxiques, et si elle se mettait à en sucer...

– Oh, je n'ai jamais réussi à lui faire avaler quoi que ce soit, si ce n'est de la purée et de la bouillie. Il y a donc peu de chances pour qu'elle touche aux ricins. Et puis, quand bien même...

Susan s'arrêta net en se mordant la lèvre et conduisit la petite dehors.

Revenue dans le bureau, elle s'excusa pour sa phrase inachevée.

– Ça m'a échappé, mais vous savez bien que je ne souhaite pas sa mort, bien au contraire... Je ne vous cache pas évidemment que ma vie serait plus simple si je me réveillais un matin pour découvrir que tout n'était qu'un mauvais rêve ! Plus le temps passe, en effet, plus Chrissy ressemble à une enfant attardée. Mais c'est ma fille et je la trouverai toujours belle, bien qu'elle devienne de plus en plus... ingrate. Son regard est si vide, si absent, ajouta-t-elle, ne pouvant retenir ses larmes. Ah, Leslie, il doit bien y avoir une raison ! Mais laquelle ? Et à quoi bon la connaître ? C'est pourquoi, quand vous avez mentionné ces plantes vénéneuses, je n'ai pas pu m'empêcher de penser que dans le fond, mieux vaudrait qu'il lui arrive quelque chose avant que je sois forcée de m'en séparer pour l'inscrire dans un établissement spécialisé.

– Vous l'envisagez sérieusement ?

Le bruit d'une voiture qui se garait à proximité du portail interrompit un instant leur dialogue. Ensemble les deux femmes tournèrent la tête vers la fenêtre et Leslie reconnut la Mercedes de Simon. Ainsi, il était de retour, sain et sauf !

Susan, cependant, répondait à sa question :

– Comment faire autrement ? Ma famille me presse de toutes parts. Et pourtant, soupira-t-elle, je me sens de moins en moins le courage de l'abandonner.

– Vous avez donc le sentiment qu'on vous pousse à l'abandonner ?

– Oui. Pour gagner du temps, je l'ai inscrite dans une école d'enfants inadaptés pour l'été. Elle y suivra une thérapie, et le programme est excellent. Ma sœur m'a avancé l'argent, et Dieu sait quand je pourrai la rembourser. Evidemment, on espère ainsi me faire changer d'avis en préparant le terrain, en me répétant sans cesse que je suis encore jeune, que je pourrais refaire ma vie, me remarier, avoir d'autres enfants... Mais je ne peux pas faire une croix sur la petite comme si elle n'avait jamais existé. Cette expérience pour les vacances marquera notre première séparation. A en croire ma sœur, Chrissy ne sera pas malheureuse...

Leslie laissa sa patiente dire encore ce qui lui faisait croire à l'intelligence de sa fille. Fallait-il l'encourager à continuer le combat, à suivre ce cycle infernal de culpabilité, d'inquiétude, d'espoir et de désespoir qui manifestement était en train de la détruire à petit feu ?

– Quoi que vous fassiez, Susan, lui conseilla-t-elle enfin, ne prenez aucune décision avant d'être sûre de prendre la meilleure, du moins la moins mauvaise possible pour vous et votre enfant.

Puis, impatiente de retrouver Simon, elle l'accompagna dans le jardin pour récupérer la fillette qui jouait dans l'herbe avec une poignée de cailloux. Son chandail et son jean étaient maculés de terre, mais elle semblait ravie. Susan la remit debout et voulut l'entraîner vers la voiture, mais l'enfant se laissa mollement retomber par terre, et sa mère dut la soulever à nouveau. Au même instant, Simon sortit du garage. Gênée par le regard insistant de l'inconnu qui la toisait, Susan, rougissante, prit Chrissy dans ses bras et la porta jusqu'au portail, que Leslie lui ouvrit. Chrissy alors se laissa docilement emporter par sa mère vers leur Toyota tandis que Leslie revenait à grands pas vers Simon. Mais celui-ci avait toujours le regard fixé sur Susan et l'enfant qui se démenait désormais, attachée à l'arrière de la voiture par la ceinture de sécurité.

Leslie, toute proche de lui, il parut néanmoins sortir de son rêve, et lui sourit tendrement.

– Alors, mon bel amour, s'exclama-t-il, en l'étreignant, comment vas-tu ? T'ai-je manqué ?

Main dans la main, ils regagnèrent la maison. A leur entrée, la porte de la cuisine s'ouvrit et Emily apparut, poussant un cri de joie.

– Ah, Simon ! Il ne vous est rien arrivé ! balbutia-t-elle, se précipitant dans ses bras en pleurant.

– Eh bien, eh bien, quel accueil ! murmura-t-il, s'écartant d'elle afin de pouvoir la regarder dans les yeux. Que se passe-t-il ? Je vous ai tant manqué à toutes les deux ? Je vous fais donc un tel effet ! Ce n'est tout de même pas une raison pour fondre en larmes en me revoyant !

– Oh, Simon, c'était horrible ! Je vous ai vu couvert de sang, avec une main broyée ! Et puis, tout à coup, la vitre a explosé ! J'avais tellement peur qu'il ne vous soit arrivé quelque chose...

– Mais qu'est-ce que tu racontes là ? Je suis en pleine forme, rassure-toi, plaisanta-t-il en lui caressant les cheveux. Je dirais même que je me sens mieux que jamais.

Ce fut à cet instant que Leslie remarqua, tout heureuse, que Simon ne portait plus de bandeau sur l'œil, son regard s'abritant maintenant derrière d'épaisses lunettes à verres fumés. Elle le lui dit avec émotion.

Abandonnant alors Emily, Simon l'enlaça étroitement et lui donna un long baiser. Quittant enfin ses lèvres, il questionna moqueur :

– Mes lunettes nuisent-elles à mon look de séducteur, ma douce chérie ?

– Au contraire. Cela veut donc dire que... ?

– Oui, mon œil gauche va recouvrer la vue. Enfin pas complètement, mais au départ, personne n'aurait osé me promettre qu'il parviendrait un jour à distinguer la lumière de l'ombre. C'est presque un petit miracle, mais en fait ce n'en est pas un. Le pouvoir de la volonté maîtrisée est sans limites. Et maintenant, expliquez-moi toutes les deux, le pourquoi de vos larmes ? A vous voir, on croirait que je suis un revenant dont on n'espérait plus le retour !

Emily lui raconta alors sa vision avec un luxe de détails mais Leslie, elle, préféra s'abstenir de parler de son propre cauchemar. Compatissant et enjôleur, Simon les serra toutes deux contre lui.

– Mes pauvres belles, je suis navré d'être la cause de tant de perturbations ! Vous quitter trop longtemps est une catastrophe. Je tâcherai à l'avenir d'écourter mes voyages, je vous le promets ! Mais passons aux choses sérieuses. Je meurs de faim. Préférez-vous dîner ici, ou sortir ? Ce qui m'arrive mérite d'être fêté mais rien ne presse. Si nous restons, je demande l'autorisation de vous aider à préparer le dîner.

– Nous serons mieux ici, ce sera plus sympathique, clama Emily. Mais cette fois, c'est moi qui couperai les concombres ! ajouta-t-elle en pouffant.

Ils dînèrent donc avec entrain dans la cuisine, chaque minute passée persuadant davantage Leslie que son cauchemar était décidément dénué de tout fondement.

– A propos, quelle était cette petite fille que j'ai aperçue dans le jardin tout à l'heure ? demanda soudain Emily au cours de la conversation.

– Elle s'appelle Chrissy, la fille d'une de mes patientes, Susan Hamilton.

– Je ne savais pas que tu t'occupais d'enfants en difficulté, remarqua Simon.

– Ce n'est pas le cas. C'est sa mère qui suit une thérapie. Mais comme elle n'avait trouvé personne pour garder sa fille, elle l'a amenée, et j'ai pensé qu'elle serait mieux dans le jardin, c'est tout.

– Pauvre femme ! soupira Emily. Etre obligée d'élever une gosse pareille, c'est terrible ! Une société digne de ce nom se devrait de proposer des solutions pour les enfants handicapés. Rien qu'à les voir, on perd toute envie de devenir mère !

– Chrissy n'est aucunement une débile mentale, pour autant qu'on puisse en juger. Elle ne parle pas, c'est tout. Il se peut même qu'elle possède une certaine intelligence, mais elle ne parvient ni à s'exprimer ni à communiquer.

– Je comprends maintenant pourquoi sa mère a des problèmes psychologiques. Ces enfants-là devraient être élevés d'office dans des maisons spécialisées !

– Chrissy n'est ni agressive ni contagieuse. Pourquoi devrait-on l'enfermer ?

– Pourquoi ? Mais parce qu'elle sera toujours un poids pour la société !

– Emily, de quel droit portes-tu ce genre de jugement ? Ces enfants-là sont peut-être capables de nous apporter quelque chose à tous. Ce n'est pas moi en tout cas qui prendrai la responsabilité d'affirmer inconsidérement le contraire.

– Si tu fais allusion au fameux « respect de la vie », dont on nous rebat les oreilles, sache que je n'en ai pour ma part aucun quand la vie se présente de cette manière là !

– La position d'Emily n'est pas nouvelle, intervint Simon. Dans ce domaine, il existe d'illustres et nombreux précédents historiques. A Sparte, par exemple, la loi exigeait que tous les enfants posant problème soient abandonnés dans la montagne à leur naissance. La société ne s'en portait que mieux : la survie des plus forts est la loi naturelle pour toutes les créatures terrestres – excepté chez les hommes. Dans sa prétendue sagesse, ce que nous nommons civilisation impose souvent un fardeau bien inutile en accordant le droit de vivre à ceux qui ne peuvent tenir une place normale sur terre. Je doute fort, quant à moi, que ce soit un bien. Que peut signifier en effet la vie pour une enfant telle que la petite Chrissy ?

– C'est un raisonnement dangereux, Simon, et l'on voit où cela a mené Hitler. Le nazisme a été un fléau absolu, dont l'humanité ferait bien de se souvenir à jamais.

– Leslie a raison. Il est si difficile d'ailleurs de savoir souvent ce qu'il est bien de faire. Mais parlons d'autre chose, de votre voyage, par exemple, Simon !

– Tout s'est très bien passé, sauf que je n'ai pas réussi à convaincre mon agent de réserver Carnegie Hall pour mon retour sur scène. Il souhaite obtenir davantage de garanties de la part de mon médecin.

– Ces choses-là, tu sais, prennent toujours du temps, Simon, plaida Leslie, essayant de minimiser les choses.

– Laissez tomber cet agent, renchérit Emily à son tour. Il vous refuse Carnegie Hall ? Eh bien, qu'il aille se faire voir ailleurs ! Ce ne sont pas les imprésarios qui manquent.

– Je préférerais plutôt lui démontrer qu'il a tort, répliqua Simon, gardant tout son calme. Il est vrai que ma main tarde un peu plus que prévu à retrouver sa motricité et ses sensations, mais je suis maintenant une nouvelle technique : l'auto-hypnose.

– L'auto-hypnose ? J'ai toujours entendu dire que c'était bidon ! lâcha Emily l'air ingénu.

– Non. Tout dépend de l'usage qu'on en fait. L'hypnose permet d'éliminer les inhibitions qui nous empêchent d'exploiter en totalité notre potentiel. Comme tout enfant issu de notre société matérialiste, j'ai subi dès mon premier âge ce lavage de cerveau en règle nous prédisposant tous à admettre toutes sortes de barrières et limites. Or, cette technique dont je parle pourrait t'être utile à toi aussi, Emily.

– L'hypnose ? Ça m'étonnerait vraiment !

– Mais, non. Tu as, je vois, beaucoup à apprendre sur la question. On l'utilise beaucoup, par exemple, sur les joueurs de tennis. En fait, chacun d'entre nous se retient, d'une façon ou d'une autre, de libérer toute son énergie. L'hypnose permet d'exploiter des gisements d'énergie généralement inaccessibles à la conscience. Et toi, Leslie, t'en sers-tu avec ta clientèle ?

– Ça m'arrive.

– Tu as raison. La méthode s'avère parfois particulièrement efficace pour les victimes de viol ou de toute autre agression. Je vais essayer de vous faire une petite démonstration. Venez, passons dans le salon.

Curieuses, elles le suivirent sans réticence.

– Emily, commanda-t-il d'une voix ferme, installe-toi confortablement dans ce fauteuil et détends-toi. A présent, essaie de revenir en arrière, tente de retrouver l'époque où tu ne connaissais même pas le mot piano. Mais dans le même temps, je veux que tes mains gardent toute leur souplesse, toute leur dextérité. Et surtout, ouvre grand tes oreilles, et écoute.

Il plaça alors un disque sur la chaîne stéréo et elles reconnurent sans peine le son léger et infiniment délicat du clavecin de miss Margrave, lié au souvenir des mystérieuses bribes de musique maintes fois entendues avec émotion dans la pièce. Le silence retombé, Simon reprit la parole d'une voix douce :

– Et maintenant, Emily, installe-toi devant le clavecin et joue ce menuet. Joue-le comme Bach lui-même l'aurait joué.

Obéissante, Emily s'avança calmement vers l'instrument. Leslie connaissait trop bien les mécanismes de l'hypnose pour s'attendre à ce qu'elle eût les paupières closes ou la démarche d'une somnambule. Mais sa sœur était si totalement concentrée sur sa tâche qu'elle semblait avoir oublié leur présence. Elle s'assit, assouplit légèrement ses doigts, puis se mit à jouer, dans ce style qui n'appartenait qu'à elle, et qui pourtant était autre, comme si subitement elle découvrait les touches avec une sensibilité neuve. Ayant joué tout le morceau divinement, elle s'arrêta enfin à la dernière note, croisa les mains sur ses genoux et attendit, un sourire lointain aux lèvres.

– Tu vas bientôt te réveiller, chuchota Simon, comme s'il se parlait à lui-même. Je veux maintenant que tu te rappelles en détail tout ce qui vient de se passer. Chaque fois que tu t'assiéras devant ce clavecin, je veux que tu sois capable de mobiliser la partie de ton esprit qui t'a permis de jouer comme tu viens de le faire. Je vais compter jusqu'à cinq et, quand je dirai « cinq », tu te réveilleras et tu te sentiras parfaitement détendue. Un, deux...

Dès qu'il fut parvenu à cinq, Emily se tourna vers lui.

– Je n'étais pas hypnotisée. J'ai tout entendu. Simplement, j'ai eu d'un seul coup l'impression de comprendre que je pouvais jouer autrement.

Leslie se contenta de sourire. Combien de fois avait-elle entendu exactement le même discours dans la bouche de ses clients après une séance d'hypnose ?

– Bien sûr, acquiesça Simon. Je t'ai simplement appris à mobiliser les profondeurs de ta conscience et de ta mémoire pour accéder à une forme différente de concentration. Leslie te dira comme moi que la plupart des préjugés concernant l'hypnose sont dénués de fondement. Toute hypnose est d'abord auto-hypnose, Emily. Tu t'es hypnotisée toi-même. Je me suis simplement contenté de te montrer la façon d'accéder à cette partie inutilisée de ton esprit.

– Merci Simon !, s'écria-t-elle en lui sautant au cou. Je me demande par moments si je ne finirai pas par délaisser le piano pour le clavecin.

– Tu n'auras pas la réponse avant plusieurs années. En attendant, continue de travailler les deux. Ouf, ça m'a donné soif ! Si nous sortions boire un verre, Leslie ?

A son regard étincelant, celle-ci comprit sans peine ce qu'il avait en tête.

– Ne m'attends pas, chérie, dit-elle à Emily, qui s'était déjà rassise devant son instrument. Je rentrerai peut-être tard.

Se réveillant au petit matin dans la chambre de Simon cernée dehors par le brouillard, Leslie repensa longuement à son récent cauchemar. Au petit déjeuner, elle décida d'en avoir le cœur net.

– Les élucubrations de Claire sur la magie noire n'ont aucun sens, n'est-ce pas, Simon ? Je suis sûr qu'il n'existe rien de tel. Où va-t-elle chercher tout cela ?

Simon, gardant un instant le silence, lui resservit une tasse de café, puis se laissa aller en arrière en enfouissant sa main gantée dans la poche de sa robe de chambre.

– La distinction entre magie noire et magie blanche ne date pas d'hier. Moi et mes amis sommes dans un camp, Colin et les siens dans l'autre. Elle est le fruit d'une très vieille querelle opposant la théurgie – ou théosophie –, selon laquelle l'homme ne doit utiliser ses pouvoirs occultes qu'à des fins de connaissance religieuse, à la thaumaturgie, qui, elle, ignore cette restriction. Les théosophes comme Colin considèrent que toute utilisation de la magie à des fins d'accomplissement personnel consiste à se détourner de la vraie Voie ; en d'autres termes que la magie noire renvoie à l'univers matériel au lieu d'exalter la spiritualité. Ils estiment en somme que tout initié osant accomplir quoi que ce soit (plutôt que de s'en remettre en toutes choses au bon vouloir divin) fait de la magie noire. La magie blanche, disent-ils, étudie ces pouvoirs sans prétendre les exploiter, à seule fin d'approfondir la connaissance de l'univers. Il y a là une grande hypocrisie. Colin – que d'ailleurs j'estime profondément, bien qu'il soit un indécrottable tartufe – n'a-t-il pas chargé lui-même Claire de défendre la maison d'Alison en disposant des pentacles à proximité de chaque issue ? C'est là, si l'on se rapporte à ses propres critères, se livrer à de la pure magie noire. A-t-il, dans ces conditions, vraiment le droit de me donner des leçons ?

Portant sa tasse à ses lèvres, il but une longue gorgée et poursuivit :

– Colin, Claire... et Alison – paix à son âme ! – diraient que je cherche à façonner l'univers selon ma volonté, plutôt que de m'y soumettre à la façon des bouddhistes en quête du nirvana. Or, je suis né ici, en Occident, et récuse totalement cette accusation. Quant à mes prétendus crimes, ils me reprochent surtout d'avoir fait appel à la magie pour hâter mon rétablissement – au lieu de m'être contenté de prier le Seigneur en espérant qu'Il daigne intervenir en ma faveur en me rendant l'usage de mon œil et de ma main. Ils t'ont évidemment raconté que j'avais sacrifié des animaux – entre autres le fameux chat blanc, qu'à ma grande surprise j'ai vu dans le jardin et toi aussi, je crois, à ce qu'il paraît. Or, je l'ai effectivement bel et bien tué. Oui, je ne le nie nullement, j'ai tué cet animal de mes mains, rituellement, sur l'autel, en un lieu où j'avais établi mon sanctuaire. C'était peu de temps après la mort d'Alison. Cela, j'espère, ne te choque pas trop, Leslie ? Pourquoi en effet serait-il plus grave d'immoler un animal que d'en faire des steaks ou du jambon ? Naturellement, je n'aurais pas tué n'importe quel animal car, dans ce cas, ce ne serait plus, à proprement parler, un sacrifice. Mais je connaissais ce chat depuis des années et, crois-moi, il m'en a coûté de l'égorger, comme lorsqu'on égorge un lapin ou un canard familier. Ce que tu dois comprendre, c'est que plus encore que l'ectoplasme libéré par sa mort, c'est ma douleur qui a donné toute sa force au rituel.

Infiniment troublée, Leslie exhala un long soupir.

– Non, je comprends mal, Simon. Comment as-tu pu faire cela ? Que pouvait t'apporter le sacrifice d'un animal innocent ?

– De l'énergie, Leslie ! J'ai commencé à explorer ce domaine il y a bien des années, ayant entendu souvent parler de ces phénomènes. Fallait-il les admettre ou les nier sans preuve ? Je me suis donc livré à mes premières expériences avant d'avoir atteint l'âge adulte, Colin m'ayant déjà gratifié d'un premier sermon sur la curiosité intellectuelle. Si je respecte l'éthique de Colin, sa fâcheuse tendance à vouloir l'imposer au monde entier m'exaspère. A sa façon, il est plus fanatique que la plupart des prêtres catholiques. Aussi, par réaction sans doute, me suis-je livré à mes propres vérifications ; j'ai lu, j'ai pris des notes, j'ai écouté et puis j'ai commencé par sacrifier quelques poulets et j'ai découvert qu'ils étaient dotés d'un système nerveux trop rudimentaire pour dégager de l'énergie, bien qu'ils libèrent eux aussi de petits ectoplasmes pouvant...

– Je croyais que l'ectoplasme était une imposture forgée de toutes pièces par les faux médiums ? l'interrompit-elle d'une voix faible.

– C'est absolument faux. Je t'en ferai, un jour, la démonstration. Toujours est-il que je me suis vite lassé des poulets et me suis occupé de petits mammifères – lapins, chiens et chats, nettement plus efficaces. Cela dit, une fois ma curiosité satisfaite, j'ai laissé tomber ce genre d'expérience... jusqu'à mon accident.

Retirant sa main de sa poche, Simon ôta son gant, puis ses lunettes. A la lumière, son visage couturé et son œil mi-clos avaient un aspect effrayant et Leslie nota pour la première fois la pâleur mortelle de certaines zones de sa main blessée.

– Regarde-moi, Leslie. Regarde-moi bien.

– Ah, Simon !...

– Tu me vois avec les yeux de Chimène, murmura-t-il en lui effleurant la joue. Moi, je me vois tel que je suis.

L'amertume de son ton la fit frissonner.

– On m'a annoncé que mon œil gauche était perdu, reprit-il. On m'a également dit que la greffe de mon auriculaire gauche, sectionné à hauteur de la première phalange, risquait d'échouer – ce qui aurait entraîné soit une paralysie définitive, soit une amputation pure et simple. Les médecins m'ont même prévenu qu'il y avait de gros risques, étant donné la gravité de mes lésions à l'œil gauche, pour que je perde aussi le droit, me conseillant en conséquence de me mettre aussitôt à l'étude du braille. Voilà ce que m'ont dit aimablement les spécialistes, Leslie.

– Ils ont eu tort, souffla-t-elle.

– Ils ont eu raison et je me suis souvenu dès lors que le pouvoir de la volonté maîtrisée était sans limites. Je connaissais les secrets de la magie et j'ai décidé sur-le-champ de m'en servir. Voilà pourquoi j'ai sacrifié le chat d'Alison.

Il fit une pause pour respirer profondément.

– Ce jour-là – le jour-même, Leslie ! –, j'ai constaté que la dernière phalange de mon petit doigt reprenait des couleurs, et j'ai compris tout de suite que la circulation était rétablie. Le même jour, exactement, après m'avoir examiné, mon ophtalmologiste m'a annoncé que mon œil droit était définitivement épargné et que je pourrais peut-être même, avec un brin de chance, recouvrer un semblant de vision avec l'autre. Me blâmes-tu encore de ce que j'ai pu faire, Leslie, et crois-tu sincèrement qu'Alison puisse me tenir rigueur de la mort de son chat ?

– Je ne sais plus... Que te dire ?... Non, je ne crois pas ! Alison t'aimait, et...

– Colin m'aimait aussi, mais je ne doute pas que lui me voue à la damnation éternelle. Et il ne sait pas tout.

Il lui saisit la main.

– Leslie, me garderas-tu ta confiance si tu sais tout le reste ? Si je te dis que le sacrifice d'un chat n'a pas suffi ? Que je ne m'en suis pas tenu là ?

– Non, je ne veux pas savoir !

– Si ! Tu m'entendras, tu m'écouteras jusqu'au bout, Leslie, tu ne peux plus te dérober maintenant.

– Ne me dis pas que tu as fait pire, Simon, tais-toi, je t'en supplie !

– Je connaissais d'avance ta réaction. Je savais que tu bondirais d'horreur, lâcha-t-il d'une voix sourde. Leslie, tu n'as pas le droit de te laisser aveugler par tes bons sentiments. La vie d'un animal est parfois plus précieuse que celle des humains ! Les condamnations à mort prononcées par les hommes sont-elles autre chose que des sacrifices humains perpétrés à la gloire de la Loi et de l'Ordre ? Que dire aussi de certains drogués, condamnés à se procurer trois cents dollars chaque jour afin d'injecter dans leurs veines l'héroïne dont ils ne peuvent plus se passer pour survivre ? Que dire des femmes, prisonnières d'engrenages infernaux, réduites à se vendre aux plus vils et aux plus pervers des hommes ? De celles qui ont essayé à plusieurs reprises de mettre fin à leurs jours, sauvées in extremis par d'aimables médecins qui les condamnent en fait à retrouver tout aussitôt le cloaque auquel ils viennent de les arracher ? Leslie, si j'étais moi-même pris dans ce piège inexorable, je n'aurais de cesse de revenir aux sources de l'être, de renaître dans un corps plus fort, plus sain, à une vie nouvelle ! Écoute-moi, mon amour, écoute-moi de toute ton âme. J'ai connu l'une de ces malheureuses épaves humaines pour laquelle la vie était devenue un insupportable fardeau, dont elle ne demandait qu'à être délivrée. Je me suis donc contenté de faire pour elle ce que j'aurais supplié qu'on fasse pour moi à sa place !

Simon lui serrait à présent les deux mains.

– Mon amour, les médecins m'avaient en plus annoncé le même jour qu'un long traitement me permettrait de récupérer mon œil gauche, et surtout l'usage de ma main ! Ainsi avais-je des chances certaines de rejouer, je n'étais plus condamné à mener l'existence lamentable d'un aveugle et d'un manchot obligé d'enseigner le piano pour survivre. Me comprends-tu, Leslie ? Peux-tu me condamner ? Aurais-tu donc souhaité que je meure bientôt, désespéré et misérable ? Si on appelle ce que j'ai fait de la magie noire, eh bien oui, je suis fier d'être mage ! Je me sens l'héritier direct des grands adeptes – John Dee ou Thomas Crowley –, et le revendique hautement !

Un flot de larmes inonda les joues de Leslie. Comment pouvait-elle en effet le condamner, même s'il faisait fausse route ? Comment pouvait-elle en effet le désavouer et le trahir alors qu'elle connaissait toute l'étendue de ses souffrances ?

– Simon, oh, Simon !..., balbutia-t-elle, éperdue. Peu m'importe ce que tu as pu faire. Oui, Simon, je t'aime, je t'aime..

XVII

LESLIE paya chèrement son indulgence car, dès lors, un funeste cortège de cauchemars ne cessa de l'accompagner nuit et jour. Parfois, elle se trouvait contrainte à pénétrer dans un sanctuaire pour aider Simon à immoler un chat blanc ; parfois la victime n'était autre qu'Alison, dont les traits se confondaient curieusement à ceux de Claire. Dans certains songes, c'était Emily, sa sœur, qui gisait attachée sur un autel, elle-même à la fois fascinée par la scène, emplie d'indignation muette, et brandissant, contre sa volonté, un poignard au-dessus de son corps. Atterrée par ces visions horribles, elle en vint à redouter le crépuscule et son sommeil à venir, s'exhortant à se persuader que l'art et la résurrection de Simon valaient la vie de tous les toxicomanes et prostituées du monde ! D'ailleurs, le crime dont il lui avait parlé avait-il bien eu lieu ? Simon, dans certains rêves, ne lui expliquait-il pas qu'il avait seulement voulu la mettre à l'épreuve pour éprouver la force et la réalité de son amour, pour voir si elle était vraiment, pour lui, capable d'accepter l'inacceptable ? Que fallait-il donc faire ? Prévenir la police ? Mais où étaient les preuves ? En agissant ainsi, il lui rirait au nez, parlerait de plaisanterie macabre n'ayant pour seul fondement que son incroyable sottise de femme bien-pensante ! Pis encore. Dans ce cas, elle perdrait à jamais sa confiance.

Or, chaque matin en ouvrant les yeux, Simon étendu près d'elle, elle sentait que son amour pesait plus lourd que tous les crimes qu'il avait pu commettre. Si la police s'avisait de venir l'interroger, elle le protègerait, c'était sûr. Et pourtant combien de fois, dans son métier, avait-elle condamné sans appel des femmes restées fidèles à un malfrat, à un voyou coupable des pires méfaits, purgeant de lourdes peines de prison ! Eh bien, elle était maintenant comme elles, désespérément accrochée au destin d'un homme aussi répréhensible que tous ces condamnés, à moins qu'il ne fût le plus fabuleux des mythomanes.

Essayant à tout prix de se trouver une justification à son comportement, elle en vint à étudier en profondeur le livre d'Alison Margrave sur la réincarnation. Simon et elle étaient-ils unis par quelque lien qui les rattachait au passé ? Et de regretter amèrement les aveux de Simon, d'envier à tout moment l'innocence d'Emily, non condamnée comme elle, à supporter comme la dernière femme de Barbe Bleue, les irréparables conséquences de sa fatale curiosité.

Un matin, le jour où Nick Beckenham devait se marier à Sacramento, elle reçut, sans surprise, un appel de sa part.

– Allô, beauté ? lança la voix de Nick au téléphone, comment vas-tu ? J'ai appris par Joel que tu ne serais pas là aujourd'hui. Tu n'as pas honte ? C'est vraiment dommage. Moi qui me réjouissais de t'avoir pour belle-sœur !

– Oh, Nick je suis si désolée, mais j'avais vraiment un empêchement majeur. Que veux-tu, c'est la vie ! Tu n'en resteras pas moins toujours un frère pour moi, quoi qu'il arrive. Et surtout un ami...

– J'espère bien ! Quand je suis entré chez les flics, je me souviens d'un vieux type qui disait toujours : « Notre famille nous est imposée par Dieu ; heureusement qu'Il nous laisse choisir nos amis. » Cela m'aurait tout de même fait très plaisir de te revoir, mais enfin je n'insiste pas. Je ne veux pas connaître tes raisons, mais elles sont sûrement bonnes.

– Nick, promets-moi que vous viendrez, Margot et toi, passer quelques jours à la maison lors de votre prochain passage à San Francisco. Promis ?

– D'accord ! Mais prends garde, nous risquons de te prendre au mot plus tôt que tu ne le crois. Au fait, Leslie, pendant que j'y pense, un ami de la police de San Francisco m'a demandé tes coordonnées. Je n'ai pas cru devoir les lui refuser. J'espère que je n'ai pas eu tort ?

Leslie savait désormais qu'elle ne pouvait refuser ce genre d'aide. De plus, dans les circonstances présentes, il était difficile de s'en formaliser. Aussi lui répondit-elle, résignée :

– Entendu, Nick, qu'il m'appelle.

– Merci, beauté ! Bon. J'ai été content de t'entendre, mais il faut maintenant que je te laisse. Le devoir m'appelle !

– Embrasse Margot de ma part et transmets-lui tous mes vœux de bonheur. Encore pardon de n'être pas des vôtres aujourd'hui.

Songeuse, elle raccrocha. Tout à l'heure, dans l'après-midi, Simon donnait une conférence à laquelle elle était évidemment invitée. Mais elle avait décliné l'offre, ayant un rendez-vous impératif avec l'une de ses clientes. Emily l'avait donc remplacée, Emily dont on avait déjà évoqué la présence aux côtés de Simon, quelques jours plus tôt, dans une chronique mondaine. « Le célèbre musicien au look de pirate, disait-on dans un entrefilet, a été vu récemment au bras d'une nouvelle conquête ; mais quelle est la véritable élue de son cœur ? Elle, ou bien le Dr Barnes, sa sœur, qu'il promène en ville avec un égal enthousiasme ? Qui chaperonne qui ? » Dieu que les êtres humains pouvaient être futiles à perdre ainsi leur temps à colporter de tels ragots ! se dit-elle, non sans une certaine pointe d'agacement, profitant de quelques instants de liberté pour jardiner en attendant la venue de Susan Hamilton. Ayant taillé les ricins, puis fourré les rameaux et les feuilles toxiques dans un grand sac en plastique soigneusement ficelé, elle se dirigeait vers le portail pour aller le déposer dehors quand une voiture de police s'immobilisa le long du trottoir. Un policier en uniforme à la carrure impressionnante en descendit, flanqué d'une jeune équipière en tenue kaki. Les voyant venir vers elle, Leslie eut un bref mouvement de panique, pensant à Emily, puis à Simon. Leur était-il arrivé quelque chose ?

– Bonjour, madame, lança l'homme, débonnaire. J'ai bien connu votre maison dans le temps, et suis ravi de voir qu'elle est de nouveau habitée. Je m'appelle Joe Schafardi. Vous êtes une amie du sergent Beckenham, n'est-ce pas ?

– C'est exact, répondit-elle sans enthousiasme.

– Vous avez l'un des plus beaux jardins de la ville, Madame, déclara à son tour la femme policier, jetant un regard admiratif autour de la maison. C'était si dommage de le voir ces temps derniers à l'abandon. Félicitations, vous l'avez rapidement ressuscité ! Vos citrons sont magnifiques et je les connais bien. Le Dr Margrave avait l'habitude de m'en donner chaque saison...

– Eh bien, il faut maintenir la tradition. Prenez-en, je vous en prie. L'arbre croule sous les fruits.

Ne se le faisant pas répéter deux fois, la jeune femme marcha d'un pas martial vers le citronnier et choisit soigneusement plusieurs agrumes avant de revenir vers le portail au moment où Schafardi disait :

– Le Dr Margrave était une dame formidable. Figurez-vous qu'elle a collaboré plusieurs fois avec nos services, exactement comme vous. Mais je suppose que le sergent Beckenham vous en a déjà parlé. Vous, après elle, avouez que c'est une sacrée coïncidence, non ? C'est bien vrai que la vérité dépasse souvent la fiction !

– Monsieur Schafardi, y a-t-il une raison particulière à votre visite ?

– Eh bien... oui, en quelque sorte, répondit la jeune femme à sa place. Nous avons une disparition sur les bras, et nous ne savons pas du tout par où commencer l'enquête.

Leslie eut à ces mots l'impression d'être rattrapée soudain par ses cauchemars. Les policiers allaient l'interroger sans doute sur la disparition mystérieuse d'une prostituée toxicomane, et elle allait être bien embarrassée pour répondre. Heureusement, Schafardi la rassura sur-le-champ en expliquant qu'un jeune homme, élève de l'université de San Francisco, avait disparu de son appartement à la veille de ses examens sans laisser la moindre trace. Or, c'était un étudiant tout à fait sérieux, n'ayant aucune raison de disparaître avant les épreuves. Plus étrange encore, il avait même abandonné sa moto dont il se servait quotidiennement.

– Je veux bien faire mon possible pour vous aider, dit Leslie, folle de soulagement. Mais je ne peux évidemment rien vous promettre.

– Voulez-vous voir son appartement ? Sa propriétaire souhaite le relouer, mais je lui ai demandé de patienter une semaine. Ah, si vous pouviez nous dire seulement s'il s'agit d'un meurtre ou d'une disparition volontaire, vous nous ôteriez une belle épine du pied !

– Eh bien, c'est entendu, je m'y rendrai dès que possible. Mais excusez-moi, j'ai fort à faire dans l'immédiat, ajouta-t-elle, voyant la Mercedes de Simon se garer juste derrière leur voiture.

Simon descendit, accompagné d'Emily, et se dirigea vers eux, d'une démarche nonchalante.

– Hello ! Professeur Anstey, clama le policier d'une voix avenante, comment allez-vous ? Nous n'avons pas eu l'occasion de vous revoir depuis le décès de la regrettée miss Margrave. Vous étiez alors à l'hôpital. Je vois avec plaisir que vous n'avez plus le bras en écharpe. Pat, ajouta-t-il à l'attention de sa consœur, permets-moi de te présenter le Pr Simon Anstey. Professeur, l'agent Patricia Ballantine.

– J'ai vu un de vos films, M. Anstey, minauda cette dernière sans refréner son enthousiasme, et j'espère avoir l'occasion de vous revoir bientôt.

Simon s'inclina poliment et entra dans le jardin suivi d'Emily, signifiant clairement qu'il ne souhaitait guère prolonger l'entretien.

N'en prenant pas ombrage, le policier libéra Leslie à son tour, l'invitant, si cela lui convenait, à se rendre à sept heures au commissariat.

– Dois-je vous envoyer une voiture, docteur Barnes ?

– Non merci, je viendrai par mes propres moyens. J'espère pouvoir vous être utile, mais je le répète, il m'est impossible de promettre quoi que ce soit !

Après l'avoir à nouveau remerciée, les policiers s'en furent avec leurs citrons.

– Que je le veuille ou non, soupira Leslie les ayant regardé s'éloigner en voiture, on dirait que j'entame une nouvelle carrière. Je m'en passerais bien !

– Pourquoi avoir alors accepté de les aider ? demanda Emily qui était revenue sur ses pas.

– Tu es drôle ! Comment faire autrement ? Refuser était impossible.

Elles remontèrent lentement vers le perron.

– Nous ferions bien de cueillir ces citrons sans tarder, si nous souhaitons en garder quelques-uns pour nous, remarqua Emily, mi-figue, mi-raisin. Je vais essayer d'en faire de la marmelade. Pensez-vous que je puisse utiliser du miel plutôt que du sucre, Simon ?

– Pourquoi pas ? A condition que tu n'oublies pas d'y mettre un peu de pectine pour l'épaissir.

Emily alla vers le citronnier et lui demanda :

– Simon, pouvez-vous m'apporter l'escabeau qui est dans le garage ?

– Sûrement pas, répondit-il, imperturbable.

– Fainéant ! s'esclaffa Emily.

– Pas du tout, mais crois-tu bien utile d'imposer ce genre d'effort à ma main, alors que ce n'est rien pour toi, si robuste et débordante de vitalité ? Le garage n'est pas loin, sers-toi toi-même.

– Simon, excusez-moi, je plaisantais, voyons ! Evidemment je m'en charge.

Comme elle partait en courant le chercher, Simon adressa à Leslie un sourire un peu crispé.

– Si nous terminions la soirée chez moi après ton passage au commissariat ? lui proposa-t-il. Tu m'expliqueras alors ce que te veulent ces flics.

– Avec plaisir, mais je ne sais pas si je pourrai, mon amour. Ils veulent simplement que je les accompagne jusqu'à l'appartement d'un étudiant qui a disparu.

– Des centaines de personnes disparaissent chaque jour, maugréa-t-il en haussant les épaules. La plupart changent tout simplement d'adresse sans se donner la peine de prévenir leurs proches. J'espère que ce sera le cas. A quelle heure dois-tu les retrouver ? Peut-être avons-nous le temps de dîner quelque part avant ?

– Je crains que non, dit-elle à regret. Mon dernier rendez-vous se termine à six heures et demie, et je suis attendue au commissariat à sept heures. Si j'avais su...

Simon lui effleura la joue.

– Libre à toi. Je n'ai aucun droit de regard sur ton emploi du temps. Mais il faudra tout de même que nous nous penchions un de ces jours sur la question.

Voyant Emily revenir avec son escabeau sous le bras, il la foudroya du regard.

– Tes mains, Emily ! Va tout de suite mettre des gants de jardinage !

Emily obtempéra sans broncher, et Leslie, n'en revenant pas, alla se changer dans sa chambre. Sa sœur ne se rebellait jamais contre lui, alors qu'elle avait toujours été allergique aux ordres... C'était incroyable !

Redescendant un peu plus tard, elle les trouva tous deux achevant leur cueillette, au moment même où la camionnette de Frodo se garait en grinçant dans la rue.

– Bonjour, docteur Barnes, lança le jeune homme en s'avançant vers elle. Je suis venu récupérer l'escabeau que j'avais apporté pour repeindre le garage. Mon père en a besoin, et... Tiens ! je vois justement qu'Emily s'en sert.

– Ils ont fini, je crois, répondit Leslie.

Frodo gagna le pied du citronnier.

– Alors, la cueillette est bonne ? Bonsoir, Emily. Comment allez-vous, Professeur Anstey ?

– Bonsoir, Paul, répondit Simon froidement.

Paul ? Etait-ce donc le véritable prénom de Frodo ? Leslie s'était plus d'une fois demandé d'où lui venait son curieux surnom.

Le jeune homme cependant exposait brièvement l'objet de sa visite.

– Bien sûr, tu peux le reprendre, répondit Emily. Nous avons fini. Merci de nous l'avoir laissé si longtemps.

Frodo replia l'escabeau et jeta un coup d'œil circulaire.

– Ce jardin est vraiment superbe ! s'extasia-t-il. Si jamais tu as besoin d'un coup de main pour...

– Merci, Frodo, tu es gentil mais le gros du travail a déjà été fait.

– Comme tu veux, mais je reste à votre disposition. Ah, à propos ! Il y a ce soir un concert de musique médiévale sur East Bay. Ça te tente ? J'ai fabriqué moi-même quelques-uns des instruments de l'orchestre. Nous y allons à plusieurs voitures. On te trouvera bien une place.

Le visage d'Emily s'illumina.

– Si ça me tente ? Tu parles ! Simplement, je...

Elle hésita et jeta un coup d'œil à Simon, qui secoua de gauche à droite presque imperceptiblement la tête.

– Malheureusement, je ne suis pas libre ce soir, Frodo. Merci quand même.

Le jeune homme décocha à Simon un regard haineux.

– Depuis quand Emily a-t-elle besoin de votre permission pour sortir, Professeur ? Vous êtes devenu son tuteur, ou son ange gardien, peut-être ?

– Ni l'un ni l'autre, répliqua Simon, sans se départir de son calme. Emily est tout à fait libre de ses actes. Il se trouve simplement qu'elle a d'autres projets ce soir.

– Je dois répéter, Frodo, expliqua l'intéressée, plutôt embarrassée. Te montrer agressif ne peut en rien arranger les choses... Je suis désolée. Ce sera pour une autre fois.

– Très bien, je n'insiste pas. J'aurais pourtant bien aimé que tu entendes ces instruments, ils sont formidables, tu sais.

– Vous vous êtes remis à jouer dans un orchestre, Paul ? s'enquit Simon après un instant de silence.

– Non, pas encore. J'ai voulu prendre un peu de recul pour réfléchir à ce que je voulais faire de ma vie. J'aime aussi beaucoup travailler de mes mains, et suis passionné par la recherche et surtout par la fabrication d'instruments anciens. Vous, qui vous intéressez aux vieux clavecins, devez me comprendre.

– Je n'en suis pas certain. Le dilettantisme gâche toujours le talent.

– Mon père me le dit aussi. Mais très franchement, voyez-vous, je ne me vois pas du tout passant ma vie à jouer dans un orchestre, habillé comme un pingouin. Pourquoi devrais-je jouer de la flûte en smoking ? Tout cela est du carnaval, à croire que la musique n'est pour certains qu'un spectacle réservé aux riches ! Désolé, mais ce n'est pas du tout l'idée que je m'en fais.

– Je ne connais que trop ce genre de discours. Il résulte immanquablement d'un regrettable manque d'objectivité. Pourquoi attacher tant d'importance à la tenue ? Seule compte en fait la façon dont on joue.

– C'est exactement ce que je me tue à vous dire !

– Paul, lâcha Simon en jetant un dernier citron dans le panier, contentons-nous, voulez-vous, de constater une certaine divergence d'opinions entre nous sur ce sujet. Emily, il est préférable que je ne manipule pas ce panier. Peux-tu l'emporter pendant que je range les outils de jardinage ?

– Bien sûr.

Frodo emboîta le pas à Emily et s'offrit à la débarrasser de son panier.

– Emily, quand puis-je te voir seule ?

– Ecoute, fit-elle, baissant les yeux, je n'en vois pas l'utilité. Et laisse-moi tranquille, je peux très bien porter ce panier !

Navré, Frodo fit demi-tour et s'en alla avec son escabeau, non sans avoir jeté un dernier coup d'œil à la jeune fille qui s'engouffrait dans la cuisine. Leslie suivit sa sœur et la surprit en train d'essuyer une larme.

– Je ne sais vraiment pas pourquoi je me mets dans cet état à cause de ce type, maugréa-t-elle. Mais je ne peux pas m'en empêcher !

Délaissant ses citrons, elle partit se réfugier dans le salon de musique. Simon fit à son tour son entrée.

– Je crois qu'Emily a besoin d'avoir des amis de son âge, lui déclara Leslie après un bref silence.

– Je suis désolé de t'entendre énoncer de tels clichés, répondit-il sèchement. Emily n'est pas une jeune fille comme les autres. Je pensais que tu t'en étais aperçue.

– Ecoute, Simon, elle avait vraiment envie de sortir ce soir. Pourquoi l'en empêcher ?

– Je connais bien le jeune Paul Frederick. (Leslie mit une ou deux secondes à comprendre qu'il parlait de Frodo.) C'est un garçon bourré de talent, mais totalement dépourvu d'ambition. Il n'arrivera à rien s'il refuse d'exploiter les dons qu'il possède. Emily et lui vivent dans des mondes différents. J'espérais que tu le comprendrais. Crois-tu vraiment que cet hurluberlu puisse lui apporter quelque chose ?

Là-dessus, il partit à son tour vers le salon de musique. Elle faillit l'y suivre, mais décida de s'abstenir. Qu'il s'arrange donc avec Emily. Après tout, elle n'avait pas à intervenir.

L'heure du rendez-vous avec Susan Hamilton arrivée, elle fit entrer sa patiente dans son cabinet, et lui posa quelques questions de routine sur la santé et l'évolution de sa fille. Sa cliente lui répondit succinctement et ne tarda pas à aborder un sujet inhabituel.

– Croyez-vous à la signification des rêves, Leslie ?

– Que voulez-vous dire ? Auriez-vous fait un rêve précis que vous souhaitez me raconter ?

– Oui, j'ai rêvé de Chrissy. Elle n'était plus là. On me l'avait enlevée. Et quand je la retrouvais, elle parlait ! Elle disait : « Où est ma maman ? Je veux ma maman ! »

Le silence retomba. Voyant qu'il menaçait de s'éterniser, Leslie reprit l'initiative.

– A votre avis, Susan, que signifie ce rêve ?

– Ce n'est pas la première fois que la petite parle à cette occasion et je sais que c'est l'expression de mon désir. Mais cette fois, c'était différent. C'est pourquoi je vous pose la question. J'aurais plutôt dû vous demander si vous croyez aux rêves prémonitoires. Je suis presque sûre que Chrissy parlera un jour et que ce rêve n'était pas un rêve ordinaire.

– Pouvez-vous me dire en quoi ce rêve était différent ?

Susan resta silencieuse.

– Vous espérez encore un miracle, n'est-ce pas, Susan ?

– Pas un miracle, mais peut-être un déclic. J'ai d'ailleurs le sentiment qu'elle m'écoute de plus en plus. Elle comprend tout ce que je dis ! Tenez, l'autre jour, je lui ai demandé de m'apporter son blouson juste avant de l'emmener au centre aéré. A la place, elle m'a apporté son ciré. Je n'avais même pas remarqué qu'il s'était mis à pleuvoir ! Chrissy, elle, l'avait parfaitement vu.

– Vous pensez donc que ce rêve exprimait non pas un désir, mais une conviction profonde que vous n'aviez pas encore formulée consciemment ?

– Peut-être. En tout cas, c'est la première fois qu'elle m'a donné l'impression de s'intéresser à ce qui se passait autour d'elle.

– Vous voyez, il est bon que vous n'ayez pas encore fait votre choix.

– Jusqu'à présent, tout s'est passé comme si elle ne me reconnaissait pas, comme si elle ne faisait aucune différence entre sa maison et le reste. Si c'était vrai, mieux vaudrait que je suive le conseil de ma sœur Margaret : vivre enfermée dans un établissement spécialisé ne changerait pas grand-chose pour elle. Mais j'ai l'impression qu'elle sait, qu'elle me reconnaît... Peut-être même a-t-elle envie de rester avec moi. Peut-être, par ce rêve, a-t-elle cherché à m'atteindre, à me faire comprendre que je ne devais pas perdre espoir.

Ce n'était peut-être là qu'une dangereuse illusion. Mais dans le fond, pourquoi ne fallait-il pas espérer ? En théorie du moins, il n'était nullement inconcevable que l'esprit d'un être handicapé accède à une certaine indépendance vis-à-vis du corps qui l'emprisonne. La petite Chrissy Hamilton pouvait avoir choisi la voie du rêve pour communiquer avec sa mère.

– Ne prenez surtout pas de décision définitive avant d'être sûre de pouvoir en assumer les conséquences, Susan.

La pendule sonna six heures et demie à cet instant.

– Bien, cela suffit pour aujourd'hui. La prochaine fois, nous reparlerons de...

Mme Hamilton se leva au moment où le coucou autrichien jaillissait de nouveau de son antre. Le sang de Leslie se figea quand elle vit la pendule se détacher du mur et s'abattre sur le sol. Quant à l'oiseau mécanique, il traversa toute la pièce à mi-hauteur et finit par s'écraser sur le mur opposé. Pétrifiée, Leslie regarda Susan se précipiter vers la pendule.

– Oh, Leslie, votre joli coucou ! Qu'est-ce qui a bien pu le faire tomber ?

Leslie se força à sourire.

– Je ne vois que deux possibilités, répondit-elle d'un ton faussement léger. Soit un léger tremblement de terre... soit un esprit frappeur ! Je vous laisse le choix.

– Je n'ai senti aucune secousse, mais il se peut qu'un camion ait fait vibrer les murs en passant dans la rue...

Susan ramassa les morceaux de la pendule, tandis que Leslie déposait sur son bureau les restes de l'oiseau brisé.

Qu'essaies-tu de me faire comprendre, Alison ? s'entendit-elle dire intérieurement, question qui la tenailla en vain jusqu'au départ de sa patiente. Derrière la porte close du salon de musique, Simon et Emily travaillaient un prélude de Debussy. Le piano et la harpe se répondaient par vagues successives, et Leslie sut qu'ils n'étaient pas prêts à s'interrompre. Se sentant soudain très seule, elle ne put se résoudre à regagner son cabinet, pour y voir les débris de la pendule éparpillés.

XVIII

QUAND Simon et Emily quittèrent le salon de musique, Leslie s'était ressaisie à grand-peine. Elle n'arrivait cependant toujours pas à comprendre, la maison ayant été exorcisée, les raisons du retour du poltergeist.

Comme c'était l'heure de se rendre au commissariat, Simon l'accompagna et lui proposa de l'attendre. Patricia Ballantine, dont elle avait fait connaissance le matin, l'introduisit dans son bureau, la fit asseoir et prit un dossier dans un tiroir.

– Il serait peut-être préférable qu'avant tout vous jetiez un œil à son appartement, observa-t-elle en ouvrant la chemise. Si vous voulez, nous pouvons nous y rendre tout de suite.

– Voyons d'abord ce que je peux obtenir sur photo, répondit Leslie qui n'avait jamais eu besoin de contact physique pour susciter ses visions.

L'agent lui tendit alors un cliché sur lequel elle passa les mains avant de le retourner, perplexe.

– Je ne comprends pas. Cet homme se trouve actuellement chez lui. Il est avec... sa grand-mère.

– Qu'est-ce que je te disais ! s'écria Schafardi qui entrait dans la pièce. J'étais sûr qu'elle ne tomberait pas dans le panneau. Merci, docteur Barnes, et veuillez nous excuser. Il ne s'agissait là que d'un petit test préliminaire. Ce type, sur la photo, est l'un de nos collègues. Que voulez-vous, il y a médium et médium, et nous sommes bien obligés de faire des vérifications. J'espère que vous ne nous en voulez pas. Alison Margrave a elle aussi, la première fois, subi cette petite épreuve dont vous vous êtes tirée aussi brillamment qu'elle. Voici le dossier de notre homme, Gus Hansen.

L'ayant consulté un instant, Leslie fut submergée par une série d'impressions confuses. Elle vit un appartement aux cloisons blanches, une affiche de rock, une couette fripée, les traits d'un jeune homme, une paire de chaussures de randonnée, un sac à dos orange...

– A-t-on retrouvé son sac à dos ? demanda-t-elle, hésitante.

– Quelqu'un a-t-il mentionné un sac à dos, Pat ? s'enquit Schafardi.

La jeune femme secoua la tête négativement.

– Je... je ne crois pas qu'il soit mort, reprit Leslie. Il est vivant, quelque part. Il porte aux pieds des chaussures de randonnée. Il est parti avec une fille qui est enceinte, me semble-t-il. De six semaines environ...

– Il faisait beaucoup de mystère à son propos, glissa Pat Ballantine à Schafardi.

– Elle est mineure, s'entendit dire Leslie. Elle n'a pas encore seize ans. Ni l'un ni l'autre n'ont rien dit à leurs familles. Ils ont acheté une carte. Vérifiez... les magasins de matériel de camping. Ils souhaitaient passer quelque temps dans un endroit tranquille, en tête à tête, pour décider de ce qu'ils devaient faire. Là où ils sont, il fait très froid. Ils sont en bonne santé, mais ils éprouvent quelques difficultés à redescendre d'une corniche dans un terrain accidenté.

– Il y a un magasin de sport tout à côté de chez lui, fit remarquer Schafardi.

– En tout cas, ils vont bien, soupira Leslie en rendant le dossier, et ont l'intention de se marier.

Sa vision lui échappant brusquement, elle se réfugia dans le silence. Cette fille, plus jeune qu'Emily, était déjà enceinte... Du moins étaient-ils tous les deux vivants et tâchaient-ils de résoudre leur problème.

Se rendant compte alors à quel point elle avait craint de découvrir un nouveau cadavre, Leslie demanda :

– Les cas de disparition sont-ils nombreux ?

– Très, répondit la jeune femme, en rangeant le dossier. Mais la plupart concernent des vagabonds, des prostituées, des gens qui n'intéressent personne. En général, quand on retrouve leur cadavre au fond d'une ruelle, on est presque tenté de dire : « Bon débarras. Celui-là, au moins, ne posera plus de problème. »

Le commentaire était cynique, songea Leslie, mais pertinent. A quoi servait donc de se laisser dominer par les sentiments ? Elle s'efforça de faire le vide dans ses pensées et prit congé des policiers. Elle ne voulait plus rien savoir. Cette histoire ne la concernait plus.

Simon se leva prestement à son retour dans le hall, égal à lui-même, affichant un flegme et une totale maîtrise de soi.

– Partons, dit-il en lui prenant le bras. Ma vue me pose quelques problèmes passagers. Peux-tu conduire à ma place ?

– Bien sûr.

– Tu n'es pas trop fatiguée ?

– Mais non, pas du tout. Ma légère lassitude n'est que mentale.

Chez Simon, Leslie accepta avec un vif plaisir le verre de vin blanc, préliminaire devenu rituel à leurs étreintes. En ayant bu de son côté deux gorgées, Simon l'attira à lui.

– Leslie, ma douce, nous devrions vivre ensemble, tu sais. Ce serait, pour toi et moi, la meilleure solution.

Peut-être avait-il raison, mais l'idée était tout de même saugrenue. Ils se connaissaient depuis si peu de temps ! Et pourtant, il est vrai qu'ils avaient l'impression d'être destinés l'un à l'autre depuis toujours.

– Simon, devons-nous brûler ainsi les étapes ? Je dois penser à Emily. Il est trop tôt pour que je la laisse vivre seule.

Tendrement, il resserra son étreinte.

– Mais Emily fait aussi partie de notre vie, murmura-t-il. Si le destin m'avait condamné à ne plus jamais jouer, je me serais sans doute contenté de faire d'elle mon élève, d'investir toute ma passion et mon savoir dans sa carrière. Il m'arrive même parfois d'éprouver une envie irrésistible de céder à cette tentation, de renoncer à lutter, d'oublier la douleur... de jeter l'éponge.

– Pourquoi ne pas le faire, Simon ? lui souffla-t-elle, le visage enfoui au creux de son épaule.

– C'est impossible. Je ne veux pas, je ne peux pas m'avouer vaincu.

Les larmes lui montant aux yeux, elle eut envie de le persuader, de le supplier. Ce combat qu'il menait le détruisait, l'entraînait inexorablement vers la démesure, vers les effroyables excès qu'il lui avait avoués.

– Leslie, ce matin, reprit-il, je me suis réveillé avec en tête le thème final de mon adagio. Toute la journée il m'a fallu cependant enseigner, ou plutôt perdre mon temps avec un défilé d'élèves moins doués les uns que les autres. Pas un n'arrive à la cheville d'Emily, mais je me suis laissé prendre au piège et suis l'otage de jeunes ignares qui ne tirent pas le moindre profit de ce que je leur apprends. Alison a, elle aussi, fait la même chose que moi : elle gâchait son talent au service d'une bande d'écervelés aussi ineptes qu'incultes. Mieux aurait valu donner de la confiture aux cochons ! Pour toi aussi, ma douce chérie, les réalités ne sont guère brillantes. Tu uses ta santé à porter secours à des gens qui, quoi que tu fasses, ne sauront jamais t'apprécier à ta juste valeur... Leslie, quel que soit notre destin, il faut continuer à exercer le don que la nature nous a offert.

Fébrilement, il quitta les bras de Leslie, prit place devant son piano et commença à jouer. D'emblée, elle reconnut le thème qu'il avait joué pour Emily – l'ouverture de son adagio, puis ses doigts, courant sur le clavier, glissèrent vers des accords beaucoup plus pathétiques et désespérés.

– Cet adagio, gémit-il presque, sans s'interrompre, je dois le jouer, je le jouerai pour mon concert de retour. Il faut absolument que je sois prêt !

Comme la pendule dans le salon sonnait minuit, Leslie, hésitante, se risqua à lui faire observer l'heure tardive.

– Simon, tu ne crois pas... Les voisins...

– Je peux jouer aussi fort qu'il me plaît et toute la nuit s'il le faut. J'ai dépensé une fortune pour cela, l'appartement est complètement insonorisé.

Voyant qu'il ne fallait pas insister, Leslie resta sagement assise dans son fauteuil et finit par perdre toute notion du temps. Une fois ou deux, il s'arrêta pour boire une gorgée de vin, sans d'ailleurs paraître s'en rendre compte. Son visage était creusé de rides profondes, son regard lointain, son interprétation ressemblait de plus en plus à un combat. Leslie éprouvait dans sa chair chacune des imperfections de son doigté, son auriculaire mutilé trébuchant de plus en plus souvent sur les touches. Souffrant encore davantage à ces moments-là, Simon s'acharnait à maintenir son rythme, à maîtriser techniquement les passages les plus difficiles, encore et toujours, les mâchoires crispées. Tout à coup, cependant, ne pouvant contenir davantage son exaspération, il balaya le clavier d'un revers de main d'une violence inouïe. Son verre valsa à travers la pièce et s'écrasa contre un mur. C'en était trop. Essoufflé, suffoquant presque, il s'effondra sur le piano et resta immobile, terrassé par la douleur et le désespoir.

Leslie s'était levée d'un bond.

– Simon..., murmura-t-elle doucement, en se lovant contre lui, Simon arrête, mon chéri. Tu es épuisé. Allons nous coucher tous les deux. Viens !

– Leslie, hoqueta-t-il, réprimant un sanglot, Leslie, je te le jure, j'y arriverai. Je jouerai cet adagio. Le pouvoir... le pouvoir de la volonté est sans limites.

Elle planait dans le garage, à l'intérieur d'un cercle de lumière bleue impossible à franchir, et subitement, se retrouvait prisonnière, jouant malgré elle du clavecin. Puis, sans transition, elle se souvenait qu'elle n'était pas, dans cette vie, censée jouer de cet instrument, que c'était au tour d'Emily, maintenant, Emily qui, elle aussi, était là. Evoluant dans les ténèbres, Simon les guettait, prêt à fondre sur elles pour les immoler, sa main saignant à flots traçant autour d'elles des arabesques infernales. Derrière lui, un chat était attaché sur un autel ; un peu plus loin, Susan Hamilton appelait sa fille. Simon alors éclatait de rire : « J'ai changé Chrissy en chat ! » hurlait-il, brandissant son index vers l'animal sanguinolent, gisant inerte au centre d'un cercle lumineux. « Mais la coquine est loin de valoir l'un des chats d'Alison ! »

Brutalement, Leslie serrait alors Simon dans ses bras, un Simon fou de douleur car le chat venait de lui griffer l'œil et son orbite saignait à flots...

– Leslie ? Que t'arrive-t-il ? Pourquoi ce cri ?

Elle sursauta au son de sa voix et se redressa sur le lit. Simon la dévisageait avec inquiétude.

– Ce n'est rien. Juste un cauchemar, Dieu merci !

– Pauvre amour. On dirait que je te transmets aussi mes souffrances. Ma main me fait affreusement mal. Je crois que je vais prendre un somnifère. En veux-tu un ?

Elle fit non de la tête. Simon se leva, passa dans la salle de bains et revint bientôt avec un petit flacon.

– Tu es sûre que tu n'en veux pas ?

– Non, Simon, absolument.

Il sortit un cachet, le considéra un instant, puis le remit dans le flacon.

– Partageons alors notre insomnie, soupira-t-il en se recouchant. Si tu me parlais de ta famille ? Un talent comme celui d'Emily ne surgit pas du néant. Y a-t-il eu des musiciens chez les Barnes ?

Leslie lui parla alors de leur grand-mère suédoise, de la harpe reçue en héritage, des larmes d'Emily à cinq ans parce que ses mains ne réussissaient pas encore à jouer comme elle voulait. A son tour, Simon évoqua pour la première fois son enfance dans un pensionnat. Tourmenté et fragile, il cherchait souvent refuge à l'infirmerie. « Au moins là, lui confia-t-il, personne ne m'ennuyait et je pouvais écouter de la musique à la radio, musique qui devint bientôt pour moi le meilleur des antidotes contre la routine que j'exécrais. »

Ensuite, lui aussi était tombé sous l'influence d'un poltergeist et c'était à cette occasion qu'il avait rencontré Alison. Ayant brisé à distance plusieurs cordes de la guitare d'un de ses camarades, sa mère l'avait retiré du collège et l'avait amené en consultation chez elle. Au fil du temps, il était devenu son protégé, puis son partenaire.

– Je détestais mon voisin de chambrée. J'ai oublié son nom, mais non sa guitare maudite, sur laquelle il passait son temps à massacrer d'infâmes ritournelles. A plusieurs reprises, j'ai failli vraiment l'assommer. Si maman m'avait mis dans ce collège, c'était essentiellement parce qu'elle croyait dur comme fer qu'une femme seule était incapable d'élever un fils sans en faire un être efféminé, voire un homosexuel.

– Ton père était donc mort ?

– Je n'en ai pas la moindre idée. Ma mère, la pauvre, essayait de me persuader que j'étais le fruit d'une génération spontanée. Alison, elle, devait savoir la vérité, mais elle ne m'en a jamais rien dit. Ce qui est certain, c'est que je suis un bâtard.

Sa rancœur visible incita Leslie à changer de sujet.

– Tu as été, m'as-tu dit, sous l'influence d'un poltergeist ? J'ai un cas de ce genre parmi mes patients.

– Une adolescente, je suppose ? Les filles sont quatre fois plus sujettes à ce genre de problème. Les garçons en ont d'autres.

– C'est moins vrai depuis que les femmes se sont lancées à corps perdu dans la vie active. En revanche, l'autisme est huit fois plus fréquent chez les garçons. Peut-être y a-t-il à cela une explication héréditaire ou chromosomique.

Simon fit la moue.

– C'est sans doute parce que les garçons sont en première ligne que l'on perd tant de temps à vouloir améliorer le sort de ces enfants. Les garçons, après tout, sont les prolongateurs de la lignée familiale. Dans le fond, j'ai peut-être eu de la chance de ne pas connaître mon père. Pour certains, en effet, avoir un fils doué peut être aussi catastrophique que d'avoir un débile profond, car pas plus qu'un être déficient, au niveau mental, un surdoué n'est susceptible de reprendre le flambeau familial. Je suis certain que si l'hémophilie ne touchait que les filles, il y aurait depuis longtemps des lois permettant, voire imposant, l'euthanasie pour ses victimes. Mais quel père accepterait de sacrifier un fils ?

Il se tut un instant, puis son rire, amer, s'éleva dans l'obscurité.

– Bien sûr, c'est ce qu'a fait le mien, en quelque sorte, me diras-tu. Mais a-t-il seulement su que j'existais ?

– Tout homme ne pourrait être que fier d'avoir un fils comme toi, Simon.

– Pas le mien en tout cas ! Allons, essayons de dormir maintenant.

Leslie, songeuse, resta un long moment éveillée. Il était surprenant que Simon n'ait pas envisagé de pallier cette carence paternelle en procréant lui-même un fils. Mais était-il vraiment prêt pour cet acte d'amour qui le prolongerait ? Quoi qu'il en soit, il léguerait au monde sa musique, même s'il ne devait plus jamais jouer, même s'il devait désormais se contenter d'enseigner le piano à des élèves sans intérêt, dénués de tout talent. Qui savait d'ailleurs, après tout, si parmi eux ne se révélerait pas un jour ou l'autre un génie en herbe ?

Ses paupières se fermant, Leslie se demanda encore ce qui lui faisait confusément pressentir que la carrière d'interprète de Simon était irrémédiablement terminée. Ne pouvant répondre clairement à la question, elle finit par sombrer à son tour dans le sommeil.

Attendu à Dallas pour une série de conférences, Simon s'apprêtait à partir pour quelques jours. Un dimanche matin, Leslie l'accompagna à l'aéroport.

– A mon retour, lui dit-il comme leur voiture approchait du hall des départs, j'aimerais que nous pensions sérieusement à la possibilité de vivre ensemble. Je supporte très mal de vivre loin de toi. Le moment est sans doute malvenu pour formuler une demande de mariage en règle, mais il nous faut faire quelque chose pour éviter ces séparations !

– Mariée, je ne pourrais davantage te suivre dans tes voyages, Simon. J'ai moi aussi un métier et des engagements.

– Bien sûr, je sais tout cela, répondit-il avec une compréhension chaleureuse dans la voix qui la toucha. Je sais aussi que tu as, semble-t-il, été choisie par Alison pour assurer sa relève. Nous pourrons néanmoins trouver une solution, j'en suis convaincu, en dépit des contraintes conflictuelles relatives à nos deux carrières et même trois, car il faut aussi prendre en compte celle d'Emily. Inutile de te garer, mon amour, dépose-moi seulement devant cette entrée. J'ai horreur des adieux avant les départs. Garde ma voiture en mon absence. Tu la conduis parfaitement, mieux que moi peut-être.

– Quand penses-tu rentrer, chéri ?

– Pas avant vendredi. Il faut que je fasse un bond à Chicago mercredi. Tu as sans doute déjà entendu parler de Lewis Heysermann ?

– Le chef d'orchestre ?

– Oui. Il dirige cette année celui de Chicago. Nous sommes très liés depuis nos études à Juilliard, et Lewis me doit une faveur. Je vais tâcher de le convaincre d'inscrire mon adagio à son programme de l'année prochaine, ou de la suivante. Je voudrais qu'il dirige l'Orchestre lors de mon grand retour.

Ainsi, malgré ce qui s'était passé l'autre nuit, il refusait de perdre espoir, voulait continuer à se battre, défier son destin. Avait-il raison ? Avait-elle tort de douter de sa réussite ?

Elle fit halte devant les guichets d'enregistrement des bagages, l'embrassa furtivement. Simon descendit, attrapa sa valise sur la banquette arrière et lui lança, avant de la quitter, ces quelques mots :

– Ciao, baby ! Je te téléphonerai. Dieu te protège !

C'était la première fois qu'elle entendait Simon invoquer quelque divinité que ce fût. Profondément troublée, elle regarda sa haute silhouette se diriger vers le comptoir et y déposer sa valise. Mais déjà un chauffeur de taxi klaxonnait furieusement dans son dos.

Comme si elle sortait brusquement d'un rêve, elle enclencha machinalement sa boîte automatique et démarra en trombe.

XIX

SIMON appela Leslie le mardi soir pour dire que tout se passait bien et qu'il s'envolait pour Chicago le lendemain matin.

– Comment va Emily ? demanda-t-il, comme la communication s'achevait.

– Entre son piano et le clavecin, apparemment, elle se porte comme un charme. Elle est en ce moment en train de préparer une marmelade de citrons à la cuisine, si tu veux tout savoir.

– Peux-tu me la passer une minute ?

– Ne quitte pas, je l'appelle.

Répondant aussitôt, Emily apparut.

– Chérie, c'est Simon. Il veut te dire deux mots.

Saisissant l'appareil, Emily écouta quelques instants en silence, puis demanda avec un sourire :

– Voulez-vous que je vous repasse Leslie ?... D'accord, je lui dis. Bonne soirée, Simon, et à bientôt.

Elle raccrocha.

– Qu'a-t-il dit ? s'enquit Leslie.

– Qu'il t'embrassait très fort. Paraît-il qu'il n'a rencontré aucun élève capable de jouer Rachmaninov comme moi. Il m'a recommandé aussi de ne pas mettre trop de pectine dans ma marmelade... Enfin, il a dit qu'il nous aimait toutes les deux et qu'il rappellerait sans faute vendredi soir pour nous raconter son entrevue avec Heysermann.

Le jeudi, faisant des courses dans le quartier, Leslie passa devant la librairie des Anciens Mystères, mais résista à la tentation d'y entrer. Poltergeist, la vieille chatte, était assise sur le rebord de la fenêtre, et Colin lisait derrière son comptoir. Pour une raison qu'elle avait du mal à analyser, elle redoutait de se trouver en sa présence, sans doute à cause de son attitude négative vis-à-vis de Simon. Comme il était dommage que deux hommes de leur qualité ne puissent arriver à s'entendre, pensa-t-elle, tout en se rappelant, non sans malaise, l'horrible sacrifice que Simon lui avait avoué.

Ayant dépassé la boutique, elle arriva bientôt à hauteur d'une pâtisserie d'aspect très engageant. Cédant à l'envie de prendre un cappuccino et un croissant, elle en franchit le seuil. Un merveilleux parfum mêlé de cacao, de beurre, de cannelle et de café emplissait l'atmosphère. Agréablement mise en appétit, elle gagnait la caisse lorsque son regard fut attiré par une queue de cheval blonde, tombant sur une tunique aussi bariolée que familière. Frodo, qui ne l'avait pas vue, penché au-dessus d'une table, touchait presque du front celui d'Emily. Deux tasses de tisane fumante attendaient devant eux et ils se parlaient à voix basse, main dans la main. Troublée, Leslie fit brusquement demi-tour et ressortit sans rien prendre.

Rentrant directement chez elle, Leslie eut tout loisir de se livrer à ses réflexions. Certes, Simon n'aurait guère apprécié la scène. Il n'avait cependant aucun droit sur Emily et n'était pas chargé de contrôler les moindres faits et gestes de son élève, bien qu'il prétendît être investi d'une sorte de responsabilité paternelle envers elle. Mais Emily n'était plus une gamine, lui comme les autres devaient se rendre à cette évidence.

Emily aurait dix-huit ans au mois d'août et, à cette occasion, elle-même envisageait d'organiser une petite soirée d'anniversaire pour sa sœur dans le garage. En la voyant entourée d'amis de son âge, Simon se résignerait peut-être à adopter une attitude plus réaliste. Frodo, d'ailleurs, ferait partie de la fête...

Espérant recevoir à tout moment un appel de Simon, Leslie guetta le téléphone toute la soirée, s'obligeant à prendre des notes sur ses consultations du jour dans son bureau pour tromper son impatience. Regardant l'heure sans cesse, sa pendule lui faisait cruellement défaut. Il lui faudrait absolument en acheter une autre si l'ancienne ne pouvait être réparée. Enfin, le téléphone sonna. Elle décrocha sur-le-champ, mais ce n'était qu'une élève du conservatoire qui voulait parler à sa sœur. Un peu plus tard un nouvel appel aviva sa déception. C'était un inconnu lui proposant un abonnement promotionnel au *San Francisco Examiner.* A dix heures et demie, Simon ne s'étant toujours pas manifesté, de guerre lasse, elle monta se coucher, s'efforçant de minimiser son inquiétude. Passant la soirée avec son ami chef d'orchestre, Simon ne pouvait évidemment pas l'appeler. De plus, il fallait tenir compte du décalage horaire. Il n'appellerait donc que le lendemain matin, pas avant. Une main sur le téléphone, elle finit par s'endormir.

Arrachée au plus profond de son sommeil, elle crut d'abord à un coup de téléphone mais, presque aussitôt, le cri d'Emily la fit sursauter, immédiatement suivi par un indescriptible tintamarre, comme si on déversait dix tonnes de ferraille dans la cage d'escalier. Ensemble, les deux femmes, vêtues de courtes nuisettes, se retrouvèrent nez à nez sur le palier.

– Mais que se passe-t-il Emily ? C'est effrayant ! As-tu renversé quelque chose ?

– Dieu du ciel, non ! Comment aurais-je pu provoquer

un tel vacarme ? On aurait dit un bulldozer géant en train de broyer des carcasses de voitures ! Tu as entendu comme moi, n'est-ce pas ?

Voyant Leslie sur le point de descendre, elle lui saisit le bras.

– Non ! Surtout, ne bouge pas ! Il faut prévenir la police !

Leslie hésitait, quand un épouvantable fracas retentit à nouveau.

– Appelle le 911, chuchota-t-elle à sa sœur et dis-leur que nous avons sûrement un cambrioleur chez nous.

Tremblante, Emily s'exécuta.

– Ils nous envoient la voiture la plus proche, annonça-t-elle en revenant presque aussitôt.

Elle n'avait pas plus tôt parlé que le fracas recommença. Mais cette fois, Emily leva une main pour imposer silence à son aînée : le bruit ayant cessé, on entendait se prolonger distinctement un son de cordes, comme si quelqu'un venait de renverser la harpe...

– Ça vient du salon de musique, Leslie ! Si ce salaud a osé toucher à la harpe de grand-maman, je le tue !

Folle de rage, elle s'élança pieds nus dans l'escalier.

– Emily, attends ! Tu risques de...

Mais Emily n'entendait plus. Dévalant à son tour les marches, Leslie se rua à sa suite, vit sa sœur pousser brutalement la porte du salon et se précipiter à l'intérieur. Puis elle entendit son cri et faillit s'étaler de tout son long en la rejoignant. Emily avait allumé la lumière et se tenait pétrifiée, bouche bée devant le spectacle apocalyptique qui s'offrait à elles.

On eût dit que quelqu'un avait assené un fantastique coup de masse sur son piano. Son couvercle soulevé était fendu en deux. Un coup plus violent s'était abattu sur les touches, et de nombreux morceaux d'ivoire jonchaient le sol. La harpe avait été renversée et le vandale avait visiblement détruit à coups de pied les cordes, laissant le cadre miraculeusement intact. Du clavecin de Simon, en revanche, il ne restait pratiquement rien. L'intrus s'était acharné sur lui avec une incroyable violence. Tout était en miettes, les cordes se tordaient en tous sens. Ayant pris pour cible l'instrument brisé par d'innombrables coups de masse, le vandale avait sauvagement piétiné les débris avant de les éparpiller aux quatre coins de la pièce.

– Dieu !...

A côté de Leslie, Emily éclata en sanglots, juste au moment où le rugissement d'un moteur couvert presque aussitôt par le hurlement d'une sirène de police trouait la nuit. Par la baie vitrée, Leslie entr'aperçut une voiture stopper devant la maison, le toit balayé par des feux giratoires, et deux formes bondir vers le portail au pas de course. Elle-même se précipita vers l'entrée pour tirer le verrou et les laisser entrer. Guidés par les pleurs d'Emily, Schafardi et Pat Ballantine foncèrent vers le salon de musique.

– C'est pas vrai ! s'écria le policier, l'arme au poing. Où ce salaud est-il bien passé ?

Sa coéquipière, l'ayant rejoint, passa un bras autour des épaules d'Emily.

– C'est fini, ma petite, dit-elle d'une voix apaisante. Il a décampé. Essayez de nous dire ce qui s'est passé.

Sans pouvoir prononcer un mot, Emily se laissa aller contre elle, secouée par des sanglots. Pat demanda, par-dessus son épaule :

– A-t-il essayé de la violer ? L'a-t-il agressée ?

– Non, répondit Leslie. Elle était à l'étage avec moi quand nous avons entendu ces effroyables bruits.

– Et en descendant, vous n'avez rien vu avant de constater... ce raz de marée, renchérit Schafardi, ouvrant de grands yeux ronds. Mais par où a-t-il bien pu sortir ? Par la fenêtre du fond ? Elle n'a même pas l'air d'avoir été forcée. C'est incroyable !

Il quitta la pièce et alla inspecter la cuisine, tandis que sa collègue faisait asseoir Emily sur un coussin. Puis elle courut rejoindre le policier, une main sur la crosse de son arme.

– Fais attention, Joe ! Il est peut-être encore dans les parages.

– Tu parles, répondit Schafardi, perplexe, l'oiseau s'est échappé ! Sans doute est-il entré et sorti par une fenêtre. Je vais jeter un coup d'œil sur les jardins mitoyens. Pendant ce temps, prends leur déposition.

Quand Pat Ballantine revint dans le salon, elle trouva Leslie qui serrait sa sœur toujours tremblante dans ses bras.

– Voulez-vous appeler un médecin, docteur Barnes ? demanda-t-elle, ou préférez-vous l'emmener aux urgences... Si elle a été victime d'une agression, je peux vous conduire à l'hôpital et prendre votre déposition sur place.

– Emily, chuchota Leslie à l'oreille de sa sœur, essaie de te souvenir. Y avait-il quelqu'un dans cette pièce quand tu es entrée ? Qu'as-tu vu exactement ?

– Non, non... Il n'y avait... personne, personne. Oh, mon piano !... le clavecin... Mon Dieu, Leslie, regarde, regarde !...

– Je dois dire que c'est un vrai jeu de massacre, opina Patricia Ballantine en sortant son carnet, je n'ai jamais vu ça. Bon, pour l'instant, il faut que je dresse un procès-verbal. Avez-vous entendu entrer l'intrus ?

– Non, je dormais profondément, expliqua Leslie et je ne sais pas ce qui m'a réveillée. Il y a eu un bruit terrible et nous nous sommes retrouvées ensemble sur le palier. Nous vous avons ensuite appelés. J'aurais préféré rester là-haut en attendant, mais ma sœur s'est précipitée au rez-de-chaussée.

– Y avait-il de la lumière ici à votre entrée, Emily ?

– Non. C'est moi qui l'ai allumée...

– Et vous n'avez vraiment vu personne ? Etes-vous bien certaine de ne pas avoir été bousculée, ou frôlée ?

– Non, je vous assure, je n'ai vu personne. J'ai couru jusqu'ici, j'ai vu le piano... le clavecin, ô mon Dieu, le clavecin !...

Ses sanglots redoublèrent, annonciateurs d'une nouvelle crise de désespoir.

– Vous n'avez touché à rien ?

– Non. Je n'aurais pas pu, balbutia Emily. Je ne pouvais même plus bouger.

Patricia Ballantine rangea son carnet.

– Je vais fouiller la maison afin de m'assurer vraiment qu'il n'y a plus personne. Cela me permettra peut-être aussi de découvrir par où il a pu filer.

Ayant dégainé son arme, elle traversa la cuisine, ouvrit un à un les placards, la porte des toilettes et de la buanderie, mais ne décela aucune trace de passage du vandale. Leslie et Emily la suivirent à l'étage. La chambre d'amis et la salle de bains ne présentaient aucun désordre, la penderie et les débarras non plus. La policière ouvrit alors la porte de la chambre d'Emily.

– La fenêtre était-elle ouverte, lorsque tout s'est produit ?

– Je ne me souviens pas. Il me semble pourtant l'avoir fermée avant de me mettre au lit.

Elle tremblait toujours. Leslie décrocha un peignoir dans le placard et le lui mit sur les épaules, puis l'aida à passer ses chaussons, mais n'osa préciser à l'agent que la fenêtre ne restait jamais longtemps fermée.

– Il est forcément sorti par une fenêtre, conclut cette dernière en redescendant au rez-de-chaussée.

Entrant dans le bureau de Leslie, elle vit aussitôt les débris de la pendule en évidence sur la table.

– Tiens, on dirait que notre visiteur est passé par ici ! Le tout est de savoir s'il y est venu avant ou après son forfait.

– Vous savez, cette pendule est cassée depuis plusieurs jours, corrigea Leslie, un peu embarrassée. Je n'ai pas eu le temps de la faire réparer.

Lui jetant un coup d'œil étonné, Pat Ballantine eut un bref haussement d'épaules et retourna à la cuisine.

– Une boisson chaude ferait sans doute du bien à votre sœur, suggéra-t-elle. Elle semble encore sous le choc. Ah ! voilà Joe qui revient.

– Alors, demanda-t-elle, lui ouvrant la porte, as-tu repéré quelque chose ?

– Absolument rien. Aucune trace de ce type. Il s'est volatilisé ! C'est pas comme notre étudiant disparu, ajouta Schafardi en s'adressant à Leslie. J'ai voulu vous appeler hier soir et puis j'ai été dérangé. Une rapide enquête nous a permis de découvrir qu'il s'était récemment acheté une carte de la région des Cascades, et les Rangers l'ont retrouvé en mauvaise posture sur une corniche avec sa petite amie. Ils avaient encore de quoi manger, mais le gars avait trois orteils gelés, et il a fallu appeler un hélico à la rescousse pour les tirer de là. Quand je pense que les parents de la fille ne se sont même pas donné la peine de signaler sa disparition ! Enfin ! je tenais à vous dire en tout cas qu'ils sont sains et saufs.

La bouilloire siffla. Leslie servit un bol de camomille à sa sœur et proposa un café aux policiers.

– Volontiers, accepta Schafardi. Bon ! Nous allons lancer un avis de recherche contre votre vandale. A en juger par les dégâts, nous avons affaire à une armoire à glace. J'ai beau peser cent vingt kilos, je doute pouvoir en faire autant avec une masse !

– C'est peut-être le même homme qui s'est introduit de nuit au conservatoire, il y a quelque temps, avança Emily d'une toute petite voix. Ce soir-là, il s'est acharné sur un violoncelle...

– C'est un truc qui ressemble à un gros violon ?

– Oui. Il a aussi éventré des timbales.

– Il faut croire que nous avons un malade mental sur les bras, conclut Pat Ballantine après avoir vidé sa tasse. Pour passer ses nuits à aller détruire des instruments de musique, il faut être vraiment cinglé. Si encore c'était pour les voler. Mais non, ce qui semble l'intéresser c'est détruire et saccager ! Regardez dans quel état il a mis ce petit piano, ajouta-t-elle, étant repassée dans le salon.

– C'était un clavecin, rectifia Emily, de nouveau au bord

des larmes. Leslie ! Que va dire Simon ? Le clavecin de miss Margrave ! Il n'était pas à moi, expliqua-t-elle aux policiers entre deux reniflements. Mon professeur de piano me l'avait prêté... Mon Dieu, Leslie, que vais-je lui dire ?

– Ne t'inquiète pas. Il nous a dit qu'il était assuré. Il va falloir simplement le prévenir au plus tôt pour qu'il se mette en contact avec son assureur. Il faut d'ailleurs que je téléphone aussi au mien dès demain pour le piano. Pourvu qu'il soit couvert contre le vandalisme. Allez, bois ta tisane, chérie. Je sais que c'est pour toi un choc terrible, mais pleurer n'arrangera rien, tu le sais bien.

– Ce que je ne comprends toujours pas, c'est comment ce fumier a pu entrer, reprit Schafardi, au comble de la perplexité. Tout était pourtant verrouillé. Tu m'as dit qu'une fenêtre était ouverte au premier étage, Pat ? Serait-ce par là...

– Dans ce cas, l'interrompit la policière, il aurait fallu qu'il enjambe le corps d'Emily pour entrer. C'est impossible. En revanche, il se peut qu'il se soit enfui par là pendant que nous étions occupés à inspecter le rez-de-chaussée.

– Mais il n'a pu entrer par aucune porte, elles étaient toutes fermées, renchérit Schafardi. Le Dr Barnes a dû déverrouiller elle-même la porte principale pour nous faire entrer. Il est évidemment dommage qu'elle ne puisse utiliser ses pouvoirs psychiques pour découvrir le coupable, ça nous aiderait beaucoup. Pat, tu es sûre de ton côté qu'il n'y avait aucune fenêtre ouverte au rez-de-chaussée ? Tu as bien regardé derrière tous les rideaux ?

– Oui, mais je veux bien vérifier à nouveau.

Comme sa coéquipière se dirigeait vers l'un d'eux, Schafardi pénétra, lui, dans le bureau de Leslie.

– Eurêka ! lança-t-il peu après. Je sais par où il est entré !

Leslie le rejoignit à grands pas. Derrière les rideaux de la baie vitrée, un carreau manquait. Il n'était pas cassé, mais simplement absent.

– Je n'y comprends rien, grommela Pat Ballantine accourue elle aussi. Il retire un carreau pour entrer dans la pièce, la traverse sans laisser de traces ni toucher à quoi que ce soit, se faufile dans le couloir... Avez-vous entendu un bris de verre, docteur Barnes ?

– Pas le moins du monde. A moins que ce soit justement ce bruit-là qui m'ait réveillée avant le cri d'Emily...

– On tourne en rond, coupa Schafardi, levant les yeux au ciel. Enfin, voilà un homme qui traverse le couloir, entre dans le salon, détruit trois instruments à coups de masse, se cache derrière les rideaux à votre arrivée, réussit Dieu sait comment à se faufiler à l'étage sans que personne le remarque et hop, qui saute par la fenêtre ! Le tout avec une masse de quinze kilos, parce qu'il faut bien compter ce poids-là pour faire autant de dégâts. Ma parole, c'est une histoire de fous ! Il n'y a plus qu'à appeler tous les hôpitaux psychiatriques pour vérifier qu'aucun toqué ne manque à l'appel !

Furieux, il jeta un œil sombre vers le jardin.

– Si au moins ce salopard s'était cassé la cheville en sautant du premier étage !

Leslie suivit son regard et son sang se figea dans ses veines. Rien ne bougeait dans le jardin, à l'exception du chat blanc qui passait, impérial, et allait se percher tranquillement sur le mur du garage avant de s'asseoir au clair de lune pour faire un brin de toilette.

– Hé, le chat ! lança Schafardi, toi tu as peut-être tout vu ! Si seulement je pouvais te faire signer une déposition ! Eh bien, docteur Barnes, qu'avez-vous ? Vous êtes toute pâle. Vous aussi devriez boire un peu de café. Parole, on dirait que vous allez tourner de l'œil ! Ah, il faut refaire du café pour le docteur, Pat !

XX

– Vous l'avez déjà signalé à la police, je suppose ? demanda l'expert de la compagnie d'assurance en se détournant de la fenêtre au carreau manquant. Parfait... Je me demande ce que ce type a bien pu faire de la vitre. S'il l'avait simplement déposée, on l'aurait retrouvée dans le jardin. Mais il n'y a pas le moindre éclat, pas une trace de mastic. Bien, je verrai cela avec la police. Pour l'instant, je vous conseille de louer un piano en attendant que nos experts décident si celui-ci doit être réparé ou remplacé. Pour ce qui est du clavecin... Vous dites qu'il appartient à un ami ? Quelle guigne ! Notre compagnie fera peut-être un petit quelque chose, mais...

– Il était assuré séparément. Simplement, je dois attendre le retour de son propriétaire pour entreprendre les démarches nécessaires.

Le regard de l'homme se posa sur les débris de la pendule rassemblés sur le bureau.

– Encore une œuvre de notre vandale ?

– Non. Cette pendule s'est décrochée toute seule, il y a plusieurs jours. Je n'ai pas encore eu le temps de la porter à un horloger.

L'assureur s'inclina en souriant.

– Savez-vous, docteur Barnes, que dans les trois quarts des affaires de vandalisme, les victimes s'empressent de porter sur la liste des dégâts tous les objets précédemment cassés ou disparus chez elles ? Votre honnêteté vous honore. Rien que pour cela, je serais fort tenté de vous rembourser la réparation de cette pendule. Dans l'immédiat, comptez-sur moi en tout cas pour activer au maximum votre dossier.

L'assureur parti, Leslie s'assit à son bureau et exhala un long soupir. Elle se sentait souillée, outragée, violentée par l'incompréhensible sauvagerie de l'inconnu. Quant à Simon, il n'avait toujours pas appelé. Elle décrocha le combiné, mais la ligne était occupée par Emily en train de téléphoner sur un autre poste.

Quittant sa place peu après, elle se rendit alors à la cuisine et trouva Emily assise devant la table, la tête entre les mains. Ayant passé toute la nuit à pleurer, elle était affreuse. Ses yeux rouges, gonflés et ourlés de cernes noirs, lui donnaient une mine épouvantable.

– As-tu appelé le loueur de pianos ? lui demanda Leslie doucement. On devrait pouvoir t'en installer un avant ce soir.

– C'est le mien que je veux, bredouilla Emily, saisie d'un nouvel accès de larmes. Que veux-tu que je fasse d'un piano de location ?

Cherchant une phrase pour l'apaiser, Leslie entendit s'ouvrir la porte d'entrée. C'était Frodo. Il pénétra dans la cuisine en coup de vent.

– Emily ! s'écria-t-il en se précipitant vers elle. Je suis venu aussi vite que possible. Pauvre chou ! Allons, ne pleure plus, ajouta-t-il, la prenant dans ses bras.

Se pendant à son cou, Emily donna alors libre cours à ses sanglots, dorlotée et caressée comme un bébé. Leslie n'avait pas songé à prévenir le jeune homme, mais se réjouissait de voir qu'Emily l'avait devancée. Discrètement, elle s'éclipsa de la cuisine et ne revint qu'un peu plus tard. Frodo avait préparé une tisane et des tartines et forçait tendrement Emily à manger.

– Tu vas te sentir bientôt mieux, ma puce. Ensuite, je t'emmène chez le loueur de pianos et je vais t'aider à choisir le meilleur. J'en connais un bout, tu sais : mon oncle était un champion et m'a tout appris. On ne se fera pas avoir. Même si la compagnie d'assurance décrète que ton Knabe ne peut être réparé, sois tranquille, je t'en trouverai un autre encore meilleur.

– Oh, Frodo, c'est tellement horrible ! Comment peut-on nous détester à ce point ? La harpe de grand-mère, mon piano, et surtout... le clavecin de Simon !

– Allons voir !

Emily le conduisit dans le salon. Tout était resté en l'état dans l'attente de la visite de l'expert. Frodo émit un sifflement.

– Quel massacre ! Mais t'en fais pas ! Je connais à Guerneville un type super, imbattable en matière de harpes. On lui apportera la tienne.

Emily ébaucha un sourire embué de larmes.

– Oh, Frodo, tu es merveilleux. Heureusement que tu connais toutes les bonnes adresses de la région.

– Tu sais, j'ai pas beaucoup de mérite. Quand j'ai cessé de jouer, l'idée m'est venue de me lancer dans la fabrication d'instruments et j'ai connu tout le monde. J'ai été engagé par un fabricant d'instruments médiévaux, et j'ai un peu tout fait : un cromorne, une bombarde, une viole qui ressemblait plutôt à un tympanon, même un clavecin. Je pourrai te le prêter aussi longtemps que tu voudras. Tiens, pendant que j'y pense, il faut que je demande quelque chose à ta sœur.

Il s'éloigna un instant et retrouva Leslie à la cuisine.

– Docteur Barnes, fit-il, puis-je vous poser une question ? J'imagine que votre assureur vous a demandé si vous aviez des ennemis ?

– En effet, répondit Leslie, quittant des yeux le moka

qu'elle était en train d'achever. J'ai d'ailleurs été bien embarrassée pour lui répondre.

– N'avez-vous pas songé que le vandale aurait pu vouloir s'en prendre à Simon plutôt qu'à vous ? Il a beaucoup d'ennemis, vous savez, sans parler de la foule de détraqués qu'il côtoie. Il est tout de même étrange que l'inconnu se soit contenté d'asséner un ou deux coups sur le piano et de renverser la harpe, mais se soit acharné sur le clavecin.

Leslie observa un instant de silence avant de répondre.

– Réfléchissez bien à ce que vous dites, Frodo. Il se pourrait bien, si la police enquête sur les ennemis de Simon, qu'elle en vienne à vous interroger, vous, ainsi que Claire et Colin...

– Vous ne me prenez tout de même pas aussi pour un fêlé ! De toute façon, je serais bien en peine de soulever la masse qu'il a fallu pour faire de tels dégâts ! Quant à Claire, elle n'est plus toute jeune, Colin encore moins. Son cœur d'ailleurs ne va pas très fort. Non, laissez tomber cette piste, docteur. Il est vrai que je ne porte pas Anstey dans mon cœur, mais si je voulais l'atteindre, je ne m'en prendrais jamais directement à sa personne, pas plus qu'à ses instruments. Je ne suis pas assez fou ni lâche pour cela.

Leslie sentit immédiatement qu'il était sincère, d'autant plus qu'elle imaginait difficilement Frodo détruisant des instruments de musique. Ne l'avait-elle pas vu de ses yeux caresser sa guitare avec une incroyable tendresse ? Et puis Schafardi avait clairement laissé entendre qu'ils avaient affaire à un individu doté d'une force herculéenne.

Emily les rejoignit. Ses paupières restaient bouffies, mais elle semblait reprendre un peu de vie et de couleurs, ce qui rassura grandement Leslie. A cet instant, le téléphone sonna et elle décrocha aussitôt.

– Allô ?... Simon, enfin !

– Bonjour, ma chérie. Quoi de neuf à San Francisco ?

– Oh, Simon, pourquoi es-tu si loin ?

– Passe-moi donc Emily si elle se trouve dans les parages.

– Simon ! voulut-elle expliquer...

– Que se passe-t-il, ma chérie ? demanda Simon, tu as une drôle de voix.

Elle se mordit la lèvre et inspira profondément.

– Te souviens-tu de ce... psychopathe qui s'était introduit de nuit au conservatoire pour détruire des instruments ? Eh bien, il est venu chez nous cette nuit, Simon. Il s'en est pris à la harpe, et au piano d'Emily, mais a surtout complètement détruit ton clavecin à coups de masse.

– Qu'est-ce que tu me dis là ? s'exclama-t-il, apparemment bouleversé. C'est incroyable ! Il ne s'en est pas pris à vous, j'espère ?

– Non, nous n'avons vu personne dans la maison. Emily et moi sommes indemnes, du moins physiquement. Il avait déjà pris la fuite quand nous nous sommes précipitées au rez-de-chaussée. Cela dit, Emily est très affectée. Nous avons évidemment immédiatement prévenu la police, mais il faudra que tu me donnes les coordonnées de ton assureur.

Simon les lui donna, et elle s'empressa de noter le numéro.

– Ce clavecin est irremplaçable dans la mesure où je le tenais d'Alison, enchaîna-t-il d'une voix calme. Mais je te l'ai déjà dit, il n'était pas particulièrement rare. En tout cas, l'essentiel est que vous n'ayez rien. Quand je pense que vous auriez pu vous trouver face à ce monstre ! Espérons que la police ne tardera pas à le prendre au collet. Un tel individu mériterait d'être écartelé vif en place publique ! Malheureusement, il m'est impossible de rentrer tout de suite. J'aurais bien sauté dans le premier avion, mais Heysermann s'est montré très peu coopératif. Aussi je pars pour Montréal. J'espère, en principe, être de retour lundi, mais rien n'est sûr. En attendant, il vaudrait mieux qu'Emily et toi alliez vous installer chez moi. Je vais prévenir le service de sécurité de l'immeuble. Emily peut bien sûr utiliser mon piano et n'importe lequel de mes clavecins. A vrai dire, je ne me sentirai vraiment tranquille que quand cet énergumène sera derrière les barreaux – ou plutôt sous une camisole de force, car je ne vois pas comment un homme sain d'esprit aurait pu accomplir une telle aberration !

– C'est très gentil à toi, Simon. Je vais peut-être envoyer chez toi Emily, mais je ne peux pas laisser la maison vide. Je ne pense pas d'ailleurs que ce vandale revienne. Il a accompli son forfait. De plus, la police est très coopérative et nous allons bénéficier d'une surveillance spéciale.

– C'est toi qui décides, chérie, fais comme tu veux. Cela dit, n'hésite pas à m'appeler en cas d'urgence, je reviendrais immédiatement. Wayland, le grand chef d'orchestre, reste à Montréal toute la semaine prochaine, je vais essayer de le voir avant son départ pour Buenos Aires. Pour l'instant appelle un bon serrurier et fais changer toutes les serrures. Demande-lui aussi de vérifier les barreaux des fenêtres. Voici le numéro où tu pourras, à tout moment, me joindre au Canada.

Elle le nota, lui promit de suivre ses recommandations et ajouta avant de raccrocher :

– Je t'embrasse, Simon, et te passe Emily trente secondes, sinon elle va piquer une crise d'hystérie...

– Fais-lui un gros bisou de ma part, mais je n'ai pas le temps, qu'elle me pardonne. Je suis à l'aéroport, et le vol pour Montréal décolle dans trente minutes. Il faut tout de même que j'aille dare dare acheter mon billet. Tu es sûre que ça va aller, que vous pourrez vous débrouiller toutes seules ?

– Sûre et certaine. Ne te fais aucun souci pour nous. Ciao, mon amour et bonne chance !

– Je t'appellerai dès que mon retour sera fixé. Je t'aime.

Voyant Leslie reposer l'appareil, Emily sortit de ses gonds.

– Je t'avais dit que je voulais lui parler !

– Emily, c'était impossible. Simon appelait de l'aéroport entre deux avions.

– Ah, j'aurais voulu au moins savoir comment s'est passée sa rencontre avec Heysermann ! Bien sûr, il était exclu que Simon puisse jouer lui-même son adagio, mais il pouvait le faire inscrire au programme de l'orchestre pour l'hiver prochain.

– D'après ce que j'ai compris, il n'a pas obtenu ce qu'il souhaitait, tenant beaucoup à le jouer lui-même.

– Tu as dû mal comprendre. Simon n'arrivera malheureusement jamais à retrouver son ancien niveau, du moins pas avant des années. Et même si c'était possible, je ne vois pas comment... Non, il n'est pas fou.

– En es-tu certaine ? Evidemment, tu es meilleure juge que moi, mais...

– Il suffit d'écouter Simon jouer, Leslie. Il est trop lucide pour se mettre en tête d'interpréter personnellement sa nouvelle composition. L'état de sa main le lui interdit, ajouta-t-elle, avec un réalisme dénué de toute illusion. Il se peut qu'il réussisse un jour à rejouer des choses simples, mais pour le reste...

– Il paraissait pourtant si sûr de lui ! la coupa subitement Leslie, se refusant à partager le pessimisme de sa sœur, toujours excessive dans ses prises de position, relevant de son jeune âge et de son manque d'expérience. Abstiens-toi en tout cas de formuler de tels propos en sa présence. Tu le rendrais fou de rage et le désespérerais inutilement.

Frodo, qui s'était tenu à l'écart pendant l'appel de Simon et se gardait bien à présent d'intervenir dans leur discussion, demanda l'autorisation de se servir du téléphone.

Leslie ayant acquiescé, il s'éclipsa dans l'entrée pour donner son coup de fil, et revint peu après chercher Emily.

– Allez, viens, dit-il. Partons en quête d'un piano à louer. Docteur Barnes, mon père ayant besoin de la camionnette aujourd'hui, est-il possible d'emprunter votre voiture ?

N'en ayant pas l'usage dans l'immédiat, et disposant d'ailleurs de la Mercedes de Simon en cas de besoin, Leslie accepta distraitement, ne pensant plus en l'occurrence qu'à appeler un serrurier et à prévenir l'assureur de Simon.

Le serrurier, venu aussitôt, avait juste achevé sa besogne quand la voiture de Schafardi et de sa coéquipière s'immobilisa devant la maison.

– Simple visite amicale et de routine, expliqua l'agent, peu après son entrée dans la maison. Je vois que vous avez déjà fait remplacer la vitre manquante et aussi les serrures. Excellente initiative. On n'est jamais trop prudent.

– Vous prendrez bien un café, proposa aimablement Leslie aux policiers.

– Volontiers. Nous ne sommes plus en service. Comment va votre jeune sœur ?

– Un peu mieux. Elle se remet lentement du choc. Elle est partie chercher un piano à louer avec un ami.

– Elle a raison, opina Patricia Ballantine. Moins ses habitudes seront perturbées, mieux cela vaudra.

Avec le café, Leslie offrit à chacun une part de moka qu'ils apprécièrent indiscutablement, tant et si bien que, le gâteau terminé, ils s'appelaient tous les trois par leur prénom. Leslie voulut alors connaître leur avis sur le travail du serrurier qu'ils examinèrent minutieusement.

– C'est du bon boulot, décréta Schafardi, et la marque choisie est de qualité. Au fait, avez-vous fini par comprendre comment ce type était entré ?

Leslie secoua la tête négativement.

– Ça nous turlupine aussi beaucoup, reprit-il, l'air apparemment soucieux. L'assureur – celui du clavecin – est venu nous trouver au commissariat. Visiblement, il cherche à savoir s'il peut s'agir d'un coup monté. Il ne comprend pas plus que nous comment on a pu s'introduire dans la maison et en sortir, toutes fenêtres et portes closes. C'est pourquoi il nous a fait part de son intention de faire analyser les débris du clavecin par un spécialiste d'instruments anciens. Selon lui, quelqu'un a pu éventuellement le subtiliser, puis le remplacer par une copie et ensuite la faire détruire pour encaisser le montant de la prime de l'original conservé, lui, en lieu sûr. C'est une hypothèse hardie, ajouta le policier légèrement gêné, mais il ne faut pas trop en vouloir aux assureurs, Leslie. Ces gens-là sont obligés de se poser pas mal de questions. C'est leur métier.

Voilà donc pourquoi l'expert avait tant insisté pour que tout soit maintenu en l'état jusqu'à sa visite, se dit Leslie pas spécialement choquée. Un tel cas de vandalisme ayant eu lieu ailleurs dans les mêmes circonstances, elle aurait sans doute eu elle aussi le réflexe d'imaginer une tentative de fraude à l'assurance. Dans le cas de Simon, la chose était pourtant exclue, son aisance financière le mettant à l'abri de tout soupçon.

Elle le leur dit donc simplement et les remercia chaleureusement de leur sollicitude, en les raccompagnant à leur voiture.

Les jours raccourcissaient. Deux semaines plus tôt, à la même heure, le soleil brillait encore. Ce soir, d'interminables ombres s'étiraient déjà dans le jardin quand le chat blanc se glissa silencieusement entre les plants disposés par Simon et elle-même la semaine précédente. Leslie avait renoncé à savoir si elle avait affaire à un simple matou en maraude, ou au spectre du chat d'Alison immolé par Simon. Mieux valait ne pas y penser.

Un coup de sonnette retentit à la porte. Leslie se précipita pour ouvrir. Emily avait-elle oublié ses clés en sortant, ou était-ce l'expert envoyé par l'assureur pour examiner le clavecin ?

– Frodo m'a téléphoné, expliqua Claire sur le pas de la porte. Emily et lui ont prévu d'aller dîner chez ses parents à Sausalito, et ils ont pensé que vous n'aimeriez peut-être pas rester seule après la tombée de la nuit après ce qui vient d'arriver. Leslie, je suis vraiment désolée et serais venue bien plus tôt si vous m'aviez avertie.

– Il faut se faire à tout, vous savez. Je crois d'ailleurs qu'il ne reviendra pas. Il a atteint son objectif et puis toutes les serrures ont été changées. Mais je suis très sensible à votre attention.

– A quoi serviraient les amis alors ? Enfin, heureusement pour Emily, Frodo veille sur elle. Votre sœur est un ange, et ne manque pas de courage. Ce qui lui arrive est vraiment terrible. Je suis sûre qu'elle aurait préféré qu'on s'en prenne à elle plutôt qu'à ses instruments. Avec Frodo, en tout cas, elle est dans de bonnes mains, n'est-ce pas ?

– Je l'espère. Il est pour moi... comment dire ? une sorte d'elfe ou de farfadet surgi du fond de la forêt.

– Il est beaucoup plus solide qu'il n'y paraît. Que diriez-vous si nous prenions ensemble une petite tisane ?

Leslie rit de bon cœur et la fit entrer dans la cuisine.

– Après cette journée terrible, je me demande s'il ne me faudrait pas plutôt un whisky bien tassé !

– C'est tentant, je le comprends, fit Claire, mais je m'en abstiendrais à votre place. Quand on a affaire à des ondes négatives aussi puissantes, l'alcool ne fait que rendre plus vulnérable. Sans compter que c'est un dépresseur du système nerveux.

– Très bien. Allons donc pour la tisane, puisque vous m'y forcez, concéda Leslie souriante. Emily en a au moins quinze variétés.

– Je vous laisse choisir, dit Claire en s'attablant. Cette maison a vraiment un charme fou... Quel dommage qu'elle soit le théâtre de tant d'événements déplorables !

– Hélas, je n'y peux rien et ai parfois l'impression qu'elle ne m'appartient pas, en définitive, remarqua Leslie, tout en faisant chauffer l'eau. Tout se passe comme si Alison était toujours là et cherchait à diriger ma vie.

– C'est sûrement la dernière chose qu'elle souhaite, affirma Claire, prenant la tasse que lui tendait Leslie. Il est vrai que vers la fin de sa vie, elle a beaucoup souffert de n'avoir pas trouvé de successeur. C'est pourquoi j'ai l'intime conviction que vos pas ont été guidés jusqu'ici parce qu'Alison en avait décidé ainsi, parce qu'elle souhaitait voir, à travers vous, son œuvre poursuivie. Aussi, si telle n'avait pas été votre destinée – votre choix, conscient ou non –, elle n'aurait jamais pu vous entraîner si loin, ni même vous atteindre.

Leslie hésita un instant.

– Simon m'a aidée à exorciser la maison au solstice d'été. Ces événements, comme vous dites, n'auraient-ils pas dû dès lors cesser ?

Elle regretta aussitôt ses propos, songeant que Claire, en tant qu'adversaire de Simon, allait avoir beau jeu de critiquer ses activités de mage.

– Je sens en effet que cet endroit a été purifié, mais comment savoir jusqu'à quel point ? Si Colin a pensé que je serais ici plus utile que lui, c'est en partie parce que je suis ce qu'il appelle une sensitive. Or, si je suppose que vous le deviendriez vous aussi avec un peu d'entraînement, ce n'est pas le cas de Simon et la plupart des mages ont besoin du soutien d'un sensitif. Il se peut donc que Simon seul n'ait pas su détecter certaines ondes. L'ancien garage...

Saisie d'un frisson, elle s'interrompit un instant.

– J'ignore ce qui s'y est passé entre la mort d'Alison et votre arrivée, Leslie, mais quelque chose de terrifiant en a chassé Betty Carmody. Cette chose a également poussé une femme au suicide. C'est peut-être cela qui a attiré votre psychopathe. Les ondes négatives sont le meilleur stimulateur des pulsions violentes.

– Dans ce cas, pourquoi cet homme serait-il entré dans le salon de musique ? Vous n'allez pas me dire que les ondes y sont négatives, répliqua Leslie avec un certain agacement. Je serais toute prête à vous suivre si la chose s'était produite dans le garage où, je suis la première à le reconnaître, les ondes y sont aussi inquiétantes que possible ! Mais cela s'est passé dans le salon de musique !

– Nous sommes loin de tout savoir sur leur rayonnement. Pour ce qui est du salon, il se peut que la proximité du garage ait provoqué – comment dire ? – une sorte de contamination métapsychique. Autrement dit, le salon est sans doute protégé contre toute pénétration extérieure, mais peut-être pas contre une force venue de cet endroit si proche de ses murs. Il se peut donc que Simon ait largement sous-estimé la virulence des influences du garage.

Leslie tenta alors de se rappeler si, au cours de leur exorcisme, Simon et elle s'y étaient rendus. Non, le doute n'était pas permis. Ils s'étaient limités uniquement au bâtiment principal.

– En résumé, vous pensez que je n'ai pas réussi à protéger la maison contre le pire des maux : la violence !

– Je ne vous reproche rien. Vous n'êtes pas suffisamment initiée. La seule chose qui compte, c'est que vous soyez protégée contre toute violence ultérieure. Si ce sont les ondes négatives du garage qui ont attiré votre psychopathe, nous devons faire le nécessaire pour qu'elles n'attirent pas tous les détraqués de Californie à sa suite. Vous ne devriez pas rester seule ici, Leslie. Tout lieu ayant accueilli un déchaînement de violence meurtrière est déconseillé tant qu'il n'a pas été exorcisé, édicta Claire en reposant sa tasse. Je suis venue vous proposer ce que Colin appelle les « premières aides parapsychologiques ». Maison et garage ont sans doute besoin d'une purification complète, mais il n'est pas inutile de prendre quelques précautions en attendant que vous soyez capable de l'effectuer vous-même. Sans doute le rituel du solstice n'a-t-il fait qu'éliminer les résidus ordinaires de l'année passée. Il ne pouvait rien contre la force abominable qui stagne dans le garage. Je ne parviens toujours pas à comprendre comment, dans la maison de notre chère Alison, une entité aussi maléfique... Enfin, il se peut qu'après sa mort, la puissance même de sa bonté ait attiré son contraire. Mais Colin m'accuserait sûrement en l'occurrence de spéculer dans le vague. Voyons plutôt les lieux du crime, comme dirait la police.

Leslie la mena dans son cabinet.

– Vous avez placé ces pentacles vous-même, n'est-ce pas ?

– J'ignore comment il a pu faire mais je subodore que le maniaque est entré par ici, fit Leslie, désignant la fenêtre que le vitrier venait de réparer. Le plus étrange, c'est qu'il semble avoir retiré cette vitre d'un seul tenant, sans provoquer le moindre éclat.

Intriguée, Claire promena ses doigts sur la vitre et finit par secouer la tête.

– Je ne sens rien. Ou plutôt...

Elle se tut, puis secoua de nouveau la tête.

– Qu'y a-t-il, Claire ?

– Rien. Je ne sais pas. A-t-il aussi brisé la pendule ?

– Non, elle s'est décrochée auparavant toute seule. Une mini-secousse sismique, je suppose.

Claire effleura les débris.

– Je ne sens rien de particulièrement négatif. Tout est en ordre ici. Voyons maintenant le salon de musique.

Sur place, Claire contempla longuement les instruments saccagés. Emily et Frodo avaient redressé la harpe, relativement intacte à l'exception des cordes. Les bois éclatés du clavecin jonchaient toujours le sol.

– Quel désastre pour Emily, la pauvre ! Pour vous aussi, bien sûr, mais quand on sait ce que ces instruments représentent pour elle !...

Les traits soudain tirés par l'angoisse, elle s'approcha du piano, fit glisser ses paumes ouvertes au-dessus du clavier défoncé, s'attarda quelques secondes sur l'un des points d'impact de la masse, puis caressa rêveusement le cadre de la harpe, dont certaines cordes pendaient jusqu'à terre. Enfin, avec une visible répugnance, elle s'approcha de ce qui restait du clavecin en plissant fortement les paupières.

– Je sens... Je sens une violence aussi absolue qu'irraisonnée, souffla-t-elle. Qu'un être humain ait été capable de déployer une telle sauvagerie est réellement inconcevable.

– Il a pourtant été suffisamment humain pour retirer un carreau et distribuer ces invraisemblables coups de masse.

– Oui, tout cela est incompréhensible, contradictoire, d'autant plus qu'Alison n'avait pas d'ennemis. Je ne suis pas sûre, à la réflexion, que nous ayons affaire à un être réellement vivant.

– Penseriez-vous à un poltergeist ?

– Non. Les poltergeists sont généralement inoffensifs. C'est quelque chose de pire. Une entité... démoniaque.

– De quoi voulez-vous parler ? Du diable ? De Satan ?

– Je ne crois pas à Satan, et ne connais pas d'autres démons que ceux engendrés par l'imagination de l'homme. En tant que psychologue, vous devez d'ailleurs en savoir plus long que moi sur le sujet.

– Je croyais la magie noire liée au satanisme. Or, vous avez prononcé le mot démoniaque.

– Notre bon vieux diable à cornes et à sabots fourchus n'est autre que la version du dieu Pan christianisée au Moyen Age. Pan, divinité inoffensive, voire bienveillante, est l'un des plus grands archétypes connus. Mais, dans les temps médiévaux, les Pères de l'Eglise, trouvant la notion de sexualité insupportable, en ont attribué les caractéristiques au diable.

– Pourquoi mêler Pan et le diable ?

– Moitié homme, moitié animal, il symbolise la sexualité insatiable et constamment active de la nature et des humains en opposition à certains mammifères n'obéissant qu'à un instinct de reproduction périodique. Le bouc a toujours été le symbole d'une sexualité débridée. Pan est donc la figure diabolique par excellence aux yeux de tous ceux qui cherchent à refréner leurs désirs et ceux des autres.

– On croirait entendre Jung quand vous parlez d'archétypes, mais quand vous abordez la sexualité et le refoulement, c'est du Freud à l'état pur.

– Je plaide coupable. J'ai assez longuement étudié Freud pour connaître son vocabulaire ; même si je n'adhère pas à toutes ses théories, j'estime qu'il a raison dans son analyse du refoulement sexuel. A l'époque où j'ai commencé à m'intéresser à la magie, j'ai découvert Jung, et la théorie des archétypes m'a paru pertinente. Quoi qu'il en soit, je crains fort que l'entité qui s'est introduite ici n'ait pas grand rapport avec notre bon vieux bouc libertin. Le désir n'a rien à voir là-dedans.

– Mais alors, à votre avis, de quelle nature est-il ?

– Je donnerais cher pour le savoir, Leslie. Si c'était un humain, il s'agit forcément d'un individu au paroxysme de la douleur ou de la rage ; de quelqu'un dont les barrières ont finalement cédé sous la poussée d'effrayantes pulsions inconscientes ou longtemps refoulées – pour employer les termes chers à Freud. Chez l'homme, l'inconscient est plus dévastateur que n'importe quelle manifestation démoniaque !

Claire s'interrompit et resta un moment silencieuse, contemplant longuement les restes du clavecin brisé. Puis, sortant soudain de son mutisme, elle murmura, tournant lentement sur elle-même :

– Alison ? Alison, êtes-vous là ?

Curieusement, Leslie sentit un souffle imperceptible traverser la pièce comme un soupir faible venu de nulle part.

– Alison n'apprécie nullement ce qui s'est passé, chuchota Claire, fermant les yeux, le visage tendu à l'extrême et les sourcils froncés, visiblement en quête d'un message qu'elle était seule à percevoir.

– N'ayez crainte, Alison, je le lui dirai, c'est promis. Dès que je le verrai.

Puis, paraissant brusquement quitter un indéfinissable univers, Claire se tourna vers Leslie et ajouta presque sèchement :

– Venez. Nous n'avons plus rien à faire ici.

Elles quittèrent le salon.

– Alison vous a-t-elle adressé un message ? s'enquit Leslie, non sans une pointe de sarcasme.

Claire eut un sourire ambigu.

– Oui, mais j'avoue n'avoir pas tout saisi. Ce dont je suis

certaine, c'est qu'elle a dit : « Dites à Simon que je lui pardonne. » C'est tout à fait déroutant. Et connaissant Simon, je doute qu'il l'apprécie.

– En effet.

Avant de se rendre au garage, Claire voulut jeter un coup d'œil à l'étage. Elle tiqua légèrement en voyant la fenêtre de la chambre d'Emily entrouverte, inspecta minutieusement chaque pièce, puis revint sur le palier avec Leslie.

– Tout est en ordre, dit-elle comme à regret. Je ne connais pas suffisamment les méthodes de Simon, mais je dois reconnaître que cette maison a été correctement exorcisée. Pour être plus précise, il a vraiment cherché à vous protéger.

– Vous qui lui reprochez de s'adonner à la magie noire, en avez-vous décelé quelque part des traces ?

– Ma chère, votre question est perfide. C'est Colin qui a initié Simon, tout comme il m'a initiée plus tard. Les outils resteront toujours des outils. Ceux d'un charpentier peuvent aussi bien servir à la construction d'un hôpital pédiatrique qu'à celle d'un camp d'extermination. Les outils sont les mêmes, mais Simon a décidé d'utiliser les siens à des fins que Colin juge... contraires à notre éthique.

L'idée que Claire ne soupçonnait pas la moitié de la vérité fit frémir Leslie.

– Je n'en dirai pas davantage, ajouta la libraire. Toujours est-il qu'il n'y a rien de dangereux ici. Quelles que soient les pratiques de Simon, Alison l'aimait beaucoup, et je ne me sens nullement en droit de le critiquer. Je ne suis pas un juge. Allons maintenant voir le garage.

Elles descendirent et traversèrent le jardin. Sitôt le seuil du bâtiment franchi, l'angoisse se peignit sur le visage de Claire.

– C'est incroyable, murmura-t-elle en s'avançant lentement dans la pièce. Dans votre salon de musique, même après ce déferlement de violence, je n'ai absolument rien senti de nocif et ici, aussitôt...

Les traits figés, en proie à une indicible répulsion, elle fit à pas comptés le tour de la pièce.

– Alison n'aurait jamais pu vivre entre ces murs dans ces horribles conditions, balbutia-t-elle, l'air oppressé. Il a dû se produire quelque chose d'épouvantable après sa mort. Je n'hésite pas à vous le dire : si ce garage m'appartenait, je le ferais raser !

Claire s'arrêta tout à coup et reprit son attitude d'écoute caractéristique.

– Cela s'est passé ici – elle fit un pas de plus – non, là exactement. Je sens... je sens beaucoup de souffrance, une terreur absolue... Je ne sais pas ce que c'est, mais...

Alors, son visage se décomposa, et elle se rua vers la sortie pour aspirer avidement une bouffée d'air pur. Claire venait d'indiquer l'endroit précis où Emily, puis elle, avaient vu le chat ensanglanté, vision sans doute insupportable pour une personne dotée d'une telle sensibilité. Simon lui-même, il est vrai de son propre aveu, avait accompli cet acte avec un déplaisir extrême, mais le sacrifice avait fonctionné, sur le plan strictement pratique de l'efficacité. Et puis, que valait finalement la vie d'un chat, comparée à la guérison d'un œil et au sauvetage d'une main comme celle de Simon ? Quelle différence y avait-il entre un animal sacrifié pour la recherche médicale et un autre immolé au nom de la magie, qu'elle fût noire ou blanche ? Le seul problème était celui de savoir si la mort du chat pouvait réellement accélérer la guérison de Simon ou si elle ne pouvait simplement provoquer qu'un phénomène de pure autosuggestion.

– Pardonnez-moi, dit Claire en revenant vers elle, mais ça m'a prise d'une manière irrésistible, comme si je me trouvais subitement suffoquée, au bord de l'asphyxie... Je ne m'attendais pas à une réaction aussi violente viscéralement ! Heureusement, je me sens déjà mieux.

– Mais que s'est-il passé selon vous ?

– C'est difficile à dire. Je ne vois pas comme vous les

êtres sur un plan individuel. C'est pourquoi je suis incapable de faire ce que faisait également Alison, à savoir retrouver des disparus ou des assassins. Je perçois des émotions brutes. Tout ce que je peux affirmer, c'est que quelqu'un a vécu un enfer absolu entre ces quatre murs. Jamais je n'ai éprouvé un tel désespoir, un tel sentiment de damnation, d'anéantissement total. Je comprends maintenant qu'une femme ait pu mettre, dans ce cadre, fin à ses jours. Si je devais moi-même rester longtemps en ces lieux, je finirais à coup sûr par choisir la même voie.

Emily et elle-même avaient en quelque sorte éprouvé un sentiment similaire, songea Leslie. Ce sentiment, heureusement, n'avait pas duré. Mais elle savait aussi à présent qu'il n'était autre que l'écho de l'horrible calvaire vécu par Simon après sa mutilation. Qui pouvait, dans ces conditions, blâmer un homme ayant enduré pareilles souffrances ?

Or, le jour même du sacrifice, lui avait dit Simon, son état avait connu une amélioration tangible. Il s'était donc déchargé sur place d'une part importante de son désespoir.

– Y a-t-il un moyen d'éliminer cette... chose effrayante ? demanda Leslie, profondément troublée.

Claire soupira.

– Nous pouvons essayer. Avez-vous de l'eau pure, de l'eau de source, ou éventuellement de l'eau distillée ?

Leslie en avait. Il restait environ deux litres de l'eau distillée apportée par Simon au solstice pour effectuer son exorcisme.

– Il me faut aussi du sel, du sel de roche, si possible.

Emily en ayant une réserve pour ses menus végétariens, Leslie s'empressa d'en apporter à Claire.

– Bien. L'idéal serait maintenant de disposer des quatre éléments rituels, mais il faudra nous en passer.

– N'avez-vous pas remarqué le petit autel dans ma chambre ?

– Ah, c'est vrai, j'avais oublié. Parfait. Apportez donc la

coupe et le cierge. La maison vous appartient, c'est à vous qu'il revient de la purifier.

– Mais je... c'est impossible... jamais je ne saurai m'y prendre, protesta Leslie, de retour de sa chambre.

– Bon, dans ce cas je m'en charge, mais il se peut que ce soit moins efficace.

Joignant le geste à la parole, elle prit la coupe des mains de Leslie, l'emplit d'eau distillée, murmura quelques formules rituelles et consacra le sel en des termes presque identiques à ceux qu'avait employés Simon :

– Créature de la terre, je te libère de toute impureté ; prête-nous ta force pour réussir...

Leslie n'entendit pas la suite. Un outil était un outil. Seule comptait la finalité. Les mots n'avaient guère d'importance, pas davantage que l'objectivité ou la subjectivité de l'exorcisme.

– Encore une fois, avertit Claire, il ne s'agit ici que des premières aides. Dès que vous vous en sentirez capable, il faudra opérer un exorcisme complet et cela avant l'équinoxe. J'espère cependant que cela va suffire à contenir cette présence le temps d'un cycle lunaire.

– Que dois-je faire maintenant ?

– Lavez-vous soigneusement les mains, dites une prière, sous la forme que vous voudrez. L'important est qu'elle soit pour vous appropriée. Bien, libérez-vous désormais de vos craintes, de vos préoccupations quotidiennes, et cherchez à atteindre un état de totale sérénité.

Elle attendit un long moment, puis ajouta :

– L'important, en l'occurrence, est de se purifier. Seule l'intention compte.

Etait-ce bien là de la magie ou de la simple suggestion ? se demanda Leslie. Mais au fond, quelle importance ? Elle se sentait prête et suivit Claire à l'intérieur du garage. Elle portait le cierge, et son amie, elle, brandissait la coupe. En franchissant le seuil, cette dernière traça un étrange signe de croix et murmura, comme pour elle-même :

– Entre Tes mains, ô Seigneur, je remets mon âme.

Leslie sentit un vent glacé glisser sur son visage. Claire lui prit le cierge, lui confia la coupe et marcha jusqu'au centre de la pièce. Elle éleva la flamme au-dessus de sa tête et se mit à tourner sur elle-même dans le sens des aiguilles d'une montre. Elle était très pâle.

– Où règnent les ténèbres, proféra-t-elle, que la lumière soit. Où règne la haine, que triomphe l'amour. Où règne le désespoir, que s'imposent la confiance et la foi. O Feu Sacré, répands Ta lumière sur nos brumes comme je dispense autour de moi la flamme de ce cierge, tout en sachant que le symbole n'est rien, que la réalité est tout.

Ayant achevé un tour complet sur elle-même, Claire porta la langue de feu aux quatre coins de la pièce en répétant doucement « où règnent les ténèbres, que la lumière soit » ; ensuite, elle revint au centre du garage, approcha le cierge de son visage puis le rendit à Leslie, qui lui confia à nouveau la coupe.

– Que tout ce qui est sacrilège ou maléfique soit rejeté de ces lieux. Que s'éloignent l'obscurité et le désespoir. De même que la lumière de la vérité chasse l'ombre, je vous chasse, je vous chasse, par l'Eau et par la Terre, je chasse le mal de ces murs, et je t'ordonne, va-t-en, va-t-en, va-t-en !

Elle revint au centre du cercle et se remit à tourner sur place.

– O Eau de pureté, ô Terre de réalité, purifie ce lieu de tout ce qui est mal, de tout ce qui est faux, aide-moi, moi qui sais que le symbole n'est rien, que la réalité est tout.

Il ne restait que quelques gouttes d'eau dans la coupe. Elle la rendit à Leslie, approcha du cierge un bâtonnet d'encens qui s'embrasa à la flamme, et revint au centre de la pièce. Elle y déposa une petite soucoupe de terre et y plaça le bâtonnet incandescent. Sa fumée s'éleva lentement, lourde et odorante, en spirales bleutées. Claire souleva alors la soucoupe et tendit le cierge à Leslie, qui le reprit d'un geste mécanique, tandis que la libraire encore une fois tournait sur elle-même suivant le même sens.

– Air de la Terre et du Feu ! s'exclama-t-elle. Nous avons purifié ce lieu. Viens, viens empêcher que sept démons n'entrent là d'où un seul vient d'être banni ! Nous invoquons ici l'esprit de la vérité, la réalité de l'amour pour bannir toute fausseté et toute haine, au commencement, maintenant et toujours, car tous les temps ne font qu'un seul ! O Toi qui es les quatre éléments, ô Toi qui es toutes choses créées, nous savons que ce que nous accomplissons ici n'est qu'une ébauche de Ta vérité, que nos symboles ne sont que des reflets de Ta réalité ; permets-nous, esprit d'éternelle vérité, de garder foi dans les vœux qu'ont formulés nos lèvres et de les pratiquer tout au long de notre vie. Emplis cet espace, emplis nos cœurs de Ta lumière où nulle obscurité n'a place...

Claire se tourna successivement vers les quatre coins de la pièce et dessina dans l'air un pentacle de la pointe de son bâton d'encens.

– Amen, Amen, Amen, Amen...

– Amen, murmura Leslie.

De nouveau, elle sentit un vent froid frôler sa nuque et vit Claire se diriger lentement vers la sortie, en écrasant l'encens sur le seuil.

– Retourne aux éléments de l'air, de la terre et du feu ! murmura-t-elle enfin, presque inaudible, puis elle souffla le cierge, versa les dernières gouttes de la coupe sur un rosier.

– Et maintenant ? s'enquit Leslie derrière elle.

– Maintenant, dit-elle en se retournant, tout sourire, que diriez-vous de quelques œufs brouillés, par exemple ? Nous avons toutes deux grand besoin de nous réconforter après cette dépense salutaire d'énergie psychique.

XXI

DANS le salon de musique, un piano de location avait été installé à la place du Knabe d'Emily en cours de réparation. On avait par ailleurs emporté les débris du clavecin, méticuleusement numérotés, pour expertises supplémentaires demandées par la compagnie d'assurance. Quant à Emily et Frodo, ils avaient eux-mêmes remplacé les cordes de la harpe, et le jeune homme était allé jusqu'à recoller, puis à redorer les éclats détachés du cadre. La pendule de Leslie, enfin, était de retour de chez l'horloger qui l'avait remise rapidement en état. Tout allait donc rentrer dans l'ordre.

Les nerfs de Leslie n'en restaient pas moins à vif. Elle dormait mal et se réveillait en sursaut au moindre bruit. Si elle parvenait à sauver les apparences avec ses patients, l'idée de rester seule chez elle après le crépuscule l'emplissait d'effroi.

Un appel de Simon, un matin, l'informant de son retour dans la soirée vint à propos lui apporter un peu de réconfort et de sérénité. En fin d'après-midi, au volant de la Mercedes, elle prit la route de l'aéroport, suffisamment à l'avance en raison des encombrements fréquents à cette heure de la journée. Arrivée très largement à temps, elle attendit non sans fébrilité l'annonce de son vol dans le hall des arrivées, vol qui s'effectua sans le moindre retard. Fendant la foule qui se pressait pour accueillir les voyageurs, elle aperçut bientôt la haute silhouette de Simon venant droit dans sa direction et courut à sa rencontre.

– Tu n'aurais pas dû t'aventurer si profondément dans la foule, chérie, lui glissa-t-il en l'embrassant furtivement sur le front, mais je suis tout de même bien heureux que tu sois là. Viens, fuyons vite cette marée humaine.

Il semblait exténué et son bras était de nouveau en écharpe.

– Comment s'est passé le voyage ?

Il eut un geste de satisfaction mitigée en entraînant Leslie vers le parking, et ils s'engouffrèrent rapidement dans la Mercedes. Comme ils jaillissaient de l'ombre au jour, le soleil couchant vint frapper le pare-brise. Plissant les yeux, visiblement incommodé par ses rayons, il se décida alors à lâcher tout à trac :

– Je croyais qu'Heysermann était un musicien intelligent. Je le prenais aussi pour un ami. Eh bien, je me suis trompé sur toute la ligne. Il n'a rien voulu entendre.

– Et l'autre, Simon ? Wayland, celui que tu devais voir à Montréal ?

Les traits de son compagnon se crispèrent davantage.

– Ce périple a été pour moi une perte de temps, un gâchis total. J'aurais mieux fait de m'abstenir. Au moins cela m'aurait évité de galvauder mon énergie et de subir un camouflet. Ah oui, j'aurais vraiment été mieux inspiré de rester près de vous, surtout dans les circonstances que vous venez de connaître !

Voulant faire diversion, Leslie contre-attaqua d'un ton résolument léger :

– Figure-toi que ton assureur m'a soupçonnée d'escroquerie. Il laisse entendre que j'ai très bien pu payer quelqu'un pour détruire un clavecin de valeur moyenne afin d'essayer de toucher la prime du tien. A vouloir à tout prix parer d'éventuels coups tordus, ces gens-là font preuve d'une imagination débridée.

– Je suis vraiment navré de tous ces tracas qu'on t'impose. Le coupable a-t-il au moins été arrêté ?

– Non, répondit Leslie, commençant à rabattre sa voiture vers la droite pour gagner la sortie menant directement à l'appartement de Simon. Il n'a d'ailleurs pas laissé le moindre indice.

– Je préférerais que nous allions chez toi, chérie. Cela t'ennuie-t-il ?

– Bien sûr que non. Mais je pensais que tu voulais d'abord déposer tes bagages à l'appartement.

– Ecoute, il est absurde de continuer à vivre séparés l'un de l'autre. Il faut trouver une solution. L'année prochaine, Emily devra sans doute aller étudier sur la côte Est ou en Europe – chez Reszke ou Goldblatt, par exemple. J'aurais aimé la former moi-même, mais elle aura besoin d'un professeur à temps plein et à cette époque, si Dieu le veut, j'aurai repris ma carrière de soliste. Les chefs d'orchestre, heureusement, ne s'appellent pas tous Heysermann.

Ainsi, il refusait de s'avouer vaincu, pensa Leslie en appuyant sur l'accélérateur, maintenant pressée d'arriver chez elle. Emily était persuadée qu'il n'avait aucune chance de remonter sur scène, Heysermann et le chef d'orchestre de Montréal semblaient confirmer son point de vue. Pouvaient-ils tous se tromper ? Simon refusait-il donc d'admettre l'évidence ? Le pouvoir de la volonté maîtrisée est sans limites, répétait-il sans cesse. « Les interprètes ne peuvent se passer des applaudissements. Quand on a connu cette griserie-là, tout le reste devient fade, ordinaire, insipide. On ne revit que sur scène, devant le public qui absorbe les êtres et les choses. Le jeu alors devient la vie... »

Le cœur de Leslie se serra. Renoncer à une guérison

complète, quel qu'en fût le prix, n'équivalait-il pas pour lui à un renoncement global ?

La voiture approchait maintenant de chez elle. Leslie quitta une avenue très fréquentée pour longer à flanc de colline le parc de Buena Vista, puis s'engagea dans sa rue, où elle aperçut, contrariée, la camionnette de Frodo garée devant la porte. Connaissant les sentiments de Simon envers lui, Emily aurait mieux fait de s'abstenir de l'inviter ce jour-là !

La porte du vestibule refermée derrière eux, Simon prit Leslie dans ses bras et l'embrassa longuement.

Un joyeux « Bienvenue au bercail ! » interrompit leurs effusions. Emily, avec un large sourire approbateur, se tenait sur le seuil du salon. D'un bond, elle se jeta dans les bras du voyageur qui éclata de rire en l'embrassant.

– Tu m'as l'air en pleine forme, observa-t-il, ravi.

Le regard d'Emily s'assombrit sur-le-champ.

– Simon, je suis si désolée. Votre clavecin...

– N'y pense plus, fit-il en l'entraînant par les épaules et montre-moi plutôt ton acquisition. Ainsi tu as trouvé un piano digne de ce nom en attendant que le tien soit réparé ? Ah oui, ... un Steinway, très bien ! Je craignais qu'on te propose un affreux piano japonais, ou...

Simon s'arrêta net en apercevant Frodo dans un coin de la pièce. Celui-ci était agenouillé devant un petit clavecin de bois clair visiblement tout neuf.

– Qu'est-ce que cette horreur fait ici ?

Frodo se redressa, très raide.

– J'ai construit cette horreur moi-même, dit-il, et l'ai prêtée à Emily. Je suis évidemment navré de ce qui est arrivé au vôtre, mais j'ai pensé qu'en attendant de le réparer, il lui en fallait un autre pour répéter. Voilà, c'est tout.

– Ne soyez pas injuste avec Frodo, Simon ! intervint Emily. C'est lui qui a remis ma harpe à neuf, regardez ! Si vous l'aviez vue...

Avec un effort notoire, Simon se composa une expression conciliante.

– Je vous félicite, Paul, marmonna-t-il, tout en s'approchant pour examiner le clavecin de plus près. Vous l'avez monté vous-même ? Honnêtement, je dois reconnaître que vous ne manquez pas d'habileté.

– Je suis sûre que les clavecins Frederick seront un jour célèbres ! commenta Emily, s'asseyant devant l'instrument et faisant courir ses doigts sur le clavier.

Simon esquissa un sourire de commande.

– Bien sûr, il ne prétend pas pouvoir être comparé aux merveilleux clavecins de collection de miss Margrave, fit Frodo. Mais dans son genre, ce n'est pas un mauvais instrument. Je vous en prie, essayez-le, si vous voulez.

Paupières mi-closes et main valide crispée sur son poing ganté, Simon déclina l'offre.

– Je laisse ce plaisir à Emily, répondit-il en s'asseyant sur un tabouret.

Emily joua alors une sonate de Bach. Elle n'avait pas posé à Simon la moindre question sur son voyage, comme si, sachant qu'il n'avait aucune chance, elle s'attendait à l'annonce de son échec.

– Tu as l'air épuisé, Simon, fit Leslie sitôt qu'Emily eut terminé. Tu dois avoir faim. Veux-tu que je te prépare quelque chose ?

– On vous laisse, en tout cas, dit Frodo à son tour. Nous dînons avec mes parents à Sausalito.

– Excusez-nous, Simon, renchérit Emily. Si j'avais su que vous étiez là ce soir...

Simon se contenta de lui tapoter amicalement la joue.

– Cela n'a aucune importance, voyons ! L'essentiel est que tu t'amuses, mon ange. Quant à vous, Paul, ne conduisez pas comme un fou, soyez prudent.

– Ne vous faites pas de souci pour Emily, professeur, je vous la ramènerai saine et sauve. Allez hop, on file !

Les jeunes gens partis, Simon prit Leslie dans ses bras.

– Enfin seuls ! s'exclama-t-il, parodiant un acteur sur scène. Belle dame, je n'ai pas faim – on nous a servi un repas dans l'avion. Mais en revanche, j'ai très envie de vous...

Il l'enlaça voluptueusement puis, sans transition l'entraîna vers l'escalier pour partager avec elle leurs premiers vrais moments d'intimité.

Le silence et la pénombre régnaient dans toute la maison. C'était une de ces rares nuits où la brume s'abstenait d'envahir la côte. Dehors, la lune, éclatante et quasiment pleine, teintait le ciel de pâles reflets indigo. Simon quitta le lit, marqua un temps d'arrêt devant la lueur rouge du petit autel dans la chambre, ouvrit doucement la fenêtre et contempla les lumières de la ville.

– Alison n'a jamais porté la psychanalyse dans son cœur, voulut-il plaisanter d'un ton faussement dégagé. Je suppose cependant que tout disciple de Freud dirait qu'elle était pour moi une figure maternelle ; cette chambre étant la sienne, il est donc assez naturel que j'éprouve un incontestable blocage...

Il se tut, et Leslie s'empressa de le rejoindre tendrement.

– Chéri, ce long voyage t'a épuisé et découragé. Il n'est guère étonnant que dans ces circonstances...

– Ma défaillance est impardonnable...

– Quel enfant fais-tu donc ! Cela n'a aucune importance, mon amour, murmura-t-elle en l'enlaçant.

– Je suis peut-être trop vieux pour combler une femme aussi jeune et... ardente que toi...

– Ah mon Mathusalem ! Eh bien, tu vois, je ne veux ni ne désire un autre homme que toi. Tu es éreinté, Simon. Allons nous recoucher.

– Je n'ai absolument pas sommeil, bougonna-t-il, quittant impatiemment la fenêtre. Si on allait jeter un coup d'œil dans ton réfrigérateur ? Peut-être n'ai-je pas assez dîné dans l'avion.

Leslie s'empressa d'aller lui préparer des sandwiches dans la cuisine et lui, pendant ce temps, sortit arpenter fiévreusement le jardin. Elle alla le rejoindre et vit, au clair de lune, que la porte du garage était ouverte. Simon se tenait à l'intérieur, immobile et silencieux.

– Quelqu'un est entré ici récemment n'est-ce pas ? demanda-t-il.

– Claire et moi. Nous avons purifié la pièce. Elle était devenue invivable.

– J'en étais sûr. Il y a plus d'un an que je n'y ai pas mis les pieds, et nul ne sait ce que cette Betty Carmody a bien pu y manigancer. Peu importe ! Je serai bientôt en mesure d'y instaurer l'atmosphère dont j'ai besoin.

Uniquement éclairé par un rayon de lune, Simon était planté au beau milieu de la pièce, à l'endroit même où Claire avait prononcé ses prières. Après un court silence, il jeta sur sa compagne un regard hésitant.

– J'espère, du moins je souhaiterais... que tu ne voies pas d'inconvénient à ce que je réinstalle ici mon sanctuaire.

La gorge nouée, incapable de répondre, Leslie retint son souffle.

– Je pensais être allé assez loin, poursuivit-il à mi-voix, mais il se peut que ce voyage ait été finalement une simple épreuve. Le pouvoir de la volonté maîtrisée est sans limites, tu le sais.

Le sang de Leslie se figea et elle resta muette si longtemps que Simon finit par la rejoindre, le regard interrogateur. Souriant, il la prit dans ses bras.

– Allons pour l'instant manger l'en-cas que tu as préparé, chérie, proposa-t-il. Mieux vaut nous recoucher avant qu'Emily et son chevalier servant nous surprennent comme des collégiens flirtant dans la cuisine !

Une heure du matin sonna à l'horloge du rez-de-chaussée. Leslie, en proie à un trouble profond, gardait les yeux grands ouverts, mais Simon, lui, s'était endormi.

« Je pensais être allé assez loin, mais il se peut que ce voyage ait été finalement une simple épreuve. » Simon envisageait-il un nouveau sacrifice rituel ? Jusqu'où était-il décidé à aller ? Fallait-il le laisser faire ? Et sinon, comment l'en dissuader ?

Le moteur de la camionnette de Frodo ronronna dans la rue, puis, les gaz ayant été coupés, un silence complet régna. Leslie se leva pour jeter un coup d'œil par la fenêtre. Tendrement enlacés sur le trottoir, Emily et le jeune homme s'embrassaient. Elle alla se recoucher à pas de loup, un vague sourire aux lèvres. Sa sœur avait le droit de vivre sa vie. Simon lui-même semblait avoir capitulé devant cette évidence.

Deux tranches de bacon crépitaient joyeusement dans la poêle quand Emily fit son entrée dans la cuisine le lendemain matin. Leslie et Simon étaient attablés, en robe de chambre. Elle leva les yeux au ciel.

– Du bacon ! Simon, honte à vous ! Ne savez-vous donc pas que le bacon est bourré de nitrates et de sel ? Vous êtes en train de vous empoisonner !

Elle prépara une tisane, mit une tranche de pain complet à griller et revint vers la table.

– Au fait, j'ai fait dix-huit pots de marmelade de citrons, dont une partie vous revient de droit. Tenez, goûtez !

Simon étala un peu de confiture sur sa tartine, en prit une bouchée et se répandit en compliments dithyrambiques. Puis, il se tourna vers Leslie.

– Quel est ton programme aujourd'hui, chérie ?

– Je reçois Susan Hamilton à onze heures.

– La mère de cette fillette anormale ?

– Chrissy ne l'est pas, Simon.

– Admettons, mais avoue que cela ne vaut guère mieux. Je préfère quant à moi réserver la spontanéité de mon affection aux êtres susceptibles d'éprouver à mon égard un sentiment de réciprocité. Sentimentalité mise à part, Leslie, je suis en tout cas persuadé qu'une mort accidentelle de cette enfant rendrait un fier service à sa mère, à elle-même et à la société dans son ensemble.

– Simon, je doute que sur ce point nous arrivions à nous mettre d'accord, répliqua Leslie.

– Mais tu penses comme nous, intervint Emily. Je sais bien que tu ne peux tenir un tel langage devant ta patiente, mais franchement, la disparition de cette pauvre gosse ne serait-elle pas un immense soulagement pour tous ceux qui l'entourent ?

Leslie, hochant la tête en signe de dénégation, soupira longuement.

– A maintes reprises, nous avons déjà débattu de cette question, et je n'ai pas changé d'avis. Je ne suis ni Dieu ni la Providence, et ce genre de décision ne m'appartient pas. Revenons à des choses beaucoup plus terre à terre, mais au demeurant tout à fait agréables : ta marmelade est délicieuse, Emily. Et toi, dis-moi, Simon ? Que fais-tu aujourd'hui ?

– Il faut que je contacte mon assureur au sujet du clavecin et que je passe une foule de coups de téléphone. Mais d'abord, Emily, nous devons répéter une petite heure ensemble, il y a plus d'une semaine que nous n'avons pas travaillé. J'espère que ton chevalier servant t'a laissé quartier libre ?

– Qu'allez-vous croire, Simon ! Je fais ce que je veux. D'ailleurs, Frodo travaille aussi. A ce propos, il faut que je vous annonce la nouvelle. Il va quitter la librairie et s'établir à son compte. Hier soir, à Sausalito, nous en avons beaucoup parlé avec ses parents. Ils vont lui avancer de quoi ouvrir un magasin d'instruments de musique et un petit atelier de réparation. Frodo envisage également de fabriquer des luths et des clavecins si sa clientèle lui en laisse le temps.

– Excellente idée, approuva Leslie.

Simon, critique, haussa les sourcils.

– J'espère qu'il ne songe pas dans la foulée à fonder une famille, lâcha-t-il, l'œil interrogateur. S'il s'avisait de t'enlever, ma belle, j'en serais sérieusement contrarié.

Le feu aux joues, Emily pouffa.

– Vous n'y êtes pas du tout ! s'esclaffa-t-elle. Le mariage est une affaire de vieux, on en reparlera quand j'aurai trente ou quarante ans !

– Tu crois ça du haut de tes dix-sept printemps, répondit Simon avec un sourire amusé, mais tu verras. Certains « vieillards », comme tu dis, de trente ou quarante ans, ont souvent de l'ambition et de l'énergie à revendre et savent encore parfaitement profiter de la vie. Si tu t'imagines que parvenue à cet âge tu seras trop vieille pour te soucier encore d'amour, de carrière et d'indépendance, tu aurais intérêt à corriger le tir sans tarder.

– Mais je n'ai jamais dit cela, se défendit Emily, rougissant de plus belle, s'affairant à faire la vaisselle au-dessus de l'évier pour masquer sa confusion.

Ne voulant pas profiter de son avantage et prétextant son emploi du temps chargé, Simon l'entraîna sans tarder dans le salon de musique pour la répétition convenue. Leslie, elle, regagna son bureau pour appeler son service de secrétariat en attendant la venue de sa première cliente, Susan Hamilton. Celle-ci arriva une nouvelle fois en compagnie de Chrissy, n'ayant trouvé personne pour la garder. La fillette se laissa docilement conduire dans le jardin, où sa mère l'installa dans un fauteuil d'enfant pliable.

– Comment s'est-elle comportée cette semaine ? demanda Leslie précédant sa patiente dans son cabinet.

– Ah, je ne sais plus très bien où j'en suis, fit Susan en secouant la tête. Elle avait pourtant l'air de progresser, et voilà que de toute la semaine, elle ne m'a pas accordé un regard. Ma sœur me conseille de me distraire, de sortir, de voir du monde, de ne pas fuir les hommes, mais comment un homme réagira-t-il en apprenant que j'ai une fille déficiente ?

La voyant prête à fondre en larmes, Leslie poussa vers elle une boîte de mouchoirs, ne pouvant s'empêcher de penser aux paroles de Simon. Ne serait-ce finalement pas une libération pour cette femme si on la délivrait de son enfant, si on lui permettait ainsi d'entamer une nouvelle vie avant qu'il ne soit trop tard ?

Chassant rapidement cette pensée, elle abrégea la consultation et raccompagna la mère et la petite jusqu'à leur voiture. Comme elle revenait dans son bureau à pas lents, Simon vint la rejoindre. Sa leçon était terminée et il lui demanda de le conduire à son appartement pour y déposer ses bagages, Emily, quant à elle, ayant encore à travailler une fugue de Bach.

Arrivée chez lui, Leslie entreprit de ranger ses affaires, tandis qu'il téléphonait à son assureur.

– Nous sommes hors de cause, annonça-t-il, en raccrochant presque aussitôt. L'expert a authentifié ce qui restait du clavecin. Je me demande s'ils m'ont cru un instant capable de m'être livré à une si mesquine escroquerie.

– Tant de gens essaient d'escroquer leurs assureurs pour quelques centaines de dollars. Ils sont méfiants et on les comprend !

– Si je devais commettre un tel acte, ce ne serait sûrement pas pour un mobile aussi sordide que l'argent, gronda Simon d'une voix qui la fit frémir, ne pouvant oublier le meurtre prémédité qu'avait commis l'homme qu'elle aimait.

Celui-ci cependant s'asseyait devant son piano et retirait lentement son gant.

– Il faut que je répète davantage, murmura-t-il, comme s'il se parlait à lui-même, assouplissant ses doigts à l'aide de sa main valide. Il ne faut surtout jamais se laisser décourager par les multiples déconvenues de la vie.

Mais brusquement, il se releva et commença à arpenter d'un pas nerveux la pièce.

– J'ai proposé à Emily de lui prêter un autre clavecin, n'importe lequel, et tu sais ce qu'elle m'a répondu ? Eh bien, elle a refusé. Oui, elle a refusé ! Crois-tu qu'elle soit entichée à ce point du jeune Frederick ?

– Emily ne sait pas mentir. Si c'était là le motif de son refus, elle te l'aurait dit. Comment l'a-t-elle justifié ?

– Elle a prétendu qu'elle préférait attendre que le psychopathe soit derrière les barreaux, mais je pense qu'elle a surtout voulu éviter de me contrarier. Question de tact.

– De tact ? répéta Leslie. Tu plaisantes ! Ce mot n'a aucun sens pour Emily.

– Tu crois ? fit-il, visiblement soulagé. Tu me rassures un peu, car je dois dire que si je la soupçonnais un instant de vouloir renoncer à sa carrière pour l'amour de ce garçon, je serais capable du pire...

Il s'arrêta net, visiblement embarrassé par la violence de sa réaction.

– Disons en tout cas que j'aurais beaucoup de mal à leur pardonner, autant à l'un qu'à l'autre.

Renonçant à jouer dans son état d'énervement, il remit son gant et rabattit le couvercle du piano, puis se dirigea vers sa chambre, désireux de retrouver son calme. Leslie l'y suivit et le regarda apprêter l'autel, impressionnée par la ferveur de ses gestes, par la concentration dont il faisait preuve. Claire et lui avaient décidément été formés à la même école, par le même maître. Comment pouvaient-ils maintenant être si éloignés l'un de l'autre ? Simon, cependant, avait allumé un bâton d'encens et une odeur différente de celle qu'elle connaissait commençait à envahir la pièce.

– Quel est ce parfum étrange, Simon ?

– Du genièvre, mêlé à différentes substances vouées au dieu Pan, le Grand Satyre. Influence d'Alison ou non, je ne suis pas disposé à renoncer à ma virilité... ni à toi, mon amour.

– Crois-tu vraiment au pouvoir de ces choses ?

Avec un sourire, il l'attira à lui et l'embrassa avidement.

– A toi de me le dire, ma toute belle. Je sens que tu ne seras pas déçue cette fois.

Ses mains pressantes entreprirent de la déshabiller

complètement. Magie ou simple autosuggestion, le désir de Simon avait incontestablement recouvré sa vigueur...

Plus tard, beaucoup plus tard, comme comblée elle s'étirait langoureusement sur le lit ravagé, caressant d'une main légère le corps nu de son amant, Simon se dressa brusquement à ses côtés, se pencha sur elle, ses lèvres tout près des siennes et, lui saisissant les deux mains, murmura d'une voix rauque :

– Partons, Leslie ! Je t'en supplie, partons !

– Partir ? Que veux-tu dire... Pour la journée ? Pour le week-end ?

– Non, ne faisons aucun projet, partons, tout simplement. Pour Hawaii, pour l'Europe, pour Rome, ou l'Egypte... Appelons une agence de voyages et bouclons nos valises ! Si le fait de partir avec un homme qui ne soit pas ton mari te chagrine, nous pouvons être mariés après-demain ; le délai est de quarante-huit heures pour effectuer toutes les démarches. Mon amour, si tu veux, nous prendrons tous les deux notre petit déjeuner à Paris samedi, ou bien nous dormirons à Honolulu dans deux soirs !

– Simon, souffla-t-elle, estomaquée par cette tornade tendre et impérieuse qui s'abattait sur elle, lâche-moi ! Tu n'es pas sérieux... Je ne peux pas laisser Emily toute seule.

– Seule, avec tous les amis qu'elle a ? Si ta sœur ne veut pas rester à la maison, qu'elle vienne s'installer ici en notre absence. Elle y sera en totale sécurité.

– Mais mon cabinet, mes patients...

– Oh, Leslie, un peu de fantaisie et de folie ! Ne te laisse pas emprisonner par des prétextes d'ordre pratique. Tu peux, pour quelques jours, confier ta clientèle à un remplaçant au moins pour le temps de notre lune de miel ? J'ai besoin de toi, Leslie, autant sinon bien plus que tes patients. Je connais quelqu'un au service des passeports qui pourra accélérer ma demande.

– Ah, Simon ! Ce serait évidemment merveilleux, mais... comment veux-tu que je m'organise si vite, moi qui passe mon temps à conseiller aux autres de prendre leurs décisions sur des bases rationnelles, de se garder surtout d'obéir à toute pulsion ou acte irréfléchi ? Bien sûr, chéri, je ne refuse pas ton offre, au contraire. Je veux, je souhaite, de toute mon âme, devenir ta femme. Mais c'est grave, Simon, et je ne peux prendre une telle décision dans un climat d'urgence toujours dangereux. Cesseras-tu de m'aimer si je te demande un délai raisonnable de réflexion ?

– Je savais que tu me dirais ça, dit-il en la serrant contre lui. Je le savais d'avance, mais j'espérais quand même. Je t'aimerai jusqu'à mon dernier jour et au-delà, aussi longtemps que Dieu le permettra, chuchota-t-il en l'embrassant. Simplement, je croyais, je pensais, qu'il était terriblement important pour nous deux de prendre un peu de champ, de recul, de nous éloigner maintenant...

– Un brin d'organisation n'a jamais fait de mal à personne, l'interrompit-elle avec tendresse. Nous partirons, Simon, je te le promets, mais un peu plus tard. Prenons le temps de penser à ce grand voyage afin qu'il soit encore meilleur. C'est la même chose pour... notre mariage. Se précipiter serait absurde. Cela ne veut pas dire que bientôt, très bientôt, le plus tôt possible...

– Comme tu voudras, soupira-t-il en s'écartant. Espérons qu'alors il ne soit pas trop tard.

– Trop tard ? Que veux-tu dire, chéri ?

Il l'embrassa de plus belle.

– Rien, mon amour, rien. J'ai brusquement ressenti l'irrésistible, le très profond besoin de partir avec toi, très vite, très loin. Mais ce n'était pas raisonnable, car je ne suis pas raisonnable, tu le sais. Tu as sûrement raison, Leslie. Si le destin le veut, nous ferons donc les choses comme tu l'as décidé.

XXII

– VOUS savez, Leslie, je crois vraiment que mon mari commence à se lasser de son harcèlement, déclara Evelyn Sadler. Je n'ai rien remarqué ces deux dernières semaines. A peine quelques bruits bizarres, c'est tout. Il m'a suffi d'ailleurs de dire « fiche-moi la paix ! », pour qu'il se taise. Et puis, mon cours de peinture est vraiment formidable. Qui aurait cru qu'on puisse se mettre à peindre à mon âge ? Mon professeur me pousse même à donner des cours de dessin à des enfants handicapés, et je crois que je vais suivre son conseil. D'après elle, j'obtiendrai ma qualification sans peine.

Leslie contempla avec satisfaction sa cliente naguère si timorée. La nouvelle Evelyn était élégamment vêtue. Avec ses cheveux bien coiffés, son matériel de dessin soigneusement serré dans un carton et ses yeux pétillants d'enthousiasme, elle faisait plaisir à voir. Elle tendit à sa patiente un double des formules d'exorcisme utilisées par Claire dans le garage.

– Essayez-donc ceci contre les bruits.

Evelyn Sadler jeta un coup d'œil à la feuille.

– Franchement, je ne sais pas si j'en aurai l'usage. Je suis persuadée que mon mari a cessé de me tracasser.

– A votre guise, fit Leslie en souriant. Voulez-vous prendre un autre rendez-vous ?

– Justement, je voulais vous en parler. Mes cours de peinture me prennent trois jours par semaine. Comme je passe en plus un jour entier à l'hôpital, j'ai bien peur de n'avoir plus le temps...

– C'est tout à fait compréhensible et je m'en réjouis.

Tout en reconduisant Evelyn Sadler, Leslie se dit qu'elle tenait enfin un succès thérapeutique dont le mérite pouvait être attribué à ses nouvelles méthodes. Au moment où elle s'apprêtait à refermer la porte, le feulement caractéristique de la Mercedes de Simon arrêta son geste. Elle l'attendit sur le seuil.

– Tu ne m'avais pas dit que nous sortions ce soir, chéri, dit-elle, en l'embrassant.

– Tu ne te trompes pas. C'est Emily que je viens t'enlever pour la soirée. Tu ne m'en veux pas trop, j'espère.

– Bien sûr que non, grand fou, au contraire…

Au même instant, Emily dévala l'escalier en courant, fraîche et radieuse dans sa jupe bleu saphir et son T-shirt assorti. Elle portait des sandales, et ses cheveux étaient réunis en deux longues nattes qui lui tombaient jusqu'au milieu du dos.

– Rentrerez-vous tard ?

– Je ne pense pas, répondit Simon, l'embrassant à nouveau. Je te la ramènerai sans doute au plus tard vers dix heures.

Leur ayant fait un dernier signe de la main, Leslie rentra et brancha la radio. L'une des deux chaînes de musique classique diffusait un concerto de Rachmaninov enregistré à Munich plusieurs années plus tôt. Le chef d'orchestre n'était autre que Lewis Heysermann, et ce fut sans étonnement extrême qu'elle entendit la voix très britannique du présentateur annoncer le nom du pianiste : Simon Anstey, comme si elle le savait déjà. Elle l'écouta ensuite énumérer les nombreux prix qu'il avait remportés et les orchestres de renommée mondiale avec lesquels il s'était produit. Après une salve d'applaudissements, que Leslie sentit avec une certitude absolue destinée à l'homme qu'elle aimait, le concert commença.

Simon parlait souvent de ce qu'ils feraient après leur mariage, mais aucune date n'avait encore été fixée. Leslie avait simplement cessé d'accepter de nouveaux clients et commencé à préparer les anciens à une interruption momentanée de leur thérapie, ce qui avait souvent un caractère bénéfique.

A la fin de la retransmission du concerto, il y eut deux rappels. Se souvenant du prélude de Chopin qu'elle avait entendu Simon interpréter quelques jours plus tôt, son cœur se serra. Une légère dégradation de son jeu était perceptible et il le ressentait douloureusement, rongé de plus en plus par l'incapacité d'y faire face.

A dix heures et demie, les pas d'Emily résonnèrent dans le vestibule. Leslie se leva au moment où sa sœur apparaissait sur le pas de la porte, tenant dans la main une rose pourpre qu'elle humait rêveusement.

– Simon n'est pas avec toi ? s'enquit-elle, étonnée.

– Non. Il n'a pas voulu entrer. Il t'appellera demain.

– Alors cette soirée, comment était-ce ? Où êtes-vous allés exactement ?

– Simon m'a emmenée à la réunion d'une secte.

– D'une secte ? Pour l'amour du ciel, depuis quand ces choses-là t'intéressent-elles ?

– Frodo m'avait déjà vaguement parlé de ce qu'ils appellent la Voie. Depuis, l'idée que Simon puisse pratiquer la magie noire excitait tellement ma curiosité qu'il a fini par accepter de m'emmener à l'une de leurs séances.

- Et alors, tu as été conquise ?

– Non, pas du tout. C'est ennuyeux à mourir, avoua

Emily, avec un bâillement. Je me suis même endormie avant la fin de la cérémonie.

– Je ne savais pas que les profanes pouvaient y participer.

– Seul le fait d'être introduite par Simon a rendu les choses possibles, je crois. On m'a même donné un nom que j'ai oublié, et fait passer une jolie robe blanche en me priant de tenir cette rose à la main. Simon alors... (elle pouffa), Simon m'a demandé si j'étais vierge. Il semblait plus embarrassé que moi en posant la question, mais, apparemment, c'était très important. Rassure-toi, il m'a aussi juré que personne ne me toucherait. Heureusement, car j'ai lu des trucs là-dessus à faire froid dans le dos. Il paraît que certains rituels satanistes tournent au viol collectif, ce que je ne tenais vraiment pas à subir !

– Tu me jures que rien de tel ne s'est produit à ton corps défendant ?

– Ecoute, Leslie, encore heureux ! Ils m'ont simplement enfermée dans un petit cagibi pour que je me change, puis ils m'ont confié la rose et m'ont demandé de m'asseoir sur une chaise et de demeurer silencieuse. Je me suis donc contentée de rester assise à les écouter, et bientôt leurs discours m'ont tellement ennuyée que je me suis endormie.

– Mais... De quoi parlaient-ils ?

Emily haussa les épaules.

– Je ne sais plus. C'étaient des mots pour moi sans queue ni tête. Ils ont surtout parlé de folklore, je crois. Quelqu'un a lu un texte sur la sorcellerie en Irlande – à moins que ce ne soit en Finlande. Ah si, j'oubliais ! Ils ont fait ensuite cercle autour de Simon, et tout le monde a prié pour son rétablissement complet avant d'échanger ce qu'ils appellent le baiser de la paix. A partir de ce moment-là, je ne me souviens plus de rien, si ce n'est que quelqu'un s'en est pris à moi, m'accusant d'être trop âgée pour être encore vierge. On m'a demandé alors si j'étais prête à jurer sur l'honneur que je l'étais, et j'ai dit oui. Ce devait être tellement ringard pour eux de l'être encore à mon âge, qu'ils ont voulu en avoir la confirmation. Voilà, tu sais tout. Sur ce, je te salue, fit-elle en bâillant à nouveau. Bonsoir, petite sœur, je meurs de sommeil.

La regardant monter l'escalier, tenant toujours sa rose, Leslie resta perplexe. Le récit d'Emily ne ressemblait en rien à ce qu'elle avait jusqu'à présent entendu dire à propos des rituels de magie noire, à moins que la jeune fille ait été à son insu droguée ou hypnotisée. Sa version des faits semblait cependant plausible et rien n'autorisait à mettre en doute la responsabilité de Simon. Elle monta donc se coucher à son tour, éprouvant néanmoins un certain trouble dont elle finit par identifier la nature en se mettant au lit. Pourquoi se le cacher ? Elle était tout bonnement jalouse de sa sœur. Oui, jalouse, et honteuse de l'être, parce que Simon avait, en fait, choisi d'ouvrir à Emily, plutôt qu'à elle, les portes d'un univers qu'elle ne pouvait appréhender comme elle.

Quand elle se rendit chez Simon le lendemain soir, cette question lui parut trop mesquine et intéressée pour mériter d'être posée. De le trouver particulièrement fébrile et nerveux lui parut d'ailleurs bien plus préoccupant. Ses accès de douleur, même s'ils avaient tendance à s'espacer un peu, intervenaient maintenant avec une telle brutalité et une si grande violence, qu'il avait pratiquement cessé de conduire sa voiture.

– Les médecins n'ont toujours rien trouvé pour te soulager ? se contenta-t-elle donc de lui demander.

– Non, c'est un problème nerveux. Espérons au moins que la douleur diminuera avec le temps, mais rien n'est moins sûr. La seule solution serait de m'abrutir de drogues. Or, je préfère souffrir et rester moi-même plutôt que de me condamner à vivre comme un zombie. Je n'en peux plus, ce soir. Allons nous coucher, cela va peut-être passer.

De fait, sitôt au lit, il sombra dans le sommeil et elle resta de longues minutes à l'observer, se disant que s'il lui demandait une seconde fois de partir avec lui sur-le-champ, elle accepterait sans hésitation. Au diable ses patients, ils survivraient sans elle ! Ce n'étaient pas les psychologues qui manquaient et Simon avait besoin d'une présence de tous les instants.

Elle s'était elle-même à demi assoupie quand il se redressa sur le lit en hurlant, promenant autour de lui un regard hébété.

– Alison !...

Son visage était couvert de sueur et elle crut un instant qu'il éprouvait à nouveau une vive douleur.

– Tu as mal, Simon ?

– Non !

Il secoua la tête, parfaitement réveillé.

– Non, je viens de voir Alison... Comment est-ce possible ? Elle n'est jamais venue ici de son vivant, et les morts n'apparaissent que dans les lieux qui leur sont familiers.

– Pourquoi ne chercherait-elle pas à te revoir ici ? Elle t'aimait infiniment Simon, tu le sais.

– Non, nous nous étions brouillés, je te l'ai dit. Elle voulait que je sois son successeur. Elle rêvait de faire de moi un contemplateur sans ambition comme Colin, qui se contente d'étudier sans jamais mettre son savoir en pratique... Un jour, peu de temps après sa première attaque, elle a découvert ce que j'avais fait à son chat.

– Je croyais que cela s'était passé après sa mort...

– Non, répondit-il, le regard vide.

Leslie hésita un instant.

– Simon... Quand Claire est venue chez moi l'autre jour, elle... elle m'a dit qu'Alison lui avait transmis un message dans le salon de musique. (Elle se mordit la lèvre.) Ce message t'était destiné. Il disait : « Dites à Simon que je lui pardonne. »

– C'est typiquement le genre de message que Claire désire recevoir, dit-il d'un ton péremptoire, les yeux fixes. A tel point que je suis sûr qu'elle est persuadée d'avoir réellement capté cette idiotie.

– Es-tu toi-même vraiment persuadé qu'Alison soit morte sans te pardonner ?

– Sa maison aurait dû me revenir, dit-il après un long silence. Alison connaissait mon intérêt pour la magie qu'elle considérait comme une erreur de jeunesse et m'avait pardonné à cet égard. En revanche, quelque temps après mon accident, lorsqu'elle a découvert ce que j'avais fait à son chat en profitant de son hospitalisation, elle m'a déshérité. Elle m'a seulement laissé une partie de ses clavecins parce qu'elle ne savait qu'en faire, mais elle a fait don des plus précieux au musée. L'acharnement du vandale à leur sujet me hante. Leslie, parle-moi encore de ce qui est arrivé chez toi. Crois-moi, j'ai de bonnes raisons de te le demander…

A contrecœur, elle refit le récit de cette nuit de cauchemar qu'elle essayait vainement d'oublier.

– Et la police n'a retrouvé aucune trace de lui ?

– Aucune. Ils n'ont compris ni par où il était sorti ni comment il était entré !

Un long silence retomba entre eux, puis soudain il reprit :

– As-tu déjà vu un poltergeist ?

– Oui, j'en ai vu.

– N'as-tu pas songé cette nuit-là qu'il s'agissait d'une force trop violente, trop aveugle, pour avoir été commise de main d'homme ?

Etrangement, Claire a eu la même idée en qualifiant l'acte d'inhumain, se dit Leslie, qui elle-même avait été tentée un moment de tenir pour responsable la force mystérieuse qui l'habitait, cette force qui avait été capable de jeter un verre de vin à la face de Joel et de déclencher une sonnette débranchée. Mais pourquoi cette force se serait-elle ainsi acharnée contre Emily, qu'elle chérissait plus que tout être au monde ? A moins… à moins que cet amour pour Emily justement ne masquât une jalousie rentrée au plus profond d'elle-même ? Cette pensée la fit frémir.

– Simon, crois-tu que ce soit moi qui…

– Toi ? répéta-t-il, visiblement surpris. Que veux-tu dire ? Alison, j'en suis sûr, me haïssait à sa mort. Imagine ce qu'elle a pu ressentir, elle qui a déployé tant d'efforts pour t'attirer sous son toit et te convaincre de prendre sa succession, en découvrant notre liaison. Moi, l'ennemi j'étais de retour et maître de la place. Si le piano et la harpe n'ont subi que des dégâts relatifs, presque accessoires, en revanche, mon clavecin – ce clavecin qui a été le sien – a presque été détruit. J'en suis intimement convaincu, Leslie, c'est moi qu'Alison a cherché à atteindre. Elle a voulu me faire comprendre qu'elle ne voulait plus de moi chez elle, ni dans ta vie. Elle a voulu te mettre en garde contre mon influence maléfique.

Leslie eut pour Simon un regard trahissant tout son désarroi. Cela ressemblait si peu à Alison, et pourtant...

Claire l'avait reconnu un jour : Alison Margrave n'était pas une sainte, elle pouvait même se montrer implacable. Sa maison d'ailleurs était devenue inhabitable après sa mort. Depuis l'au-delà, elle s'acharnait à poursuivre son dessein. Quelle rage, donc, avait-elle dû ressentir en découvrant que l'homme qui avait trahi toutes ses espérances avait finalement réussi à s'immiscer dans la vie même de celle qu'elle avait choisie pour lui succéder !

– Alison a d'autres raisons de me haïr, reprit Simon, mais je n'en peux dire davantage. Ce qui est évident, c'est que tu as attiré ses foudres en répondant à mon amour. Elle ne reculera devant rien pour nous séparer, ajouta-t-il d'une voix sourde. En voulant nous marier, et plus encore en nous installant sous son toit, nous nous exposons à un grave danger. Elle va tout faire pour essayer de nous chasser, ou pire encore...

Que, loin d'être un guide bienveillant ne cherchant qu'à l'aider à poursuivre son œuvre, Alison Margrave fût animée par un simple désir de vengeance, cela Leslie ne parvenait à y croire. Son invisible omniprésence ne pouvait avoir uniquement pour but d'empêcher Simon Anstey de revenir chez elle. Pour éviter de prendre le moindre risque, Leslie trouva un biais.

– As-tu une raison précise de vouloir que nous nous installions dans cette maison ? demanda-t-elle. Allons vivre ailleurs dès que nous serons mariés. Ainsi l'apaiserons-nous et cessera-t-elle de nous tourmenter.

– Es-tu prête vraiment à t'avouer vaincue, à renoncer, à prendre la fuite ? Leslie, tu me déçois. Cette maison t'appartient. Je ne tolérerai pas qu'elle t'en chasse – pas plus que je ne tolérerai qu'elle m'impose des conditions, des limites, comme si j'étais un enfant placé sous sa houlette !

– Simon, que pouvons-nous raisonnablement faire ?

– Il y a une solution, une seule, déclara-t-il d'un ton posé. Annuler ses interventions, la rayer de notre vie. Je ne nie pas que certains risques existent. Mais Alison ne me fait pas peur. Je ne lui souhaite aucun mal ; je me contenterai de l'obliger à réintégrer l'au-delà, où elle pourra enfin jouir d'un repos mérité en accord avec tous ses principes. Alison disait elle-même de son vivant que les morts n'avaient aucun droit d'interférer dans les affaires de ceux restés sur terre. Oubliant ces sages dispositions d'esprit, je suppose néanmoins qu'elle ne reculera devant rien pour m'empêcher d'accomplir... ce que je sais désormais devoir entreprendre.

Il marqua une pause et détourna le regard.

– Je peux l'affronter maintenant, reprit-il. Mais, pour ce faire, il faut que je sois le plus fort et il n'y a qu'un moyen.

Il se pencha sur Leslie pour lui caresser le visage.

– Mon pauvre amour, tu trembles. N'aie pas peur, je ne te demanderai pas de m'aider, sauf si tu le souhaites. De toute façon, je n'aurai d'ailleurs pas le temps de t'initier aux connaissances nécessaires pour atteindre un niveau suffisant. En revanche, je dois te poser une question : as-tu l'intention d'utiliser ton garage dans... disons dans le mois qui vient ?

– Non, répondit-elle, déroutée par ce soudain changement de sujet. Il est pratiquement vide, à l'exception de ma machine à coudre et d'une vieille malle. Si tu en as besoin...

De nouveau le cœur de Leslie s'affola. Qu'avait-il l'intention d'accomplir dans ses murs ? Allait-elle, malgré elle, se retrouver complice d'une monstrueuse entreprise ?

– Puis-je en disposer pour un mois ? Un mois, pas davantage. Je te jure solennellement qu'à l'expiration de ce délai, soit j'aurai accompli ce qu'il me faut accomplir, soit j'y renoncerai pour toujours.

Elle lui pressa la main et dit :

– Simon, tout ce qui est à moi est à toi.

– Je serai obligé de faire poser une nouvelle serrure. Si tu le veux, je te remettrai une clé...

Comment peut-il me soupçonner de n'avoir pas confiance en lui ? se demanda-t-elle, aussitôt assaillie par une nouvelle question : comment me dérober s'il me demande de l'assister dans l'un de ses sacrifices ? Bien sûr, ce ne sera sans doute que le sacrifice d'un animal, et la recherche médicale y a recours tous les jours. Un sacrifice humain n'est pas imaginable. Il ne la rendrait d'ailleurs jamais complice d'un meurtre, cela, elle en était absolument certaine.

– Tu sais bien mieux que moi ce qui doit être fait, finit-elle donc par dire. Tu as toute ma confiance, Simon.

XXIII

LESLIE s'apprêtait à recevoir Susan Hamilton quand elle vit arriver la camionnette du serrurier appelé par Simon. Emily répétait. Elle alla la trouver dans le salon de musique.

– Chérie, auras-tu besoin du garage dans les semaines à venir ?

– Non, je ne crois pas. Pourquoi me demandes-tu ça ?

– La serrure va être changée et il risque d'y avoir un problème de clés. Si tu comptes par exemple te servir de la machine à coudre...

– Quand veux-tu que je trouve le temps de coudre ? Je dois préparer ma prochaine audition et, en plus, je me suis inscrite à un cours de clavecin.

– Très bien. Je voulais simplement te prévenir que Simon va occuper les lieux et souhaite être tranquille. Voilà pourquoi il fait remplacer la vieille serrure.

– Si j'ai besoin d'y aller, il me laissera entrer. Il m'a prévenue qu'il y serait souvent dans les semaines à venir.

Sa sœur se remettant à jouer, Leslie sentit monter en elle une agaçante bouffée de jalousie. Ainsi, Simon avait prévenu Emily avant même d'aborder le sujet avec elle.

Dépitée, elle fit demi-tour et se rendit directement au garage pour voir si tout était en ordre. L'ouvrier, qui avait commencé son travail, invitait à entrer la petite Chrissy qui venait d'arriver dans le jardin, précédant en courant sa mère qui l'appelait à grands cris.

– Chrissy ! Chrissy !

– Elle est ici, Susan ! la rassura Leslie, prenant l'enfant par la main.

La paume de la fillette était douce et sèche, comme la patte d'un animal. Mais quand Leslie voulut la retenir, elle lui échappa en silence, marcha jusqu'au centre du garage et se mit à tourner lentement sur elle-même dans le sens des aiguilles d'une montre, exactement comme l'avait fait Claire. Stupéfaite, Leslie resta sans voix. La petite, obéissant à une irrésistible attraction, possédait-elle, comme beaucoup d'enfants à problèmes, des facultés parapsychiques d'autant plus développées qu'ils étaient bien en peine de les gérer, ce qui les isolait encore davantage du monde extérieur ? Toujours est-il que Chrissy répétait, geste pour geste, tous les mouvements de Claire, tendant, comme elle, les paumes vers le plafond.

– Chat…, dit-elle soudain, à haute et intelligible voix.

– Je ne vois aucun chat, ma chérie, intervint Susan qui venait de rejoindre, tout essoufflée, Leslie. Allons, viens, viens jouer dans le jardin, tu y seras mieux qu'ici. Viens au soleil, mon trésor.

Elle s'avança, prit sans difficulté dans ses bras sa fille et la porta au dehors. L'enfant n'avait pas résisté, mais à l'instant même où sa mère la déposait à terre, elle repartit en courant à l'intérieur, obligeant Susan à venir la reprendre.

– De toute façon, expliqua Leslie, la porte sera bientôt fermée à clé. Elle ne pourra donc y retourner.

– Joue à l'ombre des arbres, Chrissy. Maman va revenir dans un instant, et laisse le monsieur travailler tranquillement.

Chrissy ne réagit pas. Déjà, elle semblait repliée dans son monde intérieur.

– Avez-vous entendu ? glissa Susan tout émue. Elle a dit « chat » ! C'est incroyable. Elle peut donc parler. Pourquoi se refuse-t-elle à le faire ?

Les larmes lui vinrent aux yeux. La preuve était faite en tout cas que sa fille n'était pas autiste, du moins pas au sens habituel du terme, puisque les autistes étaient incapables de parler.

Leslie revint vers le serrurier pour s'assurer qu'il avait bien toutes les instructions.

– Oui, oui. M. Anstey m'a tout expliqué, Madame. D'ailleurs, justement, le voilà.

Leslie se retourna et vit en effet Simon venir à elle. Souriante, elle alla à sa rencontre.

– Ton serrurier est déjà au travail, mon amour. J'emmène Mrs Hamilton dans mon bureau. Je te verrai d'ici une heure.

Simon salua poliment et aperçut au même moment l'enfant au milieu de l'allée. Chrissy leva la tête et poussa un petit cri en le voyant. Elle tituba, faillit tomber en arrière et se mit à courir vers le fond du jardin en hurlant, poursuivie par sa mère essayant de la rattraper.

– Elle a peut-être été piquée par un insecte ou quelque chose. Chrissy, ma chérie, qu'y a-t-il ?

Recroquevillée à l'ombre des ricins, la fillette pleurait à chaudes larmes. Susan se pencha sur elle, examina ses mains, ses bras, ses jambes, son visage apeuré. Sous ses caresses enfin elle finit par s'apaiser.

– Elle n'a aucune trace de piqûre, annonça Susan en revenant tranquillisée. Elle a dû avoir peur de quelque chose, ça va passer.

– Je suis peut-être la cause de son effroi. Elle ne s'attendait pas à voir surgir un visage nouveau, probablement. (Simon fourra une main dans sa poche et en retira une barre de chocolat enrobée de papier doré qu'il tendit à Susan.) Donnez-lui ceci de ma part, pour la consoler.

– Je ne vous ai pas présentés, Susan, intervint Leslie. Simon, mon fiancé, le Pr Anstey.

– Vous êtes très aimable, professeur, balbutia Susan, confuse. Chrissy est imprévisible. Il est parfois bien difficile de deviner ce qu'elle ressent.

– Je comprends tout à fait, fit Simon fort civilement. Je suis désolé de l'avoir peut-être effrayée. Espérons que ce chocolat me fera pardonner.

S'inclinant légèrement, il prit alors congé et alla s'entretenir avec le serrurier. Susan rejoignit sa fille, retira le papier de la barre de chocolat et la plaça dans sa main. Mais Chrissy la laissa délibérément tomber et, sans s'en préoccuper davantage, s'éloigna de quelques pas pour aller ramasser un caillou.

Peut-être a-t-elle vraiment des pouvoirs psychiques, se dit Leslie, de plus en plus intriguée. Peut-être sent-elle ce que Simon pense d'elle ? Puis, elle proposa à voix haute à Susan de la suivre dans son bureau.

– Chrissy ne risque rien ici, ajouta-t-elle. Laissons-la jouer tranquillement en notre absence.

Susan Hamilton opina et lui emboîta le pas, non sans avoir jeté par-dessus son épaule un dernier regard à sa fille.

– Cela pourrait être pire, soupira Susan d'un ton amer, assise en face de Leslie. J'ai discuté l'autre jour avec la mère d'une jeune déficiente qui fréquente la même école que Chrissy : elle a à peine cinq ans d'âge mental, mais physiquement, on lui en donnerait dix-sept ou dix-huit. La malheureuse serait capable de suivre le premier inconnu qui lui offrirait des bonbons. Du coup, sa mère ne peut la quitter des yeux. Grâce au ciel, je n'ai pas ce genre de souci !

Sa consultation terminée, Leslie retrouva Emily à la cuisine, occupée à enrober de cellophane des sandwiches qu'elle venait de préparer. Des fragments de coquilles d'œuf, quelques épluchures de céleri et un pot de mayonnaise vide se trouvaient sur le plan de travail près de l'évier. C'est alors que la porte du jardin s'ouvrit et que Simon fit son entrée.

– Ça sent bon, ici, dit-il en humant l'air. N'y aurait-il pas par hasard des œufs durs au curry pour ce soir ?

– Gagné ! Il nous en reste quelques-uns. Frodo et moi pique-niquons ensemble avec un ami fabricant d'instruments médiévaux. Il connaît peut-être un magasin à louer à Berkeley.

– Parfait, fit Simon, impassible. Si d'aventure Paul souhaite jeter un coup d'œil à mes clavecins, dis-lui de m'appeler. Ils peuvent lui être utiles avant de se lancer dans leur fabrication.

Emily lui sauta au cou.

– Oh, Simon, merci ! Vous ne pouvez pas savoir à quel point il est important pour moi que Frodo et vous soyez amis ! Vous êtes les deux hommes de ma vie, et...

– Modère tes transports, ma toute belle. Je persiste à ne pas comprendre ce que tu trouves à ce jeune homme, mais puisque tu sembles tant y tenir, après tout...

– Je le trouve formidable, mignon, beau, sensuel... Bref, à croquer ! Simon, je suis sûre que lorsque vous le connaîtrez mieux...

– Je crains de ne pas disposer des hormones adéquates pour te suivre sur ce terrain ! la coupa-t-il, en s'esclaffant. Personnellement, il me paraît aussi sexy qu'un buffet campagnard. Mais tous les goûts sont dans la nature. Qu'en penses-tu, Leslie ?

– Tu es sévère, Simon. Frodo est tout à fait charmant, même s'il n'est pas mon type d'homme. Il est vrai que je suis mauvais juge, envoûtée comme je le suis par qui tu supposes...

Coquette, elle l'entoura amoureusement de ses bras et Emily en profita pour s'esquiver.

– Je vous laisse, les amoureux. Ciao, soyez sages !

Et elle s'en fut, son panier sous le bras.

– As-tu envie de sortir toi aussi, chérie ? proposa Simon dès qu'ils furent seuls.

– Non, pas très. Emily nous a laissé tout ce qu'il faut. Je compléterai le menu avec une salade à l'avocat.

– Il reste un peu de bacon. Que dirais-tu d'une bonne omelette au bacon et à l'avocat ? lança-t-il joyeusement.

Leslie donna son approbation. Elle disposa le couvert, et lui, jeta une noix de beurre dans la poêle, l'agita au-dessus du feu d'une main experte, y versa quatre œufs battus au préalable.

– Il reste un peu de vin rouge, dit Leslie. Je t'en sers un verre ?

Il accepta volontiers, tout en versant les morceaux de bacon et d'avocat à la surface de son omelette, qu'il entreprit ensuite de replier. Quand elle fut prête, il la coupa en deux et servit chaque part dans une assiette.

– Madame est servie, déclara-t-il avant de s'asseoir lui-même.

– C'est délicieux, fit Leslie après avoir porté une première bouchée à ses lèvres.

Mais soudain, elle toussa et faillit s'étrangler, quelque chose d'insolite craquant sous ses dents.

– Au nom du ciel, Simon, qu'as-tu mis là-dedans ?

Simon fronça les sourcils et goûta à son tour. Il recracha presque aussitôt.

– Des fragments de coquilles d'œuf ! Je n'y comprends rien ! Je viens pourtant de les jeter à la poubelle avant de battre les œufs !

Il se leva d'un bond, alla soulever le couvercle de la poubelle pour vérifier.

– Regarde, elles sont bien là, c'est incompréhensible.

Il revint s'asseoir, jeta au passage un coup d'œil sur celles laissées par Emily, et prit une seconde bouchée d'omelette qu'il recracha de plus belle.

– Nom d'un chien, mais ce truc est truffé de coquilles ! Leslie, je ne suis pourtant pas fou… Allez, tiens, donne-moi ça !

Et il jeta l'omelette dans la poubelle.

– C'est vraiment incroyable. Veux-tu que j'en fasse une autre ?

Leslie restait bouche bée. Admirative, elle l'avait regardé préparer cette omelette de bout en bout et à aucun moment il ne s'était approché du plan de travail où gisaient les coquilles d'Emily. Comment avaient-elles pu atterrir dans leurs assiettes ?

Son poltergeist ? Il ne s'était plus manifesté depuis la chute de la pendule, et l'exorcisme effectué par Claire aurait dû normalement l'en débarrasser.

– Mangeons plutôt les œufs au curry préparés par Emily, suggéra-t-elle en ouvrant le réfrigérateur.

L'incident finalement prêtait plutôt à rire. La plupart des poltergeists, comme l'avait écrit Alison, se comportaient comme des gamins espiègles.

Comme Simon levait son verre et avalait une gorgée de vin, il se mit sur-le-champ à tousser et à cracher, avant de se précipiter vers l'évier pour se rincer la bouche.

– Ah non, ça commence à suffire ! rugit-il. Maudite sois-tu, Alison !

Et, d'un geste rageur, il envoya valser son verre, qui atterrit en miettes sur le mur opposé.

– Simon ! Qu'y a-t-il encore ?

– Du piment ! On a mis du piment dans mon vin. Emily n'a pu se livrer à une telle plaisanterie !

Leslie leva lentement son verre et y trempa les lèvres. Le vin avait en effet un insupportable goût de piment rouge. Qui pouvait être l'auteur de cette nouvelle provocation ? Ni Emily, ni Simon… ni elle… Il ne restait donc qu'Alison, sans doute plus allergique que jamais à la présence de Simon. Irritée, Leslie sortit les œufs au curry et les disposa sur une assiette. Puis elle beurra des tartines de pain grillé et posa un fromage sur la table. Attaquant alors l'un des œufs, elle le trouva fort à son goût. Mais lorsque Simon en eut à son tour un morceau en bouche, il poussa aussitôt un cri rauque, puis se mit à jurer comme elle ne l'avait jamais entendu, portant frénétiquement sa serviette à ses lèvres, qu'il reposa aussitôt maculée de sang. Un long et fin éclat de verre brillait entre ses doigts, fragment du verre brisé qui gisait à l'autre bout de la cuisine, mystérieusement atterri dans l'œuf et qui avait entaillé son palais.

Non, décidément, ce n'était plus drôle. Très troublés, Leslie et Simon renoncèrent d'un commun accord à poursuivre leur repas et se replièrent dans l'entrée.

– C'est ma faute, finit-il par dire. Lors de notre exorcisme, je n'ai pris aucune mesure spécifique contre Alison. Partons d'ici et allons dîner ailleurs. Seule, dans cette maison, tu ne risques pas grand-chose, mais je doute qu'elle nous laisse désormais en paix tant que je serai sous son toit.

Leslie hésita.

– Peut-on laisser la maison vide ? Certains poltergeists sont capables de provoquer des incendies, et…

– Les poltergeists tirent leur énergie des vivants. Rien n'arrivera si la maison est vide. Cela dit, nous sommes confrontés à un ultimatum : Alison, c'est clair, exige que je sorte de ta vie. Faut-il donc que je parte, mon amour ?

– Non ! s'écria-t-elle, lui saisissant la main. Je ne pourrai vivre sans toi. Ne veux-tu pas que nous couchions ce soir dans ton appartement ?

– Si, nous y serons davantage en sécurité, même s'il n'est pas exclu qu'elle nous suive.

Ils arrivèrent peu après, non sans soulagement, à l'appartement. Il était calme et silencieux.

– Qu'allons-nous faire, Simon ? Nous laisser chasser sans réagir ? Maudite soit cette sorcière ! Elle est morte, nom d'une pipe ! Je ne lui ai rien fait. Pourquoi cherche-t-elle donc à me dicter sa loi ?

– Je peux y mettre un terme, dit alors gravement Simon. A condition de réunir l'énergie nécessaire avant l'équinoxe. J'aurais préféré ne pas devoir en arriver à cette extrémité, mais qui aurait cru Alison capable d'un tel acharnement ?

Le lendemain matin, comme il s'apprêtait à partir, il lui remit une clé de son appartement sans qu'elle lui eût rien demandé.

– Je vais devoir peut-être partir en voyage quelques jours,

dit-il, pâle et tendu. En cas de besoin, Emily et toi serez ici chez vous, surtout si Alison décide de vous rendre l'existence invivable.

– Merci, Simon. J'espère n'avoir jamais à m'en servir.

Si, ayant réintégré son domicile, Leslie resta sur le qui-vive, elle ne remarqua plus de phénomènes insolites, ni dans son cabinet ni dans le salon de musique. Pourtant un soir qu'elle était restée seule, elle aperçut depuis son lit une vague lumière dans le garage qu'elle décida sur-le-champ d'ignorer en lui tournant résolument le dos. Réprimant un frisson, elle s'enfouit sous les draps du côté opposé et parvint malgré tout à s'endormir. Elle avait juré de faire confiance à Simon, et tiendrait sa promesse quoi qu'il arrive.

Les jours qui suivirent, la chaleur d'août s'insinuant partout, Emily finit par accepter l'invitation de Frodo à passer les nuits à Sausalito, chez ses parents, où les températures étaient un peu plus fraîches. Il la ramenait donc chaque matin, et elle continuait à répéter de longues heures dans le salon de musique.

Quant à Leslie, trois de ses patients venaient de mettre un terme à leur thérapie, la laissant ainsi libre de ne pas chercher à les remplacer dans l'immédiat. Simon en effet tenait désormais pour acquis leur mariage sitôt l'équinoxe passé. La maison resterait fermée pendant leur voyage de noces, toute la durée de l'automne, et Emily s'installerait dans l'appartement de Simon. En ce qui concernait ses derniers patients, Leslie les confierait en son absence à l'un de ses confrères.

Les choses se présentant somme toute relativement bien, Leslie, le mois d'août s'achevant, reçut un soir un appel angoissé de Susan Hamilton.

– Leslie, Dieu soit loué, vous êtes là ! Je suis navrée de vous déranger, mais comme il y a peut-être une toute petite chance pour que…

– Enfin, Susan, que se passe-t-il ?

– Chrissy a disparu !

– Comment cela disparue ? Elle s'est perdue ? Elle s'est enfuie ?

– Je n'en ai pas la moindre idée ! s'écria Susan d'une voix affolée. Peut-être a-t-elle été enlevée ! Le plus horrible, c'est que, ne parlant pas, elle ne pourra dire à personne son nom ou son adresse ! Je suis presque sûre qu'elle ne suivrait pas un inconnu. Mais elle est si petite, si vulnérable ! N'importe qui a pu... la prendre dans ses bras et l'emmener !

Elle éclata en sanglots.

– Susan, je vous en prie, écoutez-moi et reprenez-vous, au moins pour essayer de me raconter ce qui s'est passé.

– Elle... elle n'était pas dans le car scolaire... Je l'attends toujours devant la maison, mais je ne l'ai pas vue descendre ! J'ai tout de suite téléphoné à l'école, mais sa maîtresse m'a juré qu'elle l'y avait fait monter elle-même ! Le chauffeur, qui est un remplaçant, ne connaissant pas tous les enfants, n'a pu donner aucune précision. J'ai alors tout de suite appelé la police, et me suis souvenue du jour où elle avait réussi à aller toute seule à Tilden Park. Je leur ai dit tout ça. Vous vous rappelez, Leslie ! C'était à plus de deux kilomètres de chez nous ; elle avait donc dû forcément prendre un bus, et si elle a été capable d'en prendre un ce jour-là, elle peut maintenant se trouver n'importe où !

– Il se peut en effet qu'elle ait essayé de rejoindre un endroit qui lui plaît. Un parc, un zoo, ou pourquoi pas mon jardin... Après tout, ne pouvant s'exprimer, elle peut très bien avoir décidé de réaliser toute seule ce qui la tentait.

– Justement... Elle est venue trois fois chez vous, dans votre jardin, et était toujours fascinée par le garage. Souvenez-vous du jour où nous avons dû quasiment l'en arracher... Elle avait même dit « chat », vous vous rappelez ? C'est pourquoi j'ai pensé, c'est idiot peut-être, qu'elle avait eu envie de retrouver ce chat imaginaire. Leslie, allez y jeter un coup d'œil, je vous en supplie !

– Le garage est fermé à clé, Susan, ne vous inquiétez pas. Mais je vais bien sûr aller regarder partout.

– Mon Dieu, Leslie, que vais-je faire ?

– Pour l'instant rester calme, surtout. Il ne lui est rien arrivé de grave. Je vais aller voir dans le jardin et vous rappelle.

Leslie raccrocha et sortit faire le tour de la maison. Il n'y avait personne. A bien réfléchir d'ailleurs, ce n'était guère étonnant. Pour venir jusqu'ici, la petite aurait dû changer deux fois de bus ; or, sa mère l'avait toujours amenée en voiture. Elle rappela donc Susan quelques minutes plus tard.

– Je suis désolée, Susan, mais elle n'est pas ici. Comptez sur moi évidemment pour vous rappeler, s'il y a du nouveau. Je sais, c'est difficile, mais tâchez de vous relaxer, il n'y a pas d'autre solution. Croyez bien que si je pouvais vous être utile en quoi que ce soit...

– Vous le pouvez, mais je ne sais pas si vous voudrez.

– Voyons, Susan, vous savez bien que je ferai tout ce...

– Alors, écoutez-moi. Il y a quelque temps, j'ai lu un article à votre sujet dans l'*Enquirer*. Je n'y ai jamais fait allusion parce que j'ai eu l'impression que vous n'y teniez guère. Cela dit... vous avez tout de même retrouvé le corps d'une jeune fille, et... ma Chrissy est si petite, si délicate... Oh, je vous en prie, si vous pouviez seulement... simplement me dire si elle est en vie...

Susan se tut et Leslie resta elle-même un instant silencieuse, la main crispée sur l'appareil.

– Je vais faire mon possible, Susan, finit-elle par répondre. Mais je ne vous garantis rien. C'est très difficile pour moi, surtout quand je suis personnellement concernée. Or, je vous connais bien, et je connais aussi Chrissy. Mais je vais essayer, je vous le promets, sans vous donner pour autant la moindre assurance.

– Je comprends très bien... Oh, vous savez, je suis confuse de vous demander une chose pareille, mais je ne cesse de me l'imaginer aux mains d'un détraqué ou... pis encore, morte au bord d'une route !...

Bouleversée, sentant aussi qu'il n'y avait pas un instant à perdre, Leslie se concentra sans lâcher le téléphone, mais aucune vision ne lui vint.

– Susan, il faut que je raccroche, souffla-t-elle à mi-voix. J'ai besoin de toute ma concentration. Surtout, ne bloquez pas votre ligne. La police va sûrement chercher à vous joindre et je vous rappelle moi-même d'ici quelques minutes.

Après avoir reposé l'appareil sur son socle, Leslie monta en silence dans sa chambre et s'assit devant l'autel. Elle ne chercha pas à prier car elle ne croyait plus aux prières de son enfance et ne leur avait cependant trouvé encore aucun substitut. Elle attendit donc simplement d'avoir retrouvé son calme. Quand ce fut à peu près chose faite, elle laissa ses pensées s'envoler à la recherche de la fillette, exactement comme elle l'avait fait pour Phyllis Chapman et pour le fils de Chloé Demarest.

Chrissy était vivante, elle en eut rapidement la certitude. Son visage en effet lui apparaissait, inexpressif, les yeux fixés droit devant elle, les cheveux bruns et ternes, les lèvres molles... Elle était étendue sur un canapé de velours blanc. Ses poignets étaient liés.

Assis à son chevet, un homme dardait sur elle un regard implacable. C'était Simon !

XXIV

HORRIFIÉE, Leslie crut que son cœur allait cesser de battre.

– Non, Alison ! cria-t-elle, folle d'indignation. Non ! Jamais vous ne me ferez croire une chose pareille ! Je refuse !

Et pourtant, l'image continuait de danser sous ses yeux, présente en filigrane sur la plaque sensible de sa conscience : Simon, les yeux rivés sur la petite Chrissy Hamilton…

Pourquoi ? Pourquoi ?…

Il l'avait répété plus d'une fois : à ses yeux, la vie d'une enfant attardée valait moins que celle du chat blanc d'Alison. Or, Leslie savait – ou aurait dû savoir ! – qu'il préparait un nouveau sacrifice, persuadé qu'il pourrait ainsi retrouver le plein usage de ses doigts. Emily elle-même avait abondé dans son sens, Emily qu'il avait délibérément entraînée dans l'univers de la magie noire. Mise sous influence par hypnose, il lui avait ouvert les portes de sa secte. Emily prétendait s'être seulement endormie, mais n'avait-elle pas inconsciemment été amenée, de façon à ne se souvenir de rien, à participer à des rites hautement condamnables ?

Simon avait choisi Chrissy tout comme il avait naguère choisi cette prostituée toxicomane, sous prétexte de les libérer, elle et la société, d'une vie inutile. L'esprit en déroute, Leslie se leva lentement, sortit de sa chambre, descendit l'escalier d'un pas mécanique, traversa la cuisine, puis le jardin. Sa main était déjà sur la poignée de la porte du garage lorsqu'elle se souvint que la seule clé disponible était en possession de Simon. Elle s'efforça donc de mobiliser ses dons pour discerner ce qui se passait à l'intérieur, mais ne vit rien, hormis la réminiscence trouble et furtive d'une vision qu'elle avait déjà eue en ce lieu, Simon debout, les bras étendus en signe d'invocation.

« Comment ont-ils osé profaner ma maison, ce havre serein et sacré ? » Leslie eut brutalement cette pensée, écho peut-être de l'indignation d'Alison qui l'avait incitée de son vivant à désavouer son protégé et successeur désigné.

Simon, un assassin, ayant déjà commis au moins un meurtre avec préméditation ? Jamais Leslie n'avait osé s'avouer la vérité en termes aussi directs. Crispant sa main sur la poignée de la porte, elle tenta désespérément de rejeter cette pensée, mais en vain.

Les faits pourtant parlaient d'eux-mêmes. En voyant Simon dans le jardin, Chrissy avait hurlé, elle avait, chose inouïe pour un enfant, refusé sa barre de chocolat, premier geste délibéré que Leslie lui eût jamais vu accomplir.

Alison ?... Alison cherchait-elle depuis le début à la mettre en garde contre Simon ? A toute allure, elle repassa dans son esprit les divers incidents survenus récemment. Alison avait indubitablement cherché à attirer son attention. La destruction du clavecin, les harcèlements successifs visant Simon... Désir de vengeance, ou bien avertissement destiné à sa nouvelle protégée ?

Mise en échec devant la porte, Leslie, de guerre lasse, regagna la maison à pas lents. Prenant son téléphone, elle composa le numéro de téléphone de Simon, mais raccrocha avant la troisième sonnerie. Qu'aurait-elle pu lui dire ? Ce qu'elle avait à lui demander était inexprimable. En dépit de son désarroi, elle refusait encore de croire à l'indicible, à l'innommable.

Simon était un homme tendre, attentionné, un amant merveilleux, un être tourmenté, certes, mais torturé dans les profondeurs de sa chair et de son âme, un génie au destin brisé... Existait-il deux Simon ? Simon l'implacable, s'adonnant à la magie noire pour obtenir coûte que coûte une guérison totale ? Et Simon, l'être doux et attentionné qui la comblait d'amour, de générosité, Simon le chaleureux protecteur qui avait pris Emily sous son aile ? Pouvait-on donc imaginer que l'un d'eux, ignorant son double, dans un moment de désespoir ou de folie, se trouvât sur le point d'accomplir l'irréparable ?

Quoi qu'il advienne, il était cependant impossible de rester les bras croisés. Il lui fallait tout mettre en œuvre pour retrouver Simon avant que n'intervienne un irrémédiable malheur. Son premier meurtre, si du moins il avait eu lieu ailleurs que dans son imagination torturée, pouvait être mis sur le compte d'un accès de démence causé par l'épouvantable découverte de sa mutilation. Mais Simon n'avait-il pas recouvré toutes ses facultés mentales ? S'il allait jusqu'au bout d'un monstrueux dessein, il devrait en assumer toutes les conséquences. Il fallait donc absolument l'empêcher de commettre un tel acte !

Où avait-il pu emmener Chrissy ? Les possibilités étaient multiples. Chez lui ? Là où se réunissaient les membres de sa secte et où il avait un jour conduit Emily ? Vers quelque sanctuaire connu de lui seul ? Elle ne devait rien négliger.

Fermant en toute hâte la maison, Leslie monta dans sa voiture, et démarra en trombe. Elle s'élança dans Haight Street, dépassa un bus et bifurqua dans l'une des rues qui montaient vers Twin Peaks. La côte était si raide qu'il lui fallut bientôt, son moteur peinant, passer en première. Enfin, elle parvint dans la rue où vivait Simon, et gara sa voiture à quelque distance de l'immeuble pour éviter d'attirer l'attention du gardien. Si Chrissy avait été enlevée, l'effet de surprise était déterminant.

Sur le palier, avant même d'avoir fait jouer la clé de l'appartement, elle sentit qu'il était vide. Elle entra néanmoins et referma doucement la porte derrière elle.

– Simon ! appela-t-elle par acquit de conscience.

N'obtenant pas de réponse, comme elle s'y attendait, elle renouvela néanmoins son appel qui ne reçut pas davantage d'écho. Elle se mit donc en devoir de fouiller systématiquement l'appartement, inspecta la penderie, les salles de bains, le salon où piano et clavecins semblaient attendre leur maître, la cuisine et les moindres recoins. Arrivée dans la chambre, un étrange parfum d'encens monta à ses narines, sans révéler rien de plus. Refoulant une nouvelle vague de désespoir, il lui fallut bien admettre qu'aucune trace de l'enfant n'était perceptible.

Avait-il seulement amené Chrissy ici ? Revenant dans le salon, elle considéra longuement le canapé tendu de velours blanc. Dans sa vision, la fillette était couchée dessus. Cela prouvait-il quelque chose ? Elle s'en approcha un peu, repéra quelques traces de boue : l'œuvre d'une enfant négligente ? Simon n'eût pas toléré de telles marques plus de cinq minutes et se serait empressé de les faire disparaître. Ce n'était par conséquent pas une preuve. Pas encore, du moins. Elle aperçut aussi une barre de chocolat intacte, enrobée de papier doré... Leslie serra les poings et se mit à prier sans s'en rendre compte. Seigneur, si Tu existes, donne-moi au moins une preuve, fais en sorte qu'il ait commis une erreur. Ou alors, permets-moi de savoir qu'elle n'est jamais entrée ici, que je me trompe, qu'il est totalement innocent...

Sur la moquette, à moitié dissimulé derrière un fauteuil, un bout de tissu d'un rouge délavé attira tout à coup son regard. Ce n'était pas une couleur utilisée par Simon. A pas lents, Leslie s'approcha et tira l'objet à elle. C'était un blouson d'enfant en velours côtelé, vieux et râpé, portant des pièces aux coudes.

L'examinant de plus près et en le retournant, un cri lui échappa. Dieu ! sa prière, hélas, était exaucée et lui livrait la preuve tant redoutée : une étiquette cousue juste sous le col était marquée au feutre au nom de Chrissy Hamilton... Ainsi Chrissy était venue, et elle était arrivée trop tard !

Que pouvait-elle faire maintenant ? Rentrer chez elle sans rien dire, regagner cette maison hantée où Alison avait tenté en vain de la mettre en garde contre les agissements criminels de l'homme qu'elle aimait et ne pouvait abandonner ? Attendre les nouvelles, en se terrant, attendre le scandale et la honte ? Tenter à tout prix de retrouver Simon dans cette ville immense, à moins qu'il ne fût déjà à pied d'œuvre dans son sanctuaire aménagé dans le garage qu'elle avait elle-même inconsidérément laissé à sa discrétion ? L'image d'Emily lui traversa l'esprit.

Si jamais il la mêle à ces horreurs je le tuerai... balbutia-t-elle submergée par une vague de terreur, tout en sachant qu'il fallait l'empêcher surtout de se détruire lui-même.

Emily !...

Simon l'avait hypnotisée, c'était certain. Il la manipulait !

Réprimant un tremblement qui saisissait tout son corps, Leslie empoigna le téléphone. Preuve en main, elle n'avait plus qu'une chose à faire : prévenir la police et demander Joe Schafardi ou Patricia Ballantine de toute urgence. Connaissant tous les deux ses dons paranormaux, ils la croiraient sans peine et se mettraient à la recherche de Simon en évitant autant que possible le scandale. Il n'y avait plus une minute à perdre si l'on voulait retrouver vivante la petite Chrissy. Si tel était le cas, Simon serait simplement inculpé d'enlèvement et de séquestration. Peut-être même, si elle était indemne, pourrait-il prétendre qu'il l'avait trouvée errant dans la rue et que son intention était de la ramener chez sa mère. Priant de toutes ses forces pour que l'un ou l'autre de ses amis policiers fût de service, elle composa fébrilement le numéro du commissariat. Quelqu'un répondit presque aussitôt.

– Librairie des Anciens Mystères, bonjour, je vous écoute, fit une voix familière à l'autre bout de la ligne.

Il existe rarement d'erreur gratuite en de telles circonstances, et l'erreur de Leslie trahissait sans doute chez elle en cet instant l'impérieuse nécessité d'appeler au secours quelqu'un capable de l'aider.

– Claire ? s'exclama-t-elle, désarçonnée. C'est vous ? C'est Leslie... Je me suis trompée de numéro, mais peut-être... pourrais-je tout de même parler à Colin, s'il vous plaît ?

– Il ne viendra pas aujourd'hui. Mais que se passe-t-il, vous avez une voix bizarre ? Puis-je vous aider ?

– Non, ça ne fait rien, s'entendit-elle répondre. Claire ne pouvait rien pour elle. Il fallait joindre directement Colin. Lui savait. Claire, aussi douée fût-elle, n'était encore qu'une novice.

– Comment puis-je entrer en contact avec lui ? insista-t-elle, le cœur battant. Claire, je vous en supplie, c'est une question de vie ou de mort !

Elle entendit distinctement Claire retenir son souffle.

– Je vais vous donner son téléphone personnel. Avez-vous de quoi noter ?

Leslie gribouilla frénétiquement un numéro sur une feuille de papier, raccrocha et le composa aussitôt. Quelques secondes plus tard, la voix sereine de Colin lui répondait.

– Colin ? Ici Leslie Barnes ! Il vient de se passer quelque chose d'épouvantable et...

– Venez me voir, Leslie, tout de suite si vous voulez, répondit calmement Colin. Où êtes-vous ?

– A Twin Peaks.

– Chez Simon ? fit-il, sans la moindre surprise. Ecoutez-moi bien. Voici les indications pour me rejoindre par le chemin le plus direct.

L'appartement de Colin était situé dans un immeuble vétuste. Mais si la cage d'escalier ne payait pas de mine, son intérieur était étonnamment clair et spacieux. Livres et manuscrits s'entassaient un peu partout. Assise dans un fauteuil, Leslie commença son récit.

– J'ignore ce que Claire vous a dit au juste, mais...

– L'éthique existe dans notre métier comme dans le vôtre, Leslie. Claire ne m'a rien dit. En revanche, je connais Simon Anstey depuis l'enfance. Dorothea, sa mère, était ma cousine, et Simon est mon filleul. Dorothea a été... pour le moins, disons... instable à une certaine époque, mais j'ai toujours considéré Simon comme un garçon équilibré. Et n'eût été son accident, il le serait encore sans doute à ce jour. Je m'inquiète beaucoup à son sujet. Dites-moi tout, Leslie.

Elle se prit la tête entre les mains. Parler était si difficile. Simon lui avait fait confiance. Pouvait-elle le trahir ? Mais quand elle croisa de nouveau le regard serein de son interlocuteur, elle eut l'impression très nette de se confier à un homme d'Eglise. Sans doute Colin n'était-il membre d'aucun clergé sur cette terre, mais cela ne changeait rien au fond des choses.

– Simon m'a avoué un jour qu'il s'était intéressé dès son adolescence aux sacrifices d'animaux, commença-t-elle.

– Je sais cela. Quoi d'autre ?

Il l'écouta calmement dévider son récit en haletant. Mais lorsqu'elle aborda son cauchemar et le terrible aveu de Simon à propos de la femme qui avait tenté plusieurs fois de se suicider, une violente lueur d'indignation passa dans ses prunelles, lui faisant plus que jamais prendre conscience combien elle avait elle-même tenté jusqu'au bout d'excuser l'inexcusable. D'une voix balbutiante, elle parla alors de la petite Chrissy, du blouson retrouvé, puis se replia dans le silence.

– Vous pensez qu'il a l'intention de sacrifier cette enfant ? fit Colin.

Les larmes aux yeux, Leslie ne put que hocher la tête.

– Je ne sais pas, je ne sais plus... parvint-elle à articuler.

– Simon devrait savoir qu'immoler Chrissy ne lui apportera rien. Cette fillette ne présente aucun intérêt pour lui. Au contraire, elle l'indiffère. Or, on ne sacrifie pas ce qui ne présente pas une grande valeur. On ne peut sacrifier qu'un être cher, un être dont la disparition sera personnellement ressentie. Pourquoi Simon se livrerait-il donc à un acte si gratuit ?

– Vous pensez donc aussi que Chrissy n'est d'aucun intérêt ?

Colin secoua la tête.

– Je n'ai pas dit cela. L'idée que je me fais des enfants comme elle est au contraire très différente. Un jour je vous expliquerai pourquoi je crois qu'ils ont choisi la voie ardue et tragique de l'expiation. Mais revenons à Simon. Pourquoi agirait-il de la sorte ?

– Je pense... je crois qu'il n'est plus en mesure de se contrôler. Je veux dire que... Simon n'est plus capable de penser de façon rationnelle, il est entièrement sous l'empire d'une illusion...

– En êtes-vous bien certaine, Leslie ? Réfléchissez. Même si vous croyez que Simon est victime d'une illusion, vous devez admettre que cette illusion est le fruit d'un processus cohérent, fondé sur un système de croyances ; or, vous connaissez ces croyances comme moi. Le mot sacrifice, en soi, implique le renoncement à un bien ou à un être cher. Si l'on se réfère aux convictions de Simon, qu'elles soient illusoires ou fondées, peu importe, le sacrifice de Chrissy ne lui est donc d'aucune utilité. De plus, c'est une enfant repliée sur elle-même par la force des choses, qui ne parle même pas. Par quel biais Simon aurait-il noué un lien suffisamment fort avec elle pour justifier son projet ? Voilà pourquoi je pense que Chrissy n'est pas son objectif. Simon ne gâcherait pas son énergie en vain.

– Dans ce cas, pourquoi l'avoir enlevée ?

Avant même la réponse de Colin, une horrible intuition lui traversa l'esprit.

– Je crois qu'elle représente une diversion, voire un appât, répondit-il. Il compte se servir d'elle pour vous attirer jusqu'à lui. Oui, Leslie, vous... ou peut-être Emily, qu'il apprécie aussi énormément, je crois.

Toute pâle, Leslie s'affaissa sur son siège.

– Emily ? Mais voyons... il l'adore !

– Raison de plus.

– Mais enfin, ne dites pas qu'il va imaginer... que je pourrais...

Elle dut s'interrompre un moment, la gorge nouée d'horreur.

– Que faut-il faire, Colin ? finit-elle par souffler. Il faut absolument l'empêcher d'agir avant qu'il ne soit trop tard !

– Il est peut-être déjà trop tard, mais nous allons faire tout ce qui est en notre pouvoir. D'abord il faut découvrir son repaire qu'il a dû s'ingénier à tenir secret. Claire, espérons-le, pourra peut-être nous aider grâce à ses dons.

– Je sais où il est ! s'écria Leslie en se levant d'un bond. Il m'a demandé de lui prêter mon garage pour un mois !

– Alors, c'est sûrement là qu'il est. Il y a déjà sévi pendant qu'Alison était hospitalisée après sa première attaque. Il a toujours considéré les lieux dotés d'une puissance énergétique particulière. C'est d'ailleurs l'une des raisons pour lesquelles elle l'a déshérité. Pour elle, ce garage était sacré. Il est étrange cependant qu'il ait osé y revenir, sachant que vous risquiez de percer ses projets ! Il est vrai qu'à son degré de paranoïa, plutôt de mégalomanie, il peut encore imaginer que votre amour pour lui vous condamne au silence...

Simon ne pense plus, comprit dans un éclair Leslie. Une part de lui-même a sombré dans la folie. Aveugle et sourd, il ignore tout ce qui l'entoure. Il ne discerne même plus l'abîme où il s'enfonce. Son amour pour moi, sa passion de mentor pour Emily se perdent et se diluent dans une totale confusion mentale. Peut-être même imagine-t-il que nous nous réjouissons l'une et l'autre à l'avance de son succès, pourvu qu'il recouvre l'adulation du public et connaisse la fin de ses souffrances physiques. Peut-être même a-t-il si profondément hypnotisé Emily qu'elle a fini par croire, elle aussi, que son devoir et son désir étaient de se sacrifier aveuglément pour lui.

Colin s'était à son tour levé précipitamment.

– Vite, allons-y ! lâcha-t-il d'une voix tendue. Il faut à tout prix essayer de l'arrêter. Une part de lui-même le souhaite peut-être intensément.

Ils descendirent quatre à quatre l'escalier, coururent à la voiture de Leslie, démarrèrent à toute vitesse. Crispée à son volant, Leslie se raccrochait à cet espoir. Simon ne l'avait-il pas suppliée de partir avec lui ?

– Il se considère déjà comme damné, grommela de son côté Colin. Il sait qu'il a tué Alison.

– C'est faux ! La police a enquêté. Il se trouvait à l'hôpital au moment de sa mort. A moins que vous ne vouliez dire qu'elle est morte à cause de lui...

Alison, c'est vrai, déjà affaiblie par une attaque, avait eu dans son salon de musique une apparition semblable à celle qui avait épouvanté Emily et cette apparition l'avait tuée aussi sûrement que l'eût fait l'arme invisible qui avait réduit le clavecin en miettes : Simon, nu et blessé, l'œil noyé de sang, la main réduite à un amas de chair sanglante... cette vision effrayante avait suffi à lui faire rendre l'âme. Simon n'était pas conscient ! Il était drogué, à demi fou de douleur... révolté contre le destin qui avait broyé sa main, son œil et sa carrière. Simon avait projeté son corps astral dans le salon d'Alison, il s'était montré à elle dans la nudité de son désespoir !

Mais déjà Leslie freinait brutalement devant sa maison et se garait en catastrophe sur le trottoir.

Comme elle s'apprêtait à sortir, Colin posa une main sur son poignet.

– La petite fille est également en danger, dit-il. Simon sait que sa mort ne lui rendra pas ses facultés perdues parce qu'elle ne représente rien pour lui. En revanche, il peut croire que son sang répandu générera une force supplémentaire propice au bon accomplissement du véritable sacrifice... Allons, maintenant ! Heureusement, il nous reste un peu de temps. Simon n'officiera pas avant...

Il consulta sa montre.

– Avant cinq heures quatorze, conclut-il. Or, il n'est pas encore cinq heures.

– Comment le savez-vous ?

– Je connais bien les forces et les ondes magnétiques qui le guident. La lune est en Scorpion. Il frappera au moment précis ou Mars va entrer en conjonction avec Saturne, le maître de la Mort.

Son calme et son assurance firent frissonner Leslie, de plus en plus sensible au climat de logique implacable du drame qu'ils vivaient.

– Croyez-vous, continua le vieil homme, que je n'aie jamais été tenté, moi aussi, d'explorer la Voie qu'a empruntée Simon ? La tentation est une étape inévitable que nous rencontrons tous lors de notre initiation. Voici venue l'heure de la vôtre, Leslie, ajouta-t-il, indiquant le garage du menton. Ne l'oubliez surtout pas, aussi longtemps que durera notre intervention.

Ces paroles de mise en garde, que l'on pouvait interpréter aussi comme une bénédiction, apaisèrent un peu les furieux battements de cœur de Leslie. Tous deux s'avancèrent lentement dans l'allée du jardin, mais Colin, portant soudain une main à sa poitrine, s'arrêta net au bout de quelques pas.

– Je sens, ahana-t-il tout essoufflé, une énergie contraire qui flotte autour du bâtiment et s'oppose violemment à notre progression. Il nous faut briser cette résistance, repousser ce rempart invisible qui se dresse devant nous pour isoler son sanctuaire.

Il leva les deux mains avec effort, lèvres frémissantes.

– Seigneur, murmura-t-il d'une voix à peine audible, Seigneur, laisse-moi revêtir l'armure de Lumière afin que je puisse vaincre. Je veux...

Leslie ne comprit pas la suite, mais il lui sembla voir, de ses yeux, l'air s'épaissir encore autour d'eux, tenter de les noyer dans un nuage presque palpable, glauque et visqueux, qui dégageait un souffle douceâtre et écœurant.

Paniquée, elle s'efforça de se remémorer les formules d'exorcisme de Claire, puis, brandissant un cierge imaginaire, elle prononça mentalement la phrase : « Où règnent les ténèbres, que la Lumière soit. » Presque simultanément, lui sembla-t-il, la nuée répugnante devint moins opaque, se recroquevilla dans le fond du jardin, s'effilocha dans tous les sens avant de se dissoudre dans l'atmosphère de nouveau envahie par la clarté du jour et le parfum mêlé du jasmin et du chèvrefeuille. Un peu rassérénée, Leslie glissa une main sous le coude de Colin afin de le soutenir. Objective ou subjective, leur riposte avait fonctionné.

Devant la porte toujours fermée, pétrifiée, espérant un instant qu'elle vivait un cauchemar dont elle allait se libérer en se réveillant dans son lit, elle resta pantelante, la main convulsivement agrippée à la poignée bloquée. Colin, heureusement, était là. Il lui fit signe de s'écarter, pressa ses doigts à plat sur la serrure, se campa de toute sa stature devant le battant clos, prononça quelques mots inintelligibles. Sans pouvoir rien affirmer, car sa silhouette de dos l'empêchait de suivre ce qu'il faisait exactement, Leslie crut cependant apercevoir un bref éclair bleu, puis la porte s'ouvrit sans résister davantage.

Emily était là et les regardait sans les voir. Ce fut la première chose qu'elle discerna, avant l'autel et les cierges, avant même Simon. Emily était là, les cheveux cascadant librement autour de son visage, dans une robe blanche largement échancrée sur sa poitrine dénudée et, l'horrible espace d'un instant, elle prit pour du sang une tache ronde entre ses seins, qui n'était autre qu'une rose rouge épanouie. Au centre de la pièce, cernée par une série de lignes compliquées tracées à la craie blanche à même le sol, gisait la petite Chrissy. Elle portait encore son jean et une chemise en coton délavé, à rayures rouges et blanches. L'enfant était inerte, tellement inerte que Leslie crut un moment qu'elle était morte. Mais au travers de son corps, comme par transparence, il lui sembla en même temps voir remuer le spectre du chat blanc, horriblement ensanglanté.

Tout cela, le regard fixe et les seins nus d'Emily, le corps immobile de Chrissy, l'ombre fantomatique du chat, Leslie l'enregistra en quelques secondes. Ce ne fut qu'ensuite qu'elle vit Simon... et tout le reste s'estompa.

Simon, drapé dans une immense cape cramoisie maintenue sur son corps par une large ceinture de cuir, Simon, à demi prosterné devant un autel bas, où brûlaient un cierge et des bâtons d'encens crachant une fumée sinistre et âcre. Reconnaissant les symboles devenus familiers utilisés cette fois à des fins criminelles et blasphématoires, Leslie sentit son pouls s'accélérer et son cœur s'emplir de rage. Quelques minutes plus tôt, elle tremblait encore pour Simon, compatissant, malgré elle, à des errements dont elle ne le rendait pas responsable. Mais à présent, elle se sentait capable de tout, prête même à accomplir un meurtre si on lui fournissait une arme, cette dague par exemple, dont le fil aiguisé comme une lame de rasoir luisait sur l'autel à la lueur du cierge.

Toujours est-il qu'étrangement, aucun des trois acteurs du drame n'avait bronché à leur entrée. Ni la petite Chrissy, muette, le regard fixé au plafond, ni Emily, statufiée sur place telle une droguée béate avec sa rose pourpre, ni même Simon, courbé devant l'autel, la main gauche tendue vers la dague sacrificielle.

Colin alors, d'une voix tonnante, mit fin au sortilège qui semblait ne devoir pas finir.

– Au nom du Seigneur Tout-Puissant, s'écria-t-il, au nom de la Lumière que je t'ai transmise, Simon, pédagogue et serviteur de Dieu, de toutes mes forces je m'oppose à toi, à ta funeste machination !

Comme propulsé par un ressort, Simon se leva d'un bond, les traits révulsés, la main gauche tordue par la douleur. La paupière de son œil blessé battait frénétiquement, ses lèvres se fendaient sur ses dents dans un rictus de bête fauve. Avec un ricanement affreux, il empoigna la dague de sa main valide et la brandit, menaçant, devant lui.

Colin traça dans l'air un signe rituel, et Leslie, pour la seconde fois, crut voir jaillir de ses doigts une lueur bleutée, tandis que résonnait dans le lointain un grondement assourdi du tonnerre. Simon en percevant l'écho, s'immobilisa net, comme foudroyé. Sa paupière cessa de battre, et un long râle rauque s'échappa de ses lèvres. L'estimant provisoirement hors d'état de nuire, Colin, profitant de son avantage, se rua sur l'autel et parvint à le renverser avant qu'il ne puisse réagir, éparpillant du pied l'encens autour de lui, après avoir éteint la flamme du cierge d'un coup de talon.

– Non ! clama-t-il de plus belle, non ! Que prenne fin cette mascarade rituelle !

Et joignant le geste à la parole, il pivota sur lui-même et gifla à deux reprises Emily.

Celle-ci sursauta avec un petit cri bref, mais son regard, toujours aussi inexpressif, se mit aussitôt en quête de Simon. Le temps alors parut s'arrêter et Leslie, paralysée d'effroi, incapable d'intervenir pour secourir sa sœur, n'entendit plus que son propre souffle couvrir l'insoutenable silence qui ne s'éternisa pas longtemps. Simon, en effet, sortait de son hébétement, se ramassait sur lui-même et marchait, l'arme au poing, l'air hagard, le visage grimaçant vers Colin.

– Simon ! exhorta à nouveau ce dernier, sans chercher à le fuir, Simon, si tu veux une victime, frappe-moi ! Je ne suis qu'un vieil homme, au déclin de sa vie. Pour l'amour de Celui qui nous a autrefois tous les deux guidés vers la

Lumière, je suis prêt à me sacrifier. Ecoute-moi, Simon ! Où que se terre pour l'instant ta conscience, c'est à elle que je m'adresse ! Reçois mon appel en ce sens, ne vois en lui qu'un don d'amour librement consenti, puisque toi-même n'as pu te résigner à suivre les Maîtres du Karma. Frappe-moi, et non ces innocents qui ne peuvent se défendre !

Simon ayant marqué un bref temps d'hésitation, comme s'il écoutait sans entendre un message qui ne parvenait plus à atteindre son cerveau, hocha la tête plusieurs fois, comme une marionnette folle, désarticulée, incontrôlée, incontrôlable. Il poussa un cri sauvage, fondit sur Colin impassible, le frappa violemment de sa dague qui, déviée par le portefeuille qu'il avait dans sa veste, glissa sur sa poitrine, ne l'entamant que superficiellement. Simon alors chancela et tomba à genoux, lâchant l'arme projetée à terre.

Colin, cependant très pâle, avait porté la main sur sa chemise teintée de sang. Il l'avait échappé belle ! Reprenant subitement ses esprits, Emily suffoquait, en larmes, soutenue par sa sœur ne quittant pas des yeux Simon étendu à ses pieds, un Simon entouré d'un étrange halo, dont une partie inconnue, effrayante, se détachait de son enveloppe terrestre, qui se dédoublait lentement en s'éloignant du sol.

Le sang ruisselait de son œil gauche, et l'autre lançait des éclairs. Sa main n'était plus qu'un amas de chair sanguinolente, et un hurlement d'agonie s'échappait de ses lèvres.

Ce fut alors que la petite Chrissy, un instant oubliée, se redressa sur son séant d'un mouvement délibéré, tourna la tête vers Simon, non pas vers le vrai Simon, mais vers son corps astral ensanglanté, ondoyant devant elle en suspension précaire.

Les contours de la bouche de la fillette se raffermirent, et elle se mit à parler, mais d'une voix qui ne pouvait être la sienne. C'était la voix d'une femme, douce et grave à la fois, qui disait :

– Simon... Simon, mon enfant adoré, je n'ai pas réussi à t'atteindre plus tôt. J'étais certaine alors que tu allais mourir, et c'est pourquoi j'ai voulu arriver avant toi dans l'au-delà pour t'accueillir. Sans cette certitude, je me serais accrochée à la vie.

– Alison... ? Alison !

C'était le plus faible des murmures, mais il émanait cette fois du véritable Simon, celui étendu un instant plus tôt sur le sol et qui se remettait debout, le regard rivé aux mouvements des lèvres de l'enfant.

– Je sais bien que tu n'as pas agi intentionnellement, poursuivit Alison. Tu étais incapable de me faire du mal. Simon... Simon, mon fils tendrement aimé, je te pardonne.

– Alison ! s'écria-t-il d'une voix frémissante d'angoisse, en se précipitant vers Chrissy, Alison, ne m'abandonne pas !

Mais les traits de l'enfant étaient redevenus les siens propres. Elle s'affaissa à nouveau et Simon considéra d'un œil hébété la dague qui gisait auprès d'elle. Puis, relevant la tête, il vit Colin, dont la poitrine saignait toujours, Emily, qui pleurait silencieusement, Leslie enfin, la tenant dans ses bras. S'étant désagrégé dans la pièce, son double astral avait disparu. Il porta sa main valide à son visage et cligna des yeux. Le voyant trembler de plus en plus fort, Leslie sentit que la douleur montait en lui. Elle eut envie de se précipiter vers lui, de l'étreindre, de le réconforter, mais ses membres refusèrent de lui obéir.

– Oh, Simon ! s'exclama Emily, retrouvant enfin l'usage de la parole, Simon, mon Dieu, vous êtes blessé !

Ce fut elle qui le prit dans ses bras.

– Simon ! reprit-elle, sanglotant de plus belle. Si je le pouvais, si je pensais que cela puisse vous sauver, je vous donnerais mes deux mains... Mais comment avez-vous pu croire... ?

– Je l'ai tuée, parvint-il à dire d'une voix lugubre. C'est moi qui ai tué Alison. Et je t'aurais également anéantie comme j'ai anéanti son clavecin. Dieu ! J'aurais pu vous tuer toutes les deux ! C'est moi qui m'en suis pris au piano, à la harpe, de toute ma rage, de toute ma haine. Si vous saviez, c'était insoutenable... Comme j'ai tué Alison, j'ai voulu également détruire tous les instruments du conservatoire. Vous le saviez, Colin, n'est-ce pas ?

– Je l'ai su aussitôt, acquiesça-t-il doucement.

– Et pourtant, je n'étais pas sur place. J'étais à l'hôpital, sur mon lit de douleur, venant d'apprendre que j'étais condamné à rester manchot et aveugle. Que je ne jouerais plus jamais, jamais ! Mon corps le savait déjà. Alors, je... je me suis dédoublé pour assouvir ma vengeance. Et j'ai recommencé lorsque Heysermann m'a éconduit. J'avais complètement perdu la tête. Et voilà qu'à présent...

Il jeta un coup d'œil ahuri sur l'autel renversé, regarda à nouveau Chrissy qui gisait toujours à terre, inerte.

– Alison vous a pardonné ! s'écria Emily en le serrant contre elle. Moi aussi, Simon ! Il faut maintenant que vous vous pardonniez vous-même !

– Si au moins je le pouvais, répliqua-t-il en la prenant par les épaules. J'allais te tuer, mon enfant, trouvant normal d'utiliser ton énergie pour ma guérison, comme je l'avais fait naguère en sacrifiant le chat d'Alison... Il me semblait si rationnel, si inévitable de renouveler mon geste. Voilà ! Regarde bien le monstre que j'étais devenu, regardez tous ce que j'étais sur le point de commettre ! Pardon, Colin... (il jeta sur Leslie un regard désespéré), pardon, mon amour ! Me pardonneras-tu jamais d'avoir trahi ta confiance ? Tu représentes pourtant ce que j'ai de plus cher au monde. S'il me fallait renoncer à ma carrière, tu es le seul être sur terre qui pourrait m'empêcher de sombrer dans le désespoir !

– Simon ! Je t'aime ! Malgré toute mon angoisse, mes interrogations, je t'ai toujours aimé !

Elle voulut s'élancer vers lui, mais Colin étendit le bras entre eux avec une telle autorité qu'elle s'arrêta net.

– Simon ! lança-t-il d'une voix cinglante, Simon tu es à la croisée des chemins ! Au bord de l'abîme, tu viens d'échapper à la damnation. Tu aurais pu me tuer. Pire, tu aurais pu tuer cette enfant innocente, âme noble déjà soumise à une terrible épreuve d'expiation. Qu'es-tu prêt à sacrifier toi-même ? Que veux-tu faire de ton pouvoir ?

Comme il disait ces mots, il sembla à Leslie qu'une cloche se mettait à tinter au loin, très loin, que se joignait à elle, dans un silence venu d'ailleurs, l'écho d'un adagio qu'elle avait entendu jouer par Alison ou par Simon ?..., elle ne le savait plus, dans un autre univers, une autre vie, ou bien dans un passé très proche dans le salon de cette maison qui lui était maintenant si chère.

Pour elle, l'espace d'un instant, la pièce redevint soudain un simple garage aménagé en studio, la robe d'Emily un simple déguisement et Colin un trouble-fête qui venait d'interrompre un jeu surréaliste. Rien ne pouvait ni ne pourrait jamais être prouvé. Simon s'était simplement contenté de monter une dangereuse mise en scène avec Emily et Chrissy. Il aurait ensuite ramené la fillette chez elle, serait parvenu à faire croire à la police qu'il avait organisé cette cérémonie dans l'espoir de délivrer l'enfant de son mal, aurait sans doute également réussi à la convaincre elle-même.

Mais Colin l'empêcha d'approfondir ses conjectures.

– Simon ! l'apostropha-t-il, toujours aussi péremptoirement. Le temps presse, même si j'ai réussi à suspendre son cours un instant ! Choisis-tu les ténèbres ou la lumière ? Ta décision va t'engager à jamais !

Le temps, en effet, semblait s'être figé. Dans l'attente d'un engagement solennel, Leslie retenait son souffle. Colin était-il réellement capable de façonner le temps à sa guise ? De faire croire que rien de tout ce qui venait de se passer n'avait eu en fait de réalité tangible ?

Simon alors parla d'une voix claire, grave et sereine.

– Non, je ne serai plus jamais tenté d'infléchir le vouloir des Maîtres du Karma, j'en fais maintenant et ici le serment. Louée soit la puissance de la Lumière qui m'a laissé la vue ! De mon plein gré et pour toujours je renonce à mes pouvoirs, ajouta-t-il la gorge nouée, et je les remets entre les mains d'Emily !

Il se tourna vers elle, la prit par les épaules et, pour la première et la dernière fois de sa vie, l'embrassa furtivement sur les lèvres, la laissant confondue, impressionnée au plus profond d'elle-même, le visage inondé de larmes. Puis il s'approcha en silence de Chrissy, son petit corps toujours raide et immobile. Le voyant brandir au-dessus d'elle sa main blessée, Leslie, l'espace d'une affreuse fraction de seconde, croyant qu'il allait la frapper, sentit son sang se glacer dans ses veines. Mais il n'en fit rien et, la main haute, s'écria d'une voix forte :

– Afin que de n'être plus jamais victime d'une telle folie ! Puis il l'abattit de toutes ses forces sur le plateau renversé de l'autel.

Leslie entendit ses articulations craquer et se rompre sous le choc. Les traits de Simon se tordirent de douleur. Plié en deux par la souffrance, il resta un long moment haletant, soutenant de ses doigts valides sa main broyée, avant de murmurer :

– Emily... C'est toi qui joueras désormais mon adagio, mon adagio pour elle...

Comme un navire, ses amarres subitement rompues sous les coups de boutoir d'éléments déchaînés, Leslie s'élança vers lui, submergée par une immense vague de tendresse et d'amour, enserra dans ses bras son corps meurtri. Elle savait maintenant, soulevée par une force indestructible, que Simon lui appartenait pour toujours, qu'elle consacrerait s'il le fallait sa vie entière à apaiser ses tourments, à adoucir les conséquences du choix terrible qu'il venait d'assumer librement.

Souriant et pâle, Colin, immobile, approuvait du regard, les yeux rayonnant d'un triomphe sans limites.

C'est alors que, tout à coup, Chrissy se releva comme par enchantement, cligna plusieurs fois des paupières, et demanda d'une voix douce mais impatiente :

– Maman ? Où est maman ? Vite ! Je veux ma maman !

Achevé d'imprimer en mai 1995
sur presse CAMERON
dans les ateliers de B.C.I.
à Saint-Amand (Cher)

N° d'Édit. : 479. — N° d'Imp. : 4/420.
Dépôt légal : mai 1995.
Imprimé en France